악녀는 마리오네트 2

한이림 장편소설

초판 1쇄 찍은 날 | 2021년 4월 23일
초판 2쇄 펴낸 날 | 2022년 10월 21일

지은이 | 한이림
발행인 | 이진수
펴낸이 | 황현수

펴낸곳 | 주식회사 카카오엔터테인먼트
등록번호 | 제2015-000037호
등록일자 | 2010년 8월 16일
주소 | 경기도 성남시 분당구 판교역로 221 6(일부)층

제작·감수 | KW북스
E-mail | cl_production@kwbooks.co.kr

ⓒ 한이림, 2018

ISBN 979-11-6509-876-6 04810
　　　 979-11-6509-874-2 (set)

악녀는 마리오네트

The bad woman is Marionette

한이림
장편소설

2

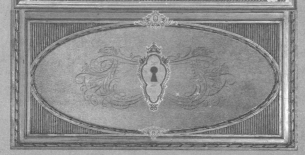

Yeondam

Contents

11장
격동

햇살이 눈꺼풀을 간질였다. 침대라면 보통 커튼을 쳐 놓기 때문에 이렇게 햇살을 느낄 새가 없었다. 조심스러운 손길이 머리칼을 쓸어 넘기는 게 느껴졌다.

누구일까?

카예나는 눈을 뜨기 전, 무심결에 라파엘로를 생각했다.

"일어나셨습니까?"

생각과 다르게 카예나의 곁에 있는 사람은 레제프였다.

"레제프……?"

몸을 일으키려고 했다. 그러나 온몸이 욱신거렸다. 특히 상반신 전체와 손목, 발목이 쓰렸다. 그녀는 자신이 납치되었다는 사실을 떠올렸다.

"좀 더 누워 계십시오."

레제프는 잠깐 인상을 찌푸린 누이를 다시 눕혔다. 부드럽지만 강압적이었다. 카예나는 순순히 누우며 짤막하게 한숨을 쉬었다.

이렇게 황녀궁 침대에서 눈뜬 걸 보니 라파엘로가 자신을 구하러 왔던 게 꿈이 아닌 모양이었다. 마음이 조금 복잡해졌다. 그가 저를 구하러 왔다는 사실도, 그 점을 곱씹는 자신도 다 혼란스러웠다. 라파엘로는 그저 황녀가 납치되었으니 책임을 다한 것뿐일지도 몰랐다.

"납치범들은 어찌 되었니? 특히……."

그녀는 잠깐 숨을 고르고 말을 이었다.

"헨버튼 길리안은?"

"납치범들은 체포하여 황궁 뇌옥에 가뒀습니다. 헨버튼도 같이요. 길리안 자작가에 이 사건의 책임을 묻고자 길리안 자작과 키드레이 공작도 소환할 예정입니다."

카예나는 약에 절어 자신을 탐욕스럽게 원했던 헨버튼을 떠올렸다. 그는 지난 삶과 마찬가지로 여차하면 자신을 죽이려고 했다. 형태는 바뀌어도 일어날 일은 그대로 일어난단 말인가? 순식간에 섬뜩해졌다.

'아냐. 이번엔 죽지 않았잖아.'

애써 침착하려 했다. 일어나지 않은 일에 두려워할 것 없다. 지금 그녀가 누운 곳은 너무나도 익숙한 황녀궁 처소이지 않은가? 모든 게 다 잘 풀렸다는 뜻이 아닐까?

"이제 괜찮습니다."

새까만 어둠 속에서 빛과 함께 나타났던 라파엘로가 떠올랐다. 미세하게 떨리던 그녀의 손에 다시금 온기가 돌았다.

그 과정을 레제프가 가만히 지켜보고 있었다.

'역시 헨버튼의 머리통을 날려 버렸어야 했나.'

카예나가 뭔가에 이토록 선명한 공포감을 드러내는 건 처음이었다. 잠든 카예나를 곁에서 내내 지켜보며 다스렸던 분노가 다시금 치솟았다.

지금이라도 늦지 않았다. 할 수 있는 한 가장 고통스럽게 죽여 버릴 것이다. 어떻게든 그 집안까지 다 갈가리 찢어 버릴 것이다.

'그래도 분이 풀리지 않아.'

그는 노기에 젖어 있다가 카예나가 창을 힐끗 보며 던지는 물음에 다시 정신을 차렸다.

"내가 얼마나 쓰러져 있었니?"

활짝 열린 커튼 밖으로 노릇노릇한 햇살이 보였다. 곧 노을이 질 때인 모양이었다.

"하루밖에 지나지 않았어요. 누님은 더 쉬셔야 합니다."

카예나의 안색은 여전히 평소보다 창백했다. 의원도 체기와 스트레스, 외상 등으로 인해 황녀의 컨디션이 엉망이라며 휴식을 강조했다.

똑똑.

그때 노크가 울리고 베라가 들어왔다.

"전하!"

그녀는 일어난 카예나를 발견하고는 곧 눈물이라도 터트릴 것 같은 표정을 했다.

"깨어나셨군요! 시장하지는 않으신가요? 몸은 괜찮으신가요?"

베라는 달리다시피 카예나 곁으로 다가왔다.

"난 괜찮아. 그러니 진정하렴."

카예나는 문득 뭔가 생각났다.

"올리비아는?"

베라는 목이 멘 소리로 대답했다.

"올리비아는 무사합니다. 방금까지 침실을 지키다가 잠깐 자릴 비웠어요."

그녀는 전날 올리비아가 괴한의 습격을 받은 것과 황궁에 달려와 황녀의 납치 소식을 알렸다는 사실을 보고했다. 레제프 황자를 설득해 군대를 움직이자는 의견을 내놓은 것도 올리비아였다. 베라는 그것도 설명하려고 했으나 레제프가 말을 끊었다.

"누님."

레제프는 한숨처럼 카예나를 부르며 시선을 붙들었다. 누이는 일어나자마자 제 몸을 챙기는 건 고사하고 남이나 신경 쓰고 있었다. 그녀는 여전히 안색이 좋지 않았다.

"잡다한 일에는 신경 쓰지 마십시오."

"내가 어찌 그럴 수 있을까?"

카예나는 레제프를 보며 의아하게 말했다.

"그런데 근신이 풀린 거면 부왕을 찾아뵈어야지 이러고 있으면 어떡하니?"

게다가 차림새도 이상했다. 왜 제복에 붉은 망토까지 두르고 있지? 그녀의 시선이 벌어진 망토 사이에 닿았다. 허리춤에 찬 것은 분명 총이었다.

"너, 설마!"

그녀는 레제프가 제 납치 소식에 근신 중 방에서 뛰쳐나왔다는 사실을 눈치챘다. 근신 마지막 날이었고 황녀에게 변고가 있었다는 사실은 변명이 되지 못한다. 황제의 명령은 황손의 안위보다 중요했다. 부왕은 상황의 특수성을 이해해 주지 않고 또 레제프를 벌할 것이 분명했다. 그리고 레제프는 그런 부왕을 가만두지 않겠지.

"괜찮습니다, 누님."

그는 여차하면 황제를 바로 죽여 버릴 게 틀림없다. 카예나는 그렇게 둘 수 없었다. 피가 묻은 황좌에 앉은 자가 멀쩡할 리 없다. 다시

비극이 반복될 것이다.

"내게 변고가 있더라도 황제 폐하의 명이 우선이야. 지금이라도 돌아가. 내가 말씀드릴 테니까."

그녀는 그렇게 말하며 상처의 쓰라림 따위는 아랑곳하지 않고 몸을 일으켰다.

"괜찮다니까요, 누님."

카예나는 들은 척도 하지 않고 침실을 나가려고 했다.

"누님!"

레제프가 표정을 와락 일그러트리며 카예나를 붙잡았다.

"아!"

밧줄에 쓸린 손목을 붕대로 감아 놓긴 했어도 고작 하루 된 상처가 멀쩡할 리 없었다. 카예나가 고통스러운 얼굴로 짤막한 비명을 지르자 레제프가 움찔 떨었다. 그는 얼른 누이의 손목을 놓았다. 대신 여전히 표정을 구긴 채로 그녀를 번쩍 안아 들어 버렸다.

"레제프!"

"제발 내 말 좀 들어요."

그러자 카예나는 자신이 할 말이라며 기가 막힌다는 얼굴로 말했다.

"너야말로 내 말 좀 들어."

둘은 기묘하게 대치한 채로 시선을 부딪쳤다.

"레제프, 이러고 있을 시간 없어."

"누님은 제가 아무것도 못 하는 어린애라고 생각하시는 것 같습니다."

그야 고작 열여덟 살인데 대체 뭘 한다는 말인가? 물론 레제프가 나이에 맞지 않게 영악하고 가진 힘도 강하긴 했다. 그리고 그렇게 치자면 카예나의 신체 나이도 고작 열아홉 살이었다.

그녀는 네가 당연히 어리니까, 라고 하려다가 말을 바꿨다.

"내 동생이니까 그렇지."

그러자 방금까지만 해도 날카로웠던 레제프의 태도가 누그러졌다.

"……그래도 누님은 쉬어야 합니다."

이게 정상적인 걱정이라는 건 카예나도 잘 알았다. 당장 어제 납치 당했던 사람에게 일하라고 하는 사람이 어디 있겠는가? 트라우마가 될 만한 일이었고 충분히 쉼이 마땅했다. 그녀가 보통의 사람이었다면 말이다.

애석하게도 카예나는 보통의 귀족 영애가 아니었다. 게다가 그녀의 앞에 놓인 가시밭길은 스스로 부지런히 가시를 치우지 않으면 결국 찔려 죽는 건 그녀가 될 터였다. 앞으로 예정된 것들은 어제의 납치극 만큼, 혹은 더욱 험난할 것이다.

"부왕은 냉혹하시다. 너도 알고 있잖니."

그건 누구보다도 레제프가 가장 잘 알았다. 그는 비죽 웃었다.

"예, 잘 압니다."

레제프는 못마땅한 심기를 얼굴에 드러내며 말했다.

"그러니 걱정하지 마시란 말입니다. 키드레이 공작이 그 부분은 이미 해결해 줬습니다."

갑자기 라파엘로가 언급되자 카예나가 멈칫했다. 그녀가 의아하게 물었다.

"그가 어떻게?"

그러자 레제프는 자기도 모른다며 어깨를 으쓱했다.

"아침에 입궁했을 때 부왕과 독대하더니 잘 협의했다고 합니다. 덕 분에 공작에게 빚을 하나 져 버렸지만요."

레제프는 공작에게 빚을 지게 된 건 마음에 들지 않았으나 어쨌든 그럭저럭 조용히 넘어가게 되었으니 그걸로 됐다고 생각했다.

'입궁했었구나.'

카예나는 그에게 자꾸 과분한 도움을 받게 되는 것 같았다. 그가 순수하게 레제프를 위해서 그랬을 것 같지 않았다.

'자의식 과잉인가 했는데,'

라파엘로는 자신에게 호의적인 게 분명했다. 그것이 어떤 종류의 호감에서 비롯한 것인지는 섣불리 판단할 수 없었지만 어쨌든 좋은 감정인 건 확실했다.

'공작위를 계승한 것도 그래.'

그렇게 사실을 인정하니 당황스러운 마음이 들었다.

그때 문을 두들기는 소리가 들렸다. 공기처럼 조용히 있던 베라가 문밖을 확인 후 카예나에게 공손히 아뢰었다.

"전하, 올리비아입니다."

카예나는 잠깐 고민했다. 다름 아닌 레제프 때문이었다.

'황궁으로 불렀을 때 둘이 마주치는 건 어쩔 수 없는 일이라고 생각하긴 했지만.'

그래도 카예나의 시야가 닿지 않는 밖에서 마주쳐 사달이 나는 것보단 나으리라고 생각했다. 계속 피할 수도 없을 테니 카예나는 정면 돌파를 택했다.

"들어오라고 해."

그러자 곧 문이 열리고 초췌한 모습의 올리비아가 들어왔다. 레제프는 무심한 눈으로 올리비아를 힐끗 보더니 침대 옆의 소파에 앉았다.

올리비아는 한쪽 무릎을 꿇고 카예나에게 절을 올린 뒤 조심스럽게 물었다.

"전하……. 괜찮으십니까?"

카예나는 몸을 일으키며 대답했다.

"나는 괜찮아."

하루 사이에 마음고생을 심하게 한 모양인지 올리비아의 얼굴이 영 좋지 않았다. 눈가가 짓무른 것도 보였다. 카예나는 올리비아를 향해 손을 뻗었다.

"이리 오렴."

그녀의 부름에 올리비아가 조심스레 침대로 다가와 손을 잡았다. 카예나는 올리비아가 아직 스무 살이라는 사실을 깊게 생각한 적 없었다. 그녀는 현명하고 똑똑한 사람이라고만 여겼다.

자신이 너무 무심했다. 무서웠을 게 분명한데. 트라우마는 자신이 아니라 올리비아에게 생겼을지도 모른다.

카예나는 올리비아의 손을 끌어 품에 안으며 등을 토닥였다.

"무서웠지?"

그리고 자신도 위로받았던 말을 건넸다.

"이제 괜찮아."

그 말에 올리비아가 무너지듯 카예나를 마주 안았다. 몸이 살짝 떨리는 것 같았다.

"……무사하셔서 다행입니다."

"네 덕분이지."

올리비아는 카예나가 자신을 일부러 빼돌려 줬단 걸 알았다. 그러니 덕분이라는 말은 그녀가 해야 했다.

레제프는 바로 곁에서 눈을 휙 치켜뜨고 이 광경을 보았다.

"하."

레제프가 남들이 듣지 못할 정도로 작은 소리로 헛웃음을 터트렸다.

견제해야 할 게 하나 더 있었네?

그는 카예나에게 올리비아가 보통 의미의 사람이 아니라는 사실을 단번에 눈치챘다. 자꾸만 이상한 것들이 누이에게 꼬이고 있었다.

카예나는 레제프의 심기가 뒤틀린 것도 모르고 올리비아를 다독이며 말했다.

"며칠 휴가를 줄 테니 집에 다녀오렴. 마음 편한 곳에서 좀 쉬면 기분이 나아질 거야."

올리비아는 안겨 있던 몸을 살짝 떨어트리며 카예나의 다정한 배려에 고개를 저었다.

"아닙니다. 저는 전하의 곁을 지키고 싶습니다."

카예나는 눈을 휘둥그레 뜨며 살짝 놀라다가 이내 빙긋 웃었다.

"고마워."

이번 사건이 그들에게 어떤 유대감을 형성한 것이 틀림없었다. 올리비아는 다시금 단단해진 눈으로 카예나를 바라보았다.

"그래도 좀 쉬렴. 의원에게 진찰도 받고."

"신경 써 주셔서 감사합니다."

가만히 지켜보던 레제프가 불만 섞인 목소리로 카예나를 불렀다.

"누님."

그 부름에 카예나만이 아니라 올리비아의 시선도 레제프를 향했다.

올리비아는 깜짝 놀랐다. 방에 들어온 순간부터 오직 카예나만 바라보느라 레제프가 있는 줄도 몰랐기 때문이다. 그녀는 얼른 레제프에게 예를 갖췄다.

"황자 전하를 뵙습니다."

레제프는 올리비아가 마치 투명 인간인 것처럼 본 척도 하지 않았다. 그는 올리비아를 지나쳐 카예나의 이마를 짚어 보았다. 얼굴에 원래 없던 홍조가 생겼다 싶더니 열이 오르고 있었다.

"누님, 이제 정말로 좀 쉬십시오."

그렇게 말하고 나서 레제프는 그제야 올리비아를 보았다.

"누님께서는 쉬셔야 하니 넌 당장 나가거라."

올리비아는 레제프가 자신을 못마땅해하는 것을 느꼈다. 썩 이해되지는 않았으나 원래 망나니로 소문난 황자니 그러려니 하며 고개를 숙였다.

"그럼 물러나겠습니다."

한편 카예나는 제 동생이 하는 행동을 믿지 않는다는 눈으로 보고 있었다.

'올리비아에게 첫눈에 반하는 게 아니었나? 분명 처음부터 호기심을 느꼈다는 식의 내용이었던 걸로 기억하는데.'

하나 레제프는 올리비아가 나가는 순간에도 카예나를 눕히고 이불을 덮어 주는 일에만 온 신경을 쏟았다. 그녀는 순순히 자리에 누웠다.

'……다행인 일이지, 뭐.'

카예나는 눈을 감았다.

－⁂－

줄리아는 전날부터 계속 하인을 닦달해 오라비를 찾았다. 그러나 제논은 계속 황궁에 없었다. 간신히 그가 입궁했다는 소식을 들은 그녀는 당장 제논의 방으로 찾아갔다.

"대체 어디에 계셨어요, 오라버니!"

제논은 대꾸도 하지 않고 타이 핀을 풀어 집어 던지듯이 테이블에 놓았다. 줄리아는 그를 졸졸 쫓아다니며 닦달했다.

"정말 무서워 죽는 줄 알았단 말이에요!"

어제는 정말로 무서웠다. 갑자기 황녀가 납치되었다며 나타난 올리비아와 순식간에 살벌해진 황궁 분위기는 그녀를 위축시켰다. 거기다 궁정인을 끌어모은 베라는 황자의 침소를 막고 있는 기사를 몰아내야 한다며 줄리아를 끌고 갔다.

그녀는 칼을 빼 들 수도 있는 기사를 상대해야 한다는 말에 기겁하고 말았다. 제정신이 아니고서야 어찌 그런 생각을 한다는 말인가!

"황궁에는 중앙군도 있고 황녀를 지키는 호위 기사도 있는데 대체 왜 납치를 당한다는 말이에요? 이럴 줄 알았다면 황녀궁 시녀가 되지 않았을 거예요!"

제논은 줄리아를 향해 벌컥 짜증을 냈다.

"황궁은 원래 그런 곳이다!"

그의 호통에 줄리아의 눈이 화등잔만 하게 커졌다.

"오, 오라버니?"

"여기가 소꿉장난하는 곳인 줄 알았단 말이냐? 곧 성년이 되는 아이가 어찌 이렇게 어리석을 수 있어!"

줄리아는 냉소적이긴 해도 항상 여유로웠던 제논이 이렇게 화내는 걸 처음 보았다. 그녀는 너무 놀라 심장이 벌렁거렸다.

"오라버니가 제게 어떻게……."

줄리아의 눈에 순식간에 눈물이 차올랐다.

"제게 어떻게 이러실 수가 있어요? 저는 무서웠단 말이에요……."

제논은 가뜩이나 예이스터 때문에 한껏 예민해진 상태였다. 그런데 줄리아가 찾아와 계속 무섭다며 징징거리자 노기를 참을 수가 없었다.

"네가 황녀 전하와 같은 연배라는 사실이 난 도무지 믿어지지 않는구나."

그는 동생을 냉정히 뿌리치고 방에서 나가 버렸다. 홀로 남은 줄리아는 서럽게 눈물 흘리다가 울음을 애써 그쳤다. 자신이 황궁에 버려졌다는 생각밖에 들지 않았다. 이곳은 친구도 없고 하나밖에 없는 가족은 자신을 냉대했다. 의지할 사람이라고는 집에서 데려온 시녀가 전부였다. 못생긴 남자만 가득할지라도 차라리 동부에 있었을 때가 행복했다.

줄리아는 제논의 방에서 나와 고개를 푹 숙인 채 황녀궁으로 힘없이 터덜터덜 걸었다.

'난 이제 어쩌면 좋지?'

모든 희망을 잃은 기분이었다.

턱!

"아야!"

줄리아는 모퉁이를 돌다가 누군가와 부딪치고 말았다. 그녀는 이마를 붙잡고 고개를 들었다.

"아……."

그녀는 멍한 얼굴로 자신과 부딪친 남자를 보았다. 화려한 금발과 청명한 파란 눈동자, 온건한 인상의 정석적인 미남이 그녀를 내려다보고 있었다. 부드러운 인상이 분명한데도 눈빛은 조금도 따뜻하게 느껴지지 않았다. 그 위험한 느낌이 줄리아의 마음을 더욱 설레게 했다.

"흐음."

남자가 그녀를 의아하게 보았다. 줄리아는 그제야 정신 차렸다.

"어머, 미, 미안해요."

"······미안?"

남자는 줄리아를 찬찬히 뜯어보더니 피식 웃었다. 그 미소는 또 얼마나 근사한지 줄리아의 얼굴이 발그레 물들었다.

"내가 누군지 모르느냐?"

"······네?"

"금발에 파란 눈이라. 네가 줄리아 에반스겠군."

그녀는 상황이 곧장 이해되지 않아 눈을 천천히 깜빡거렸다.

'뭐지, 이 남자는······?'

그러다 그녀는 불현듯 상대의 정체를 깨달았다.

"화, 황자 전하?"

줄리아는 화들짝 놀라며 얼른 자리에 한쪽 무릎을 꿇고 인사를 올렸다.

"황자 전하를 뵙습니다!"

그녀는 설마 이 믿기지 않는 미남이 황자일 거라고는 생각지도 못했다. 사실 지금까지 자신보다 어리단 말에 관심도 두지 않았다. 초상화로 얼굴을 익혀 두라는 말에도 건성으로 나중에 그러겠다고 하고 보지도 않았다. 연하의 황자보다는 라파엘로 키드레이가 온통 마음을 뒤흔들었기 때문이었다.

그녀는 큰 키와 다부진 몸을 가진 세련되면서도 화려한 미남인 레제프를 힐끔거렸다.

그 시선을 레제프가 모를 리 없었다. 그는 줄리아를 내려다보며 한쪽 입꼬리를 올렸다.

'호오, 이것 봐라.'

레제프는 자신이 호감 사기 쉬운 외모란 사실을 잘 알았다. 카예나가 말도 안 되는 수준의 미모를 지닌 거지, 그도 어딜 가나 눈이 휘둥그레질 미남이었다. 그는 눈매를 부드럽게 휘며 사근사근한 미소를 지었다.

"기운이 없어 보이네?"

줄리아는 홀릴 듯한 미소를 정면으로 목격하고 치맛자락을 움켜쥐었다. 사실 그녀는 잘생긴 남자에게 면역이 없었다.

"아, 아니에요. 그냥 조금……."

레제프는 에반스 가문의 금지옥엽을 하찮게 보았다. 궁중 예법이라고는 조금도 배우지 못한 것인지 아까부터 말과 행동이 자유분방하기 그지없었다. 그에 비하면 어제오늘 보았던 밀빛 머리에 녹안의 재수 없는 여자는 가난한 집안 출신 주제에 궁중 예법이 탁월했다. 비단 궁중 예법에만 탁월한 게 아니었다. 남다른 처세술도 있었다. 침실 앞을 막고 있던 기사를 밀어내고 그를 찾아온 계책도 그녀의 작품이라 했다.

'알면 알수록 별로야.'

올리비아 그레이스는 이상하게 라파엘로를 떠올리게 하는 구석이 있었다. 그런 여자가 누이 곁에 있다는 사실이 마음에 들지 않았다. 둘 다 재수 없고 싫다는 게 공통된 감상이었다.

그에 비하면 지금 마주친 얼굴만 화려하게 예쁜 줄리아 에반스는 레제프에게 손쉬운 먹잇감이었다. 그는 이런 어리석은 여자를 손에 넣고 휘두르는 일에 일가견이 있었다. 지금은 반강제로 관두게 되었지만, 일찍이 카예나에게 그랬던 전적이 있었다.

"울었나?"

레제프의 커다란 손이 줄리아의 자그마한 얼굴을 들어 올렸다. 눈물 자국이 선명했다. 줄리아는 얼굴을 새빨갛게 물들이며 고개를 푹 숙였다.

'아, 지금 울어서 눈도 퉁퉁 부었을 텐데!'

그녀는 너무나 속상했다. 이게 다 오라비 때문이었다.

"아니에요……."

기어들어 가는 목소리로 대답한 줄리아는 손을 꼬물거렸다. 그녀는 레제프가 자신에게 이상하리만큼 다정하다 생각했다.

아니, 이건 당연한 대우였다. 그녀는 항상 이런 애틋한 관심과 다정한 배려를 받아 왔다. 그런데 수도에 올라오고 나서는 수장을 비롯해 제논까지 그녀를 계속 속상하게 만들었다.

레제프의 낮은 웃음이 귓가로 내려앉았다.

"기운 내도록."

그 독려에 마음이 설렜다.

그녀가 뭔가 말을 꺼내기도 전에 레제프는 곁을 지나쳤다. 줄리아는 아쉬움이 진하게 담긴 눈빛으로 그의 뒷모습을 바라보았다.

－※◎※－

레제프는 제 침실로 돌아와 망토를 풀어 휙 던졌다.

"제논은 어디에 있지?"

바닥에 떨어진 망토를 줍던 하인이 몸을 벌떡 일으키며 대답했다.

"전하께서 침소에 계시지 않은 걸 확인하더니 별다른 언질 없이 나가셨습니다."

그는 미간을 와락 찌푸렸다. 제논이 어제부터 계속 모습을 보이지 않았기 때문이었다. 혹시 마음이 해이해진 건가? 특히 어제처럼 큰 사건을 두고 레제프를 막으러 나타나지 않았단 것이 이상했다.

'누이에게 다른 마음을 먹고 있는 줄 알았는데.'

납치 같은 중대한 사건에 그다지 신경 쓰지 않는 걸 보니 썩 그런 건 아닌 모양이었다.

'오히려 주제도 모르는 길리안 그 자식이 누이를 탐냈지.'

납치를 떠올리니 다시금 서릿발 같은 분노가 얼굴에 서렸다. 헨버튼 길리안은 분명히 이중 납치를 계획한 범인을 알고 있을 것이다. 그를 어서 심문해야 하지만 귀족이기에 황제의 명이나 재판 없이 섣불리 손댈 수 없었다.

헨버튼 길리안의 귀족 사회 제적에 대해 논의하려 키드레이 공작을 황궁에 소환하려 했으나 불발되었다. 공작위를 임시로 계승한 상태라 가문 내에서 마무리 지을 일이 있다는 것이었다.

레제프는 라파엘로의 손을 빌려야 하는 이 상황이 못마땅했다. 그러나 인내해야 한다. 주범은 현장에서 검거했으나 다른 범인을 잡지 못했기 때문이었다.

"어제 그것들을 괜히 다 죽이라고 했군."

레제프가 짜증스럽게 재킷 단추를 풀어냈다. 그리고 허리춤에 매단 총집을 풀었을 때, 그는 이질감을 느꼈다.

"……."

총이 없어졌다. 그는 바닥을 내려다보았다.

'혹시 떨어진 건가?'

그러나 총은 보이지 않았다.

"거기 망토 말고 다른 건 떨어진 게 없느냐?"

하인은 망토 외에는 아무것도 없다고 대답했다.

이상했다. 어디서 떨어트린 건가? 하지만 총집에 보관한 총이 어디서 어떻게 떨어진단 말인가?

"쯧."

그는 혀를 차며 다시 밖으로 나갔다. 총을 함부로 쓰는 모습을 들키면 좋을 게 없었다. 어쨌든 레제프는 아직 부왕의 눈치를 봐야 하는 위치였다. 게다가 하필이면 잃어버린 총이 황실에 신고하지 않은 개인적인 물건이었다. 그걸 들키면 확실한 귀책 사유가 된다.

"대체 총이 어디……."

미간을 찌푸린 채로 주변을 두리번거리던 그의 시선이 황녀궁 통로 쪽으로 향했다. 그가 오늘 대부분을 머문 곳이 황녀궁이었다. 그곳에 있나? 레제프의 발걸음이 다시 잠든 누이가 있는 곳으로 향했다.

─⊰◦◦◦⊱─

카예나는 한참 동안 감고 있던 눈을 떴다. 방 안에는 그녀와 베라만 있었다. 그녀가 베라를 불렀다.

"베라."

바느질하던 베라가 손을 멈췄다. 어쩐지 카예나가 뒤척임 없이 너무 조용하다 했더니 잠든 척했던 것이었다.

"말씀하십시오, 전하."

"납치범을 처리할 때까지는 황궁 뇌옥 순찰 인원을 늘려 경계를 강화하라고 하렴. 오늘부터 당장."

베라는 카예나가 납치된 일 때문에 심약해진 모양이라고 생각했다.

"명을 받들겠습니다."

베라는 자신이 나가는 대신 하급 시녀라도 들이려고 했다. 어쨌든

카예나의 상태가 좋지 않으니 보살필 이가 상주하는 편이 좋기 때문
이었다. 그러나 카예나가 거부했다.

"몸은 괜찮아. 납치된 기억 때문에 오히려 사람이 있는 게 더 불편
할 것 같아."

"그럼 한 번씩 살피라고만 하겠습니다."

"그래."

베라는 침대 커튼을 내리고 침실 밖으로 나갔다. 문이 달칵 소리를
내며 닫혔다.

"……."

카예나는 자리에서 일어나며 이불 속에 감춰 둔 총을 꺼냈다. 레제
프에게 안겼을 때 몰래 드레스 주머니로 총을 옮겼었다.

그녀는 총을 가만히 내려다보았다. 그것은 예술품처럼 아름다운 몸
체를 가지고 있었다. 이미 총알도 장전되어 있었다.

카예나는 망설임 없이 침대를 벗어났다. 실내용 외투 중 모자가 달
린 것을 입고 총을 챙겨 태피스트리 앞에 섰다. 태피스트리를 걷고 미
닫이문을 옆으로 밀었다. 문은 기름칠이 잘 되어 있어 소리도 나지 않
고 부드럽게 밀렸다. 어두컴컴한 비밀 통로가 나타났다. 전에 레제프
가 이용했던 그 통로였다.

램프를 든 카예나는 비밀 통로를 따라 아래로 내려갔다. 마침내 1
층으로 내려간 그녀는 램프를 그곳에 숨겨 두었다. 그녀는 기억을 더
듬어 황궁 뇌옥을 찾아갔다. 걸음이 점차 조급해졌다.

'분명 오늘 내로 도망칠 거야.'

헨버튼 길리안의 집안은 평범한 자작가가 아니었다. 또 그가 저질
러 온 온갖 더러운 일도 그냥 이뤄진 것이 아니니 오늘 안으로 그가

탈출할 것은 자명했다. 카예나는 이 기회를 놓칠 수 없었다.

그녀는 마침내 황궁 뇌옥에 도착했다. 역시나 문지기는 이미 길리안이 매수한 자들로 바뀌었는지 자리를 비운 상태였다. 덕분에 그녀는 손쉽게 뇌옥으로 들어갔다. 어수선한 소리가 들렸다.

카예나는 몸을 숨겼다. 한 사람씩 조심스럽게 뇌옥에서 몸을 빼고 있는 게 보였다. 헨버튼을 가둔 뇌옥 문을 열어 준 자들이 분명했다. 마지막으로 헨버튼 길리안이 보였다.

찰칵.

그녀는 총알을 확인한 후 헨버튼의 뒤통수를 향해 총구를 들이밀었다.

"헨버튼 길리안."

자신을 부르는 목소리에 헨버튼이 휙 뒤돌아보았다. 카예나는 천천히 걸음을 옮겨 횃불 아래로 모습을 드러냈다. 팔을 길게 뻗어 당장에라도 방아쇠를 당길 것 같은 그 모습은 심판자처럼 고결해 보였다.

"하, 하하!"

그녀의 모습을 발견한 헨버튼이 웃음을 터트렸다. 그는 약 기운이 모두 사라져 꽤 멀쩡한 모습이었다. 그러나 광기는 여전했다.

"전하께서 먼저 저를 찾아 주시다니요."

헨버튼은 비소하며 카예나가 든 총을 보았다.

"영광스럽게도 저를 쏘려고 여기까지 오셨습니까?"

그는 카예나가 방아쇠를 당기지 못하리라고 확신한 듯 건들거렸다. 카예나는 냉정하게 일갈했다.

"죗값을 치르지 않고 쥐새끼처럼 도망치리라고 예상했거든. 정말 한 치도 예상을 빗나가지 않는구나."

헨버튼이 고개를 절레절레 흔들며 한 발짝 다가왔다. 그녀는 무심결에 한 걸음 물러나며 총을 고쳐 쥐었다.

"죄를 지어도 꼭 벌 받을 필요는 없습니다, 전하."

"그럴 수도 있겠지."

카예나는 이어서 말했다.

"하지만 그게 넌 아니야."

그녀는 방아쇠를 천천히 당겼다. 이대로라면 탄환이 저 머리를 뚫어 버리겠지. 그럼 헨버튼은 즉사한다. 지긋지긋한 과거의 망령을 떨쳐 내는 것이다.

헨버튼은 자신을 겨누고 있는 것이 뭔지 모르는 사람처럼 태평하게 굴었다.

"그래서 그 총으로 저를 쏘시려는 겁니까? 아무리 황족이라고 해도 귀족을 즉결 처분하는 건 꽤 부담스러운 일일 텐데요."

헨버튼은 양팔을 벌렸다.

"그런 쓸데없는 객기는 접어 두시고 이왕 저를 찾으셨으니 같이 나가는 건 어떻겠습니까?"

그때 여러 사람의 발걸음이 다가왔다. 헨버튼을 빼내러 온 이들이었다.

"이봐요, 귀족 양반. 왜 이렇게 미적대는……."

그들은 카예나를 발견하고 입을 다물었다. 이게 무슨 일이지? 뇌옥에 총을 든 천사가 있었다.

"황녀 아닌가……?"

헨버튼은 카예나를 가엽게 바라보았다.

"그 총에 탄피는 넉넉한가요? 여기 남자들이 감히 전하를 붙들기 전에 다 처리할 만큼 사격 실력도 좋으시겠지요?"

그럴 리가 없었다. 카예나는 태어나서 총을 처음 쥐어 보았다. 누군가를 태연하게 죽일 수 있을 정도로 살인에 무감각한 사람도 아니었다. 그녀는 사람에게 총을 쏠 수 없었다. 그래서 순순히 인정했다.

"자네 말이 맞아."

카예나는 총을 든 손이 아닌 반대편 손으로 로브 주머니에서 작은 막대기를 꺼냈다. 뚜껑을 이로 물고 뽑자 날카롭게 빛나는 작은 칼날이 드러났다. 그녀는 칼날을 제 얼굴에 갖다 댔다. 당장 얼굴을 그어 버릴 것처럼 말이다.

"그럼 이건 어때?"

여유로웠던 헨버튼의 얼굴이 악귀처럼 돌변했다.

"그만둬—!"

카예나는 헨버튼이 그녀의 무엇을 사랑하는지 정확하게 알았다.

얼굴이다. 그저 아름다운 얼굴뿐이었다.

그는 아름다운 것을 수집하는 수집가다. 그가 사랑하는 아름다운 것엔 상당히 많은 것이 포함되어 있었다. 그중 가장 은밀한 수집품이 바로 사람이었다. 헨버튼은 카예나를 그토록 학대하던 때에도 얼굴만큼은 절대 건드리지 않았다.

"내가 왜 너 같은 것을 두려워했을까? 이렇게 별거 없는 인간이었는데."

고작 얼굴에 빗금 하나 그으려는 것으로 저렇게 벌벌 떠는 남자를 왜 두려워했을까? 진작 알았다면 첫 번째 삶에서 얼굴을 망가트리지 않았을까?

'아니. 그때의 나는 내 외모를 망가트릴 용기가 없었어.'

그것은 그녀의 존재 이유였기에, 아무짝에도 쓸모없어진 순간에조차 놓지 못했다. 카예나는 자신이 무력했기에 이런 하찮은 남자도 그토록 위협적일 수 있었다는 사실을 깨달았다.

웃음이 났다. 망령에 사로잡혔다가 제정신이 든 기분이었다. 동시에 자신의 무력함이 저주스러웠다.

헨버튼 길리안 같은 놈이 하나만 있는 게 아니겠지. 두 번째 헨버튼, 세 번째 헨버튼은 언제든 나타날 수 있겠지. 그렇게 방어하고 방어하다가 언젠간 또 같은 결말을 초래하게 될지도 모른다.

그녀의 눈빛이 스산하게 가라앉았다.

괴한들은 헛웃음을 터트리며 카예나를 제압하려고 슬슬 다가왔다.

"저들이 다가오면 뺨을 그어 버릴 거야, 길리안."

"멈춰!"

헨버튼은 카예나의 협박에 정신 나간 사람처럼 소리 질렀다.

"뭐? 미쳤소?"

그들은 황당했다. 상대는 고작 힘없는 여자다. 총을 들고 있는 게 좀 위협적이긴 해도 여긴 남자 머릿수만 여섯이다. 게다가 제 얼굴에 칼을 들이밀며 하는 협박이라니. 어이가 없다 못해 기가 찼다.

그러나 헨버튼은 괴한이 허리에 차고 있던 단검을 빼 들었다. 그의 눈은 이미 반쯤 뒤집힌 상태였다.

"저 얼굴에 흠 하나라도 나면 너희 사지는 멀쩡하지 못할 거다. 명심해!"

"이런 미친……."

어처구니없게도 본인 얼굴을 인질로 잡은 황녀 때문에 모두 발이 묶여 버렸다. 헨버튼은 이를 빠드득 갈며 카예나를 노려보았다.

"원하는 대로 할 테니 칼은 좀 치워 주시죠, 전하."

참으로 간절한 목소리였다. 그가 이토록 애원하는 모습을 또 볼 일이 있을까? 카예나는 사태 파악도 하지 못하고 여전히 그녀의 얼굴에 집착하는 헨버튼을 역겹게 보았다.

"이렇게 싫어하는 줄 알았다면 진작 내 얼굴을 난도질해 버리는 거였는데. 내가 화상이라도 입으면 기절하겠구나."

"카예나 황녀!"

"무엄하구나."

그녀는 냉엄한 눈으로 명령했다.

"무릎을 꿇어라."

헨버튼은 온통 그녀가 쥔 칼에 시선을 집중한 채로 천천히 바닥에 무릎을 꿇었다. 카예나는 총구를 괴한들에게로 돌렸다.

"너희도 다 꿇어야 하지 않겠느냐?"

그들은 황녀가 얼굴은 천사 같으나 단단히 미친 여자라고 생각하며 얼굴을 험악하게 구겼다. 그 반응에 카예나가 칼날을 뺨에 바짝 붙였다. 그러자 헨버튼이 발작하며 소리쳤다.

"꿇으라고, 이 머저리들아!"

"이 미친 새끼……."

그들은 헨버튼의 뒤통수를 갈겨 기절시키고 카예나를 제압할까도 고민했다. 그러나 총구는 이제 헨버튼이 아니라 그들을 향하고 있었다.

"뇌옥 열쇠는 돌려주어야지?"

카예나는 헨버튼이 나오느라 활짝 열린 뇌옥을 가리키며 말했다. 괴한 중 하나가 욕설을 내뱉으며 주머니에서 열쇠를 던져 주었다.

카예나는 자신을 인질로 삼아 여섯 남자를 바닥에 무릎 꿇렸다. 그렇지만 시간이 흐를수록 그들이 유리했다. 이곳의 간수는 그들에게 매수

되었다. 황녀를 발견하게 된다면 어떻게든 입막음하려 들 것이 뻔했다.

카예나는 이 대치를 오래 끌 생각이 없었다. 그녀는 천장을 향해 총구를 들어 올리고 방아쇠를 당겼다.

탕—!

굉음이 뇌옥을 강타했다. 무시무시한 소음이었다. 괴한들의 얼굴이 험악하게 일그러졌다. 이 소음을 들은 기사들이 몰려들 것이다. 얼른 도망쳐야 했다.

"황녀를 인질로 잡아!"

헨버튼이고 뭐고 살아야 했기에 괴한들이 그녀를 덮치려고 했다. 그러나 헨버튼이 그들을 밀쳤다.

"미쳤느냐! 저 얼굴에 조금이라도 흠집이 생기면 너희를 끓는 기름에 집어넣어 버릴 것이다!"

카예나는 헨버튼이 탈출한 뇌옥에 스스로 들어가 문을 잠갔다. 그다음 손에 들고 있던 총과 열쇠를 뇌옥 밖으로 던졌다.

"여기다! 이곳에서 소리가 났다!"

밖에서 기사들이 몰려오는 소리가 들렸다. 카예나는 이곳 근처로 기사들이 순찰하는 시간을 이미 알았다. 베라를 따돌리려는 의도도 있었지만, 이 순간을 위해 순찰 인원을 더 늘리라고 명령한 것도 있었다.

카예나의 계산대로 중앙군 기사들이 뇌옥으로 달려왔다.

"탈옥이다! 잡아라!"

기사들이 순식간에 괴한들과 헨버튼을 체포했다.

"살려다오!"

카예나가 비명을 질렀다. 중앙군 기사들은 황녀가 감옥에 있는 것을 발견하고 몹시 당황하고 말았다.

"저, 전하? 황녀 전하께서 여기 계시다!"

그녀는 파르르 떨리는 손으로 총을 가리켰다.

"저들이 나를 쏘려고 하였다!"

"뭐, 뭣?"

괴한들은 넋이 나간 얼굴로 카예나가 소리 지르는 걸 보았다. 그녀는 기사들을 더욱 정신없게 만들었다.

"저 끔찍한 물건을 어서 없애! 궁에서 안 보이게 없애란 말이다!"

"예, 옙!"

기사들은 얼른 총을 치우고 뇌옥을 열어 카예나를 보호했다.

"너무나 무섭구나……."

그녀는 애처롭고 가녀린 모습으로 얼굴을 가렸다.

"저, 저 미친 여자가……!"

기사들은 무엄한 소리를 하는 괴한들을 창끝으로 찍어 누르며 바닥에 모두 엎드리게 했다. 카예나는 기사들의 부축을 받으며 뇌옥을 빠져나왔다.

그녀는 두 손으로 가리고 있던 얼굴을 살짝 드러내 그들과 눈을 마주쳤다. 피식하고 옅은 비웃음이 입가를 스쳤다가 사라졌다. 괴한들은 어안이 벙벙한 표정을 했다. 완전히 당한 것이다.

카예나는 힘없이 걸어 뇌옥을 나왔다.

"누님!"

레제프는 총이 사라졌다는 사실을 알고 황녀궁으로 찾아갔다가 카예나가 사라진 걸 발견했다. 촉이 이상했다. 그는 당장 밖으로 뛰쳐나와 그녀를 찾아 헤매다가 총성을 듣고 이곳으로 달려온 참이었다.

"레제프!"

카예나는 얼른 레제프에게 달려가 그에게 안겼다. 그는 자연스럽게 카예나를 보호하듯 안으며 기사들에게 무슨 일이냐고 추궁했다. 기사들은 순찰 중 총성을 듣고 뇌옥으로 갔으며 헨버튼 길리안이 탈옥하려는 걸 검거했다고 말했다. 또한, 괴한들이 카예나 황녀를 향해 총을 쏘았고 그녀는 뇌옥에 갇힌 채 발견되었다고 했다.

이게 대체 무슨 엉망진창인 이야기인가? 레제프는 기사가 내민 총을 보았다.

"……."

그것은 그의 총이었다.

카예나가 그를 붙든 손아귀에 더욱 힘을 주었다. 그러고는 작은 목소리로 속삭였다.

"……저 총은 네 것이 아니다, 레제프."

카예나는 저 총이 신고하지 않은 불법 총기라는 걸 알고 있었다. 부왕에게 레제프가 불리할 그 어떤 빌미도 주어서는 안 된다. 그녀는 그것까지 이미 생각하고 일을 치른 것이다.

"내가 얼른 치우라고 하지 않았느냐! 너무 두렵고 무섭구나."

기사가 아차 하며 얼른 총을 감추었다.

"처리는 어떻게 했는지 보고할 필요도 없다. 아니, 레제프 황자에게 보고해라. 나는 알고 싶지도 않으니."

"명을 받듭니다, 전하."

레제프는 그녀가 얼굴색 하나 변하지 않고 연기하는 걸 보며 황당한 마음이 들었다. 확실히 저 총이 자신의 것이라는 보고가 부왕께 들어가면 골치 아프다. 가뜩이나 바로 어제 명령 불복종을 저지르지 않았던가. 그는 누이의 장단에 맞췄다.

"내가 누님을 모시고 갈 것이니 잘 수습해 두어라. 감히 탈옥하려 한 헨버튼 길리안은 내일 당장 심문에 들어갈 것이다."

헨버튼에게 손댈 수 있는 좋은 빌미까지 생겼다. 이 정도면 역모로 몰아붙여도 감히 누구도 토 달지 못할 것이다.

그는 누이의 머리칼을 부드럽게 쓸어 넘겨 주었다.

"방으로 가시죠, 누님."

역시 카예나는 남다르다. 거기다 여전히 레제프에게 헌신적이기까지 했다. 하나뿐인 누이답게, 의지할 곳이라고는 서로뿐인 남매답게 행동했다. 그는 그 점이 가장 마음에 들었다.

영원히 이 유대감을 깨트리고 싶지 않았다. 그러기 위해서는 카예나가 그의 곁에 있어야 한다.

역시 초상화를 뿌리라고 지시하길 잘했네. 아예 황녀 조각상을 마을 단위로 세울까? 레제프는 카예나를 부축하며 입가에 미소를 걸쳤다.

12장
검은 정원의 꽃을 꺾다

황녀 납치 사건을 수습했던 날 밤, 라파엘로는 아직 수도에 머무는 중인 모친에게 전령을 보냈다. 길리안 자작가는 서부의 기둥 중 하나. 그곳을 해체하기로 결정한 이상 최상의 이득을 도모해야 했다.

'오늘 안으로 결단을 내려야 해. 내일이면 길리안 자작가든 황궁이든 반드시 누군가는 움직인다.'

게다가 레제프 황자의 눈빛도 심상치 않았다. 망나니로 소문난 황자가 돌발 행동을 하기 전에 억눌러야 했다. 그래야 카예나가 안전하리라. 그는 혼절한 카예나를 안아 들고 그녀가 얼마나 마르고 가냘픈지 뼈저리게 느꼈다. 황궁이란 거센 물살에 휩쓸리지 않고 살아남기 위해 발버둥 치는 그녀를 그대로 둘 수는 없었다. 서둘러 대안을 짜야 했다.

마차가 키드레이 저택에서 멈췄다. 라파엘로가 마차에서 내리자 식솔들이 그를 향해 한쪽 무릎을 꿇으며 예를 갖췄다.

"경하드립니다, 공작 각하!"

라파엘로는 상당히 무심했다. 그랬기에 그는 가신들이 이 순간을 얼마나 고대했는가를 헤아리지 못했다. 지금까지 키드레이 공작가는 사실상 공작 부인 혼자서 돌보고 있었다고 봐도 무방했다. 레오 키드레이 공작은 모든 것에서 손을 놔 버리고 이미 서부 공작령을 떠나 산지 오래되었다. 실질적 가주가 부재한 상황이었다.

라파엘로가 후계자로서 가문을 다스리는 일에 손을 보태고는 있었다. 다만 그는 부친도 부친이지만 모친과의 사이도 썩 좋은 편이 아니었기에 집안과 그다지 엮이고 싶어 하지 않았다. 이 상황에 가신들만 이래저래 불안해하며 소가주의 눈치를 살펴 왔다. 오늘은 그런 그들에게 경사스러운 날이었다.

"모두 일어나라."

그러나 라파엘로에게는 그다지 경사스러운 일이 아니었다. 가문을 계승한 것에 특별한 유감이 있어서가 아니라, 카예나 때문이었다.

"황녀 전하께 변고가 있었던 날이다. 다들 조용히 처신하도록."

"예, 각하!"

가신들이 흩어지고 집을 지키고 있었던 바스턴이 재빨리 다가왔다. 라파엘로는 저택으로 들어가며 바스턴이 내민 서신을 받았다.

"대부인께서 보내신 전갈입니다."

[길리안 자작가라면 진즉 벼르고 있었으니 뒤집어도 상관없다. 나머지는 이제 네가 가문의 주인이니 잘 처리해 보아라.]

과연 모친은 사태 파악이 빨랐다. 소식을 듣자마자 그에게 권한을 넘긴 것이다. 그녀는 최소한의 조치만 했고 나머지는 라파엘로에게 일임했다.

그는 촛불에 편지를 태웠다.

"황제 폐하께 독대를 신청하거라. 내일 오전 중으로 알현할 것이다."

"예, 각하!"

라파엘로는 부모의 불화 원인이 불륜이란 사실을 알았다. 아버지는 키드레이 공작가에 데릴사위로 오기 전 사랑하는 여자가 있었고, 그녀를 잊지 못하고 계속 만나 온 모양이었다.

한때 그 상대가 누구인지 알아보려고 한 적도 있었다. 그러나 누군가가 상대에 대한 흔적을 완전히 감춰 버렸다. 그것만 봐도 상대가 만만치 않다는 걸 알 수 있었다. 여기서 더 파고들면 위험할지도 모른단 직감이 들은 라파엘로는 그 뒤로 부친이 누구와 만났는지 알아보는 걸 관뒀다.

어쨌든 중요한 사실은, 부친은 이기적이며 키드레이 가문에 큰 피해를 줬다는 것이다. 부친에 대한 정은 이미 열 살 때 버렸다. 모친을 안쓰럽게 여기는 마음이 없진 않지만 그뿐이다.

이제 모든 걸 그의 뜻대로 이룰 생각이었다. 라파엘로는 가족과 유대감이 없었고 해야 할 일은 명확했다. 황제에게 그가 그토록 싫어하는 제 부친을 팔아넘길 생각이었다.

"황제 폐하를 뵙습니다."

그는 침상에 기대어 앉은 에스테반 황제를 바라보았다. 침소에는 그들밖에 없었다. 루든 시종장도 내보낸 채 황제와 라파엘로 단 두 사람만이 존재했다.

"황녀를 구해 준 게 자네라지."

"마땅히 해야 할 일이었습니다."

황제는 잠깐 아무 말 없이 눈을 지그시 감았다.

"카예나에게 마음이 있나?"

설마 황제가 이런 질문을 할 줄은 몰랐다. 라파엘로가 잠깐 멈칫한 사이 황제는 입가에 엷은 웃음을 머금었다. 이미 그것으로 충분한 대답을 들었다는 듯한 미소였다. 키드레이 가문에서 부친에 대한 어떠한 보호도 없을 것이라고 제안해 온 것부터 이미 명확했다.

"나는 살날이 얼마 남지 않았네, 공작."

다시 눈을 뜬 에스테반은 황제가 아닌 딸을 둔 아버지이자 그저 한 사람의 인간으로서 이야기했다.

"이 황궁은 정말 지독한 곳이야. 이곳을 채운 이들은 처음엔 사람이었으나 다들 괴물이 되어 가지."

그의 목소리에서 전과 같은 강인함은 찾아볼 수 없었다. 불과 몇 달 전과 비교해도 상당히 달라져 있었다.

"나 역시도 한때는 누구보다 강인한 괴물이었지. 내 힘, 내 젊음이 영원할 줄 알았다네. 하지만 아니었지."

황제와 라파엘로의 눈이 마주쳤다.

"나는 여전히 어리석고 과거의 실패한 결정에 목숨을 맡겨 두고 있네."

"무슨 말씀이십니까?"

에스테반 황제는 담담하게 말했다.

"레제프 황자는 내 자식이 아니야."

"……예?"

라파엘로는 자신이 들은 것을 믿을 수 없었다. 레제프 황자가 그의 자식이 아니라면 대체 누구의 자식이란 말인가? 점차 심장이 빠르게 뛰기 시작했다.

에스테반 황제가 낙인처럼 말했다.

"자네 부친의 자식이지."

황제는 참담한 말을 썩 담담하게 이어 갔다.

"자네 부친은 선황후의 정부였다네. 선황후가 카예나를 낳고 몸조리하느라 기후가 따뜻한 남쪽으로 내려간 적이 있었지."

그때 레제프가 생겼단 말이었다.

"이 사실을 아는 사람 대부분의 입을 이미 막았다네, 자네 모친을 제외하고는 아마도 모두."

라파엘로는 한숨이라도 내쉬고 싶은 기분이었다. 그러나 황제를 앞에 두고 그럴 수 없었기에 목구멍으로 삼켰다. 한숨은 불덩이처럼 뜨거워져 그의 속을 새까맣게 태웠다.

"나는 선황후를 용서할 수 없었지. 날 우습게 만들었단 사실을 도저히 참을 수가 없더군."

그는 섬뜩하게 낮은 목소리로 말했다.

"그녀에게는 마침 견과류 알레르기가 있었지."

"……."

끔찍한 이야기였다. 라파엘로는 무표정한 얼굴로 이 폭력적인 이야기를 계속해서 들었다.

"레제프는 선황후의 부정이다. 나는 그 존재를 인정할 수 없었고 내 자식으로 둔갑시켰어. 다행인지 불행인지 그것은 선황후를 그다지 닮지 않았지."

"……제 부친을 닮았군요."

그 선해 보이는 둥근 눈매와 서글서글한 인상을 보고 왜 지금까지 부친을 떠올리지 못했을까?

"진실을 토로한 내가 증오스럽나?"

증오스럽냐고? 잘 모르겠다.

라파엘로는 감정에 무뎠다. 그런데도 이 순간만큼은 자신이 뜨겁게 달아올랐는지, 차갑게 얼어붙었는지 헷갈렸다.

"내 자식처럼 키우지 못할 독을 품었다가 결국 그것이 이 황실을 중독시키고 말았어."

레제프 황자가 독이 된 것도, 황실이 이렇게 된 것도 모두 에스테반 황제의 실책이었다.

"카예나는 선황후를 지나치게 닮았지. 그래서 그 아이에게도 좀처럼 정이 가질 않았어."

라파엘로는 주먹을 꽉 틀어쥐었다. 아주 익숙한 이야기였다. 그는 모친을 쏙 빼닮았다. 키드레이 가문의 특징인 검은 머리와 붉은 눈을 그대로 타고나기도 했다. 부친은 그를 끔찍하게 보았다. 그의 몸에는 부친의 피도 절반이 흘렀다. 그러나 부친은 제 결실임에도 라파엘로를 내쳤다. 아내를 사랑하지 않았기 때문이다.

"키드레이 공작가의 불화는 이미 들었지. 노아 키드레이도, 자네도 피해자란 사실을 알고 있네. 하지만 난 자네에게 미안하다고 말하진 못하겠어. 난 여전히 내 복수가 정당했다고 생각하니까."

이제야 부친인 레오가 왜 그랬는지 이해했다. 선황후가 황제의 손에 죽었다는 사실을 그는 알았던 거다. 생각해 보니 갑자기 실의에 빠져 술을 마시기 시작한 것도 선황후가 타계했던 시기와 일치했다.

"최근 들어 카예나의 변한 모습을 보고 갑자기 많은 생각이 들었다네. 나는 그 아이를 어리석은 선황후와 똑같이 보고 있었거든. 그런데 그 아이가 갑자기 눈부시게 변했지."

그것은 카예나가 스스로 이뤄 낸 변화였다. 그러지 않고서는 살아남을 수 없어서. 안온하지 못한 이유의 변화란 말이었다.

"카예나는 레제프가 자신처럼 변할 수 있다고 생각하는 것인지, 애정을 주고 다정하게 보살피더군. 제게 독을 먹인 동생에게 말일세."

"……."

"지난 파티에서 마신 독은 레제프 짓이었지. 난 카예나가 그 사실을 알고 있다고 생각하네. 그런데도 그 아이는 동생을 용서하더군."

이 이야기는 정말 최악이었다. 믿기지 않을 정도로 엉망이었고 참혹하기 짝이 없었다.

이 구역질 나는 곳에서 그녀는 침착하게 때를 기다린 것이다.

홀로, 이곳에서.

그가 아니면 손 내밀 곳 없는 그녀가 얼마나 필사적이었을지 떠올려 보는 게 어렵지 않았다. 그는 도저히 묻지 않을 수 없었다.

"황녀 전하께 미안하지 않으십니까?"

황제가 한숨처럼 말했다.

"회한은 들더군."

그리고 메마른 목소리로 덧붙였다.

"하지만 그 또한 황족의 숙명이다."

라파엘로의 눈동자에 붉은 불꽃이 튀었다. 당장 황제의 멱살을 쥐고 저 담담한 얼굴에 주먹을 꽂아 버리고 싶었다.

'아, 이래서.'

카예나가 이곳에서 도망치려고 그토록 발버둥 칠 만했다. 이곳엔 그녀를 숨 쉬게 할 만한 게 아무것도 없었다. 아니, 비단 황궁만이 아니었다.

'이 세계가 마치 카예나를 죽이고자 만들어진 것 같아.'

라파엘로는 자신에게 모든 진실을 털어놓은 황제를 건조한 눈으로 바라보았다.

"제게 이런 말씀을 하신 이유가 무엇입니까?"

황제는 희미하게 웃었다.

"내 복수를 마무리 짓기 위해서라네."

그렇게 말하고는 이내 미소를 거두었다.

"자네가 내 딸을 사랑하게 되어서 다행이야."

치졸하고 비열한 인간. 라파엘로는 에스테반 황제를 그렇게 평가했다. 복수를 마무리 짓는다고?

그래. 황제의 판단은 매우 정확했다. 라파엘로는 레제프 황자를 용서치 못하겠으며 그가 카예나를 휘두르는 것을 절대 두고 보지 못하게 되었다. 한번 먹인 독, 다음엔 목숨을 거둬 가지 않으리라는 법도 없다.

헨버튼 길리안이 했던 말이 순간 귓가를 맴돌았다.

"이건 제가 그런 게 아니라 전하께서 하신 겁니다."

"제가 사라지면 이제 이런 일이 없을 것 같습니까?"

그가 왜 그렇게 말했는지 완전히 이해할 수 있게 되었다. 레제프가 곁에 있는 한, 카예나는 계속해서 몇 번이고 위기에 빠질 것이다.

황제는 라파엘로의 손을 빌려 레제프를 억압할 생각이었다.

"두 가지 청을 들어주십시오, 폐하."

에스테반은 다시 제국의 황제로 돌아와 그를 마주했다. 라파엘로가 원하는 것이 있기에 만들어진 자리였다. 제 아비를 팔아 치울 각오로 만들어 냈으니 평범한 부탁을 하진 않을 것이다.

"말해 보라."

라파엘로는 바닥에 천천히 한쪽 무릎을 꿇었다.

"이번 납치 사건에서 황명을 거역하고 군대를 통솔한 레제프 황자님께 아무런 불이익도 주지 마십시오."

"그리고?"

"황녀 전하를 후계자로 삼지 마시되, 그분께 후계자의 권한만 내려주십시오."

카예나를 후계자로 삼으면 반드시 레제프와 하인리히 대공자, 양측에게 집중 공격받는다. 그러나 후계자가 아닌데 후계자의 권한을 쥐면 양측에서 탐내게 된다. 그 힘은 카예나를 지킬 것이다. 그녀는 현명한 사람이니 어떻게 써야 하는지도 금방 터득하겠지. 라파엘로에게는 판도를 뒤집을 시간이 필요했다. 레제프도, 예이스터도 아닌 새로운 후계자를 세울 시간이 말이다.

황제는 가느다랗게 웃었다.

"윤허한다."

－⁂－

황제의 침실에서 나온 라파엘로는 이 순간 상당히 보고 싶지 않았던 인물과 마주했다.

"기다리고 있었습니다, 공작."

레제프였다.

"어떻게 되었습니까?"

그는 처음부터 레제프에게 불이익을 주지 말라는 청을 할 생각이었다. 카예나를 구출해 낸 공적을 세운 황자에게 불이익을 준다면 그의 세력이 강한 불만을 품을 수 있었다.

그 불만은 곧 카예나를 공격할 빌미가 된다. 아직 카예나에게는 그걸 방어할 힘이 부족했다.

"다행히도 폐하께서 뜻을 헤아려 주셨습니다."

레제프는 꽤 뜻밖이라는 듯이 눈을 치떴다.

"무슨 거래를 하셨기에 부왕께서 저를 벌하지 않겠다 하신 건지 궁금하군요."

라파엘로가 약간 낮아진 목소리로 말했다.

"별것 아니었습니다. 황자 전하의 진의를 헤아려 주신 거겠지요."

절대 그럴 리 없었으나 레제프는 더 캐묻지 않았다. 어쨌든 황제는 그에게 이번 일의 책임을 묻지 않을 것이다. 그럼 제 세력으로부터 누이를 보호할 수 있다.

"공작님께 빚을 지고 말았군요."

라파엘로는 굳이 아무런 대답도 하지 않았다. 레제프가 물었다.

"길리안 자작가 문제는 어떻게 할 생각입니까?"

"일단 제가 막 작위를 승계한 터라 정신이 없었습니다. 가문 내부를 수습한 후에 길리안 자작을 곧바로 소환하겠습니다."

라파엘로는 평상심을 유지하는 게 이렇게 어려운 일이라는 걸 처음 알았다. 머리가 뜨거워지고 차가워지길 반복했다. 그래도 평범하게 말은 잘 마친 듯했다.

"그럼 물러나겠습니다."

그는 대기실에서 나왔다. 그런데 밖에서 기다리고 있었어야 할 보좌관이 보이지 않았다.

"제레미는 어딨지?"

수행원 하나가 보고했다.

"가신이 황궁 밖에서 급히 불러 잠시 자리를 비웠습니다."

제레미는 이렇게 자리를 비울 사람이 아니었다. 라파엘로는 1층으로 내려갔다. 맞은편에서 달려오는 제레미를 발견할 수 있었다.

"각하!"

라파엘로는 주변에 자신을 향한 눈이 많은 것을 느끼고 조용히 밖으로 걸어 나갔다. 제레미도 그의 곁에 붙어 서서 입을 가린 채 말했다.

"클로렌스 엘리반에게 붙인 사람에게서 방금 전갈이 도착했습니다."

"무슨 일이지?"

"엘리반 남작 부인이 사망했습니다."

"이유는?"

"자살로 꾸며졌으나 타살이 확실합니다. 그리고 엘리반 부인이 황녀 전하께 쓴 답신을 입수했습니다."

라파엘로는 머리가 지끈거리는 것만 같았다. 그는 밖으로 나가기 전, 고개를 들어 올려 황녀궁 쪽을 보았다.

"황녀 전하께서는 아직 의식이 없으시냐?"

"그렇다고 합니다."

가슴이 답답했다. 그는 자신이 타길 기다리는 중인 마차에 오르며 제레미에게서 편지를 건네받았다.

봉투에는 그림이 그려져 있었다. 나뭇가지에 매단 그네를 타는 금빛 머리의 여자아이와 녹색 드레스를 입고 그네를 밀어 주는 여자가 그려진 그림이었다. 이건 아마도 엘리반 부인이 직접 그린 것 같았다.

그녀의 죽음은 자살이라는 형태로 카예나의 귀에 들어갈 것이다.

라파엘로는 갈등했다. 이 편지와 함께 엘리반 부인이 타살당했다는 걸 알리면 카예나는 과연 멀쩡할 수 있을까? 그녀는 강인해 보이지만 실은 한없이 무리해서 단단함을 유지하고 있다는 걸 알았다. 언제든 허물어질 수 있었다. 헨버튼을 마주했을 때처럼.

그러나 알리지 않으면 기만이지 않을까?

"어디 쪽 짓인지는 모르느냐?"

"조사하고 있습니다만, 솜씨가 워낙 교묘하여 행적을 쫓기 쉽지 않답니다. 다만……."

제레미가 조심스럽게 덧붙였다.

"레제프 황자 측에서 벌인 일인 것은 확실합니다. 공석인 시녀장 자리에 레르반스 도티 부인을 추대하려는 움직임이 있었습니다."

레르반스 도티라면 레제프의 유모였던 사람이다. 지금은 일선에서 물러난 그녀를 시녀장으로 데려오겠다니.

"……전하께 알현을 요청해 두어라."

제레미는 라파엘로를 안쓰럽게 보았다. 이 비보를 접할 황녀는 그보다 더 안쓰러웠다. 나쁜 일은 한꺼번에 온다고 했던가? 한숨이 밀려들었다.

─❊❁❊─

길리안 자작가는 조사할수록 가관이었다. 헨버튼의 수집품인 박제한 시체가 여러 구 발견되며 사안이 걷잡을 수 없이 심각해졌다.

바깥에서 황녀를 납치한 자들을 심문하고 길리안 자작가를 뒤집고 난리가 날 동안 황녀궁은 더없이 평화로웠다. 납치 사건이 이곳과 아무런 관련 없는 일처럼 느껴질 정도였다.

카예나는 전날 총으로 헨버튼을 위협했던 사람처럼은 보이지 않는 모습으로 한가롭게 시간을 보냈다. 그 속은 엉망일지언정 겉으로 보기엔 괜찮았다. 괜찮아 보여야 하기도 했다.

몸과 마음은 이미 지쳤다. 아주 잠시라도 제 무력함에 대해 떠올리지 않고 평범한 황녀로 있고 싶었다. 곧 다가올 성년식을 고대하고 완성된 드레스를 기쁘게 바라보는 평범한 일상을 살고 싶었다. 그래서 일부러 화병에 꽃꽂이도 해 보았다. 마음이 어지러워서인지 솜씨가 없어서인지 괴작이 탄생하고 있었지만 아무래도 좋았다.

카예나의 곁을 지키던 베라가 걱정스럽게 물었다.

"전하, 정녕 샤프롱 없이 성년식을 지내실 참입니까?"

시녀들은 초대장을 대부분 작성했고 그것은 전령을 통해 전달되기 시작했다. 그런데 카예나는 여전히 샤프롱을 두지 않았다.

"엘리반 부인이 아니면 굳이."

'그러고 보니 아직 답신을 받지 못했네. ……하긴, 오래 떨어져 있었는데 아직도 날 생각할 리가 없나?'

그래도 이 순간, 유모가 있었더라면 마음이 조금 덜 힘들지 않았을까? 그러나 카예나는 자신을 꾸짖었다.

'나약한 생각은 하지 말자.'

조금만 더 견디면 성년식이다. 그녀는 사교계에 가상의 남편에 대한 소문을 퍼트릴 생각이었다. 라파엘로의 협력이 필요하겠지만, 어쩐지 그가 자신을 도와줄 것 같다는 생각이 들었다.

툭. 카예나는 꽃대를 다듬다가 꽃송이를 잘라 버렸다. 테이블에 떨어진 붉은 꽃송이에 기분이 묘해졌을 때였다. 올리비아가 문을 두드리고 들어왔다.

"황녀 전하, 라파엘로 키드레이 공작님이 도착했습니다."

어제 오후에 라파엘로가 전령을 보내 긴히 할 말이 있다며 알현을 요청했다. 카예나는 그에게는 감사 인사도 해야 했으니 바로 수락했다.

"저번과 같은 응접실로 모셨습니다."

"수고했어."

카예나는 침실에서 나가기 전, 무심결에 거울 앞에 섰다. 꽤 따뜻해진 날씨에 맞게 산뜻한 연분홍빛 드레스 차림이었다. 음울한 기운이라고는 조금도 느껴지지 않을 정도로 사랑스럽고 아름다웠다. 그녀는 제 모습을 점검하다 멈칫했다. 이래서야 그와의 만남에 다른 의미를 부여하는 것 같지 않은가?

"안에서 기다리고 계십니다."

그녀는 고개를 끄덕이고 응접실로 들어갔다. 라파엘로는 응접실 중앙에 서 있었다. 카예나는 그의 모습을 보자 분명 아무 일이 없는데도 어딘지 안심되는 기분을 느꼈다. 이게 든든한 아군을 마주할 때 느끼는 기분일까?

그가 고개를 돌려 카예나와 시선을 마주쳤다. 차갑게 식어 있던 라파엘로의 얼굴에 온기가 스며들었다. 그는 살 것 같다는 기분이 뭔지 깨달았다. 지금 그는 살 것 같았다. 카예나를 보는 순간 그랬다.

카예나는 그 모습을 정면으로 목격하며 두 눈을 천천히 깜빡였다. 그가 자신을 바라보며 미소 짓고 있었다. 무장했다고 생각했던 마음에 균열이 일어났다.

잠깐 머뭇거리는 사이 라파엘로가 카예나에게 인사했다.

"황녀 전하를 뵙습니다."

카예나도 드레스 자락을 잡고 마주 인사했다.

"작위 계승을 축하드립니다, 공작님."

"감사합니다."

격식을 차린, 특별하지 않은 인사를 주고받았다. 그러나 이 안을 채운 묘한 분위기는 평범하지 않았다.

그녀는 라파엘로의 심경에 어떤 변화가 일어났음을 깨달았다. 자신을 바라보는 눈빛이 한층 더 깊어져 있었다. 숨이 조금씩 가빠졌다. 카예나는 미소로 생각을 감추며 말을 이었다.

"그날 제가 공작님께 무례를 저질렀음에도 관용을 베풀어 줘서 고마워요. 이 은혜는 잊지 않겠습니다."

어딘가 딱딱하게 거리를 두는 듯한 투였다. 라파엘로는 그것을 그대로 둘 생각이 없었다. 자신의 마음은 이제 아주 잘 깨달았다. 카예나는 제게 특별하다. 그녀를 생각하는 마음은 아주 빠른 속도로 점점 더 짙어졌다.

"어제 약간 소란했다고 들었습니다. 괜찮으십니까?"

"별일 아니었어요. 걱정하지 않으셔도 괜찮아요."

"걱정됩니다."

카예나는 입술을 꼭 다물었다. 무심결에 탄식이 튀어나올 것 같았기 때문이다.

라파엘로는 곧은 시선으로 카예나를 바라보았다. 시선을 회피할 수가 없었다.

"저는 전하를 걱정하는 걸 멈출 수 없습니다."

"……공작님."

"어리석은 저를 용서하십시오."

그가 카예나를 품에 안았다.

온기를 나누는 건 참 특별한 일이다. 날카롭게 곤두선 신경이 서서히 무뎌지며 불안하게 흔들리던 세상이 일순간 고요해졌다.

라파엘로는 소중한 것을 대하듯 조심스러우나 강렬하게 카예나를 끌어안았다. 카예나는 멈칫하다가 그의 등을 천천히 안았다.

"괜찮아요?"

그 말에 라파엘로는 고통스럽게 낮은 웃음을 흘렸다. 이런 상황에서도 카예나는 상대를 보듬었다. 라파엘로는 자신이 그녀가 보여주는 호의에 깊이 중독되었음을 절절히 깨달았다.

"아니요."

그는 유치하게 대답했다. 그게 사실이기도 했다. 그는 조금도 괜찮지 않다. 에스테반 황제가 폭력적으로 알려 준 진실에 꽤 너덜너덜해졌다. 전하지 못할 진심이 목 끝까지 차올랐다.

당신의 동생이 제 동생이기도 하다는 걸 혹시 아십니까? 황제는 당신과 저를 이용해 레제프 황자를 끝까지 괴롭힐 생각입니다. 왜 당신이 남을 위한 희생양이 되어야 합니까? 나와 같이 도망칩시다. 이 끔찍한 곳에서, 당장.

그때 카예나가 그의 등을 부드럽게 토닥였다. 다정한 위로였다. 라파엘로는 그 손길에 몸을 웅크려 카예나를 품에 더욱 단단히 가뒀다.

외투 안에 든 엘리반 부인의 편지는 이대로 없애야 하나? 그는 이 순간까지도 계속해서 고민했다. 진실을 알렸을 때 카예나가 어떻게 될지 예측할 수 없었다. 울까? 아니면 초연할까? 담담히 체념하며 받아들일까? 그렇지 않으면 좌절하고 분노할까? 속이 엉망진창으로 복잡해졌다.

카예나는 라파엘로의 등을 토닥여 주면서도 상당히 곤란하다는 표정을 했다. 자신을 발견하고 어두운 통로를 막 벗어난 사람처럼 구는 라파엘로를 떨어트릴 수가 없었다. 대체 무슨 일일까? 이 남자가 이렇게까지 나약한 모습을 가감 없이 보일 정도의 일이면 상당히 심각한 것 아닌가?

'대체 누가 이 사람을 이렇게 만들었지?'

카예나는 라파엘로가 그녀를 절대 놓아줄 생각이 없는 사람처럼 안는 바람에 주책없이 마음이 떨렸다.

'침착하자, 침착해.'

시간이 좀 지나자 라파엘로가 카예나를 살짝 놓아주었다. 그러나 여전히 품에 안고 있는 모양새였다. 라파엘로가 입을 열었다.

"묻고 싶은 것이 있습니다."

그녀는 어색하게 몸을 뒤로 빼며 말했다.

"말씀하세요."

"다정한 거짓말과 불행한 진실 중 하나를 택해야 한다면 어떤 걸 택하시겠습니까?"

"진실이요."

카예나는 망설이지 않고 대답했다.

"불행은 제 몫이니까요."

그녀는 그렇게 대답하며 직감했다.

"제게 뭔가 안 좋은 소식을 전해야 하는 모양이군요."

"……"

카예나는 다정하게 미소 지었다. 이 사람의 염려와 배려가 고마울 정도였다. 새로운 불행은 새로운 생채기를 만들어 내겠지만, 괜찮았다. 어차피 그런 인생이라고 받아들이고 있었다.

"저는 괜찮으니 말씀하세요."

'이왕이면 나를 좀 놓고 말했으면 좋겠는데.'

그의 품에 안겨 있으니 저도 모르게 몸을 완전히 기대고 싶어졌다. 그건 말도 안 되는 짓이었다. 카예나는 작게 한숨을 흘렸다.

라파엘로는 카예나의 마음을 읽은 것처럼 조금 더 떨어졌다. 그러곤 품에서 봉투를 하나 꺼냈다.

"클로렌스 엘리반 남작 부인이 전하께 쓴 답신입니다."

카예나는 순순히 편지를 건네받으면서도 의아했다.

'유모의 답신이 왜 라파엘로에게서 나오지?'

"이걸 왜 공작께서……?"

라파엘로는 무겁게 입을 열었다.

"엘리반 남작 부인이 사망했습니다."

봉투를 건네받던 손이 멈칫했다. 라파엘로는 이실직고했다.

"전하께서 클로렌스 엘리반 남작 부인을 수도로 불러들였단 소식을 받고 그곳에 사람을 보냈었습니다."

카예나는 시선을 내려 봉투 겉면을 보았다. 그네에 탄 자신과 그네를 밀어 주는 유모가 그려져 있었다. 아득한 옛 기억이 아스라이 떠올랐다.

"자살로 위장되었으나 편지를 포함해 정황을 살펴보니 타살이라는 결론이 나왔습니다. 허락 없이 편지 내용을 확인한 점, 죄송합니다."

그녀는 봉투를 열어 내용을 확인했다.

[그리운 카예나 전하.

제 손으로 그네를 밀었던 게 어제 일처럼 생생한데 어느덧 장성하셨군요.

저같이 보잘것없는 늙은이를 잊지 않고 찾아 주신 것에 감사할 따름입니다.

전하께서 저를 수도로 다시 불러들이는 일이 쉽지 않았으리라고 생각합니다. 제법 오랜 세월을 그곳에서 지내며 보고 들은 것이 있으니까요.

제 눈으로 보아온 황궁은 전하께 온통 불리하기만 한 곳이었습니다.

그러니 원망의 마음은 추호도 없습니다.

전하께서 필요하시다면 저는 얼마든지 다시 그곳으로 뛰어들 준비가 되어 있습니다.

　　　　　　　편지가 잘 전해지길 바라며, 클로렌스 엘리반 드림.]

다정다감한 편지는 아니었다. 그녀는 상당히 꼿꼿한 성정이었던 걸로 기억했다. 그래도 이 안에 담긴 의지와 애정은 충분히 알아볼 수 있었다.

"황자 전하 쪽에서 레르반스 도티 부인을 시녀장으로 추대하고자 하는 움직임도 포착했습니다."

덧붙인 설명을 들으며 카예나는 편지를 다시 봉투에 넣었다.

"그렇군요."

대답은 고작 그것으로 끝이었다.

"공작이 아니었다면 이 편지는 받아 볼 수 없었겠군요. 번번이 이렇게 도움만 받아서 미안해요."

카예나는 아주 멀쩡해 보였다. 적절하게 미소 짓기도 했고 알맞게 안타까운 표정을 짓기도 했다. 어느 부분도 과하거나 모자람이 없었다.

"유모의 비보를 받게 될 줄은 몰랐지만, 범인이 꼭 잡혔으면 좋겠군요."

"제 가문에서도 계속 범인의 행적을 쫓고 있습니다."

카예나는 고개를 끄덕였다.

"아까의 포옹은 저를 위로하려는 뜻이었나 보군요."

그녀를 위로하는 의미도 있었지만, 꼭 엘리반 부인 문제 때문만은 아니었다. 라파엘로는 입을 다물었다.

카예나는 약간 피로한 얼굴로 살짝 웃더니 말을 이었다.

"……오늘 이 자리는 여기서 마무리하는 게 나을 것 같네요."

"괜찮으십니까?"

"솔직히 조금 충격적이긴 하지만, 실의에 빠져 있기엔 제 처지가 녹록지는 않군요."

그렇다 해도 이렇게 담담할 수 있는 문제가 아니었다. 라파엘로는 그녀에게 빈틈이 보이지 않는다는 점을 더욱 걱정스럽게 여겼다. 그래서 몸을 돌려 응접실을 나가려는 카예나를 잡았다.

"저는 몇 번이고 손을 내밀 겁니다."

"……다음에 다시 연락드리겠습니다, 키드레이 공작님."

카예나는 차분하게 인사를 고했다.

─❦─

평소보다 빠른 걸음에 드레스 자락이 살짝 휘날렸다. 허리를 곧게 세운 채 걷는 모습은 아무런 문제가 없어 보였다. 올리비아는 라파엘로와 독대를 마치고 무표정한 얼굴로 침실로 돌아가는 카예나를 힐끗 보았다. 뭔가 분위기가 이상했다.

침실에 도착한 카예나는 안을 지키던 시녀를 모두 내보냈다. 다들 어리둥절한 얼굴을 하다가 밖으로 나갔다.

카예나는 소리 없이 비명을 질렀다.

'레제프─!'

범인은 너무나 뻔했다. 도티 부인은 에반스 가문과 사이가 좋지 않았다. 이권을 두고 경쟁하는 사이였다. 그런 그녀를 에반스 가문에서 시녀장으로 추대할 리 없다.

피가 차갑게 식었다. 라파엘로의 앞에서 담담한 척, 괜찮은 척 표정을 관리하느라 속이 새까맣게 타 버렸다.

저 때문에 유모가 죽었다.

카예나가 그녀를 찾지 않았다면 이런 일은 없었을 것이다. 그녀는 제 처지를 간과하고 뭔가를 원한 대가를 치르게 되었다. 실책이다. 주도면밀하지 못했다.

레제프가 어떤 아이인지 알면서 아직 어리니까, 타고나길 악인은 아니니까, 내 동생이니까, 같이 학대받았으니까. 여러 이유를 붙였다.

자신을 타일렀다. 어른스럽게 행동해야 해. 그 아이를 보듬어 주어야 해. 애정이라고는 받아 본 적 없는 그 불쌍한 아이를…….

그러나 레제프는 카예나가 한 노력을 한 번에 부쉈다. 이렇게 해도 괜찮을 거라고 생각한 게 틀림없다.

카예나가 주제를 깨닫고 제 비위를 맞추길 바란 것이다. 주제 파악. 그래, 주제 파악을 하라는 메시지였다.

그녀는 여전히 종이 황녀고 여전히 그의 마리오네트다. 끊어 냈다고 생각한 실이 섬뜩하게 몸을 조여 왔다. 무력했다. 자신은 이 세상을 버텨 낼 힘이 지나치게 부족했다. 이대로라면 첫 번째 삶보다 더 일찍 요절할지도 모르겠다.

'원래는 얼마나 살았더라?'

서른도 되기 전에 죽었다. 스물다섯이었나, 여섯이었나? 절망적인 무력감이 전신을 뒤덮었다. 곧 수면 위로 오를 수 있을 줄 알고 열심히 발버둥 쳤으나 물속이 너무 깊었다. 카예나는 그대로 침잠했다.

"대체 왜 그랬니?"

들어야 할 상대가 없는 조용한 원망이 입술 사이로 흘러나왔다.

"난 너의 하나뿐인 누이잖니……."

그래서 과거도 없던 것으로 생각하려고 내가 그토록 노력했잖니. 잊으려고, 다 용서하려고 그렇게 노력했잖니. 그냥 나는 조용히 이곳을 벗어나 평온한 일상을 지내는 자유만 바랐잖니.

자신이 어리석었다. 카예나는 제 실책을 절절히 깨달았다. 아아. 이런 온건한 방법으로는 절대 나를 지킬 수 없었던 거야.

카예나는 어둠에 잠긴 눈으로 손에 든 봉투를 보았다.

"힘이 필요해."

제게서 뭔가를 빼앗는 것에 너무나 익숙한 동생을 훈육하는 일엔 매가 필요하단 사실을 깨달았다.

"자꾸 내 것을 빼앗으려 한다면 나도 네가 가장 원하는 걸 빼앗아 줄게."

그러면 앞으로 그런 패악을 부리면 안 된다는 걸 깨닫게 되지 않겠니, 레제프?

가장 원하는 것을 빼앗기는 고통을 알려 주기로 작정한 이상 거리낄 건 없었다. 헨버튼 앞에서 뺨에 칼날을 들이댔던 것처럼 레제프가 앉을 옥좌를 빼앗아 줄 생각이었다.

카예나는 곧장 부왕을 찾아갔다.

"성년식을 앞두고 이런저런 일이 많으니 마음이 불안해요."

그녀는 평소처럼 부왕이 먹을 만한 간식을 만들었다. 또 평소처럼 그중 일부를 레제프에게 보냈다. 겉으로는 변한 게 아무것도 없는 것처럼 보였다. 변한 것은 오직 카예나의 마음뿐이었다.

"사원을 좀 다녀오고 싶어요."

에스테반 황제는 호박을 끓여 만든 묽은 수프를 한술 뜨다가 의아하게 되물었다.

"사원?"

뜻밖의 말이었다. 이 시기에 사원이라니? 카예나는 신실한 신자도 아니었다.

그녀는 여상스럽게 말했다.

"영험하다는 사원이 있다고 들어서 그곳에 헌금해 보려고요. 좋은 말씀도 듣고 말이에요."

사원은 그런 것으로 종종 장사하곤 했다. 보통 귀부인들이 그에 기대어 순산을 기원하거나 자식의 좋은 혼처를 바랐다. 그런데 그걸 제 딸도 믿을 줄은 몰랐다.

'최근에 확실히 이런저런 일이 많긴 했으니.'

대외적으로도 카예나가 사원을 한번 다녀오며 몸과 마음을 정화하는 듯이 보이는 게 나을 것 같았다.

"그것도 좋겠지."

카예나는 환한 표정을 지으며 황제를 살짝 그러안았다.

"폐하의 쾌유를 빌고 올게요."

그녀의 사랑스러운 행동에 황제는 저도 모르게 미소 지었다. 딸이 똑똑한 것도 좋지만 이렇게 귀염 떠는 모습을 보는 것도 큰 기쁨이었다.

"이만 나가 보겠습니다."

목적을 달성한 카예나는 우아하게 인사를 올리고는 황제의 침소에서 나왔다.

"옷가지를 챙겨 주렴. 시중 하인 하나만 데리고 가볍게 다녀올 생각이야."

"네?"

베라는 깜짝 놀랐다.

"너무 단출하게 다녀오시는 건 아닌지요? 상급 시녀 중 한 사람은 데려가십시오."

"아냐. 호위 기사를 여럿 데려가는 것으로 충분해. 사원에 수행원을 너무 많이 데려가는 것도 보기 좋진 않아."

"그래도……."

호위 기사는 모두 남자라 그녀를 살뜰히 보필할 수 없다. 그들이 황녀가 드레스를 입고 벗는 시중을 들 수는 없으니 말이다.

"혼자 입고 벗을 수 있는 간단한 옷차림으로 갈 거란다."

베라는 카예나가 정말 그 이상한 사원이 영험하다고 믿는지 의심스러웠다. 그런 미신을 믿을 사람으로는 보이지 않았기 때문이다.

'그래도 최근에 일이 많긴 했어.'

충분히 마음이 약해질 수 있다고는 생각하지만, 어딘가 석연찮았다.

'마법의 힘을 손에 넣어야 하는데 시녀가 있으면 곤란해.'

이 세계에는 마법이 존재한다. 올리비아가 마법의 힘으로 죽음에서 되살아나기도 했다.

그 힘을 손에 넣는 방법은 원작에서 읽어 알고 있었다. 그것은 카예나의 무력함을 상당히 보완해 줄 터였다. 그러니 반드시 손에 넣어야 한다.

준비할 것은 많지 않았다. 사원에 기부할 헌물, 적당한 하인 하나, 데려갈 호위 기사 정도였다.

베라는 곁에서 계속 우려를 표했지만, 카예나가 괜찮다고 타일렀다.

"좀 더 준비를 철저히 하여 내일 떠나시는 편이 낫지 않을까요?"

그건 안 된다. 레제프가 소식을 듣고 그녀를 의심해 사람을 붙이기 전에 속전속결로 끝내야 한다.

이내 모든 준비가 끝났다. 카예나는 후드를 쓰고 마차에 올랐다.

"밤은 쌀쌀하니 로브는 꼭 입으시고요."

"알았으니 너무 걱정하지 말렴."

뒤에서 조용히 서 있는 올리비아를 향해서도 눈길을 마주쳐 주었다. 그녀는 자신을 배웅 나온 시녀들에게 말했다.

"다녀오마."

곧 마차가 황궁을 빠져나갔다. 카예나는 무표정한 얼굴로 창밖을 바라보았다.

마차는 수도에서도 외진 곳에 있는 작은 사원을 향해 달렸다. 그 사원은 빈민가 근처에 있는 곳이라 아무도 이용하지 않았다. 다만 몇 가지 묘한 소문이 있어 귀부인들이 은밀하게 찾는 사원이었다.

'영험할 수밖에.'

그곳은 마법사가 세간의 눈을 피해 숨어든 사원이었다.

"도착했습니다."

카예나는 마차에서 내리며 눈앞의 고즈넉한 분위기의 사원을 잠시 바라보았다.

"오늘 방문을 요청하신 귀부인이십니까?"

그녀를 발견한 젊은 사제가 다가왔다.

"방문 요청은 하지 않았다네."

생각보다 훨씬 어린 여자의 목소리를 듣게 되자 사제는 조금 놀라고 말았다. 로브 때문에 모습이 보이지 않으니 당연히 종종 이곳을 찾는 귀부인 중 하나라고 생각했기 때문이다.

카예나는 로브의 모자를 살짝 들어 올리며 사제와 눈을 마주쳤다. 젊은 사제가 눈을 휘둥그레 떴다.

"화, 황녀 전하!"

그는 다급히 인사 올렸다.

"황녀 전하를 뵙습니다."

"반갑네."

사제는 얼굴을 붉게 물들였다. 그의 인생에서 단연 가장 아름다운 사람을 보았기 때문이었다.

"이곳 사원에 기부를 좀 할까 하는데."

잠깐 그녀의 미모에 넋을 놓았던 사제는 벼락을 맞은 사람처럼 화들짝 놀라더니 사원의 입구로 달려갔다.

"들어오십시오, 전하."

"고맙네."

카예나는 젊은 사제에게 빙긋 웃어 주고 다시 모자를 깊이 뒤집어썼다. 사제의 얼굴이 잘 익은 토마토처럼 발갛게 달아올랐다.

"어떻게 찾아오셨습니까?"

카예나가 사원 내부로 들어서자 차분한 목소리를 가진 고위 사제가 다가왔다. 인상이 인자하며 상당히 신실해 보이는 사제였다.

"이곳에 기부하고 싶네."

고위 사제는 자연스러운 하대를 듣고는 빙긋 웃었다. 상대가 누군지 알아차렸기 때문이었다.

"황녀 전하를 뵙습니다."

그녀는 데려온 하인에게 손짓했다. 하인이 손에 든 상자를 그에게 건넸다. 고위 사제가 미소로 물었다.

"기도를 올리시겠습니까?"

"물론이네."

고위 사제는 카예나를 기도실로 안내했다.

"그럼, 신께서 굽어살피시기를."

카예나는 하인과 기사들에게 로비에서 기다리라고 말했다. 기사들은 이곳에 아무도 없음을 확인하고 순순히 로비로 물러났다.

기도실은 총 네 개가 있었다. 그녀는 망설임 없이 마지막 기도실로 들어갔다. 문이 닫히고 카예나가 말했다.

"검은 정원의 주인이여, 그대와 거래를 하러 왔다."

그러자 기도실 안의 나무 벽면이 움직이더니 안에서 누군가가 걸어 나왔다. 캐러멜처럼 부드러운 황갈색 머리칼과 옅은 갈색 눈동자의 미남이었다.

카예나는 마주하게 된 새로운 서브 남주에게 인사를 건넸다.

"안녕, 바옐."

정체불명의 상대에게 이름을 불린 바옐의 표정이 차갑게 굳었다. 그는 성큼성큼 다가와 카예나를 거칠게 붙잡았다. 카예나의 후드가 벗겨지며 눈부시게 밝은 금발과 파란 눈동자가 드러났다. 바옐의 표정이 묘하게 바뀌었다.

"넌 누구냐?"

카예나는 현실성 떨어지는 얼굴로 그림처럼 미소 지었다.

"그대에게서 장미를 받아 갈 사람."

"……내가 그걸 들어주리라고 생각하는 건가?"

바옐은 기가 찼다. 카예나가 장미를 맡겨 놓은 사람처럼 뻔뻔하게 말했기 때문이다.

"당연하지. 당신도 내가 필요할 거야."

그 뻔뻔함보다 더 거슬리는 건, 뭐든 다 알고 있다는 듯한 저 태도였다. 장난스러운 미소를 머금은 표정 그 이면에 치밀한 계산이 깔려 있었다. 방심하면 언제든 이 속을 알 수 없는 여자에게 집어삼켜질 거라는 강한 예감이 들었다.

"새로운 장미가 피지 않은 지 꽤 되었을 텐데?"

카예나의 말에 바옐은 흠칫 놀라며 그녀를 잡은 손에 힘을 꽉 주고 말았다. 아직 납치되었을 때 생긴 상처가 낫지 않았던 터라 그녀가 작게 신음했다.

"아파……."

"아."

바옐은 깜짝 놀라서 손을 얼른 떼어 냈다. 소매가 구겨진 걸 보니 생각보다 훨씬 강하게 잡았던 모양이었다.

"……미안."

"이 정도는 괜찮아."

언제 인상을 찡그렸냐는 듯이 카예나는 다시 멀쩡한 얼굴을 했다. 무심히 말하는 뉘앙스가 워낙 묘했기에 바옐은 저도 모르게 카예나에게 시선을 빼앗겼다.

'이 정도는 괜찮다니.'

어느 정도 해를 입어도 상관없다는 말인가? 비약적인 해석일 수 있지만, 바옐은 직감이 날카로운 편이다. 그는 어쩐지 카예나가 자기 파괴적인 일에 꽤 무감한 사람이란 생각이 들었다.

'그래서 더 위험해.'

생긴 건 아침 햇살에 이슬을 반짝이는 꽃 한 송이 같은데, 풍기는 분위기는 해가 뜨기 전의 짙은 새벽 같은 여자였다. 하필 검은 정원의 존재를 이런 여자가 알고 있을 줄이야.

더불어 그녀가 말한 대로 바옐의 상황은 그다지 낙관적이지 않았다.

"이 거래는 서로에게 나쁠 것 없어. 난 마법의 힘을 손에 넣고 당신은 정원의 비료를 얻잖아."

이렇게까지 말하는 걸 보니 마법의 힘을 손에 넣는 대가도 확실하게 아는 모양이었다.

바옐은 그녀를 다시금 찬찬히 살펴보았다. 고급스러운 옷감으로 만든 옷차림에 로브를 여민 브로치도 보석으로 꾸며져 있다. 귀한 집 자제일 것이 분명하다. 이런 여자가 심심풀이로 마법의 힘을 손에 넣을리는 없다. 검은 정원의 주인과의 거래는 거래자의 수명으로 한다.

"조금이라도 쓸 만한 수준의 마법을 쓰려면 최소 수명 10년은 거래해야 한다. 그런데……."

"절반."

"뭐?"

카예나는 빙긋 웃었다.

"내 수명 절반을 그대의 정원에 바치겠어."

"제정신이 아니군."

바옐의 말에 카예나는 그저 작게 웃고 말았다.

틀린 말은 아니었다. 그녀가 제정신이었다면 레제프가 가질 황좌를 빼앗아 그의 오만을 벌할 생각은 하지 않았을 것이다.

그러나 카예나는 그러기로 했다. 제정신이 아닐지언정, 이 일이 실패할 경우 자신이 파리 목숨처럼 바스러질지언정, 그녀는 자신이 타고난 대로 악녀로서 살기로 했다.

악녀는 악녀답게 세상을 어지럽게 하면 된다. 어차피 상황이 원래대로 흐른다면 그녀는 5년 이내에 요절할 목숨이다. 성공한다면 더 오래 살 것이고 실패하면 더 일찍 죽게 되겠지.

'그러니 이 정도면 상당히 합리적인 거래 아닌가.'

카예나는 진심으로 그렇게 생각했다. 어차피 죽을 목숨이니 투자 대비 얻는 것이 컸다.

"당신도 그 정도의 수명은 가져야 정원을 다시 살릴 수 있을 텐데? 아니면 모자란 거야? 그럼 더⋯⋯."

"그만!"

아무렇지 않게 제 목숨을 하찮은 것으로 치부해 버리는 태도에 오히려 바엘이 질겁해서 말렸다.

"수명 절반은 남은 수명의 절반이 아니다. 지금까지 살았고 앞으로 남은 삶까지 포함해 절반이야."

"알아."

카예나의 총 수명이 70년이라면 그중 35년을 거래에 쓴단 뜻이다. 그럼 이제 20살이 될 그녀에게 남은 수명은 고작 15년이 된다. 사실상 시한부가 되는 것이다.

"더 필요한 거라도 있어?"

"지금 검은 정원의 주인에게 뭘 주겠다고 말하는 건가?"

그는 어이가 없어서 그렇게 되물었다. 바엘은 카예나의 머릿속에 대체 무슨 생각이 든 건지 정신 마법이라도 걸어서 뒤져 보고 싶다고 생각했다.

"부마 자리라도 줄 수 있는데. 아, 그런데 명의만 빌려줄 수 있어. 나 독신주의자라."

카예나는 대수롭지 않게 이어서 말했다.

"……뭐라고?"

바엘은 보통 누군가를 놀라게 하는 사람이지, 놀라는 사람이 아니었다. 그런데 오늘 단 한 사람으로 인해 계속 놀라기만 하고 있었다.

'부마라면……'

"나, 엘다임 제국의 황녀거든."

바엘은 완전히 말문이 막히고 말았다.

'그럼 이 여자가 바로 그……'

소문 자자한 황녀란 말인가? 죽음을 부르는 아름다움을 지닌 황녀 이야기라면 바엘도 들은 바가 있었다.

'더 알 수가 없군.'

스스로 정체를 밝혀 버렸는데도 오히려 그녀의 속을 더 알 수 없어졌다.

"당신은 잘 모르겠지만, 지금 내 남편 자리를 두고 경쟁하는 남자들이 인산인해를 이루고 있어. 음, 아마도."

바엘은 한숨을 푹 내쉬었다. 어쩐지 자꾸만 이 여자의 페이스에 말려드는 것 같았다. 상대는 고작 아무런 힘도 없는 인간일 뿐인데도.

'대체 검은 정원의 주인이 어떤 존재인지 알고 있는 건지, 모르는 건지 파악할 수가 없군.'

검은 정원의 주인이 어떤 힘을 지녔는지 제대로 알고 있다면 이런 태평한 행동은 보일 수 없다.

"어떡할래? 지금 날 놓치면 향후 이런 계약은 하기가 어려울 텐데."

심지어 마법의 힘을 원해 자신을 찾아온 주제에, 그에게 베풀어 주듯 말하기까지 했다.

바옐은 인간이 아니었다. 그는 믿기지 않는 오랜 세월을 살아온, 국가의 흥망성쇠를 좌우하던 존재였다. 생과 사를 조율하는, 마법이라는 초현실적인 힘을 휘두르는 존재인 것이다. 하지만 오랜 시간이 지나며 마법은 사람들에게 잊혔다. 그래서인지 그는 오랫동안 계약자를 갖지 못했다. 마법의 정원은 비료를 주지 못하자 점차 힘이 약해지고 있었다.

바옐은 입술을 잘근 물고는 머리카락을 거칠게 쓸어 넘겼다. 카예나의 말에 따르기 싫었지만 달리 선택할 수 있는 것이 없었다. 그는 통로를 턱짓으로 가리켰다.

"따라와."

카예나는 바옐을 따라 통로를 걷기 시작했다. 그런데 걸어도 걸어도 길이 끝나지 않았다. 사원의 규모가 그다지 크지 않음을 생각해 본다면 이상한 일이었다.

'이 사원이 이렇게 컸나.'

어쩌면 이것도 마법의 힘일지도 모르겠다.

막다른 장소에서 바옐이 걸음을 멈췄다. 그러자 통로 끝의 문이 활짝 열렸다. 카예나는 문이 열리자마자 나타난 검은 화원의 모습에 눈을 휘둥그레 떴다.

"아름다워……."

검은 정원이라고 불리는 이유는 그 정원에 피는 꽃이 전부 마력으로 피어난 검은 장미기 때문이다. 카예나는 살아생전 이렇게 새카만 장미는 본 적이 없었다. 장미의 꽃잎은 벨벳처럼 윤기가 있으면서도 완전히 새까맸다. 꽃잎 하나하나가 흑요석처럼 아름다웠다. 새까만 장미보다도 더 놀라운 건, 얼음 조각 같은 덩굴과 잎사귀였다.

"정말 마법의 화원이구나."

카예나는 감탄을 아끼지 않았다. 이런 광경은 마법이 아니고서야 절대 구현해 내지 못할 터였다.

"여기까지 온 이상 당신은 나와 정말로 계약해야 해."

검은 정원의 계약을 진행하면 이곳의 비밀을 발설할 수 없다.

"마법의 힘을 계승하는 과정은 상당히 고통스러울 거다."

"그건 몰랐네."

올리비아가 바옐의 힘을 계승한 순간에는 독으로 죽은 상태였다. 아마 올리비아는 고통을 느끼지 못했을 것이다. 소설에서도 별다른 묘사는 없었다.

하지만 어쩔 수 없지. 힘을 얻기 위해서이니.

"지금이라도 싫다고 하면 기억을 지우고 여기서 내보내 주지."

카예나는 고개를 내저었다.

"그래 봐야 어차피 난 이곳을 또 찾게 될 거야."

그녀의 결심이 확고한 것을 확인한 바옐은 정원 중앙으로 걸어갔다. 그곳은 유일하게 검은 꽃잎이 침범하지 않은 장소였는데, 바닥에 복잡한 문양이 새겨져 있었다.

"이곳으로 와서 무릎을 꿇고 등을 보여. 표식을 새겨야 하니까."

그녀는 장미 꽃잎을 사뿐사뿐 밟고 바옐이 가리킨 곳으로 다가섰다. 로브를 벗고 상의를 끌어 내리자 하얀 어깨가 드러났다. 바옐은 시선을 슬쩍 피했다.

"마법 능력은 계약자가 가진 특성에 맞춰 개화할 거야. 자연의 힘이 될 수도 있고 치유의 힘이 될 수도 있지."

카예나는 미간을 찡그렸다. 치유의 힘도 나쁘지는 않지만 그건 모략에 크게 도움이 될 것 같지 않았다. 그녀가 원하는 건 은신이나 자연계열의 마법이었다.

"선택권은 없을까?"

"없어. 그 사람이 살아온 생과 가진 재능은 보통 비슷한 편이니 걱정할 것 없어. 당신을 보면 누굴 치유할 사람은 아니거든."

카예나는 피식 웃었다. 그의 눈은 놀라우리만큼 정확했다. 그녀의 모든 생은 누군가를 무너트리는 일에 사용되었다. 심지어 회귀해 다시 돌아온 지금의 삶조차도.

"통찰력이 대단하네. 황궁에 자리라도 하나 펴 줄까?"

그렇게 대꾸하면서도 꽤 궁금해졌다. 자신이 살아온 생에 맞춰 능력이 개화된다니.

"이제 계약을 시작하지."

바엘이 말장난은 그만이라는 듯 입을 열었다.

카예나는 머리카락을 손으로 가지런히 넘겨 등을 드러냈다. 그녀는 마법진 중앙에 무릎을 꿇은 채 정면으로 시선을 옮겼다. 그러자 바엘이 뒤에서 무릎을 꿇고 카예나의 목 바로 아래쪽 등에 손가락을 대었다.

우웅!

바엘을 등진 채 정원을 멀거니 바라보던 카예나의 시선에 놀라운 광경이 펼쳐지기 시작했다. 바닥의 마법진이 빛나면서 검은 장미가 꽃잎을 우수수 떨어트리는 것이다!

'마력을 잃어서 꽃잎이 떨어지는 거구나.'

처음엔 한 송이, 두 송이가 지더니 이젠 수십 송이, 수백 송이의 장미가 졌다. 바닥을 카펫처럼 메운 검은 꽃잎이 빽빽하게 빈자리를 채우고 있었다.

'고통은 없는데……'

장미가 지는 속도가 점차 빨라지더니 온전한 꽃이 드문드문 남았을 때였다.

파아아ㅡ!

얼음 조각 같은 장미 덩굴이 빛을 뿜었다. 이 순간만을 기다렸다는 듯이 잔잔한 호수에 인 파문처럼 검은 장미가 피어나기 시작했다.

"……!"

카예나는 생경한 고통에 숨이 턱 막혔다. 칼에 몸이 꿰뚫렸던 고통과는 비교할 수 없는 끔찍한 통증이 전신을 난도질했다. 비명조차 입 밖으로 나오지 않았다. 온몸이 찢기는 고통에 무너지듯 바닥을 짚었다. 확실한 건 제 몸이 지금 사정없이 생명력을 빼앗기고 있다는 점이었다.

검은 장미는 카예나의 생명력을 탐욕스럽게 빨아들이며 생생하게 꽃을 피워냈다. 그렇게 피어난 장미는 전보다 더 아름다운 빛깔을 내고 있었다. 마침내 그것들은 카예나가 정원에 처음 들어왔을 때보다 훨씬 많은 꽃을 피워냈다.

바옐은 놀란 얼굴로 주변을 보았다.

'자, 잠깐. 뭐지? 장미가 이렇게 많이 필 리가 없는데.'

고작 2, 30년의 수명 정도로는 검은 정원의 모든 꽃을 다 피워낼 수 없다. 카예나의 수명이 몇백 년이나 될 리 없으니 이건 불가능한 일이었다.

'이 여자, 설마…….'

한 사람이 피워낼 수 있는 수의 장미가 아니다. 바옐은 의식을 잃지 않으려 손이 새하얗게 변할 정도로 주먹을 꽉 쥐고 애쓰는 카예나를 바라보았다.

'천명을 다하지 못한 삶이 있는 자가 아니고서야 불가능해.'

쉽게 말해서, 이 사람의 몸에 다른 생이 축적되어 있다는 뜻이다.

그때 카예나가 더는 악으로 버티지 못하고 마법진 위에 쓰러졌다. 그와 동시에 검은 정원의 개화가 끝났다.

"허억……!"

그제야 카예나는 고통에 억눌린 숨을 토해 냈다.

"끝났어."

바옐은 카예나의 하얀 등에 피워낸 한 송이의 검은 장미를 바라보았다. 꽃은 바람결에 흔들리듯 살랑이더니 서서히 모습을 감췄다.

이 여자는 이해할 수 없는 것투성이였다. 바옐은 자신이 생각보다 더 위험한 사람과 계약한 건지도 모른다고 생각했다. 그는 가련하게 헛구역질하는 황녀를 애써 무심하게 내려다보았다.

"……마법을 발현할 때는 등에 새긴 표식이 드러나니까 노출이 있는 옷은 피하는 게 좋을 거야."

카예나가 애처로웠다. 검은 정원을 새롭게 살려 낼 정도의 수명을 빼앗기는 고통이라니, 죽고 싶었을 게 뻔했다.

카예나는 크게 숨을 내쉬며 입을 열었다.

"당신 말대로 꽤 아프네."

생명력을 빼앗기는 감각은 끔찍했다. 칼날을 촘촘히 박은 빗으로 밑바닥에서부터 몸을 쓸어 올린 듯 고통스러웠다.

그녀는 흐르는 눈물과 땀을 손수건으로 닦아 냈다. 천천히 상체를 일으키자 흐트러진 옷가지가 흘러내렸다. 바옐은 다급히 고개를 돌려야 했다.

카예나는 천천히 옷을 추스르기 시작했다. 그러나 잔류한 통증에 손이 덜덜 떨려 단추를 잠그지도 못했다.

그녀는 대충 앞섶을 여민 채로 야트막한 숨을 내쉬었다. 안일하게 생각했다. 아프다고 해도 일상생활은 가능할 정도일 거라고 멋대로 추측했다.

'하마터면 정신을 잃을 뻔했어.'

의식은 잃지 않았지만 두 다리로 일어서서 걸을 수가 없었다. 온몸이 너덜너덜해져서 쉬어야 한다고 그녀를 비난해 왔다. 그러나 그럴 수 없었다.

'너무 시간을 끌면 호위들이 이상하게 생각할 거야.'

그녀는 억지로 몸을 일으키려 했으나 곧 허물어지듯 휘청거렸다.

딱!

바엘이 손가락을 튕겼다. 그러자 바닥에 깔린 검은 꽃잎이 스르르 모여 카예나를 들어 올렸다. 그것은 곧 긴 소파 모양으로 형태를 잡았다. 꽃잎은 푹신하게 카예나를 받쳐주었다.

"고마워."

그녀는 창백한 얼굴에 부서질 듯한 미소를 걸치고 말했다.

"그런데, 능력이 뭔지 잘 모르겠는데, 나 사기당한 건 아니겠지……?"

카예나는 곧 죽을 것 같은 상태로도 입은 살아 있었다. 바엘은 기가 차서 고개를 절레절레 흔들었다.

"지금 그럴 정신이 있다는 게 더 놀랍군."

카예나는 열에 달뜬 숨을 내쉬었다. 편하게 정신을 잃고 싶은 기분이었다. 그러나 수행원들에게 행적이 수상하게 보여서는 안 된다. 의식이 가물가물한 카예나는 제 살을 아프게 꼬집고 손톱으로 긁으며 정신을 유지하려 했다.

바엘은 얼른 그녀의 손을 붙잡았다.

"미쳤어?!"

그녀는 귀찮게 하지 말라는 듯이 손을 밀쳐내며 힘겹게 말했다.

"밖에서 내 수행원이, 기다리고 있어…."

그러니 당장은 무리해야 했다. 바옐은 카예나가 더는 자해하지 못하도록 양 손목을 한 손으로 붙잡았다. 다른 손으로는 옷소매를 늘려 손을 감싸고 그녀의 입안에 집어넣었다.

"윽!"

역시나 카예나는 입안의 살을 씹으려 했다. 바옐은 손에 피멍이 들도록 깨물렸으나 참았다. 카예나는 흐느적거리다가 이내 포기한 듯 축 늘어졌다. 바옐은 그제야 카예나가 악물고 있던 손을 치웠다.

"젠장."

그는 정말 싫다는 표정으로 카예나를 노려보더니 옷 주머니에서 작은 유리병을 꺼냈다. 병마개를 이로 물어 벗겨내 카예나의 입술에 액체를 흘려 넣었다. 질끈 감은 긴 속눈썹이 파르르 떨리며 천천히 푸른 눈동자가 드러났다. 흐릿했던 총기가 점차 회복되기 시작했다.

'대체 무엇이 황녀를 이렇게까지 혹독하게 밀어붙이고 있는 거지?'

카예나가 버석 마른 목소리로 물었다.

"엘릭서야……?"

"그건 또 어떻게 안 거야."

타고나기를 마법사였던 것도 아닌 주제에 대체 엘릭서는 어떻게 아는지 이해되지 않았다. 아니, 이쯤 되니 카예나니까 가능한 건지도 모른단 생각도 들었다.

카예나는 온몸에 새로운 생기가 피어나는 느낌을 만끽하며 깊은숨을 내쉬었다.

마법사의 피로만 만들 수 있는 전설의 영약이 바로 '엘릭서'다. 그 귀한 것을 내주다니, 카예나는 생각지 못한 호의에 조금 얼떨떨해졌다.

"고마워. 착한 사람이네, 바옐."

바옐은 카예나가 마치 사탕을 양보한 아이에게 칭찬하듯 말하자 미간을 와락 구겼다.

"이봐, 내가 당신보다 훨씬 오래 살았어."

"하지만 나도 살 만큼 살았는걸?"

"아니……."

바옐은 뭐라고 쏘아붙이려다 하얀 포말처럼 푸스스 웃는 카예나와 시선을 마주하자 말문이 턱 막혔다. 왜 저렇게 웃어서 사람 마음을 약하게 하는지……. 바옐은 시선을 돌렸다.

"……됐어."

카예나가 그에게 물었다.

"그런데 언제까지 이렇게 있을 거야?"

바옐은 그제야 자신이 아직도 카예나를 포박하듯 붙잡고 있다는 사실을 깨달았다.

"아니, 이건……!"

그가 불에 덴 듯 손을 떼자 카예나가 천천히 몸을 일으켰다. 몸이 완벽히 멀쩡한 건 아니었지만, 아까와 비할 바가 아니었다.

"확실히 괜찮아졌어."

그때 문득 바옐의 손을 세게 깨문 것이 생각났다. 그의 손을 확인해 보니 역시 손에 멍이 들어 있었다.

"미안해. 이렇게 세게 깨문 줄 몰랐어."

바옐은 붙잡힌 손을 슬그머니 빼내며 일부러 핀잔을 주듯 말했다.

"내가 안 막았으면 당신 입안의 살점은 다 뜯겼을 거야."

카예나는 마른 웃음을 지었다.

"황궁에 돌아가면 가장 좋은 연고를 찾아내서 보내줄게."

카예나는 아무렇지 않은 척하는 게 습관이었다. 그렇게 겉으로 뭔가를 드러내면 큰일이라도 날 것처럼 구는 게 바옐의 마음을 약하게 만들었다. 차라리 소문대로 성질머리 나쁜 악녀였다면 나았을 텐데.

바옐은 괜히 툴툴거렸다.

"당신이 방금 마신 약을 누가 만들었다고 생각하는 거야?"

카예나는 옷을 제대로 여미고 자신의 상태를 점검했다. 등에 검은 장미가 있을 텐데 거울이 없으니 확인해 볼 수가 없었다.

바옐이 툭 말했다.

"천천히 감각에 집중해 봐. 그럼 낯선 기운이 느껴질 거야."

그의 말대로 감각에 신경을 집중했다. 그러자 대기 중에 생소한 감각이 선명하게 느껴졌다. 불편하다거나 이질적이지 않았다. 오히려 부드럽고 편안했다. 물속에 부유할 때 느끼는 안정감과 비슷했다.

"그 기운이 시전자의 특성에 따라 다르게 발현해. 자신이 가진 능력이 뭔지는 사용하면서 깨쳐야 해."

그녀는 고개를 끄덕이며 기운을 발현해 보려 했다. 불꽃을 피운다는 상상을 해 보았다.

파스스.

"으음."

기운은 붉게 달아오르는 것 같더니 힘없이 꺼졌다.

"하루는 지나야 자신이 어떤 능력을 사용할 수 있는지 느껴질 거야."

"그렇구나."

카예나는 별채를 빌려 능력을 확인한 후 황궁으로 돌아갈 생각이었다. 아까 상당한 액수를 기부했으니 사원의 별채를 대실할 수 있을 것이다.

"이제 슬슬 돌아가야겠어."

기도실에 도착한 후, 카예나는 문고리를 잡았다. 정원을 나가기 전 고개를 돌린 그녀는 뒤에 선 바엘을 향해 빙긋 웃었다.

"또 봐, 바엘."

바엘은 뭐라고 뾰족한 소리로 대꾸하지도 않고 통로를 닫아 버렸다.

기도실 문이 닫히고 나서 카예나는 한 걸음 떼자마자 몸을 휘청였다. 아직 회복이 완전히 되지는 못했기에 방심은 금물이었다. 그녀는 다리에 힘을 주고 기도실 통로를 벗어났다.

'아직 긴장을 놓쳐서는 안 돼.'

카예나는 아무 일도 없었던 사람처럼 행동했다.

좁은 기도실 통로에서 벗어나자 시야가 탁 트였다. 스테인드글라스를 통해 들어오는 색색의 빛에 눈앞이 살짝 어질했다. 그 빛에 의지해 안경을 쓴 채로 뭔가를 유심히 읽는 고위 사제가 보였다.

카예나는 붉은 입술을 떨어트렸다.

"데니안 사제."

잘 정돈된 목소리가 흘러나왔다. 사제가 은은하게 웃는 낯으로 고개를 들어 올렸다.

"제가 세례명을 말씀드렸던가요?"

말한 적 없다. 그저 카예나가 소설을 읽었기에 그의 세례명을 알고 있을 뿐이었다. 카예나 역시 엷은 미소를 띠며 데니안 사제를 향해 몸을 돌렸다.

"내 기부금이 이곳 사원에 도움이 될 정도면 좋겠는데."

"신의 은총이 전하께 닿을 것입니다."

"그렇다면 내게 내줄 별채도 준비했다고 봐도 되겠지?"

카예나의 요구에 데니안 사제가 퍽 난처하게 말했다.

"관리가 미흡하여 황녀 전하께 내드리기가 염려스럽습니다만……."

'루든 시종장이든 데니안 사제든 이 동네 영감들은 하나같이 너구리 같군.'

이 사원이 영험하다고 알려진 이후로 귀부인들이 얼마나 많은 돈을 헌납했겠는가. 그 돈으로 별채를 말끔하게 정돈해 놓는 건 일도 아니었을 거다. 그러나 그는 사제나 하인을 아주 최소한만 데리고 있었다. 별채는 아예 이용하겠다는 소리도 나오지 않게 방치했다. 이 사원에 사람이 머물지 못하게 하려는 속셈이었다.

'바엘의 존재를 들키지 않으려면 그래야 했겠지.'

"내가 사원의 청렴함을 이해하지 못할 이로 보이는가?"

너희 사원에 돈이 없어서 그런 줄로 알고 넘어갈 테니 별채를 내놓으라는 말에 데니안 사제가 입꼬리를 늘렸다. 참으로 사람 좋아 보이는 표정이라고 생각하며 카예나 역시 무구하게 웃었다.

"그럼 별채로 모시겠습니다."

데니안 사제와 함께 걸어 나가니 로비에서 기다리고 있던 수행원들이 뒤를 따랐다. 그녀의 걸음이 마차가 아니라 사원의 별채로 향하자 기사들이 동요했다.

"황궁에 돌아가시는 게 아닙니까?"

카예나는 여상스럽게 말했다.

"고작 하루 정도 기도를 올려서야 신께 내 뜻이 닿겠느냐?"

그들은 상당히 곤혹스러워하는 눈치였다. 카예나는 자비를 베풀어 주는 태도로 말했다.

"황궁에 들러 채비해 오너라."

"감사합니다."

카예나는 다시 뒤뜰의 별채로 향했다.

"머무시는 동안에 식사는 어떻게 하시겠습니까?"

사원의 식사가 황족의 성에 찰 리 없다. 황녀라면 한 끼에 금화를 지불하는 레스토랑을 가는 게 훨씬 더 자연스러운 일이다.

"사원에서 해결하겠네."

데니안 사제는 예상했던 것과 다른 대답을 들어서인지 의외란 표정을 지었다.

"무리할 건 없네. 견과류가 든 것만 아니면 되니까."

"그리 알고 준비하겠습니다."

데니안 사제는 별채 입구에 다다르자 공손히 인사하고는 사원으로 되돌아갔다. 하인이 앞장서서 문을 열고 내부를 살피고는 카예나가 들어오길 기다렸다.

"얀."

이름을 불린 하인이 고개를 번쩍 들었다. 설마 카예나가 제 이름을 알 줄은 몰랐다는 표정이었다.

"너는 저 방을 쓰거라. 그리고 난 입맛이 없으니 저녁은 너만 먹도록 해라."

얀은 고개를 끄덕이며 듣고 있다는 것을 알렸다.

"내가 너를 부르기 전까진 따로 시중을 들 필요 없다."

혼자 침실에 남게 된 카예나는 숨을 길게 내쉬었다. 며칠 밤을 지새운 사람처럼 머리가 지끈거리고 피로했다. 옷을 잡아 뜯다시피 하여 벗은 카예나는 침대 위로 쓰러지듯 누웠다.

손을 위로 들어 올렸다. 그러자 낯선 기운이 손가락을 타고 넘실거렸다. 평생 느껴보지 못했던 새로운 감각이었다. 이게 바로 마법의 힘이다.

카예나는 입꼬리를 비틀어 올렸다.

"대성공이네."

손이 힘없이 떨어지고 의식이 깊이 가라앉았다.

13장
천사의 모습을 한 악마의 제안

레제프는 무사히 복권했다. 내명부의 권한도 다시 그에게 옮겨 갔다.
레제프는 도티 부인에게 언제든 입궁할 준비를 해 두라고 명했다.

"날씨가 따사로우니 조금 가볍게 단장하시는 것이 어떻겠습니까?"

그는 외출을 위해 몸단장 시중을 받고 있었다.

"그리하라."

황금 들녘 같은 머리칼을 단정하게 넘기고 새하얀 실크 셔츠를 입
었다. 인물이 워낙 뛰어나고 몸매가 좋으니 조금만 손보아도 근사한
태가 물씬 났다.

시중 하인들은 그의 모습을 힐끔 훔쳐보며 외모 하나는 카예나 못
지않게 화려하다고 생각했다. 성격만 좀 더 일반적이었다면 좋았을 텐
데. 안타까운 일이었다.

"황자 전하, 방금 입궁한 전령이 독대를 청합니다."

"들어오라고 해."

그는 독대를 요청한 전령만 남기고 하인을 모두 내보냈다.

"보고해."

그 전령은 레제프의 비밀 수행원이기도 했다. 그는 클로렌스 엘리
반을 처리하라는 명을 받고 그 일을 수행하고 온 참이었다.

"말씀하신 대로 그 여자는 자결한 것으로 위장해 처리했습니다."

속이 메스꺼워질 정도로 담담한 어조였다. 이런 살인이 한두 번이 아니라는 듯 익숙한 태도였다.

레제프는 부하의 보고를 받으며 금사로 수놓은 재킷을 착용하고 어울리는 장신구를 찾았다. 수행원은 이번에는 조금 경직한 채로 보고를 이었다.

"그런데 일찍이 클로렌스 엘리반을 감시하던 자들이 있었습니다. 그들이 현장을 덮치는 바람에 유서 조작은 할 수 없었습니다."

레제프는 오늘 장신구를 루비로 할지, 페리도트로 할지 고민했다. 루비는 라파엘로의 눈동자가 떠올라 영 재수가 없었다. 페리도트를 착용하는 편이 나을 것 같았다.

"그들 무리가 저를 뒤쫓았습니다만 다행히 수도에 진입하기 전에 따돌릴 수 있었습니다."

몸단장을 끝마친 레제프는 거울로 제 모습을 확인해 보았다. 아직 앳돼 보였지만 185㎝의 큰 키와 꾸준한 훈련으로 단련한 몸 덕분인지 나약해 보이지는 않았다.

그가 수행원을 향해 입을 열었다.

"내 방 카펫이 왜 항상 진한 붉은색 아니면 검은색인 줄 아느냐?"

뜬금없는 말에 수행원이 무심결에 바닥을 보았다. 붉은 바탕에 검은 무늬가 화려하게 들어간 카펫이 눈에 들어왔다.

레제프가 서늘하게 웃었다.

"너 같은 쓸모없는 벌레를 언제든 내 손으로 처리하기 위함이다."

촤악─!

그는 허리춤에서 검을 뽑아 수행원의 목을 베었다. 피가 카펫을 적셨다. 레제프는 거울을 다시 보았다. 하얀 셔츠에 붉은 피가 튀었다.

"이래서 내가 흰옷은 잘 안 입는다니까."

레제프는 혀를 끌끌 차며 시종들을 불렀다. 그들은 시체를 발견하고 흠칫했으나 능숙하게 카펫으로 그것을 말아 치웠다.

"보좌관을 불러와."

"예, 전하."

피가 튄 셔츠를 갈아입을 동안 그의 보좌관이 도착했다.

"부르셨습니까, 전하."

레제프는 하인들이 시체를 들고 모두 나간 것을 보고 입을 열었다.

"부왕의 용태는 어떠하더냐?"

보좌관이 고개를 조아렸다.

"의원의 말로는 급격히 기력이 쇠하셨답니다. 요즘은 눈을 뜨고 있을 때보다 감고 지내는 때가 더 길다고도 했습니다."

"조만간이겠구나."

그의 여상스러운 대꾸에 보좌관은 고개를 더욱 깊이 숙였다.

"그런데 누님은 갑자기 사원으로 가셨다고?"

"그렇습니다."

누이는 라파엘로를 만나고 나서 갑자기 부왕을 찾더니 곧장 사원으로 출발해 버렸다. 이해하기 어려운 행동이었다.

"어느 사원으로 가셨느냐?"

"수도 외곽의 판자촌 근처에 있는 오래된 사원이라고 들었습니다."

"대사원도 아니고 그런 사원에 갈 이유가 뭐지?"

보좌관은 조금 민망스럽다는 얼굴로 말했다.

"귀부인들 사이에서는 그 사원이 아이를 갖게 해 주는 곳으로 유명하다고 합니다."

레제프가 눈살을 찌푸렸다. 아이라니, 이게 대체 무슨 소리란 말인가? 보좌관이 덧붙였다.

"좋은 혼처가 들어오게 해 주는 곳으로도 유명합니다."

"하."

그는 어이가 없어서 헛웃음을 지었다. 조금 짜증도 치밀었다. 누이가 결혼에 대한 열망이 상당한 모양이었다. 그는 고개를 절레절레 흔들었다. 카예나는 그의 유일한 누이로서 황궁에 머물러 있는 모습이 가장 잘 어울린다.

"알았다. 일단 나가지."

레제프는 오늘 카트린 린드버그를 만날 생각이었다.

───※◈※───

마차는 린드버그 저택에서 멈췄다.

"도착했습니다."

그는 마차에서 내리며 저택의 꼴을 보고 조소했다.

"이게 부왕의 정부가 사는 집이라고?"

생각보다 더 형편없었다. 귀족이 아니라 평범한 젠트리 계급이나 살 법한 저택이었다.

'부왕이 병상에 누운 이후로 양측 세력이 착실히 견제한 결과인가.'

분수에 잘 맞는 모습이었다.

저택의 하인이 레제프를 발견하고 눈을 휘둥그레 떴다. 하인은 그의 얼굴을 알고 있었다.

"황자 전하를 뵙습니다!"

"레이디 카트린을 만나러 왔다. 안에다 알려라."

그는 어리둥절했다. 오늘 황자가 방문한다는 소리는 듣지 못했기 때문이었다.

하인이 꾸물거리자 레제프가 싸늘하게 식은 눈으로 그를 내려다보았다. 하인의 목을 칠지 고민할 때였다.

"황자 전하를 뵙습니다."

고아한 목소리가 들렸다. 시선을 돌리니 수수한 차림의 나이 든 귀부인이 그에게 인사를 올리고 있었다. 새까만 머리칼에 흑요석 같은 눈동자의 미인, 카트린 린드버그였다.

"반갑습니다, 레이디 카트린."

레제프는 대외적으로는 결혼하지 않았기 때문에 영애라고 불려야 할 그녀를 점잖게 불렀다.

"누추하지만 들어오십시오."

카트린은 레제프의 나이가 고작 18살에 불과했으나 방심하지 않았다.

그녀의 초빙에 레제프는 당연하다는 듯 안으로 들어갔다. 그는 거만하게 앉으며 보좌관에게 손짓했다.

"일전에 서신을 하나 보냈는데 답변이 없어서 직접 방문했습니다."

카트린은 서신의 내용을 떠올리며 시선을 내리깔았다. 며칠 전, 레제프에게서 한 통의 서신이 도착했다. 그녀를 하멜 백작가의 수양딸로 입적시키겠다는 서신이었다.

"어째서 그런 말씀을 하시는지 모르겠군요, 전하."

"그야 언제까지 아무 힘도 없는 린드버그가에 매여 있을 수 없지 않겠습니까?"

레제프가 덧붙여 말했다.

"부왕께서 계속 당신과 당신 아들을 보호해 주지는 못할 겁니다. 뭐, 지금도 이미 그런 것 같지만요."

테이블에 서류가 놓였다.

"여기에 서명만 하면 됩니다. 대사원에서 바로 공증해 주기로 이야기가 되어 있으니까."

나쁜 제안은 아니었다. 아니, 카트린에게는 더없이 좋은 제안이었다. 하멜 백작가는 부유하고 영향력 있다. 그곳은 이델을 보호해 줄 수 있을 것이다. 이델은 항상 엉망이 된 꼴로 집에 돌아왔다. 그는 씩 웃으며 자신을 귀찮게 구는 녀석들을 손봐 주었다고 씩씩하게 말했다.

카트린은 그런 아들을 볼 때마다 미안한 마음이 들었다. 자신이 좀 더 쓸모 있는 어미였다면 그 아이가 그렇게 다칠 일은 없었을 텐데.

누가 뭐래도 이델은 황제의 아들이다. 황제가 제대로 된 영향력을 갖췄던 시절엔 자신도 아들도 황족처럼 대우받았다.

그러나 지금은 아니었다. 언제 거슬린다고 제거될지 모르는 불안감을 안고 살아야 했다.

"제대로 된 대우를 받으며 편안하게 살면 됩니다. 선황후 폐하의 외가는 곧 내 외가이기도 하니 문제 될 건 아무것도 없습니다."

하멜 백작가에 복속하지 않으면 문제가 될 거라는 뜻이었다.

카트린은 눈을 질끈 감았다. 선택권은 처음부터 없었다. 그녀가 순순히 서명을 마치자 레제프는 매끄럽게 웃었다.

"잘 생각하셨습니다, 레이디 카트린 하멜."

레제프가 데려온 하인들이 줄줄이 패물이 담긴 상자를 내려놓았다.

"이건 제 성의이니 받아 두십시오."

그는 서류를 챙기며 일어났다. 이런 누추한 곳에 더 머물고 싶은 마음은 없었다. 저택 밖으로 나가자 은빛 머리칼의 어린 소년과 마주쳤다. 누이를 닮은 얼굴이었다. 아니, 정확하게는 에스테반 황제를 닮은 얼굴이었다.

이델은 레제프를 보고 눈을 깜빡였다. 그의 외모와 차림새, 이끄는 수행원들의 복장을 보고 누구인지 알 수 있었다.

"황자 전하를 뵙습니다."

그는 레제프 황자가 왜 자신의 집에서 나오는지 이해되지 않았다.

'전에 누님…… 은 나를 동생으로 인정하셨지. 황실과 정식으로 교류가 시작되려는 걸까?'

모종의 기대감으로 심장이 조금 빠르게 뛰었다. 이제 안정된 삶이 시작되려는 걸지도 모른다. 그럼 눈앞의 황자가 제 형님이 된다는 말이었다. 그는 레제프를 유심히 바라보았다.

'나랑 별로 닮진 않았네.'

카예나는 첫눈에도 자신과 닮았다는 것을 알 수 있었다. 하지만 레제프는 뭔가 이상했다. 그에게도 절반은 같은 피가 흐를 게 분명한데 자신과 닮은 점을 하나도 찾을 수가 없었다.

이델은 얼마 전 카예나가 납치되었던 사건을 들었던지라 걱정스러운 말투로 물었다.

"누님께서는 괜찮으십니까?"

"……누님?"

"아, 네. 카예나 전하 말입니다."

순간 레제프는 언뜻 들었던 보고가 생각났다. 카예나가 아카데미에서 이복동생을 감싸 주었다는 보고였다.

그는 제 키의 절반만 한 이델을 내려다보며 성큼 다가섰다. 그에게 위압감을 느낀 이델은 물러나려 했으나 레제프가 더 빨랐다. 레제프는 손을 뻗어 이델의 얼굴을 콱 움켜잡았다.

"으윽!"

멀리서 볼 땐 마냥 선한 인상이던 황자였으나 가까이서 보니 알 수 있었다. 이자는 제정신이 아니다.

"누님은 참 아름다우시지."

"……."

"어질고 다정하고 강인하지."

양 볼이 그의 손아귀에서 자비 없이 짓눌렸다.

"감히 황자도 아닌 너 따위가 누님이라고 불러도 될 분이 아니란 뜻이다."

이델이 반발심 가득한 눈빛으로 레제프를 노려보았다. 레제프는 가소롭다는 얼굴로 비웃었다.

"분수에 맞게 행동하거라."

네가 사는 이 저택처럼.

레제프는 이델을 옆으로 치워 버리듯 거칠게 놓고 마차로 향했다. 다음으로 할 일은 부왕을 만나는 것이었다.

―❦―

"폐하, 레제프 황자 전하께서 알현을 요청하였습니다."

레제프는 열린 문이 닫히기도 전에 바닥에 무릎을 꿇었다.

"폐하의 심기를 어지럽힌 소자를 부디 용서하여 주십시오."

황제는 차가운 눈빛으로 레제프를 내려다보았다.

"정녕 참회하였느냐?"

그는 레제프를 잘 알았기에 진심으로 잘못을 뉘우쳤으리라고 생각하지 않았다.

"제 부족함으로 부왕의 옥체를 상하게 하고 말았습니다. 깊이 뉘우치고 있습니다."

그는 처연하게 떨구었던 눈동자를 들어 올렸다.

"이 불효를 씻기 위한 방도를 고민해 보았습니다. 하여, 레이디 카트린을 하멜 백작가 수양딸로 입적하면 어떨까 합니다."

레제프의 수행원이 황제의 시종을 향해 상자를 내밀었다. 루든 시종장이 내용물을 확인하더니 황제에게 전달했다. 그 안엔 카트린을 하멜 백작가의 수양딸로 들이겠다는 내용이 담긴 서류가 있었다. 황제는 그것을 물끄러미 보았다.

"……하멜 백작을 설득하기가 쉽지 않았을 텐데."

하멜 백작가는 선황후의 친정이었다. 또한 하멜 백작에게는 딸이 죽은 선황후 하나뿐이었는데, 레제프가 황제의 정부인 카트린을 그 백작가의 양녀로 들인 것이다. 비단 하멜 백작가만이 아니라 레제프의 세력도 원치 않을 결정이다.

'카예나인가…….'

정황은 명확히 알 수 없었지만 그럴 것 같다는 생각이 들었다.

'레제프가 순순히 그 말에 따른 것도 놀랍군.'

그만큼 그에게 카예나가 끼치는 영향력이 크다는 뜻이리라.

'카예나가 좀 더 일찍 정신 차렸더라면 제왕의 자리는 그 아이의 것이었을 텐데.'

황제는 탄식을 삼켰다. 이미 모든 것을 어그러트리기로 마음먹었으니 후회는 늦었다. 자신은 선황후의 자식이 행복하길 바라지 않았고 그녀의 정부를 처단하고 싶었다. 인제 와 돌이킬 수 있는 일은 없다.

레제프가 공손히 고개를 조아리며 말했다.

"제국의 주인이신 폐하께 도움이 되는 일이라면 일개 신하인 하멜 백작가도 따라야지요."

황제는 천천히 고개를 끄덕였다.

"황실로 들어온 진상품들이 있었지. 황자궁으로 보내거라."

"감사합니다."

그때 황제가 기침을 토하자 의원이 이만 안정을 취해야 한다며 휴식할 것을 권했다.

"그럼 물러나 보겠습니다."

레제프는 인사를 올리고 황제의 침소에서 나왔다. 황제가 여전히 카트린을 아끼고 있다는 걸 방금의 일로 확인할 수 있었다.

'누님의 말에도 혹시나 했는데 정말로 순순히 물러나는군. 그만큼 정부가 소중하다는 건가.'

굳이 제게 보상을 내린 것은 휴전 협정과 비슷한 의미였다.

"미인을 탐하는 자는 몰락하기 마련이지."

용기 있는 자가 미인을 얻는단 멍청한 말은 대체 누가 만들어 줬는지 고마울 지경이었다. 덕분에 레제프는 자신이 원하는 것들을 손쉽게 얻을 수 있었다. 그게 땅이든, 금이든, 혹은 누군가의 목숨이든.

"내가 어서 황위를 물려받아야 할 텐데……."

그래야 건방지게 그의 것을 넘보는 것들을 제거할 수 있으리라.

"헨버튼 길리안은 어떻게 되었지?"

"키드레이 공작가에서 헨버튼을 제적했다고 합니다. 길리안 자작가도 조사에 들어간 걸로 보아 작위를 몰수할 생각인 듯합니다."

"군마 사업을 삼키지 못한 건 아깝네……."

레제프는 혀를 차다가 황녀궁 근처에서 우뚝 멈추었다.

"사원에 따라간 호위 중 말을 옮겨 줄 이가 있느냐?"

"염려 마십시오. 모두 저희 쪽 사람입니다."

보좌관의 장담대로 카예나를 따라갔던 기사 하나가 황궁에 오자마자 상황을 보고했다.

"기도를 올리시고 피곤하신지 바로 잠드셨습니다. 방에 창문은 있으나 혼자 빠져나갈 수 있는 크기나 높이는 아닙니다."

사원에 기도 올리는 건 핑계에 불과하고 누군가를 만나려는 것인 줄 알았다. 그런데 들어 보니 진짜 기도를 올리러 간 건가 헷갈렸다. 뭔가 이상하단 생각이 들었지만, 겉으로 보기엔 단순히 기도하러 간 모양새니 제재할 수도 없었다.

"누구와 접촉하거나 별채를 나가지는 않는지 꼼꼼하게 확인하도록 해."

"명을 받듭니다."

─≫◉≪─

카예나가 눈을 뜬 건 다음 날 아침이었다. 창으로 조용히 햇살이 비치며 새의 울음소리가 들렸다. 이 세계에 돌아온 후 홀로 맞는 가장 안온한 아침이었다.

'이제 하인리히 대공의 귀에 내가 이 사원에 머문다는 소식이 들어갔을 테지.'

이 사원 뒤편으로 나가면 판자촌이 나온다. 그리고 판자촌에 들어서

기 전에 작은 여관이 있다. 하인리히 대공자가 운영하는 청부업체였다.

'사원에 침입하는 미친 짓을 할 이는 드물지만, 예이스터 하인리히는 할 수도 있겠지.'

카예나는 오늘도 황궁에 돌아갈 생각이 없었다. 해야 할 일이 남아 있었다.

'부디 날 위험에 빠트려 줬으면 좋겠는데.'

그녀는 부스스 몸을 일으켰다. 얕은 두통이 남아 있었지만, 그럭저럭 무시할 정도였다.

딸랑! 설렁줄을 당기니 곧 노크 소리가 들렸다.

"들어오렴."

문이 열리고 얀이 들어와 예를 올렸다. 카예나는 그가 할 일을 지시했다.

"목욕물을 준비해다오. 끝나면 식사도 할 것이다."

따뜻한 물로 욕조를 채우기까지 기다릴 동안, 카예나는 속 드레스를 벗고 새하얀 나신을 드러냈다. 풍성한 금빛 머리카락을 앞으로 그러모으고 방에 마련된 거울로 다가가 등을 비춰 보았다. 등은 아무런 흔적도 없이 희고 매끄러웠다. 마법을 쓰면 이 하얀 등에 검은 장미가 피어날 것이다.

카예나는 어제처럼 새로운 기운을 느껴보았다.

'이걸 마나라고 했던가.'

몸이 살짝 부유하는 느낌이 들면서 곧 부드럽고 청명한 마나의 기운이 느껴졌다. 카예나는 자신의 능력이 무엇인지 본능적으로 알았다.

그녀는 어제 벗어놓은 드레스를 공중으로 일으켜 보았다.

툭.

허공에 살짝 들어 올렸던 옷가지가 바닥에 떨어졌다.

"형편없네."

마법이라고 하여 불덩이를 쏘거나 눈보라를 일으키리라고 생각하지는 않았다. 그래도 염력이라니. 조금 아쉬운 능력이었다.

'뭐, 어차피 내가 원하는 건 천재지변을 일으킬 힘이 아니라 약간의 조작 같은 거니까.'

카예나는 아쉬움을 털어 냈다.

마법을 쓰니 등에 선명한 검은 장미 한 송이가 피어났다. 이 세계에서 장미는 '위험'을 뜻했다. 어느 소설에서 위기를 암시하는 매개로 보라색이나 비를 사용하지 않던가. 이곳에선 위험, 위기를 암시하는 오브젝트가 바로 장미였다. 카예나는 항상 장미에 비유되었고 바옐은 검은 장미 정원의 주인이었다. 그리고 그들은 여주인공인 올리비아의 죽음에 개입하기도 했다.

"이로써 완전한 위험이 된 건가?"

카예나가 간편한 옷으로 갈아입고 기다리자 노크 소리가 들렸다. 목욕물이 준비된 모양이었다.

그녀는 씻고 젖은 머리칼을 마른 천으로 대충 감싸 놓았다. 머리를 말려 줄 시중 하녀가 없으니 어쩔 수 없었다.

'시중 없이 혼자서 뭔가를 해결하는 건 오랜만이네.'

방에는 아침 식사가 놓여 있었다. 전날 아무것도 먹지 않고 쓰러져 누운 뒤 첫 끼였다.

카예나는 식사를 마치고 홀로 남은 방에서 또다시 마법을 연습했다. 아기가 처음 두 다리로 일어서서 걸음을 떼기까지 얼마나 많은 연습이 필요하던가. 마법 훈련이 딱 그러했다.

방 안은 이윽고 여러 가지 물건이 허공을 떠다니기 시작했다. 카예나는 벗어놓은 드레스를 사람이 입은 것처럼 세울 수 있게 되었다. 그것은 댄스 파트너의 손을 잡고 빙글빙글 도는 여자처럼 움직이기 시작했다.

"벌써 꽤 능숙하게 힘을 다루는군."

등 뒤로 남자 목소리가 들렸다. 카예나는 고개만 살짝 돌려 상대를 바라보았다.

"내가 마법을 잘 쓰는지 봐주러 온 거야? 친절도 하여라."

바옐이 창가로 비쳐드는 햇살 아래에 우뚝 서 있었다. 카예나는 드레스를 빙글빙글 움직여 바옐의 앞에 세웠다. 댄스 파트너를 향해 인사하는 것처럼 예를 올리게 했다.

그는 사람인 척 움직이는 드레스를 보며 말했다.

"이런 걸 이미지화하기가 쉽지 않은데."

마법은 이미지를 실현해 내는 일이라 상상력이 풍부할수록 유리하다. 카예나는 '여자'일 때 각종 매체를 통해 습득한 것들이 있어 쉽게 상상할 수 있었다.

바옐은 귀찮게 치근대는 드레스를 밀치고 카예나가 앉은 테이블의 맞은편에 앉았다. 무슨 말로 운을 뗄까 고민하던 그는 카예나의 차림을 보고 물었다.

"황녀라면서 옷이 왜 그래?"

어제도 그렇고 오늘도 일국의 황녀라고 하기엔 지나치게 수수했다.

"황녀가 입는 옷은 보통 시중 없인 입고 벗을 수 없거든."

그녀는 여벌의 옷으로 블라우스와 롱스커트를 준비했다. 옷 모양이 단순하고 여밈이 적어 혼자서도 쉽게 입고 벗을 수 있었다.

"아니면 당신이 내 시중을 들어 줄래? 미리 신랑 수업을 받는다고 생각하고."

"내가 왜……!"

"농담이야."

바엘은 너무나 기가 막혀 입을 떡 벌렸다.

카예나는 그가 기막혀하는 것엔 관심 없었다.

"밖에 내 호위 기사들이 있을 텐데 이렇게 소리쳐도 괜찮아? 당신이야 마법으로 도망칠 수 있겠지만 난 꽤 난처해지거든."

"밖에선 아무 소리도 못 듣게 해 놨으니 걱정할 거 없어."

과연 검은 정원의 주인다운 능력이었다.

"대단하네. 난 수명 절반으로 고작 염력을 사용할 수 있는 정도인데."

'원래라면 이렇게 많은 물건을 단시간에 제각각 움직이지 못한다고.'

물건을 몽땅 들어 올리거나 한 방향으로 움직이게 하는 건 획일적이라 비교적 간단하다. 하지만 이렇게 각자 다르게 움직이게 하는 건 대단한 재능이었다. 특히 그를 귀찮게 했던 드레스는 진짜 사람처럼 움직임이 섬세하기까지 했다.

바엘은 그녀가 참 이상한 황녀라고 생각했다. 황족답지 않은 묘한 소탈함도 이상했다. 검은 정원의 주인에 대해 잘 안다고 해도 황족이라면 그의 방만함에 불만을 품을 수도 있다. 혹은, 이 사원을 인질로 잡아 그를 몰아붙여 억지로 무릎을 꿇리려 할 수도 있다. 물론 초월자인 그를 인간이 사로잡는 건 불가능하겠지만.

'마법사를 숨겨 준 사원이니 당장 불타도 할 말이 없지.'

그게 보통의 지배 계층이 택하는 태도였다. 그러나 카예나는 달랐다.

'아무래도 상관없다는 것 같잖아.'

무덤덤한 척하지만 처연해 보였다. 그게 신경에 거슬렸다. 긴 속눈썹을 내리깔며 젖은 머리칼을 아무렇게나 풀어놓은 카예나에게선 묘한 분위기가 풍겼다.

'황족은 원래 다 이렇게 생긴 건가.'

희고 매끄러운 피부와 칠하지 않았음에도 보기 좋은 붉은 입술에 바옐은 자꾸 눈으로 그녀를 좇았다. 바옐은 카예나의 중독적인 미모에 혀를 찼다. 이렇게 아름다운 여자는 보통 끝이 좋지 않았다.

'그래서 검은 정원의 힘을 원한 건가.'

"몸은 좀 어때?"

카예나는 뜻밖의 말을 듣게 되었다는 듯한 표정을 짓더니 습관적인 미소를 지었다.

"멀쩡해."

그럴 리가 없었다. 아주 심한 경우엔 수명이 10년만 줄어도 평생 잔병치레를 해야 한다. 카예나는 자그마치 수명 절반이 줄어들었다. 고작 엘릭서 한 방울로는 몸이 받은 타격을 다 회복할 수 없다.

"한순간에 수명이 절반이나 줄었어. 그냥 반쯤 덜 살게 되는 그런 의미가 아니야."

면역력이든 기력이든 제법 떨어졌을 게 분명하다. 극심한 타격을 입어 쇠약해진 몸은 꽤 오랜 시간을 정양해야 제대로 회복할 터였다. 당장 좀 괜찮아졌다고 해서 진짜 멀쩡해진 게 아니었다.

"황궁으로 들어오는 온갖 진귀한 게 다 내 것인데 걱정도 많지. 다른 이들보단 훨씬 건강하게 살 거야."

그녀는 대수롭지 않게 넘겼다. 이러나저러나 카예나의 생각은 변함없었다.

'마법의 힘이 아니면 날 지킬 수단 따윈 없어.'

냉혹할 정도로 이성적인 판단이었다.

카예나의 말에 어린 냉기를 바엘은 알아차렸다. 어제부터 이상하리만큼 카예나가 신경 쓰였다. 억지로 의식을 유지하려 무리하던 모습이 뇌리에서 지워지지 않았다.

'내 착각일 수도 있지만……'

꼭 벼랑 끝에 내몰린 사람처럼 보였다.

"뭔가 어려운 상황에 부닥친 모양인데, 당신 정도면 도와줄 사람도 많지 않아?"

도와줄 사람이라. 카예나는 라파엘로를 떠올렸다. 엘리반 부인의 부고를 전하며 자신을 위로했던, 그리고 자신에게 또 손을 내밀었던 그를 떠올리며 쓸쓸하게 웃었다.

카예나는 이제 시한부나 다름없다. 앞으로 얼마나 살지 모른다. 그런 자신이 앞길 창창한 라파엘로의 발목을 붙잡을 수는 없었다.

게다가 자신은 황좌를 차지하기로 마음먹었다. 이 지저분한 일에 그를 끌어들일 수 없다.

"글쎄."

카예나는 대답을 회피하며 괜히 드레스를 움직여 또 바엘을 귀찮게 했다. 바엘은 못마땅한 얼굴로 드레스를 허물어트리려 했다. 염력은 낮은 단계의 마법 재능이기에 작은 힘으로 흩어 버릴 수 있다. 그런데 드레스가 꿈쩍도 하지 않았다. 여전히 살랑거리며 그를 귀찮게 했다.

'뭐지?'

당혹스러웠다. 그는 염력을 차단해 보았다. 염력은 보이지 않는 손으로 꼭두각시를 조종하듯 물건을 움직이는 능력이다. 기운을 차단하면 드레스는 움직이지 못한다.

그래, 움직이지 못해야 한다.

그러나 드레스는 여전히 살랑살랑 움직였다.

'염력이 아니야?'

염력이 아닌데 지금 이 방의 물건들이 어떻게 다 허공에 떠 있을 수가 있지? 마치 공간에 지배당한 것처럼……!

바엘은 두 눈을 부릅뜨고 카예나를 휙 돌아보았다.

'설마 공간 지배 마법인가?'

말도 안 된다. 그건 일개 인간이 가질 수 있는 능력이 아니다.

'공간 지배 마법을 최상으로 발현하면 시간을 멈출 수도 있어.'

가령 뭔가를 잘라냈다가 다시 붙여 넣기를 하는 식으로 공간을 편집하는 것이다. 바엘은 카예나의 정확한 능력을 알아내고자 그녀를 향해 손을 뻗었다.

카예나가 의아하게 돌아보는 순간, 그는 낯선 기척을 느끼고 문밖을 바라보았다.

"……누가 오고 있어."

바엘은 카예나가 뭐라고 말할 새도 없이 연기처럼 사라졌다. 카예나가 잠시 눈을 깜빡이며 황당해할 때였다.

똑똑.

바엘의 말대로 밖에서 누군가가 노크를 했다. 카예나는 순간 표정이 굳었으나 능숙하게 회복했다. 그녀는 마법을 풀어 물건들을 제자리에 두고 직접 문을 열었다.

"황녀 전하를 뵙습니다. 키드레이 공작 각하의 보좌관, 제레미입니다."

이곳에서 마주치리라고 생각지 못한 인물이었다. 제레미가 지금 이곳에 있다는 말은 높은 확률로 라파엘로도 왔다는 말이었다. 카예나는 우선 그와 마주 인사해 주었다.

"반갑네, 제레미 경."

"제 주인님께서 이곳 사원을 방문하게 되어 미리 머물고 계시는 황녀 전하께 인사를 드립니다."

라파엘로가 아기를 갖게 해 주는 사원에 방문할 이유가 뭐란 말인가.

'하여튼 행동력 하고는⋯⋯.'

그는 결정과 실행의 간극이 거의 없었다. 카예나가 이곳에 왔다는 이야기를 듣자마자 앞뒤 재지 않고 온 모양이었다.

"아직 정찬 전이시라고 들었습니다만, 괜찮으시다면 키드레이 가문에서 전하를 모실 수 있는 영광을 주시겠습니까?"

그럴듯한 핑계도 미리 준비해 오다니, 앞뒤는 재지 않아도 작정은 한 듯했다.

"알겠네."

"그럼 준비되시면⋯⋯."

"바로 나가지."

제레미는 살짝 당황했다. 카예나의 차림은 아무리 보아도 세도가를 만날 때 적절한 것은 아니었다.

'시녀를 다 두고 오신 건가?'

머리카락은 완전히 다 마른 상태도 아니었다. 전국에 있는 모든 아가씨에게 지금 카예나의 차림새로 라파엘로를 만나라고 하면 백이면 백 대경실색할 것이다. 물론 카예나는 치장 없이도 정신이 아득해질 만큼 아름다웠다.

별채 문을 열고 나가자 뒤뜰 한가운데에 선 라파엘로의 뒷모습이 보였다. 카예나는 솔직히 마음이 불편했다. 하지만 동시에 안정감도 느꼈다. 그녀는 인정했다. 라파엘로를 보게 되어 기쁘다. 그가 자신을 찾아왔단 사실이 기쁘다. 그러면 안 된다는 생각이 들었지만 어쩔 수 없었다.

"주인님."

제레미의 부름에 라파엘로가 뒤를 돌아보았다. 마치 문학 살롱을 드나드는 귀공자처럼 온화해 보이는 모습이었다.

라파엘로는 카예나의 앞으로 다가갔다. 그리고는 자연스럽게 카예나의 손등에 키스했다. 입술을 떨어트린 라파엘로는 퍽 뻔뻔스러운 낯으로 태연하게 인사말을 전했다.

"황녀 전하를 뵙습니다."

카예나의 얼굴은 단 하루 사이에 이해하기 어려울 정도로 수척해졌다. 그녀의 호위들은 눈치채지 못한 모양이지만, 라파엘로는 바로 알아볼 수 있었다.

전날, 유모의 부고를 듣고 나서 카예나는 멀쩡한 척했지만, 명백히 평소와 달랐다. 게다가 그 소식을 들은 직후 행한 일이 바로 이 사원을 방문하는 것이었다. 사원의 위치는 상당히 좋지 않았다. 뒤편은 판자촌인 데다가 원래도 치안이 좋지 않기로 소문난 곳이었다.

'이 사원에 뭐가 있는 건가?'

어쨌든 뭐가 되었든 카예나는 뭔가를 획책하고 있다. 그의 감이 그렇게 말해 주었다.

카예나는 놀란 눈을 깜빡였다. 그러다 간신히 미소 지으며 말문을 열었다.

"공작님을 뵙습니다. 이런…… 곳에서 만날 줄은 몰랐네요."

라파엘로는 시선을 돌려 사원을 한번 훑었다. 누가 봐도 이 사원에 관심 있어서 온 사람의 얼굴은 아니었다.

"예. 이곳이 꽤 영험하다기에 궁금해서 방문해 보았습니다."

그 영험함은 라파엘로와는 관련이 없었다. 카예나는 약간 어이없다는 표정으로 물었다.

"이 사원이 어떤 곳인지 아시나요?"

그가 고개를 끄덕였다.

"예. 아기를 갖게 해 주는 사원이라고 들었습니다."

"쿨럭!"

곁을 지키고 있던 제레미가 라파엘로의 직설적인 발언에 깜짝 놀라 기침을 토했다. 해석에 따라 상당히 야릇한 의미를 내포할 말이었다.

"물론 그것으로도 유명하지만, 결혼을 잘하게 해 주는 것으로도 유명해요."

결혼이란 말에 라파엘로의 눈이 일순간 가늘어졌다. 그는 자신을 감시하는 듯한 호위들의 시선을 느끼며 입을 열었다.

"그렇군요. 사원의 다이닝 룸을 빌려 두었습니다. 준비를 마쳤으니 바로 가셔도 무방합니다."

라파엘로는 자연스럽게 카예나의 손을 고쳐 쥐었다. 그는 누가 보아도 그녀에게 이성적으로 관심 있는 남자처럼 보였다. 카예나의 손이 꼼지락거렸다. 그 작은 반항을 느끼며 라파엘로는 희미하게 웃었다.

그녀는 순순히 라파엘로의 에스코트를 따라 사원을 거닐었다.

"수행원의 몫은 따로 준비했습니다."

카예나는 고개를 끄덕이며 호위 기사에게 다이닝 룸에 따라오지 말고 식사하며 쉬라고 명했다. 그들의 눈빛이 예리하게 빛났다가 명대로 떨어졌다.

'얼른 레제프에게 고해바치고 싶겠지.'

그녀는 처음부터 자신이 데려온 호위 기사들이 레제프의 사람이란 걸 알고 있었다.

다이닝 룸에 들어서자 그가 데려온 하인들이 접시 덮개를 모두 열었다. 카예나는 라파엘로가 빼준 의자에 앉으며 테이블을 바라보았다. 식기를 들기 전에 물어보고 싶었다.

"곤란한 소문이라도 나면 어쩌려고 절 찾으셨나요?"

당연한 물음이었다. 결혼할 사이도 아닌 그들이 이런 곳에서 밀회하는 듯한 모습을 보이는 건 현명하지 못한 일이다.

"괜찮습니다. 그러는 편이 더 그럴듯해 보이리라고 생각하고 왔으니까요."

라파엘로는 대수롭지 않게 말했다.

"……무슨 말씀이신지요?"

"전하께서 진짜 기도를 위해 이곳에 왔다고 생각하지 않습니다. 눈치 빠른 자들이라면 뭔가 다른 일이 있다고 여길 겁니다."

카예나는 그가 하는 말을 가만히 들었다.

"그러니 저와 이곳에서 데이트라도 즐기는 듯한 모습을 연출하는 게 외부에 더 설득력 있어 보일 겁니다."

알리바이를 만들어 주려고 일부러 왔다는 말이었다. 대단히 고마운 호의지만, 역시 이건 지나쳤다. 카예나는 자신의 불행에 라파엘로가 휘말리지 않았으면 했다.

그때 라파엘로가 덧붙였다.

"그리고 전하께서 가짜 남편을 만들어 달라고 하신 말씀의 구체적인 방안을 들을 때가 된 것 같아서 말입니다."

카예나는 충분히 납득 간다는 표정으로 경계심을 풀었다. 그러나 사실 라파엘로는 그녀의 가짜 남편에 대해 조금도 관심 없었다. 이곳에 온 이유는 오로지 카예나를 지키기 위해서였다.

'하지만 내 속내를 알게 된다면 매정하게 잘라 내겠지.'

그래서 핑계를 댔다. 이렇게 말하면 카예나는 납득하리라는 것을 이제는 잘 알았다.

카예나는 잠깐 시선을 아래로 떨어트렸다. 자신의 목적이 바뀌었으니 더는 가짜 남편을 만들 필요가 없었다.

불을 보고 뛰어드는 어리석은 부나방처럼 그녀는 불가능할지도 모를 일에 달려들 생각이었다. 도망치지 않고 정면으로 운명을 들이받을 작정이었다. 어리석은 인형이 아닌 어리석은 사람이 되기로 했다.

그러나 그렇게 말할 수는 없었다. 카예나는 씁쓸한 미소를 베어 물며 말했다.

"서부 공작령의 국경선 너머로는 많은 왕국이 있죠. 바로 옆에는 왕이 없는 도시, 하임벨도 있고요."

하임벨은 원래 마드레나 왕국의 도시였다. 마드레나 왕국은 봉건제 국가로 영주와 제후를 봉했다. 그러다 왕국의 몰락으로 하임벨의 소속이 모호해졌다. 그 도시의 위치는 마침 엘다임 제국과 율령국을 가르는 양측 국경선과 맞닿아 있었다. 하임벨이 여전히 어디에도 소속되지 않을 수 있었던 이유는 양측 강대국의 눈치 싸움 덕분이었다.

"하임벨의 영주는 활개 치는 야만족을 물리치기가 힘겹다고 느꼈을 거예요. 왕이 없는 도시가 얼마나 오래갈 수 있을까요?"

사실 이만큼 버틴 것도 용한 일이었다. 하임벨 영주는 충분한 몸값을 부를 수 있을 때 어디론가 팔아넘기고 싶은 심정이었다. 그 와중에 키드레이 공작가의 후계자가 서부 국경선을 단번에 정리해 버리는 걸 본 것이다.

"하임벨이 제 영토로 복속하길 원한다고 보십니까?"

"물론이에요."

"하지만 그 도시는 율령국에서도 탐낼 만큼 먹음직스러운 파이입니다."

동대륙과 서대륙 사이의 교역 중심지이며, 인구도 많고 조선술도 뛰어나다.

"공작가에서 그 도시를 제값에 사면 파산할 겁니다."

카예나는 당연히 제값에 사게 할 생각이 없었다.

"하임벨의 영주가 그저 공작가의 가신으로만 받아 달라며 국경선을 뛰어넘을 거예요."

"……."

그렇다는 말은, 카예나가 하임벨 영주를 그렇게 만들 수 있다는 뜻이다.

"그때 의심할 것 없이 못 이기는 척 그를 받으시면 됩니다. 이건 제가 드리는 선물이에요."

하임벨을 공짜로 가지게 되었을 때 키드레이 공작가의 손에 떨어질 부와 권리가 대체 어느 정도일까?

가뜩이나 서부 국경선을 방어하느라 키드레이 공작가의 역할은 더없이 중요하다. 그런데 하임벨을 삼키면 율령국과 국경선이 바로 맞닿게 된다.

'그럼 나와 카예나 황녀가 결혼하는 걸 레제프 황자가 바라 마지 않겠지.'

강력한 영향력을 갖게 될 키드레이와 혈맹으로 엮여야 황실에 큰 이득이 될 테니까. 어디까지나 정상적으로 일이 진행될 때의 말이었다.

'하지만 전에 본 레제프 황자는……'

라파엘로는 미간을 찌푸렸다. 그건 단순히 이용 가치가 있는 누이를 보는 눈이 아니었다.

그는 애써 미간을 펴며 약간 낮게 깔린 목소리로 말했다.

"그곳에 마드레나 왕국의 자손이 있었다고 꾸며 내 전하께서 그 후계자와 결혼하게 되면 황실에서도 섣불리 건드리기가 어렵겠군요."

"물론 공작님의 협조가 필요한 부분이에요. 그를 마드레나 왕국의 혈족으로 인정하고 그와 결혼한 저를 비롯해 황실에 어느 정도의 이권을 양보해 주시면 돼요."

"하임벨 영주가 가만히 있겠습니까?"

카예나는 굳이 대답하지 않고 웃기만 했다. 하임벨 영주는 살고 싶다면 가만히 있어야 할 터였다.

'사람은 청렴결백하게 살아야 해. 아니면 용의주도하든가.'

애석하게도 하임벨 영주는 제법 용의주도했으나 원작을 읽은 카예나가 그의 약점을 알았을 뿐이었다.

'영주민들에게 들키지 않고 야만족에게 어린아이들을 조공했지. 그 대가로 식량은 좀 수탈당했을지언정 침략당하지 않았고.'

그러나 언제까지고 들키지 않고 어린아이를 납치해 야만족에게 조공할 수는 없었다.

'일단 하임벨을 키드레이 공작령으로 복속시킨 후에 그의 목을 잘라 버리면 될 일.'

카예나는 은잔에 채운 도수가 거의 없는 과일주로 입술을 축였다.

그때 라파엘로가 뜬금없는 걸 물었다.

"그럼 가짜 남편 이름은 생각해 두셨습니까?"

'남편 이름?'

이런 걸 물을 줄은 몰랐기에 잠깐 멈칫했다. 어차피 존재하지도 않을 남편, 이름에 대해 생각하지도 않았다. 그녀는 적당히 생각나는 이름을 말했다.

"……바엘이에요."

"……꼭 진짜 있는 사람 이름 같군요."

카예나는 심장이 철렁했다. 그가 뭘 알고 한 말인가 의심스러울 정도였다.

"그럴듯해야 다들 믿을 테니까요."

사실 라파엘로는 이름만 있을 뿐인 그 가상의 존재에게 묘한 패배감을 느끼고 있었다.

'그녀의 말대로 하임벨을 삼키게 된다면 가상의 남편이 아니라 나와 결혼하는 게 가장 이상적이지.'

라파엘로는 분명 얼마 전까지만 해도 결혼하기가 끔찍하게 싫었다. 그랬기에 카예나의 협상에 응하기까지 했으니까.

한데 지금은 달랐다. 카예나가 자신을 탐내 주었으면 했다. 카예나가 자신과 결혼하는 게 가장 괜찮은 선택지라고 생각하기를 바랐다. 그래서 마침내, 자신을 소유하기를 원했다.

라파엘로는 초조함을 숨기며 입술을 떨어트렸다.

"말씀대로라면 전하께서 상당히 손해 보는 장사가 아닙니까?"

"그래서 부탁드리고 싶은 게 더 있어요."

"말씀하십시오."

"오늘 밤에 정예 기사만 데리고 몰래 사원 근처로 와 줄 수 있을까요?"

라파엘로는 카예나가 뭔가 위험한 일을 하려 한다는 사실을 직감했다.

카예나는 오해하지 말라며 덧붙였다.

"이 근처 치안이 좋지 않으니 걱정되어서 그런 거예요. 조금 이상한 정황도 있고."

그녀는 이 사원 뒤편에 하인리히 대공자가 부리는 청부업체가 있다는 말은 일부러 빼놓았다. 그의 눈이 의구심으로 살짝 가늘어졌다.

"그럼 이 근방에 기사들을 주둔시켜 두는 게 낫지 않습니까?"

"사원을 핍박하는 모양새로 보일 텐데 괜찮겠어요?"

"……."

그건 곤란한 일이었다. 정황도 없이 근처에 기사를 주둔시키면 사원을 압박하는 것으로 해석할 여지가 충분했다. 그렇게 해석할 자들이 차고 넘쳤다.

"위험한 일은 아닙니까?"

카예나는 당당하게 거짓말했다.

"전혀 위험하지 않아요."

사람마다 위험의 기준은 다르니까. 그녀는 생긋 웃었다.

─❧─

하인리히 대극장은 인산인해를 이루었다. 최근 정계와 사교계가 워낙 심상치 않으니 겉으로 문화생활을 즐기는 척 정보를 공유할 여러 장소가 필요했다.

게다가 하인리히 대극장에는 사람들이 꼭 들러야 할 이유가 있었다. 새로운 극이 올라오는 첫날과 마지막 날엔 예이스터 하인리히가 꼭 관람했기 때문이다.

오늘은 새로운 극이 걸린 날이다. 가장 잘나가는 소프라노가 절정을 노래하고 있었다. 신사들은 소프라노의 목소리보다도 그녀의 얼굴에 관심이 많았다.

"애인으로 삼으면 좋겠는데."

명문가의 자제들이 모여 앉은 VIP석에서 누군가가 중얼거리자 작은 웃음이 튀어나왔다.

"난 약혼자 때문에 안 돼."

한 녀석은 미간을 찡그리며 툴툴댔다.

"걸리면 바로 파혼당할걸? 자존심만 세서는."

"그러게 적당한 가문이랑 합치지 그랬어."

누군가의 철없는 발언에 또 누군가가 타박했다.

"말년을 생각해야지, 이 친구야."

이들도 연회장에서 만나면 점잖고 멀끔한 신사였다. 이렇게 남자들만 있는 자리에서는 추잡한 소리를 늘어놓는 머저리들이지만.

예이스터 하인리히는 투명한 유리잔에 담긴 체리를 꺼내 씹으며 입가에 걸린 비웃음을 애써 삼켰다.

"대공자님은 어떠십니까?"

예이스터는 극장용 망원경으로 주변을 훑더니 말했다.

"난 저 여자가 좋겠어."

그들은 예이스터의 말에 망원경을 들었다.

"아아, 엠마 그레이스로군요. 그레이스 자작가의 둘째 딸이었던가? 그 집에 자식이 워낙 많아서 기억이 가물가물하네요."

"저 가문에서 VIP석 티켓을 어떻게 구했지?"

그레이스 자작가는 하인리히 대극장의 VIP석 티켓을 구할 수 있을 정도로 넉넉하지 않았다.

한 신사가 망원경으로 보며 말했다.

"가장 언니인 쪽은 대단한 미인이던데. 이름이 올리비아였나. 왜, 이번에 황녀 전하의 시녀가 된 그 여자."

"언니가 출세했으니 여기서 누군가가 자신에게 추근거려 주길 원하는 것 아니겠어? 여자들 생각이야 뻔해. 머릿속엔 결혼밖에 없다니까."

"그럼 좀 있다가 말을 걸어 볼까? 동생 쪽도 나쁘지 않네."

예이스터는 유일하게 은도 도자기도 아닌 순도 높은 유리로 된 잔으로 술을 마시다 웃음을 터트렸다. 주변에 있던 다른 VIP석에도 다 들릴 만큼 큰 웃음이었다.

"……하인리히 대공자님께서는 뭐가 그리 즐거우십니까?"

"아니, 아니."

그는 술잔에 가득 따른 술을 죄다 흘리며 큭큭 웃었다.

"자네의 추측이 재미있어서."

신사들은 서로 떨떠름하게 보다가 마지못한 표정으로 같이 웃기 시작했다.

머저리들의 생각은 항상 놀랍다. 저 여자가 여기에 결혼할 상대를 찾으러 왔다고?

'정말 머릿속에 결혼 생각뿐인 게 누군데.'

결혼과 정부. 그들의 관심사는 그것이 전부다. 재산은 부모의 것을 물려받으면 되니까.

'한심한 인간들.'

여긴 온통 상속받을 재산이 사라지면 아무것도 하지 못할 덜떨어진 것들뿐이다.

엠마가 밀빛 머리칼을 곱게 땋은 채 이곳에 자리한 것은 자신 때문이었다. 가문의 빛이 비정상적이란 사실을 아둔한 그레이스 자작과 그의 부인은 몰랐다. 딸 쪽은 꽤 똑똑한 듯했다. 엠마 그레이스와 눈이 마주쳤다. 그러자 엠마가 소스라치게 놀라며 고개를 돌렸다.

그녀는 절정을 향해 내달리는 소프라노의 연기에 한 번도 집중하지 못했다. 이 극에서 가장 볼만한 장면인데도. 그녀는 계속 예이스터만 힐끗대며 긴장된 얼굴을 하고 있었다.

"대공자님."

그때 보좌관이 예이스터의 귀에 대고 비밀스럽게 속삭였다. 신사들은 아닌 척하며 무슨 이야기가 오가는지 몹시 궁금해하는 표정으로 힐끔거렸다.

"잠시 실례하지."

그는 잘생긴 낯에 서글서글한 미소를 띠며 자리에서 일어났다. 곧 그는 하인리히 대극장에서 오직 주인만 이용할 수 있는 스위트룸에 도착했다. 예이스터는 소파에 다리를 꼬고 앉았다.

"판자촌 쪽 사원에 황녀가?"

납치당한 게 고작 며칠 전 일이라 몸을 사릴 줄 알았다. 그런데 호위 기사를 달랑 셋만 데리고 사원을 방문할 줄이야. 누구도 이런 행보는 예측하지 못했으리라. 하물며 청부업체 지적의 사원이었다.

'전에 말했던 것과 관련 있는 건가?'

황녀는 은밀한 집단의 위치를 알고 있다는 듯이 말했다. 그런 집단이야 여럿 갖고 있지만 지금 카예나가 너무나 정확한 장소에 머물고 있다는 게 미심쩍었다.

'이건 도발인가?'

예이스터는 유쾌하게 웃음을 터트렸다. 역시 카예나 황녀가 상당히 재미있게 변했다. 그의 눈빛이 음험하게 번들거렸다.

"미인의 초대를 거절하면 사내가 아니지."

───※◈❖※───

오래된 사원 뒤편에 자리한 아무런 특색 없는 여관 1층. 그곳에서는 싸구려 초를 태운 탁한 빛으로 내부를 밝혀 술을 팔고 있었다.

"황녀를 몰래 잡아 오라고?"

제다이어가 청부업자 일을 시작한 지 제법 긴 시간이 흘렀다. 온갖 더럽고 위험한 일을 해 왔다지만 오늘의 지시는 이해할 수 없었다.

'아무리 지적에 황녀가 있다고 해도 납치로 그 난리를 피운 게 사흘 전 아닌가?'

눈에 보이는 정예 기사는 셋이라고 하지만, 비밀 호위가 있을 것 같단 느낌이 왔다. 그러나 제다이어만 그렇게 생각하는 모양인지 다들 속 편하게 말했다.

"수면향 피워서 기사들 재우면 식은 죽 먹기인데?"

"그렇게 예쁘다고 난리인 황녀 실물이 궁금했는데."

'정신 나간 놈들. 이건 함정이야.'

이 일을 지시한 하인리히 대공자도 함정이라는 생각이 들었겠지만, 기꺼이 미끼를 물어 보려는 게 분명했다.

'젠장.'

하지만 지시를 따르지 않을 수 없었다. 이게 함정이라고 해도 보수

가 넉넉히 책정되었기 때문이다. 살아남기만 하면 된다. 언제나 그랬
듯이 동생의 약값만 댈 수 있다면 상관없었다. 가난한 자에게 불치병
이란 재앙이다. 제다이어는 그 재앙에 무력하게 맞서 싸우고 있었다.

"가자."

그들은 모습을 꼼꼼하게 감추고 사원으로 숨어들었다. 듣던 대로
호위 기사는 셋. 그 외에 하급 병사는 다섯이었다. 단 한 사람만 지킨
다고 보기엔 조금 과한 수행원이었으나 얼마 전 난리를 생각하면 이
해할 수 있는 숫자였다.

그들은 방독면을 쓰고 수면향을 피웠다. 별채 근처를 지키고 있던
병사들이 허물어졌다. 실내에도 향을 밀어 넣었다.

이건 인내심 싸움이다. 조용히 기다리고 있으니 곧 모든 이가 잠들
었다. 청부업자들은 이런 일에 능숙한 전문가였다. 잠긴 문은 순식간
에 열렸다.

별채 안으로 들어가 황녀가 머무는 방 앞에 섰다. 팔에 석궁을 장
전하고 문을 열었다. 끼이익 하고 듣기 싫은 소리가 났다.

'……아무도 없나?'

내부는 촛불 하나 켜져 있지 않아 깜깜했다. 창도 막은 것 같았다.
그들은 통로의 빛을 이용해 침대 쪽을 보았다. 불룩하게 누군가가 누
워 있는 게 보였다.

훅—

그때 통로의 촛불이 일제히 꺼졌다.

"……!!"

제다이어는 서늘한 감각을 느끼고 곧장 뒤로 빠졌다.

퍽—!

둔탁한 소음이 들렸다.

"아악—!"

어둠 속에서 뭔가가 날아왔다. 동료 중 누군가가 안으로 석궁을 쏘았으나 고요했다. 어둠 때문에 아무것도 보이지 않았다. 그들은 속수무책으로 뭔가에 얻어맞았다. 대체 얼마나 많은 호위가 안에 숨어 있었던 거지? 식은땀이 흘렀다.

"뭐냐! 누구야!"

제다이어는 제 예감이 맞았다는 사실을 깨달았다.

'젠장, 역시 함정이잖아!'

무슨 수법을 부린 거지? 누구도 무슨 일이 일어난 건지 파악하지 못했다.

"으읍!"

동료들의 입이 하나둘씩 틀어막혔다. 제다이어는 간신히 도망쳤다. 살아남는 게 중요했다. 여기서 개죽음당할 수는 없었다.

탕—!

그가 안을 빠져나오자마자 굉음이 터져 나왔다.

"황녀 전하가 위험하시다!"

바깥에서 기세가 심상치 않은 무장한 기사들이 쳐들어왔다.

'이런 미친……!'

키드레이 가문의 인장이 그려진 갑옷을 입은 기사들이었다. 완벽하게 함정에 걸려들었다.

그는 하인리히 대공자가 일부러 미끼로 그들을 몇만 차출해 던졌다는 사실을 절절히 깨달았다. 어쩐지 황녀를 납치하라고 해 놓고 고작 다섯만 지원하더라니…….

제다이어는 키드레이 소속 기사들이 근처를 모두 포위했다는 사실을 깨닫고 욕지거리를 내뱉었다. 그는 최대한 기척을 죽이며 기사들의 눈을 피해 도망치려고 했다.

"컥!"

갑자기 누가 뒤에서 옷자락을 잡아당겼다. 그는 당장 뒤를 향해 발을 찼다. 그런데 걸리는 느낌이 없었다.

"누구냐!"

아무리 둘러봐도 사람이 없었다. 서늘한 밤중인데도 땀이 비 오듯 쏟아졌다. 그때 귀신들린 듯한 드레스가 그를 향해 날아왔다.

'뭐야, 저게!'

비명을 내지르려고 했으나 드레스에 입을 틀어막혔다.

"읍! 으읍-!"

"쉿. 조용히."

여자 목소리였다.

제다이어는 드레스에 포박당해 바닥에 엎드린 채로 위를 올려다보았다.

"하마터면 제일 중요한 사람을 놓칠 뻔했네."

로브로 모습을 감춘 여자였다.

'설마 황녀?'

그러나 얼굴이 보이지 않으니 알 수 없었다.

"소리치지 마. 공작가의 기사들이 오면 어쩌려고 그래?"

"……."

뭔지는 모르겠지만, 상대는 자신과 거래하려는 듯했다. 그가 조용히 발버둥을 멈추자 드레스가 입을 풀어 주었다. 심장이 입 밖으로 튀어나올 것 같았다.

혼자 의지를 갖고 움직이는 드레스. 방에 아무도 없었는데 갑자기 그들을 덮친 이상한 것들. 이 모든 게 눈앞의 여자가 한 짓이리라는 생각이 들었다. 그는 말투를 공손하게 했다.

"……죽기 전에 하나만 묻겠습니다."

제다이어는 눈을 감고 집에 있을 동생을 떠올렸다. 언제고 이렇게 개죽음당할 날이 오리라고 생각은 했었다. 침대 아래에 숨겨둔 돈을 동생이 찾아내야 할 텐데.

"당신, 정체가 뭡니까?"

그의 형형한 눈빛이 모습을 가린 카예나를 향했다.

"죽을 일은 없을 테니 그 질문엔 대답하지 않을게, 제다이어."

제다이어는 어째서 낯선 여자가 자신의 이름을 알고 있는지 이해할 수 없었다.

"아픈 동생을 위해 기사의 긍지를 꺾고 청부업자 노릇이나 하느라 속이 많이 상했을 테지?"

"……정말 정체가 뭡니까?"

"그쪽의 재앙을 이겨내 줄 사람."

제다이어는 자신의 몸이 누군가가 잡아 일으키는 것처럼 쭉 들어 올려지자 경악하지 않을 수 없었다. 여전히 뒤엔 사람이 없었다. 온몸에 소름이 오소소 돋았다.

카예나는 제다이어의 옷을 잘 펴 주었다. 그 또한 마법의 힘이었다.

"엘릭서가 필요하지 않아?"

엘릭서란 말에 제다이어가 반사적으로 눈을 치떴다.

'역시 마법사였어……!'

설마 했는데 상대는 정말 마법사였다. 그렇단 말은 엘릭서를 만들 수 있는 존재란 뜻이었다.

"기쁘지 않아?"

원작에서 제다이어가 마법사에게 가진 집착은 어마어마했다. 동생을 살릴 방법은 엘릭서밖에 없다는 사실을 안 순간부터 그는 오직 마법사만 찾아 헤매었다. 다들 그를 두고 미쳤다고 말했다. 요즘 같은 세상에 마법사를 찾는 인간은 너뿐일 거라며 미치광이 취급까지 했다.

하지만 그는 일생일대의 순간에도 경거망동하지 않았다.

"당신이 절 도와준단 보장이 어디 있습니까? 그리고 당신 같은 사람에게 저 같은 일개 청부업자가 그다지 필요할 것 같지도 않은데요."

그녀는 제다이어의 말에 만족스러운 웃음을 지었다. 객관화를 잘 하는 사람은 멍청한 실수를 잘 하지 않는다. 이런 사람일수록 계획의 변수를 줄여 준다.

'공작가의 삼엄한 경계를 뚫고 올리비아를 독살했던 실력자답네. 이자는 승리할 수 있는 것에만 손대지.'

그와 카예나는 구면이다. 그녀는 제다이어를 고용해 올리비아를 독살할 것을 주문하고 어마어마한 재물을 주었다. 갈색 머리칼과 회색 눈동자, 왼쪽 뺨의 긴 상흔까지 기억대로였다.

"난 당신의 약점이 필요해."

카예나의 얼굴이 달빛에 언뜻 드러났다.

"당신은 내 요구를 무조건 따라야 하고 성실해야 할 이유가 있잖아. 난 그런 절실함을 가진 사람이 필요하거든."

제다이어는 노래를 하듯 고운 목소리가 담은 건조한 냉혹함에 갈증을 느꼈다. 모습을 가린 채 달콤한 제안을 하는 이라니……

꼭 악마 같았다.

"……제가 해야 할 일이 뭡니까?"

그로서는 절대 거부할 수 없는 제안이었다. 제다이어에겐 달리 선택의 여지가 없었다. 상대는 마법사였다. 엘릭서를 구할 수 있다. 동생이 살 수 있다. 그는 마른침을 삼켰다.

카예나는 뜸 들이지 않고 품에서 봉투 하나를 꺼냈다. 봉투는 허공을 날아 제다이어의 앞에서 멈췄다.

"……."

귀신에 홀린 기분이었다. 그는 조심스럽게 봉투를 쥐었다.

"당장 예이스터 하인리히를 찾아가. 황녀에게 비밀 호위가 있었고 간신히 도망쳤다고 말해. 오늘 청부업체는 사라질 거야."

"이게 뭡니까…?"

"에반스 가문의 비리. 내용은 숙지하고 종이는 태워."

봉투는 척 보아도 값비싼 것이었다. 밀봉된 봉투에 찍힌 문양을 발견한 제다이어는 손을 떨었다. 황실의 인장이었다.

'역시 황녀의 함정이었어.'

자신이 보고 태울 문서에 일부러 황실의 인장을 찍어서 준 것은 의도가 명백했다. 이중 간첩을 하라는 뜻이다.

어쩐지 이상하다고 생각했는데 설마 황녀가 마법사를 거느리고 있었을 줄이야!

제다이어는 순간 두려움이 엄습했다. 그러나 그에게는 두려움을 이겨낼 만큼의 간절함이 있었다.

"그럼 저는 엘릭서를 언제 받을 수 있습니까?"

"황궁으로 와."

"화, 황궁이요……?"

그런 지고한 곳에 평민에 불과한 자신더러 들어가라고? 그는 황망한 표정으로 카예나를 보았다.

그녀는 뭐라고 더 말하지 않고 동전이 든 게 분명한 주머니를 그에게 휙 날려 보냈다. 합리적으로 책정한 보수였다.

제다이어는 아까 봉투를 받을 때만큼은 놀라지 않았다.

그때 기사들이 가까운 곳에 있는 모양인지 병장기 부딪히는 소리가 선명하게 들렸다.

"어서 가 봐."

당장은 이 자리를 벗어나는 게 시급했다. 제다이어는 돈주머니와 봉투를 품에 넣었다.

카예나는 그가 도망치는 것을 바라보다가 로브와 춤추는 드레스를 멀리 날려 보내고 머리칼을 헝클었다.

"이제 화약고를 털어 볼까."

그녀의 시선이 여관으로 향했다.

−❦−

총성은 카예나가 낸 것이었다. 총은 라파엘로가 카예나에게 은밀히 전달했다. 총성을 듣는 순간 라파엘로는 사원 별채로 달렸다.

'다 잠들어 있어?'

침입자가 있다. 별채 안은 초가 다 꺼져 있어 어두컴컴했다. 기사들이 횃불을 켜자 놀라운 광경이 보였다. 잠들어 쓰러진 호위 기사와 온몸이 포박된 네 명의 수상한 자가 있었다.

"저들을 잡아 두어라."

라파엘로는 그렇게 지시하고 침실로 뛰어 들어갔다.

"전하!"

그러나 안에는 아무도 없었다. 또 카예나가 사라져 버렸다.

"전하께서 사라지셨다! 찾아라!"

심장이 불쾌하게 뛰었다. 제발 아무 일도 없어야 하는데!

일찍이 이곳에서 무슨 일이 벌어질 것 같다는 예감이 들었었다. 카예나가 괜히 여기에 머무는 게 아니라고 생각했다. 사원 근처에 기사들을 주둔시켜 놓으면 괜찮으리라고 생각했던 자신이 멍청했다. 그는 분노와 후회로 미쳐 버릴 것 같았다.

카예나를 존중한다. 존경하고 경애한다. 자신이 감히 그녀의 영역을 침범해도 된다고 생각하지 않았다.

그러나 그 생각이 틀렸다. 할 수 있는 일은 뭐든 해야 했다. 설령 버려질지라도.

그는 사원 뒤편으로 달렸다. 적에게 당할 수 있다는 계산 따위는 들지도 않았다.

그리고 마침내, 달빛을 받으며 다시 사원으로 다가오는 카예나를 발견했다. 라파엘로를 발견한 그녀의 얼굴이 반가움에 물들었다.

"아, 공작……!"

하나 카예나가 말을 다 잇기도 전에 라파엘로가 그녀에게 달려가 품에 꽉 안았다. 목덜미에 얼굴을 파묻고 그녀의 등허리를 두 팔로 감쌌다. 카예나의 달콤한 체향이 선명하게 느껴지자 그녀가 무사하다는 사실을 실감할 수 있었다. 그제야, 살 것 같았다.

두 사람의 키 차이로 인해 카예나의 발이 허공에 붕 떴다. 몸이 마치 단단한 바위에 휘감긴 듯 완벽한 안정감이 들었다. 카예나는 자연스럽게 라파엘로의 목을 끌어안았다. 라파엘로의 몸이 가늘게 떨리는 게 느껴졌다. 그가 불안해하고 있었다.

"놀랐어요? 아무 일도 없기는 했는데……."

그녀의 차분한 목소리가 귓가로 스며들자 라파엘로는 긴 숨을 내쉬었다. 그는 미간을 잔뜩 일그러트리며 카예나의 목덜미에 더욱 깊이 얼굴을 묻었다.

카예나는 차마 이토록 불안해하는 라파엘로를 떨어트리지는 못했다. 그의 온기에 사로잡히기라도 한 것 같았다.

"공작님?"

다만 언제까지 이렇게 안겨 있을 수는 없었기에 조심스럽게 그를 불렀다. 카예나는 그와 같이 여관을 덮쳐 잔당을 소탕할 생각이었다.

그녀가 꼼지락거리자 라파엘로가 깊이 숨을 내쉬었다.

"죄송합니다."

라파엘로는 탁한 목소리로 웅얼거리며 그녀를 더욱 꽉 끌어안았다. 그렇게 하지 않으면 미칠 것 같았다. 카예나는 이제 그의 전부였다. 숨을 쉬는 이유였다. 카예나가 아니면 세상은 의미가 없었다. 다 불타서 잿더미가 되어 버리든, 산산조각이 나 버리든 관심 없었다. 이 사람만이 유의미했다.

추한 소유욕과 독점욕이 끓어올랐다. 이대로 아무도 모르는 곳으로 도망치고 싶었다. 세상에서 가장 안전한 감옥을 만들어 둘이서 갇힐 수만 있다면, 그러면 바랄 게 없었다.

라파엘로는 스스로 제정신이 아니라고 생각했다. 그러나 더는 가만히 있을 수가 없었다. 라파엘로는 그녀의 것이 되고 싶었다. 또 그녀가 자신의 것이 되었으면 했다. 완벽한 결속이 필요했다.

"전하께서는 저를 나쁜 사람으로 만드십니다."

그게 얼마나 저열한 만족감을 주는지 당신은 짐작조차 못 할 것이다. 자신은 이토록 엉망인 인간이었다.

그래도 그 사실을 카예나만 모르면, 그러면 괜찮지 않을까?

카예나는 얼떨떨해졌다.

"무슨……."

그게 무슨 소리냐고 물으려던 입술을 꾹 다물어 버렸다. 그가 미간을 찡그린 채 자신을 바라보는 눈빛이 심상치 않았다. 순식간에 공기가 야릇하게 변했다.

두근. 두근.

서로에게 스며 있는 부드러운 달빛, 서늘한 밤공기, 세상에 둘만 남겨진 듯한 풍경. 서로의 얼굴은 더없이 가까워 탁하게 젖은 숨결이 나체를 보이기라도 한 듯이 적나라했다. 숨이 점차 가빠졌다. 이 분위기가 어떤 일이 벌어지기 전의 전조라는 사실을 모를 수가 없었다.

그는 허락을 구하고 있었다. 당장 입술을 물어뜯고 싶어서 안달 난 눈으로 자신을 바라보며 옴짝달싹하지 못하게 품 안에 끌어안고 있는 주제에.

정말이지, 가증스럽게도.

라파엘로는 사냥하기 직전의 맹수 같았다. 카예나가 조금의 틈이라도 내보이기를 기다리며, 야릇한 숨을 내뱉었다.

배 속이 꽉 옥죄었다. 살갗이 저릿하게 달아올랐다. 카예나는 나직하게 탄식했다. 아닌 척 외면해 왔으나 그녀는 이미 이 남자에게 함락되어 있었다. 원하고 있었다.

카예나가 그의 목덜미를 쓸어 올리며 머리카락 사이로 손가락을 깊숙이 넣어 끌어당겼다. 허락이 떨어진 순간 라파엘로는 갈급하게 카예나의 입술을 집어삼켰다. 난잡하게 숨결과 타액이 뒤섞였다.

라파엘로는 이성이 아득하게 나간 채 짐승 같은 본능으로만 충실히 움직였다.

카예나는 이런 때에도 여전히 망설이며 몸을 움찔거리고 있었다. 지금이라도 말릴까? 떨어트릴까? 모르는 척할까? 온갖 생각에 마음이 복잡했으나 라파엘로가 탁한 숨소리를 내뱉는 순간 다시금 눈을 질끈 감았다. 그의 목을 더 깊게 끌어안고 갈증을 해소했다.

라파엘로는 사람이 어떻게 여기서 더 사랑스러워질 수 있는지 이해할 수 없었다. 그녀의 손짓 하나, 눈빛 하나에 그는 충실히 발정했다. 카예나를 안아 드는 건 한 팔로도 가능했기에 자유로운 손으로는 부드러운 머리카락을 쓸어 만졌다. 그는 스스로가 웃기지도 않았다. 여유라고는 티끌만큼도 없는 주제에, 어떻게든 어른스러운 척이라니.

하지만 카예나는 그런 조심스러움이 필요한 사람이었다. 이 믿기지 않을 정도로 냉혹하면서도 너그러운 여자는 자신이 응석을 부리면 그대로 다 받아 줄 게 뻔했다. 라파엘로는 간신히 자신을 억제하며 조심스럽고 다정하게 카예나를 대했다. 사실 그건 썩 어렵지 않았다. 카예나가 사랑스러워서 어쩔 줄 모르는 마음 그대로 행동에 옮기기만 하면 되는 일이었으니까.

이러는 도중에 누군가에게 들키면 어쩌나 하는 불안감 같은 건 없었다. 차라리 이대로 들키는 것도 나쁘지 않았다. 그럼 공식적으로 카예나의 것이 될 테니까.

하나 이 순간은 백일몽과 같았다. 서로의 마음을 확인하고 음탕하게 나눠 가지는 행위는 곧 끝나게 될 것이다.

그게 끔찍하게 싫었다. 라파엘로는 손쉽게 어른스러움을 포기했다. 그런 건 별로 중요한 가치가 아니다. 중요한 건, 제게 완전히 집중한 카예나의 입술이었고 숨결이었다.

말캉한 입술을 몇 번이나 삼켰다. 숨이 모자라 잠깐 떨어지는 것도 못 견디겠다는 듯이 집요하게 좇았다. 몇 번이고, 또 몇 번이고 서로를 탐닉했다.

카예나는 어느새 바닥에 발을 디딘 채로 더욱 깊게 입을 맞추다가 라파엘로의 양 뺨을 쥐고 입술을 떨어트렸다. 타액으로 번들거리는 입술 틈으로 가쁜 숨이 흘러나왔다.

"숨 막혀요."

그녀가 짐짓 매섭게 미간을 찌푸리며 그를 탓했다. 그러자 라파엘로는 말없이 카예나의 두 눈을 물끄러미 바라보았다. 붉게 물든 눈가가 야살스럽게 저를 향하자 마음이 약해졌다. 그는 카예나가 머뭇거린다는 걸 알아차리고 다시 입술을 겹쳤다.

이제 슬슬 돌아가지 않으면 안 될 정도로 시간이 흘렀다. 카예나가 그를 밀어냈으나 라파엘로는 손길을 무시하고 다시 입을 맞추려고 했다.

"그만."

카예나는 라파엘로의 입술에 먼저 입을 맞춰 주며 조용히 그를 달랬다. 그 달콤한 행동과는 다르게 카예나는 차갑게 말했다.

"전 황제가 될 거예요."

라파엘로는 카예나의 말을 가만히 들었다.

"그러니 당신의 아내는 될 수 없어요."

그는 천천히 고개를 끄덕였다.

카예나는 서서히 그의 품에서 떨어졌다. 현실로 돌아갈 시간이었다.

"그건 황위에 뜻이 있어서입니까?"

카예나의 발걸음이 멈칫했다. 그 망설임에서 라파엘로는 그녀의 의중을 읽었다. 레제프를 향한 복수란 것을.

"저는 당신이 생각하는 것만큼 좋은 사람이 아닙니다."

"라파엘로."

"뜻대로 하십시오."

그녀가 돌아보자 라파엘로는 기다렸다는 듯이 그녀를 품에 가뒀다. 입술을 가볍게 맞댄 채 그가 말했다.

"저도 뜻대로 할 테니."

선전포고를 끝낸 그가 다시 숨결을 빼앗아 갔다.

―＊◦＊―

관객이 모두 떠난 대극장에서 카예나를 기다리고 있던 예이스터는 야차처럼 표정을 구겼다.

"키드레이 공작가에서 왜 거길 공격했다는 거야!"

빈민가 근처에 만든 청부업소 겸 화약 공장이 공격당했다.

"증거는? 나와 접점이 있다는 걸 들킨 건 아니겠지?"

"간부들만 입 다물면 들킬 건 없습니다."

"그들은 죽였나?"

"암살자를 보냈습니다."

예이스터는 거기에 쏟아부은 돈을 생각하자 분노를 참을 수 없었다.

"대체 왜! 어떻게!"

그는 대극장의 스위트룸을 한참이나 박살 내다가 간신히 숨을 돌렸다.

"간부 하나가 도망쳐 왔다고 했지?"

보좌관이 고개를 숙이며 말했다.

"예. 제다이어입니다."

"들어오라고 해."

예이스터는 박살 낸 물건이 튀지 않은 의자로 가서 털썩 앉았다. 문이 열리고 왼뺨에 길쭉한 상흔이 있는 30대 남자가 들어왔다. 그는 바로 바닥에 납작 엎드렸다.

"황녀에 대해 보고할 사안이 있다고?"

제다이어는 엉망진창인 방을 힐끔 보고는 입을 열었다.

"누군가와 대화하는 말을 들었습니다. 에반스 가문이 황실에 신고를 누락시킨 곡창 지대가 있다는 이야기였습니다."

예이스터는 나른한 한숨을 길게 내쉬었다. 화약고가 사라졌다는 분노로 얼룩져 있던 표정이 한결 맑아져 있었다.

"누락시킨 곡창 지대라……."

그 문자들의 배열과 어감이 주는 달콤함이 마음에 쏙 들었다.

"예. 대마초를 재배한다고 합니다. 일전에 황녀를 납치한 헨버튼 길리안의 비밀 사교 클럽에도 납품하고 있다고 했습니다."

"대마초!"

그는 당장 자리에서 일어나 제다이어를 바닥에서 일으켜 주었다. 제다이어가 여자였으면 당장 입술에 키스해 줬을 것이다.

"이름이 제다이어라고 했지? 새로운 청부업소의 지점장은 당신이야."

그는 유능한 자를 사랑했다. 제다이어라면 몇 번 일 처리가 깔끔하다고 들은 기억이 있는 자였다.

"감사합니다."

그는 바로 보좌관을 불러 제다이어에게 하사할 저택을 찾아보라고 했다.

"조금만 기다려 봐. 저택 하나 수배하는 것 정도는 얼마 걸리지도 않거든."

그는 결정된 일이 있으면 조금도 지체하지 않았다. 결정이 빠르고 행동은 더 빨랐다. 갑자기 방으로 사람이 쏟아져 들어오며 순식간에 어질러진 걸 치웠다.

"새로운 지부를 설립할 동안은 쉬도록 해."

그 말을 끝으로 제다이어는 스위트룸에서 나올 수 있었다.

"허."

제다이어는 자신이 받았던 편지에 적힌 내용대로 모든 상황이 풀리자 더럭 겁이 났다. 아무리 황녀라고 해도 이렇게까지 정확하게 상황을 예측할 수 있다고?

'수도에 내 저택이 생길 거라는 건 어떻게 안 거야?'

그의 머리로는 이해되지 않았다. 제다이어는 대극장에서 잠깐 서성이다가 묘한 시선을 느꼈다. 조금 떨어진 곳에서 어떤 남자가 자신을 주시하더니 눈이 마주치자 시선을 돌렸다.

'아까 스위트룸에서 본 사람 같은데……'

고개를 갸웃하다가 다시 천천히 걸었다.

'착각이 아니군.'

그를 감시하는 눈이 있었다. 그 남자를 붙잡으려고 한 걸음 내디뎠을 때였다.

"여기 계셨군요!"

하인리히 대공자의 명을 받아 저택을 수배하러 갔던 보좌관이 그를 찾아왔다.

"당장 쓸 수 있는 저택이 있습니다. 그곳으로 모실 테니 따라오십시오."

제다이어는 뒤를 힐끔 보았다. 감시의 눈이 사라져 있었다.

"왜 그러십니까?"

"……아무것도 아닙니다."

그는 보좌관과 함께 마차에 올랐다. 마차는 대극장을 벗어났다. 보좌관은 유쾌한 사람이었다. 제다이어가 어떤 사람인지 인식하지 못한 것처럼 평범한 이야기를 늘어놓던 그는 마차가 멈추자 손을 내밀었다.

"앞으로 잘 부탁드립니다."

"……아, 예."

손을 맞잡자 보좌관이 아까와는 달리 묘한 미소를 지었다.

"부디 주인을 배신하지 마십시오."

"예?"

보좌관은 다시 사람 좋게 웃으며 인사했다.

"그럼 더 필요하실 만한 건 날이 밝는 대로 준비해서 보내겠습니다."

그는 얼떨떨하게 마차에서 내렸다. 그리고 저택을 보고 마른침을 삼켰다.

'황성 근처다.'

수도의 거의 정중앙에 있는 저택이었다. 아까 그에게 따라붙었던 시선과 보좌관의 말이 이해되었다.

'내가 황녀의 세작이 되었다고 의심하고 있구나.'

하인리히 대공자는 그를 믿지 않는다. 입술 새로 헛웃음이 흘러나왔다.

"귀족은 다 괴물인가?"

아무래도 자신은 이전까지 몸 담그고 있던 뒷세계 따위와는 비교도 되지 않는 어둡고 음습한 곳에 발을 디디게 된 것 같았다.

―❦―

바스턴은 공작가의 정예 기사였기에 오늘의 밀행에 포함되어 있었다. 그는 라파엘로가 홀로 뛰쳐나가더니 모습이 보이지 않아 주변을 샅샅이 뒤졌다.

"각하!"

라파엘로가 검은 망토로 몸을 감싼 카예나 황녀를 안은 채 사원으로 걸어오고 있었다. 기사들은 안도의 한숨을 내쉬었다.

"뒤편에 청부업자의 본거지가 있다. 그곳을 점거하겠다."

그들은 다시 긴장감 어린 얼굴로 그의 뒤를 따랐다.

라파엘로는 카예나를 제 마차로 밀어 넣었다. 카예나가 살짝 미간을 찡그렸다.

"분명 제 마차로 가기로 하지 않았나요?"

"제 마차가 더 안전합니다."

그야 마차 주위로 기사를 여럿 세워 둘 테니 안전하겠지. 그건 카예나의 마차에 해도 되는 일이었다. 라파엘로는 뻔뻔스럽게도 대놓고 수작을 부리고 있었다.

카예나가 잠시 기가 막힌다는 표정을 짓자 라파엘로가 돌연 마차의 발판을 딛고 올라와 상체를 숙였다. 그러고는 이미 짙은 키스로 부풀어 있는 입술을 깨물었다.

"……!"

당황한 카예나가 저도 모르게 입을 살짝 벌리니 혀가 부드럽게 파고들었다. 몸에 남아 있던 열기가 순식간에 불이 붙은 듯 달아올랐다.

시야가 차단되어 있다고는 하나 지나치게 대담한 행동이었다. 카예나는 숨을 멈추고 그의 옷자락을 꽉 붙들었다. 그러지 않으면 저도 모르게 무슨 소리라도 낼 것 같았다. 온몸이 짜릿한 긴장감으로 조여들었을 때, 입술이 떨어졌다.

쪽.

라파엘로는 몸을 떨어트리기 전, 그녀의 이마에 키스하며 간곡히 부탁했다.

"제발 여기서 나오지 말아 주십시오."

당신이 또 보이지 않으면 그때는 정말 미쳐 버려서, 하인리히든 뭐든 짓밟아 버릴 것 같으니까요. 그는 침착한 표정으로 이성이라고는 하나도 없는 생각에 사로잡혀 있었다.

카예나는 그가 평소와 상당히 다르다는 사실을 느끼고 알았다고 대답했다.

이내 라파엘로가 마차 문을 닫고 나갔다. 그 모습을 물끄러미 보던 카예나는 두 손으로 얼굴을 감싸 쥐었다. 온몸이 붉게 물들어 있었다.

"내가 무슨 짓을 한 거야."

─◈─

청부업자들의 본거지인 여관은 일반적인 형태였다. 다만 지하가 문제였다.

"화약이잖아!"

눈을 가린 일꾼들이 지하 창고에 갇혀 화약으로 무기를 제조하고 있었다. 그들 중엔 노인도 있었고 어린아이도 있었다. 그들의 등은 채찍질로 너덜너덜했다.

"누, 누구냐!"

채찍을 든 감시관들이 쳐들어온 기사들에 놀라 소리쳤다.

"모두 체포해!"

바스턴은 심각한 얼굴로 라파엘로에게 보고했다.

"전부 빈민가 사람들입니다."

지하에 갇혀 화약을 마시며 일하는 이들은 모두 빈민가 사람으로 파악되었다.

'하인리히 소유의 청부업체라고 했지.'

오늘 카예나를 납치하려고 했던 청부업자들도 그의 수하였다. 라파엘로는 고개를 삐뚜름하게 기울였다.

"반드시 이 화약 창고의 소유주를 밝혀내라."

"예, 각하!"

카예나는 정예만 데려오라고 했으나 라파엘로는 더 많은 기사를 근처로 끌고 왔다. 그가 사원을 떠나고자 기사단을 정비하고 있을 때 고위 사제가 후드로 모습을 가린 수행 사제와 같이 나타났다.

"전하께서 주둔시키고 있던 기사분들이시군요."

이건 사원에서 문제 삼을 수도 있는 일이었다. 그러나 데니안 사제는 협조적인 태도를 보였다.

"불온한 무리를 처단하고 전하를 구해 내어 다행입니다."

"양해에 감사하오."

"쓰러져 있던 다른 기사들은 막 정신을 차렸습니다."

마침 몹시 당황한 듯 보이는 기사들과 병사들이 이곳으로 달려왔다.

"공작님! 전하께서는 어찌 되셨습니까?!"

"전하께서는 무사하시다. 이 근처의 치안을 살필 겸 기사를 데리고 나왔다가 곧바로 그분을 발견할 수 있었어."

그들은 바로 한쪽 무릎을 꿇으며 예를 갖췄다.

"황실의 은인께 감사드립니다!"

"내 마차에 모셔 두었다."

"그럼 저희가……."

라파엘로는 냉랭하게 말했다.

"결정적인 순간에 마음 놓고 제대로 주변을 살피지 않았던 자네들이 전하를 보호할 수 있겠는가?"

"……."

"전하께 변고가 있었던 게 고작 사흘 전인데 주변을 살피는 일을 게을리했던 모양이군."

그것이 사실이었으므로 그들은 입을 다물었다. 카예나에게 변고가 있든 말든 그들에게는 큰 상관이 없었다. 그들의 주군은 레제프지, 카예나가 아니다.

라파엘로는 그들에게 카예나를 향한 충성심이 없다는 사실을 일찍이 알았다.

"전하는 내가 모시고 가지."

그는 통보하고 다시 데니안 사제를 바라보았다.

"키드레이는 오늘 협조를 잊지 않을 것이오."

"별말씀을요."

사제에게 묵례하고 고개를 들던 라파엘로는 뒤에 서 있던 수행 사제와 순간 눈이 마주쳤다. 황금빛처럼 보일 정도로 밝은 황갈색 눈동자였다.

라파엘로는 그가 자신을 관찰하는 듯한 묘한 느낌을 받았으나 천천히 시선을 뗐다. 카예나가 있을 마차에 가야 했다.

"그럼 이만."

그가 마차에 도착해 문을 열자 그를 기다리는 동안 선잠 든 카예나가 보였다. 시간이 이미 새벽이라 지칠 만도 했다. 노란 불빛이 카예나의 얼굴 위를 아른거렸다.

바스턴이 그에게 물었다.

"황궁으로 갈까요?"

과연 이대로 카예나를 황궁으로 보내는 게 괜찮은 선택일까? 그의 고민은 그리 길지 않았다. 라파엘로는 마차 문을 잡고 말했다.

"저택으로 간다."

14장
황제의 대리인

막 잠에서 깨어난 카예나는 제대로 사고하기까지 평소보다 많은 시간이 필요했다.

낯선 커튼 때문이었다. 늘 보던 짙은 색 염료로 염색된 천에 화려한 자수를 놓은 커튼은 보이지 않았다. 대신 복숭아색의 얇은 커튼이 여러 겹으로 고대 신전처럼 침대를 휘감고 있었다.

카예나는 침대에서 천천히 몸을 일으켰다.

금과 보석으로 만든 선 캐쳐가 방 안 곳곳에 무지개를 만들어 냈다. 나이 어린 영애들이나 쓸 법한 사랑스러운 방이었다. 아니, 지금 카예나의 나이에 쓰기 적절한 방인가? 정신과 육체의 심각한 나이 차로 괴리감이 느껴졌다.

그녀는 몸 상태를 점검해 보았다. 마법 계약을 한 후유증이 거의 사라진 상태였다.

'그러고 보니 라파엘로의 마차에서 잠들었었나?'

이런 달콤한 분위기는 화려하고 지엄한 황궁에는 존재하지 않았다. 그러니 여기는 황궁이 아니었다. 카예나의 미간이 의아함으로 살짝 찡그려졌을 때였다.

똑똑.

세련된 차림의 시녀들이 여럿 들어왔다. 그들은 눈뜬 카예나를 발견하고는 일제히 인사를 올렸다.

"황녀 전하를 뵙습니다."

카예나가 얇은 커튼을 걷으며 물었다.

"여긴 어디지?"

그러자 시녀들이 당황했다. 설마 주인님이 황녀를 허락도 없이 저택에 데려왔으리라곤 생각하지 못했기 때문이다. 한 시녀가 얼른 고개를 조아리며 말했다.

"키드레이 저택의 손님방입니다."

'설마 했는데 역시나.'

카예나는 상황을 이해하게 되자 조금 어이가 없었다. 마차에서 그를 기다리다가 잠든 자신도 경계심이 부족했다지만, 설마 집에 데려올 줄이야.

'내게 더 나빠질 평판이 없다는 게 다행인 걸까.'

급작스럽게 그의 집에서 하루 묵었다고 해도 다른 귀족 영애만큼 타격받을 명예가 없다. 오히려 '황녀가 그럼 그렇지.' 하며 안심할 자들이 부지기수였다.

'그렇다고 해도 라파엘로가 이럴 사람은 아닌데. 뭔가 다른 이유가 있었나 보네.'

다른 사람이면 몰라도 라파엘로는 카예나가 곤란해지게 내버려 뒀을 리 없다는 확신이 있었다. 달콤한 이유의 확신이 아니다. 라파엘로가 이런 면에 있어서 철두철미한 성정이라는 걸 알았기 때문이었다.

"몸단장을 돕겠습니다."

키드레이의 시녀들은 갑작스럽게 황녀의 시중을 들게 되어 꽤 긴장한 상태였다. 그들도 귀가 있으니 황녀가 어떤 사람인지 소문을 들어 알고 있었다. 패악무도한 황녀가 혹시라도 수틀려 저들의 목을 뎅강 잘라 버리는 건 아닐까? 팽팽한 긴장감이 맴돌았다.

설마 황녀가 키드레이 공작가의 사용인을 상대로 그러겠느냐만, 그간의 소문이 워낙 좋지 않았다.

"그리하라."

카예나는 순순히 그들에게 몸을 맡겼다. 어서 몸단장을 마치고 라파엘로에게 자초지종을 들어야 했다.

'아침부터 그의 얼굴을 다시 보게 되리라고는 생각지 못했지만.'

불현듯 전날 입을 맞췄던 기억이 떠올랐다. 라파엘로가 저택이 아니라 황궁에 데려다줬다면 그대로 모른 척하며 한동안 그를 만나지 않았을 것이다.

'성년식에서나 만나서 모른 척 시치미 뗐다면 좋았을 텐데.'

카예나는 무심결에 미약한 한숨을 내쉬었다.

"혹시 드레스가 마음에 들지 않으십니까?"

그녀의 한숨에 움찔한 시녀가 조심스럽게 물었다. 카예나는 고개를 저었다.

"아니. 잠깐 딴생각이 들어서."

"다른 드레스도 몇 벌 더 마련되어 있습니다."

그녀는 살구색 드레스를 내려다보았다. 수도에서 가장 인기 있는 의상실의 드레스를 지난밤 동안 구했을 이들의 노고가 짐작되었다.

"블랑 의상실이면 요즘 가장 인기 있는 곳이잖니. 충분히 마음에 들어. 간밤에 고생했겠구나."

설마 치하의 말을 듣게 될 줄 몰랐던 사용인들은 멈칫했다. 최근 황녀가 달라졌다는 소문을 귀동냥으로 들었었지만, 키드레이 공작가에서 황녀는 여전히 제멋대로인 이미지였다. 그간 당한 게 있던 그들은 소문을 믿지 않고 있었다.

그러나 오늘의 그녀는 다른 영애들보다 까탈스럽거나 하지 않았다.

덜그럭!

그때 막내 시녀가 설탕통 안에 든 각설탕을 테이블과 바닥에 떨어트렸다. 동시에 방 안 분위기도 싸늘해졌다.

"주, 죽여 주십시오, 전하!"

시녀가 창백한 얼굴로 바닥에 엎드렸다. 다른 시녀들도 표정을 딱딱하게 굳혔다. 손님 앞에서 실수를 저지르는 것은 공작가의 위신에 문제가 될 수 있었다. 더군다나 황녀 앞이었다. 그들은 재빨리 뒤로 물러나 고개를 조아렸다.

카예나는 화장대 위에 놓인 찻잔을 들어 한 모금 마셨다. 향과 맛이 좋았다. 게다가 온도도 적절했다.

"설탕이 필요 없을 만큼 맛이 좋네. 누가 끓였지?"

막내 시녀가 고개를 들었다.

"제가 준비하였습니다……."

카예나가 괜찮다고 말해도 이 시녀는 문책을 피할 수 없다. 공작의 손님이자 황족 앞에서 실수를 저질렀기 때문이다. 고작 설탕통 하나 엎질렀을 뿐이지만, 이 바닥의 생리가 그러했다.

"다음번에도 내가 방문할 일이 있다면 네게 차를 부탁하고 싶구나."

카예나가 말했다. 이렇게 말하면 막내 시녀를 자르지 못할 것이다. 시녀는 자신이 은혜를 입었다는 사실을 깨달았다.

"……감사합니다, 전하. 성심을 다해 모시겠습니다!"

시녀들은 너그러운 관용을 보인 카예나에게 내심 경탄을 금치 못했다. 특히 나이 든 시녀일수록 카예나의 태도에 탄복했다. 그야말로 이상적인 주인의 모습이 아닌가.

키드레이 공작 부인은 지나치게 완벽주의자라 칭찬에 인색했으며 상보단 벌을 확실히 내리는 사람이었다. 그런 주인에 익숙했던 그들은 카예나의 처사에 얼떨떨했다.

치장을 마친 카예나는 절로 감탄을 자아낼 만큼 아름다웠다. 풍성한 머리칼을 높게 올려 묶으니 하얀 목덜미가 드러났다. 커다란 보석이 한가득 엮인 목걸이 대신 분홍색 다이아몬드가 메인인 가느다란 목걸이를 걸쳤다.

"전하, 주인님이 다이닝 룸으로 초대하셨습니다."

카예나는 최대한 태연한 모습으로 그리로 가겠다고 대답했다.

다이닝 룸으로 가는 내내 마음이 복잡했다.

'그냥 새벽이라도 황궁에 데려다 달라고 할 것을.'

그렇게 짙은 감정을 나눈 다음 바로 얼굴을 봐야 한다니. 고문이나 다름없었다.

공작저의 다이닝 룸 문이 열렸다. 분홍빛 꽃잎이 흐드러지게 핀 모란이 눈에 한가득 들어왔다. 라파엘로는 편안한 실내복 차림이었다. 그는 검은 머리카락을 차분히 늘어트린 채 신문을 읽다가 카예나와 눈이 마주쳤다. 꼭 신혼부부가 아침을 맞이하는 것 같다는 생각이 들었다. 또다시 심장이 간지러웠다.

"황녀 전하를 뵙습니다."

그는 뻔뻔스럽고도 자연스럽게 카예나를 맞이했다. 카예나는 하마터면 자신이 이곳에 정식으로 초대받은 손님이라고 착각할 뻔했다.

"······저를 두 번이나 구해 주신 분께서 설마 진짜 납치를 강행하실 줄은 몰랐네요."

카예나가 빙긋 웃으며 지적했다.

라파엘로는 차분하게 의자를 빼 주었다. 그는 남들이 듣지 못할 작은 목소리로 카예나의 귓가에 속삭였다.

"정말 그랬다면 좋았을 겁니다."

"······!"

라파엘로는 카예나의 불호령을 듣기 전에 몸을 떨어트리며 맞은편에 가서 앉았다. 그러면서 덧붙였다.

"저는 전하를 곤란하게 만들 생각은 추호도 없었습니다."

'말은 잘하지.'

그들이 착석하자 하인들이 식사를 내왔다. 접시가 하나씩 놓이는 것을 보며 라파엘로가 말했다.

"헨버튼 길리안이 암살당했습니다."

"공범자가 생각보다 늦게 움직였네요."

"어제 포로로 잡아 온 청부업자도 전부 죽었습니다."

안에서 시중을 들던 사용인들이 마른침을 삼켰다. 상쾌한 아침, 분홍빛 모란이 가득한 조찬 자리, 한창때의 선남선녀가 나눌 대화로 보기엔 내용이 조금 살벌했다.

"그럼 필요하시면 불러 주십시오."

사용인들은 음식을 먹기 좋게 세팅하고 얼른 밖으로 나갔다. 라파엘로가 말을 이었다.

"전하의 말씀대로 청부업체가 하인리히 대공자의 것이라면 그의 짓이 명확하군요. 납치 공범도 하인리히 대공자일 테지요."

카예나는 고개를 저었다.

"말씀을 들으니 이로써 명확해졌네요. 공범은 제논 에반스입니다."

뜬금없는 인물이었다. 라파엘로가 의아하게 고개를 기울였다. 카예나는 음식엔 손도 대지 않은 채 음료로 입술만 축였다.

"지난번 납치는 헨버튼과 제논 에반스의 합작이었을 거예요. 다만 그들이 고용한 용병 중 하인리히 대공자의 수하가 끼어 있었던 거죠."

"그걸 어떻게 자신하십니까?"

"제가 그의 청부업체를 겨냥해 없애 버릴지도 모른다고 협박했으니까요. 긴가민가하던 차에 제가 그 사원을 방문했으니 미끼인 줄 알면서도 한번 물어본 거예요."

예이스터 하인리히가 자신의 힘을 과신하는 남자라 다행이었다. 제논이었다면 절대 그런 미끼는 물지 않았을 것이다.

"설마 당신이 나서서 지부를 쓸어버리리라고는 예상하지 못했겠지만."

"……."

라파엘로는 잠깐 이 무모한 황녀를 어떻게 나무라야 할까 고민했다.

"제가 아니었다면 어떻게 하실 작정이었습니까?"

"비밀 호위가 있었어요."

"보지 못했습니다만."

"비밀 호위니까요."

라파엘로의 눈이 살짝 가늘어졌다. 카예나는 뭐 어쩔 거냐는 듯 태연한 표정을 지었다.

그는 천천히 고개를 주억거리며 말했다.

"제게 마음이 없다는 말씀처럼 그 말을 믿겠습니다."

믿지 않겠다는 말을 어렵게 돌려 하고 있었다. 말뜻을 정확히 알아들은 카예나의 얼굴이 순식간에 붉게 달아올랐다.

"아니……."

왜 이야기가 그리로 튀지? 카예나는 차마 뭐라고 더 반박하지 못하고 뜨끈해진 뺨을 식히느라 애를 썼다. 침착한 머리와 달리 심장은 또 제멋대로 뛰어 댔다. 특히 능구렁이처럼 아무것도 모르는 척 순진한 표정으로 고개를 갸웃거리는 저 남자를 보니 더욱 진정하기가 어려웠다.

……조금만 덜 잘생겼어도. 카예나는 자신이 이토록 손쉽게 다시 사랑에 빠질 줄은 생각지도 못했다. 아니, 라파엘로가 제게 마음이 생긴 게 더 뜻밖이었다.

카예나는 웅얼거리듯이 작아진 목소리로 툭 말했다.

"틀림없이 당신은 날 싫어한다고 생각했어요."

라파엘로는 순순히 인정했다.

"과거에는 확실히 그렇게 보였을 수도 있겠네요."

그렇게 보인 게 아니라 그랬던 거겠죠. 카예나는 어이없다는 표정으로 말을 이었다.

"제가 잘 처신했나 봐요. 당신이랑은 좋은 친우만 되어도 성공이라고 생각했거든요."

라파엘로는 피식 웃고 말았다. 카예나가 자신과의 관계를 개선하기 위해 노력했다는 말이 견딜 수 없이 기쁘게 들렸다. 그는 기쁨을 조금도 숨기지 않고 솔직하게 말했다.

"제가 전하께 과하게 설득된 모양이군요."

카예나는 제게 반했다는 말을 달리 표현하는 라파엘로 때문에 마음이 소란스러워졌다. 거의 식어 가던 뺨이 또 달아올랐다.

졌다. 완벽하게 졌다.

카예나는 시선을 슬쩍 피하며 궁금한 점을 물었다.

"그런데 저는 왜 저택으로 데리고 오셨나요?"

"황궁에 머물러 계셨다면 지금처럼 쉬지 못하셨을 겁니다."

그건 그랬다. 지금 카예나가 황궁이었다면 레제프의 세력에게 들들 볶이고 있었을 게 분명했다.

"황녀 전하께서 청부업체의 습격을 받으신 것을 제가 우연히 발견하고 그들의 행적을 쫓던 중 지부를 발견했다고 했습니다."

괜찮은 알리바이였다. 어차피 카예나가 황궁에서 데려온 자들은 수면향 때문에 모두 잠들어 있었으니까.

"혹시 상대측에서 보복이 들어올 수도 있으니, 안전을 위해 당장 군사를 운용할 수 있는 제 저택에 모셨다고도 했고요."

황실을 상대로 감히 안전을 운운하고, 군사를 움직일 수 있는 것도 라파엘로니까 가능한 일이었다. 아마 병중인 황제를 깨울 수 없는 새벽에 벌어진 일이었다는 점도 한몫했을 것이다.

"오늘 황궁으로 대사제가 방문했다고 하니 하인리히 대공자도 섣불리 움직일 수 없을 겁니다."

그는 푹 삶은 고기를 작게 썰며 말했다.

최근 연속적으로 사원의 별채를 이용한 범죄가 벌어지자 대사원이 발칵 뒤집혔다. 이것은 사원의 권위를 상당히 실추시키는 일이었다. 게다가 하필 그 범죄 대상이 황녀라니. 자칫하면 황실과 사원이 척을 질 수도 있는 일이었다. 하지만.

'왠지 그냥 날 데리고 오려고 수작 부린 거 같은데.'

명분은 확실하지만, 그녀를 본인의 저택에 재우고 싶어서 일을 꾸몄단 생각을 지울 수 없었다. 그녀가 의심스럽다는 듯 눈을 게슴츠레

뜨자 라파엘로는 어깨를 으쓱했다.

"이대로 전하를 황궁에 보내 드렸다면 분명 저를 피하셨겠죠. 그러면 저희는 성년식에나 마주칠 수 있었을 겁니다."

정말 그렇게 생각했던 카예나는 깜짝 놀랐다.

"시간도 많이 흘렀을 테니 기억나지 않는 척, 어제 일은 없었던 것으로 치부하셨겠지요. 제 말이 틀렸습니까?"

"음……."

놀라울 정도로 정확한 추론이었다. 카예나는 아무 말도 하지 못했다.

라파엘로가 접시를 들고 일어나 카예나 앞에 내려놓았다. 아까부터 먹지도 않은 채 정성껏 조각낸 고기였다.

"……저는 공작님의 연인이 아니니 이런 식으로 행동하시면 곤란합니다."

라파엘로는 웃음기 하나 없는 표정으로 그녀에게 물었다.

"그렇다면 왜 저를 뿌리치지 않으셨습니까?"

입맞춤에 대한 이야기였다.

"……낯부끄러운 말을 서슴없이 입에 담으시는군요?"

그녀의 따끔한 지적에 라파엘로는 대수롭지 않게 대꾸했다.

"낯부끄러운 짓도 지금 당장 할 용의가 있습니다만."

'대체 이 남자를 누가 신사라고 했지?'

어떤 신사가 이렇게 말을 직설적으로 한단 말인가. 아까부터 달아오른 뺨이 좀처럼 식지 않았다. 심장이 자꾸만 부산스럽게 뛰었다.

"공작님."

"라파엘로."

그가 허리를 숙이며 카예나와 시선을 가까이 마주쳤다.

"그게 더 듣기 좋습니다."

"……제가 어떻게 공작님을 이름으로 부를 수 있겠어요?"

"그러게 말입니다. 전엔 라피라고 잘 부르셨던 것 같은데."

카예나는 제 흑역사를 서슴없이 꺼내는 라파엘로를 살짝 흘겨보았다. 라파엘로는 카예나의 옆에 한쪽 무릎을 꿇고 그녀를 올려다보았다.

"연인이 아니어도 좋습니다. 제가 말하지 않았습니까. 전하의 뜻대로 하시면 됩니다."

"당신도 당신 뜻대로 하고요?"

라파엘로는 굳이 대답하지 않고 구렁이가 담 넘어가듯 카예나의 손을 잡았다. 그러고는 손바닥에 쪽쪽 여러 번 키스했다.

"……간지러워요."

고작 손바닥에 키스하는 것뿐인데 몸이 움찔거렸다. 묘한 열기가 손바닥을 타고 들어와 온몸을 제멋대로 헤집어 대는 것 같았다.

라파엘로는 제 뜻대로 하겠다던 선언대로 카예나의 모든 손가락에 입을 맞추고 뺨을 비볐다. 제발 어여쁘게 여겨 달라 유혹하는 듯한 행동에 카예나는 기가 막혔다. 어디서 이런 걸 배운 거야?

카예나가 문득 미간을 찡그렸다. 라파엘로는 분명 타인과의 접촉을 못 견디는데?

'설마 미련하게 꾹 참고 있는 거 아니야?'

카예나가 허리를 숙여 라파엘로의 뺨을 쥐고 안색을 살폈다. 라파엘로가 어리둥절한 표정으로 카예나를 보았다.

'안색은 멀쩡한 것 같은데.'

그래서 더 이상했다.

"괜찮아요?"

"······무슨 말씀이십니까?"

"속이 울렁거리지 않아요? 지금 이렇게 당신 얼굴을 쥐고 있잖아요."

라파엘로의 두 눈이 놀라움으로 커졌다. 카예나는 혹시 모르니 그의 얼굴을 쥐고 있던 손을 떨어트렸다. 그러자 라파엘로가 그녀의 손이 떠나가지 못하게 맞잡았다.

"어쩐지 저를 지나치게 피하시는 것 같더니, 알고 계셨군요."

"······어쩌다 눈치챈 것뿐이에요."

라파엘로는 아무렇지 않은 척하는 일에 능숙했다. 실제로 제레미가 아니면 그의 상태를 알아차린 사람은 아무도 없었다. 그는 카예나가 그를 이상하게 여기지 않고 자연스럽게 배려해 줬단 사실에 마음이 뭉근해졌다. 동시에 안도했다. 이 사실을 알게 된 사람이 카예나이며, 그녀와의 접촉이 아무렇지 않아서 다행이었다.

라파엘로는 약간 낮아진 목소리로 나직하게 말했다.

"전하는 괜찮습니다."

이번엔 카예나가 놀랐다.

'원래는 올리비아에게만 멀쩡해야 하는데······.'

이건 옳은 일인가? 카예나는 알 수 없었다. 미약한 죄책감과 이럴 때가 아니라는 자책이 마음을 어지럽혔다.

라파엘로는 그녀에게서 망설임과 알 수 없는 고뇌를 읽었다. 자꾸 뭔가 참아내려고만 하는 카예나에게서 솔직함을 끌어낼 필요가 있었다. 그는 카예나가 앉은 의자를 드르륵 돌려 제 정면으로 위치를 바꿔 버렸다. 카예나가 깜짝 놀라 눈만 휘둥그레 뜨며 그를 멍하니 올려다보았다. 라파엘로가 양 팔걸이를 붙잡으며 카예나의 위로 상체를 드리웠다. 카예나는 순식간에 그의 양팔 사이에 갇힌 꼴이 되었다.

"······라파엘로?"

라파엘로는 고개를 숙여 그녀의 눈꺼풀에 먼저 입을 맞췄다. 다음은 관자놀이, 다음은 카예나가 저도 모르게 웃음을 흘리느라 봉긋해진 광대, 다음은 희고 말랑한 뺨. 짧게 쪽쪽 맞춰 대는 키스로 카예나의 머리를 복잡하게 했던 고민이 모두 사라져 버렸다.

라파엘로는 짤막한 한숨을 폭 내쉬었다. 이렇게 입을 맞추다 보니 자꾸만 수위를 높이고 싶었다. 그는 팔걸이를 부서트릴 것처럼 꽉 틀어쥐며 표정은 흐트러짐 없이 담담하게 유지했다.

"제 연심을 드러내 봤자 당장은 유리할 게 없다는 걸 알고 있습니다."

그게 얼마나 엿 같은 일인지 예전에는 전혀 몰랐다. 누군가를 사랑한 일 자체가 없었으니 알 턱이 없었다. 그는 제 이야기에 집중한 카예나의 이마에 키스했다.

"만일 제 마음을 들키면 레제프 황자의 세력을 더 모아 주고 결속을 높여 줄 수도 있겠지요."

이건 사랑하는 여자에게 들려줄 만한 이야기는 아니었다. 한데 냉정하게 상황을 분석하는 목소리와 달리 그의 입술은 자꾸만 카예나를 지분거렸다.

카예나는 어느새 의자에 등을 완전히 기댄 채 라파엘로의 키스를 받아 내고 있었다. 두 손으로 그의 팔을 꽉 쥔 그녀는 받은 숨을 내쉬었다. 입술을 겹치지도 않는데 왜 이렇게 진이 빠지도록 흠뻑 취한 기분이 드는 건지 모를 일이었다.

라파엘로는 키스를 멈추고 카예나와 시선을 맞췄다.

"기다리겠습니다."

카예나는 미간을 찡그리며 망설이다가 그의 이름을 입에 담았다.

"라파엘로."

"네, 전하."

"……저는 당신의 기대에 부응할 수 없을지도 몰라요."

"그리고요?"

"어쩌면 남들보다 일찍 죽을지도 모르죠."

'어쩌면'이 아니라 확실하게 그럴 것이다.

라파엘로는 제위 싸움에서 졌을 경우 맞이할 죽음이라고 이해했다. 물론 그는 그렇게 둘 생각이 없었다.

"잘 알겠지만, 전 착한 사람이 아니에요. 당신이 제게 품은 마음을 이용할 거예요."

"그렇군요."

카예나는 그가 자신을 좋아한다는 사실이 기뻤다. 설마 이렇게 서로 사랑하게 될 줄은 몰랐다. 그래서 욕심이 생겼다. 그의 마음을 놓을 수가 없었다. 그러고 싶지 않았다. 그에게 있어 이 마음이 한때 지나갈 감정이라도, 그의 마음이 더는 커지지 않는다고 하더라도 괜찮을 것 같았다.

그러나 딱 이 정도가 좋았다. 자신은 계약으로 인해 수명에 문제가 있었으니까.

그 사실이 조금 애석했다. 그렇다고 마법 계약을 후회하지는 않았다. 그것을 후회하기엔 자신의 무력함이 끔찍하게 사무쳤다.

하지만 동시에 그에게 사랑하는 여자가 먼저 죽는 경험 같은 건 절대 주고 싶지 않았다. 그것이야말로 진짜 상처가 될 테니까.

카예나는 그를 달래듯 말했다.

"이쯤에서 발을 빼라고 하는 말이에요."

"전하는 가끔 저를 미숙한 어린애처럼 보시는 것 같습니다."

"그게 아니라……."

"전에 제게 말씀하셨죠. 불행은 자신의 몫이라고."

라파엘로는 조금도 흔들림 없는 눈으로 카예나를 보았다.

"제가 마음에 들지 않으십니까? 아니면 못 미더우십니까?"

"그렇지 않아요."

"그럼 됐습니다."

그는 이번엔 카예나의 입술에 가볍게 입을 맞췄다.

"전하께서 잘 모르시는 것 같은데, 저는 성격이 몹시 나쁩니다."

그 말에 카예나가 짤막하게 한숨지었다.

"네, 그런 것 같네요."

라파엘로는 그녀의 긍정에 작게 웃었다. 그의 손이 카예나의 보드라운 뺨을 살며시 지분거렸다.

카예나는 손길을 떨쳐내는 대신 어느 정도 받아 주었다. 이제 막 피어난 감정을 막기만 하면 오히려 더 애틋하게 여기는 법이었다.

'만약 이게 라파엘로에게 잠깐 스쳐 지나갈 감정이라면 정리하기도 쉽지 않을까.'

그녀가 가만히 손길을 받아 주자 라파엘로는 천천히 입술을 겹쳤다. 막 둘의 숨결이 섞이려고 할 때였다.

똑똑.

노크 소리에 화들짝 놀란 카예나가 라파엘로를 팍 밀쳤다. 라파엘로는 못마땅한 표정으로 느릿하게 카예나에게서 떨어졌다.

"들어와."

문이 열리고 제레미가 들어왔다. 그는 무척 심각한 표정이었다.

"식사 중 죄송합니다만, 황제 폐하께서 위독하시다는 전갈이 도착했습니다."

카예나는 입술을 잘근 물었다. 황제의 상태가 갑자기 나빠질 이유는 많지 않았다.

'레제프의 짓이다.'

"어떻게 위독하시다는 건가?"

"각혈하셨다고 합니다."

"……환궁해야겠어요."

부왕은 합병증을 앓고 있었다. 그 와중에 꾸준히 소량의 독을 섭취하니 병세는 천천히 나빠질 수밖에 없었다. 하지만 그동안 레제프는 아주 교묘하게 황제의 상태를 조절해 왔었는데.

'독의 양을 늘린 건가?'

갑자기 각혈할 정도로 상태가 나빠진 것을 보면 독의 양을 늘린 것이 분명했다.

제논 에반스나 다른 레제프 쪽 세력들이 지금 같은 시기에 황제에게 변고가 생기는 것을 원할 리 없었다. 특히나 최근에는 에반스 가문의 황궁 내 영향력이 줄어들어서 이대로 황제가 죽는다면 하인리히 대공자의 세력을 누르는 것이 어려울 수 있었다.

'혼자 결정한 일인가.'

카예나는 빠르게 생각했다.

'그러고 보니 원래 원작에서는 레제프가 유폐된 일이 없었어.'

카예나가 변하며 생긴 과거와 원작에는 없었던 사건들이 그가 이런 결단을 내리게 한 기폭제가 된 모양이었다.

'부왕이 이렇게 빨리 죽어서는 안 돼.'

카예나는 베라에게 은 스푼을 여러 개 만들어 오라고 주문했었다. 부왕이 레제프가 원하는 시기에 죽는 것을 막기 위해서였다. 원래대로라면 성년식에 맞춰 황제에게 그것을 선물할 생각이었다.

'성년식까지는 한 달이나 남았어.'

그녀는 묘한 탈력감을 느꼈다. 대체 어디서부터 잘못된 걸까. 자신은 그동안 과거처럼 흘러가지 않게 하기 위해 노력해 왔다, 하지만 그렇다고 부친이 자식을 버리고 학대한 사실이 없어지지는 않았다.

레제프는 그런 부친을 살해하려고 한다. 아니, 회귀 전에는 이미 살해했었지.

그러면 자신은? 자신은 어떻게 하면 좋단 말인가.

'또 똑같이 흘러가는 건가.'

그냥 도망칠까. 문득 카예나는 도망치고 싶다는 생각을 했다. 그러나 카예나의 일거수일투족에 따라붙은 수많은 눈을 어떻게 따돌린단 말인가.

'하녀의 옷을 훔칠까?'

하녀들은 얼굴을 가리고 다니지 않는다. 자신의 얼굴을 모르는 궁정인은 없으니 금방 들키고 말 것이다.

식별이 어려운 밤이면 괜찮지 않을까? 하지만 그렇게 황궁을 나선 후에도 문제였다. 수도에서 카예나의 얼굴을 모르는 이는 없었다. 누구의 도움 없이 수도를 혼자 벗어날 수는 없었다. 그 후는 또 어떻게 한단 말인가. 모든 이에게 그녀는 탐나는 먹이였다.

황궁에 남아서 레제프에게 대항하는 건 지금은 불가능했다. 마법으로 상황을 해결하는 것도 한계가 있다. 고작 염력 따위로 정예 기사단이나 총기류에 대항할 수 있을까. 게다가 올리비아와 라파엘로는 어쩌지?

순식간에 많은 생각이 머릿속을 어지럽게 뒤덮었다. 그 어느 것 하나 명확한 답이 없는 질문의 연속이었다.

"전하."

"……!"

카예나는 놀란 눈으로 고개를 들었다. 라파엘로가 굳건한 눈으로 그녀를 바라보고 있었다.

"걱정하지 마십시오."

그러자 얼음장처럼 차갑게 식었던 몸에 온기가 돌기 시작했다.

'내가 잠시 나약한 생각을 했구나.'

지금까지 모든 일을 무리 없이 잘 해결하고 있었다. 앞으로도 그럴 것이다. 그러기 위해서 마법도 얻지 않았던가. 황위를 위한 싸움은 막 시작했을 뿐이다. 카예나는 마음을 다잡았다.

'……근데 언제 손을 잡았지?'

어느새 라파엘로가 그녀의 손을 또 잡고 있었다. 손마디가 다 아픈 걸 보니 어지간히도 힘을 준 모양이었다. 그의 손에 빨간 손자국이 남은 게 보였다.

"미안해요. 너무 놀라서……."

라파엘로는 그녀의 손가락을 살살 쓸어 주었다. 괜찮을 거라며 위로하는 듯한 손길이었다. 그의 손에서 온기가 전해졌다. 점점 이성이 돌아왔다.

"마차를 준비시켰습니다."

"고마워요."

카예나는 이만 손을 놓으려고 했다. 그러나 라파엘로가 손을 놓아 주지 않았다.

"저도 같이 가겠습니다."

그녀가 놀라 고개를 들어 올렸다. 괜찮다는 말이 입 밖으로 나오지 않았다. 솔직히 그가 곁에 있다는 사실에 안도하고 있었다.

결국 카예나는 그와 같이 황성으로 향했다. 황성에 가는 동안 마차 안에서 둘은 어떤 대화도 나누지 않았다.

그녀는 창밖을 멀거니 바라보며 상념에 잠겼다.

지금 할 수 있는 것.

앞으로 할 수 있는 것.

내가 지켜야 할 것.

카예나는 생각을 명확히 정리했다.

마차가 멈추자 황녀궁 시녀들이 그녀를 맞이했다. 베라는 간밤에 또 납치 사건이 벌어졌단 말을 듣고 잠을 이루지 못한 상태였다.

"몸은 괜찮으십니까? 어찌 또 그런 불미스러운 일이……!"

베라는 거의 울 것 같은 얼굴로 카예나를 살폈다.

"난 괜찮아. 미리 이런 일을 대비하고 있기도 했고."

곁에 있던 올리비아의 얼굴도 영 좋지 않았다. 카예나는 그들을 안심시켰다.

"정말로 괜찮으니 다들 걱정할 것 없다. 부왕께서 각혈하셨다 들었는데 어찌 되었느냐?"

"지금 의원이 방문 중입니다."

"레제프는?"

"납치 사건 수사 때문에 밖에 나가 계십니다. 곧 소식을 듣고 입궁하실 겁니다."

카예나는 머리가 살짝 지끈거리는 걸 느꼈다.

'쉽지 않구나.'

부친의 죽음은 이미 경험해 보았다. 두 번의 삶을 축적하는 동안 이런 일에 상당히 무뎌졌다고도 생각했다. 그러나 냉정한 이성과는 다르게 몸은 죽음에 반응했다.

'이제 헨버튼 길리안도 죽고 없어. 날 위협하는 것들을 차근히 제거해 나가면 돼.'

카예나가 시녀들을 향해 말했다.

"내 보좌는 올리비아가 맡도록 하고 다른 시녀들은 베라를 따라 황궁을 단속하라."

"명을 받듭니다."

"난 폐하께 가겠다."

카예나는 서둘러 황제의 처소로 향했다. 라파엘로는 아무 말 않고 카예나를 바래다주었다.

침실 앞에 도착하니 마침 의원이 나오고 있었다. 카예나는 당장 그를 불렀다.

"폐하는 어떠하시지?"

의원은 황녀를 향해 고개를 조아리며 대답했다.

"약을 드시고 찻물로 입을 헹구시던 중 각혈이 있었습니다. 위독하신 것은 아니지만, 충분히 쉬셔야 합니다."

카예나는 황제의 중독 증상이 깊어진 것임을 알았다.

'이자도 어차피 레제프의 수하다.'

그녀는 알겠다고 대답하며 의원을 보내 주었다.

카예나는 황제의 침실로 들어가기 전에 라파엘로를 돌아보았다. 라파엘로는 카예나와 눈이 마주치자마자 바로 입을 열었다.

"저는 여기에 있겠습니다. 다녀오십시오."

카예나는 고개를 끄덕이고 황제의 침실로 들어갔다. 안에는 황실의 주축인 두 사람이 있었다. 드뷔시 재상과 제드 총기사단장이었다. 그들은 카예나를 향해 약식으로 예를 올렸다. 황제는 의식이 멀쩡한 상태였다. 그는 황녀까지 침실에 도착한 것을 보고 핀잔하듯 말했다.

"별거 아닌 일에 다들 호들갑이로구나. 게다가 황녀는 공작가에 있다고 들었는데."

"소식을 듣자마자 왔습니다. 곁을 지키지 못해 죄송합니다."

황제는 고개를 내저었다.

"어찌 그러겠느냐. 저번에 사특한 무리의 공범을 못 잡았는데도 너를 보낸 짐의 잘못이지."

카예나가 적은 수의 호위를 데려간 건 아니었다. 게다가 사원의 별채를 습격한 건 확실히 하인리히 대공자의 무리수였다. 이번 일로 단단히 화가 난 사원이 수도 전역을 뒤질 게 뻔했다. 사원의 기사인 팔라딘이 움직일 명분을 얻었으니 한동안 꽤 소란스러우리라.

그건 레제프를 비롯해 카예나를 공격했다고 의심받을 만한 귀족들을 위축시킬 수 있다. 한동안은 조심스럽게 세력 싸움을 할 터였다.

"죄송합니다, 폐하. 감히 사원 안까지 그렇게 쳐들어올 줄은 몰랐습니다."

에스테반 황제는 루든 시종장의 부축을 받으며 쿠션에 몸을 받쳤다. 그새 더 늙은 모습이었다. 재상이 눈치를 살피다가 말했다.

"감히 황녀 전하께 위해를 끼쳤으며 사원의 권위를 훼손한 그자는 황자 전하께서 반드시 색출해 낼 겁니다. 걱정하지 마소서."

황제는 고개를 끄덕이며 물었다.

"레제프가 사건을 수사 중이더냐?"

"그렇습니다."

카예나는 부왕의 곁으로 다가가 손을 쥐었다. 원래 이맘때쯤 부왕이 어땠었는지 기억을 더듬어 보았다. 기억이 썩 선명하지 않았다. 그가 죽기 직전에 어떤 표정을 했는지, 주름은 얼마나 져 있었고 은빛 머리카락은 얼마나 탁해졌었는지 잘 모르겠다. 평소 잘 찾지 않았으니 당연한 일이었다. 부친이 죽고 잘 가꾼 시신을 사원에 안치한 후 꽃을 놓을 때나 얼굴을 봤던가? 그때도 분위기에 휩쓸려 눈물을 조금 흘렸을 뿐, 시체가 꺼림칙하여 금방 자리를 떴었다. 불효자식이라고 뒤에서 얼마나 욕을 들었는지는 알지도 못했다. 관심도 없었다.

꽤 험난한 삶에서 돌아온 뒤라 그런 걸까. 힘없이 침대에 기댄 부친이 전만큼 밉지도 무섭지도 않았다.

'어쩌다 이렇게 되어 버렸을까.'

그때 시종이 조용히 찻물이 담긴 잔을 치우려고 했다. 카예나의 시선이 그곳에 닿았다. 찻잔 안에는 찻물이 거의 그대로 있었다. 저 안에 독이 있다.

그녀는 시종에게 물었다.

"약에는 문제가 없었느냐?"

"예. 약재 배합에는 전혀 문제가 없었습니다."

"찻물에도? 은 스푼에도 변색이 없었고?"

"그렇습니다."

카예나는 속으로 조소했다. 뻔뻔스러운 거짓말이었다.

"고작 그것으로 어찌 알겠느냐? 은 스푼에 반응하지 않는 독이라도 든 것이면 어쩌려고?"

실은 은 스푼에 반응하지 않는 독이 아니라 은 스푼이 존재하지를 않는 것이다.

카예나는 시종의 손에서 찻잔을 빼앗았다.

"한 사람으로는 정확히 알 수 없지."

그녀는 남은 찻물의 절반을 들이켰다. 그러자 시종이 놀란 듯 흠칫했다.

"저, 전하?"

카예나는 남은 찻물을 확인했다. 그녀는 불안한지 눈동자를 잘게 떠는 시종을 바라보며 잔을 내밀었다.

"혹시 모르니 너도 이걸 마셔 보아라."

"……."

"마셔 보라지를 않느냐."

시종은 뻣뻣하게 얼어붙었다. 그는 찻물에 독이 있음을 안다.

'모를 수가 없겠지.'

그녀는 그를 빤히 바라보았다. 다 마시기 전까지 절대 시선을 떼지 않겠다는 듯이. 결국 시종은 남은 찻물을 마셨다. 그의 낯빛이 당장 쓰러져 죽을 사람처럼 어두워졌다. 찻잔을 완전히 비운 시종은 삼킨 것을 게워 내고 싶어 하는 표정이었다. 카예나는 그를 냉엄한 눈초리로 보다가 시선을 돌렸다.

"멀쩡한 걸 보니 괜찮은 모양이구나."

멀쩡한 게 당연했다. 레제프가 쓴 독은 단번에 사람을 죽이는 것이 아니었다. 서서히 몸을 병들게 하고 생명력이 다해 죽게 하는 독이었다.

"혹시 모르니 약재 배합도 다시 점검해 보아라. 차에도 이상이 없는지 확인하고."

에스테반 황제는 그 과정을 말없이 지켜보았다. 그는 힘 빠진 손으로 딸의 손등을 톡톡 두들겼다.

"성질이 좀 죽었나 했더니."

말과는 다르게 결코 탓하는 투가 아니었다.

"이럴 때일수록 폐하의 주변을 단속해야지요."

"그런 생각도 할 줄 아는 걸 보니 어엿한 황실의 어른이 되었구나."

"그런 말씀 마세요. 부왕께 배워야 할 것이 많습니다."

"그래. 열흘간 내명부를 다스려 보니 어떻더냐?"

'……왜 이런 질문을 하시지?'

물론 그녀가 내명부를 쥐자마자 부처를 감찰하며 비리를 잡아 새어 나가던 국고를 정비하긴 했다. 그 일이 내명부의 체계를 바로 세우는 데 확실히 도움이 되긴 했지만, 이제 내명부는 카예나의 권한이 아니었다. 사실 이건 지금 상황에 꺼낼 만한 이야기도 아니었다.

"처음 하는 일이라 썩 매끄럽지는 못했습니다."

그녀는 겸손하게 대답했다.

"그리 겸손할 것 없다. 새어 나가던 국고를 재정비한다는 것이 어디 간단한 일이더냐."

"과찬이세요."

"짐도 참으로 많이 늙었지. 몸이 예전 같지 않음을 하루가 다르게 느끼고 있으니."

"폐하……."

"그래도 이제 황녀가 황실의 어른으로서 처신을 잘하고 있으니 마음이 놓이는구나."

카예나는 대화가 이어질수록 더욱 의아하게 느꼈다. 황제가 뭔가 주려는 게 있는 사람처럼 말을 하고 있었다.

"그러고 보니 짐이 황녀의 활약에 보상도 내리지 않았었구나."

카예나는 조금 놀란 얼굴로 황제를 보았다. 그녀는 이미 내명부를 잘 다스린 대가로 라파엘로의 서부 군사 통치자 임명서를 받았다. 사실을 아는 자가 거의 없기는 했지만, 이렇게 재상과 총기사단장이 있는 자리에서 공식적으로 또 무언가 상을 내리려고 하다니.

황제가 입을 열었다.

"오늘부로 카예나 힐 황녀를 짐의 대리인으로서 재상과 같은 권한을 부여하노라."

그 순간 침실 안에 있던 모든 이가 경악했다.

"폐하!"

카예나는 설마 황제가 제게 그런 권한을 주리라고 예상치 못했다. 그녀는 당장 바닥에 무릎을 꿇었다.

"거두어 주십시오. 폐하께서 제국을 이토록 훌륭히 다스리고 계시는데 제가 어찌 대신하여 통치할 수 있다는 말입니까?"

말은 그렇게 했으나 속마음은 달랐다.

'이건 기회다.'

설마 황제가 이렇게 나오리라고는 조금도 생각하지 못했다. 이 기회를 잡아야 하지만, 기다렸다는 듯이 힘을 손에 넣어서는 안 된다. 카예나는 고개를 더욱 깊이 조아렸다.

"결혼만을 생각해 오던 제게 너무 과분한 권한입니다. 그저 지참금으로 쓸 재산과 작위만 주셔도 소녀는 더없이 만족할 것입니다."

그러자 넋을 빼놓고 있던 재상도 얼른 거들었다.

"그렇습니다, 폐하. 제국 역사상 정식 후계자 이외에는 권한이 양도 된 사례가 없습니다. 부디 재고하여 주십시오."

드뷔시 재상은 공식적으로 레제프를 지지하는 사람이었다. 그러니 예상치 못한 변수에 얼마나 당혹스럽겠는가? 재상의 속내가 투명하게 보여 하마터면 조소가 흘러나올 뻔했다.

"내가 임시라고 하지 않았느냐?"

방금 각혈했던 사람이라고는 믿어지지 않을 정도의 서슬 퍼런 기백이었다. 이가 빠져도 호랑이는 호랑이였다. 드뷔시 재상은 당혹스러워하는 얼굴로 급히 입을 열었다.

"물론 임시라고는 하셨습니다만……."

"황녀는 짐의 자식이다. 그 누구보다도 완벽한 정통성을 갖춘 황손이다. 짐의 말에 틀린 것이 있느냐?"

그는 에스테반 황제의 말에 사색이 되었다.

"그 문제라면 해결 방법은 간단하지 않으냐. 짐이 황녀를 황위 계승권자로 인정하면 그만인 것을."

황제는 제 뜻을 꺾으려 드는 재상을 향해 물었다.

"그것을 바라느냐?"

"……."

그는 아무런 대답도 하지 않았다. 황제는 그를 한심하게 보더니 루든에게 말했다.

"이 시간 이후로 정식 후계자를 선별하기 전까지 황녀를 황제의 대리인으로 임명한다."

"명을 받듭니다."

모두 고개를 조아렸다. 카예나는 아무도 보지 못할 미소를 베어 물었다.

"폐하의 기대에 부응할 수 있도록 하겠습니다."

─※◎※─

황제의 침실을 나오는 길에 드뷔시 재상이 그녀를 불렀다.

"황녀 전하."

카예나는 뒤를 돌아보았다. 재상의 표정이 좋지 않았다.

"대리인 권한에 마음이 불편하실 것 같습니다."

그 말에 제드 총기사단장도 발걸음을 뚝 멈췄다.

"부왕께서 공을 치하하고자 임명하신 일이니 불편할 것까지야."

드뷔시 재상은 눈을 가느스름하게 뜨며 조언하는 척했다.

"하지만 전하께서도 말씀하셨듯, 폐하께서 살아 계시거늘 정치라는 거친 일을 어찌 아녀자가 다룰 수 있겠습니까?"

그러고는 퍽 죄송스럽다는 듯이 말을 덧붙였다.

"저는 혹여라도 전하께 변고라도 있을까 걱정입니다."

카예나는 저를 위하는 척 적나라하게 무시하는 드뷔시 재상을 가만히 바라보았다. 참 우스웠다. 그녀를 무시하면서도 은근히 견제하는 것이 그대로 느껴졌다.

"재상은 마치 내가 변고를 당하길 바라는 것 같군요."

벌써 두 번이나 납치당할 뻔했던 황녀에게 섣불리 변고를 논하는 것 자체가 우스웠다.

상황은 완벽히 카예나의 편이다. 사원에서도 카예나의 신변에 자꾸 문제가 생기니 촉각을 곤두세우고 있었다. 여기에 자칫 잘못 휘말리면 끝장이다. 그걸 재상도 알았기에 딱딱하게 굳은 안색으로 얼른 부정했다.

"오해이십니다, 전하. 어찌 소신이 그런 뜻으로 말씀드렸겠습니까?"

"물론 그렇겠지요. 이 황궁을 지금까지 항상 안전하게 관리해 온 재상의 능력이라면 제게 변고 따위가 생기겠습니까?"

만약 황궁에서 문제가 생기면 당신 책임이라는 말이었다. 재상은 카예나의 나이가 어리다 보니 은연중에 얕잡아 보고 있었다. 그런데 얕잡아 보던 황녀가 겁을 먹기는커녕 오히려 은근한 협박을 하고 있었다. 그는 황녀가 만만치 않은 상대란 사실을 그제야 깨달았다. 그는 차마 정면으로 들이박지는 못하고 말을 돌렸다.

"이렇게 장성하셔서 국가의 중대사를 다루시게 된 전하를 보니 감개무량합니다."

카예나는 비소하며 드레스 자락을 살짝 쥐고 무릎을 굽혔다.

"그럼 앞으로도 그렇게 지켜봐 주세요."

"……."

무슨 말을 해도 이기지를 못하니 재상은 완전히 입을 꾹 다물어야 했다.

"풉, 크흐흠."

그 와중에 곁에 서 있던 제드 총기사단장이 무심결에 웃음을 터트렸다가 황급히 헛기침으로 무마했다.

"이익……!"

재상의 얼굴이 벌겋게 달아올랐음은 말할 것도 없었다. 그러거나 말거나 카예나는 두 사람에게 산뜻하게 통보했다.

"오늘은 각 행정 기관에 소식을 알리고 본격적인 조율은 조만간 진행하지요."

제드 총기사단장은 고개를 꾸벅 숙이고, 재상은 분통이 터져 주먹을 꾹 쥐었다.

카예나는 도도하게 앞장서서 문밖으로 나갔다. 밖에서는 라파엘로와 올리비아가 그녀를 기다리고 있었다. 두 사람은 멀찍이 떨어져 있었으나 카예나는 순간 마음이 철렁 내려앉았다. 올리비아의 연인을 빼앗은 듯한 죄책감이 들었기 때문이다.

'이곳에서 아직 둘 사이에 어떤 인연도 형성되지 않았단 건 알아. 알지만…….'

차라리 원작에서 둘이 이어졌었다는 사실을 몰랐다면 좋았을 텐데. 카예나는 죄스러웠다. 게다가 자신은 얼마 살지도 못할 사람이었다.

라파엘로는 카예나가 제게 다가오길 꺼린단 사실을 알아보았다. 그는 아무런 내색을 하지 않고 그녀에게 물었다.

"폐하께서는 어떠하십니까?"

"각혈하시긴 했지만, 한동안 휴식을 취하면 괜찮을 것 같아요."

곧 재상과 총기사단장도 뒤따라 나왔다. 그들은 라파엘로가 여기에 있을 줄은 몰랐는지 흠칫했다.

"커험!"

재상은 헛기침을 터트리며 불편한 얼굴로 자리를 피해 버렸다. 카예나가 라파엘로에게 말했다.

"이만 돌아가시는 게 좋겠어요. 배웅해 드릴게요."

그는 고개를 끄덕이고 손을 내밀었다. 그녀는 잠시 망설이다 손을 맞잡았다. 라파엘로는 그녀의 손이 전보다 자연스럽게 자신의 손안에 놓이는 것을 가만히 바라보았다. 지금은 그것만으로 만족했다.

그들은 나선형 계단을 천천히 내려갔다. 황금빛 성안에서 밝은 옷을 입은 두 사람의 모습은 마치 무도회의 한 장면처럼 어울렸다.

라파엘로는 카예나의 손이 또 차갑게 식어 있음을 깨달았다.

"손이 차갑습니다."

그에 비해 라파엘로의 손은 상당히 따뜻했다.

"손을 차게 두시면 안 됩니다, 전하."

라파엘로는 그렇게 말하며 대담하게 카예나의 손을 꼭 잡았다. 카예나는 대체 뭐라고 지적해야 할지 고민하다가 말했다.

"……공작님은 다정한 분이시군요."

"별말씀을요."

카예나는 조금 난감했다. 남들이 보기에 이상함을 느낄 정도는 아니지만, 확실히 친밀한 모습이었다.

그때 카예나의 생각을 알아차리기라도 한 듯 라파엘로가 말했다.

"갑자기 내외하는 게 더 이상하지 않겠습니까?"

"음……."

확실히 그렇다. 지금껏 카예나는 멋대로 그에게 팔짱을 끼거나 연인인 척 행세해 왔다.

"취할 이득이 있어서 친밀하게 지내는 척하는 편이 좋습니다."

카예나가 어찌 그 사실을 모르겠는가. 다만 라파엘로가 먼저 이렇게 행동할 사람이 아니라는 점이 중요했다.

"저도 알지만, 공작님의 행동에 사심이 느껴지는군요."

라파엘로는 작게 웃었다. 둘은 천천히 성의 입구를 향해 걸었다. 방금까지의 소란이 거짓말처럼 멀게 느껴졌다. 카예나는 이 안온한 시간에 자신이 치유받고 있다는 사실을 깨달았다.

"부왕께서 저를 임시 국정 대리인으로 임명하셨어요."

카예나는 방금 있었던 일을 말했다. 라파엘로는 황제가 자신과의 약속을 지켰음을 알았다. 그가 제시한 조건이었기에 놀라지 않았다.

"감축드립니다."

카예나는 그의 반응이 이상하다고 생각했다.

'이렇게 그냥 축하한다고 넘어갈 일이 아니잖아.'

아무리 감정적 변화가 크지 않은 라파엘로라고 해도 국정 대리이이란 말에 아무런 동요가 없는 건 이상했다. 이건 사실상 후계자로 임명된 거나 마찬가지다. 세력의 판도가 크게 뒤흔들릴 사건이었다.

'뭐지?'

카예나는 자신이 뭔가 놓치고 있는 게 있다는 사실을 눈치챘다. 그러나 상대에게 그걸 티 내지는 않았다.

"한동안 또 바쁘시겠군요."

"아마도 그렇겠죠."

"보고 싶어도 얌전히 기다리겠습니다."

그의 말에 카예나는 순간 주변을 살폈다. 심장이 쿵쿵 뛰었다.

"이미 얌전하지 않으시잖아요."

"일반적인 기준을 잘 몰라서요."

원래 이렇게 저돌적인 사람이었나? 카예나는 머리가 지끈거렸다.

황궁 입구까지 나온 카예나는 얼른 그에게서 떨어졌다. 라파엘로는 손에서 빠져나간 온기에 잠깐 주먹을 쥐었다. 아쉬웠다. 카예나와 있으면 모든 시간이 찰나처럼 느껴졌다. 라파엘로는 자신에게 이렇게나 충동적이고 무모한 감정이 있었다는 사실에 놀랐다.

"그럼 지난밤 일을 정리하는 대로 찾아뵙겠습니다."

"조심히 들어가세요."

라파엘로는 그녀에게 인사하고 마차에 올랐다.

그를 배웅한 뒤 카예나는 올리비아를 데리고 황녀궁으로 향했다. 올리비아가 곁으로 바짝 붙으며 조심스럽게 말했다.

"감축드립니다, 전하."

황제의 대리인이 된 건 좋았다. 그러나 아직은 안전장치가 제대로 마련되지 않은 시점이었다. 카예나는 걸음을 멈추고 올리비아에게 말했다.

"안전한 울타리를 제대로 마련해 주지 못했는데 일이 이렇게 되어 미안하구나."

"제가 전하를 보필할 것이니 염려 마십시오."

"……고마워."

부왕이 그녀를 정식 후계자로 선언하지는 않으나 이 일을 새로운 후계자의 탄생으로 점칠 이도 많을 것이다.

'자칫 부왕을 이대로 죽이고 내가 독살한 것으로 꾸며서 날 제거할 수도 있어.'

힘을 소화하지 못한 상태로 화를 자초해선 안 된다.

카예나가 황녀궁에 도착해 막 침실로 들어가려고 했을 때였다. 베라를 필두로 황녀궁의 사용인들이 응접실에서 그녀를 기다리고 있었다. 그녀의 새로운 전속 시녀들도 함께였다. 수잔도 바깥 상황을 모두 들은 모양인지 짙은 호기심을 품고 카예나를 바라보고 있었다. 줄리아는 황녀의 곁에 선 올리비아를 불편하게 바라볼 뿐, 국정 대리인이 된 카예나의 위상을 제대로 이해 못 한 듯했다.

"경하드립니다, 전하!"

사용인들이 그녀를 향해 무릎을 꿇으며 예를 올렸다. 그들이 이렇게 예를 올릴 만했다. 이제 카예나가 제국에서 황제 다음으로 권세를 가진 사람이 되었다.

'경하라······.'

그녀는 그저 가짜 남편을 만들어 황궁에서 안전하게 도망치고자 했다. 그것만큼 안전한 울타리가 없다고 생각했기에 시간을 들였다. 그러나 레제프를 비롯한 주변인들은 카예나를 기다려 주지 않았다.

중앙 정계는 약한 자부터 삼켜 버리는 곳이다. 이곳에서 머뭇거림은 사치였다. 틈을 보인 순간 자신이 무엇을 잃었는지는 아직도 선명했다.

"일어나라."

그녀는 사용인들을 한번 쭉 둘러보고는 입을 열었다.

"황제 폐하께 큰 권한을 받았다고는 하나, 나는 후계자가 아니다. 그 점 명심하고 절대 경거망동하는 일 없도록 단속들 잘하거라."

"명심하겠습니다, 전하!"

"황녀궁은 이제 막 체계를 갖추기 시작했다. 일이 이렇게 되어 당혹스러울 것은 이해해."

카예나는 자신의 새로운 시녀들과 한 사람씩 눈을 맞추었다. 비교적 가장 가까이서 상황을 다 지켜본 올리비아는 침착한 눈으로 상황을 관조했다.

"특히 새로 온 전속 시녀들은 더욱 분발하여 하루빨리 황궁에 적응하도록 해라."

"예, 전하!"

그들은 바짝 군기가 든 채로 응접실에서 나갔다. 베라만이 유일하게 카예나를 따라 침실로 들어갔다. 카예나가 물었다.

"은 스푼은 어찌 되었지?"

베라는 막힘없이 대답했다.

"이틀 내로 준비될 예정입니다."

"은 스푼이 준비되는 대로 사원에서 축성받을 거야. 기부금도 따로 마련해 두렴."

"예, 전하."

그리 대답하는 베라의 목소리엔 제법 들뜬 기색이 스며 있었다.

"마냥 좋아할 일이 아니야."

"그러나 국정 대리인입니다, 전하. 세력이라는 것은 힘 아래로 모이는 것이지요."

그녀의 말은 틀리지 않았다. 그러나 세력이 모이기도 전에 제거당할 수 있다는 사실을 깨달아야 했다.

"이번 일이 레제프의 심기를 제대로 건드리는 일이 될 수 있어. 혹여 레제프가 나를 믿고 넘어간다 해도 그의 세력은 그렇지 않겠지."

"황명으로 내려진 일을 어찌할 수 없지 않습니까? 게다가 정식도 아니고 임시인걸요."

카예나는 고개를 내저었다.

"임시라 해도 권력의 흔적은 지워지지 않는단다. 한 번 왔던 권한이 두 번이라고 오지 않을까? 다들 걱정하는 건 그래서야."

심지어 국정 대리인이다. 내명부야 황실 안살림이라 그다지 눈에 띌 건 없었다. 그러나 국정 대리인은 달랐다. 문제는 국정 대리인의 권한 중 하나인 군사 통치권이었다. 사실상 황제를 진짜 황제로 기능하게 하는 것이 바로 군사 통치권이기 때문이다.

레제프의 세력도 하인리히 대공자의 세력도 원하지 않는 진퇴양난의 상황이었다. 그렇다고 카예나는 자신이 수세에 몰렸다고 생각하지 않았다. 이 판도를 거머쥘 자신이 충분했다.

"군법과 관련한 자료를 찾아와 줘."

평생 자신과 연이 있을까 했던 군법 공부를 하게 될 줄이야.

'라파엘로와의 결혼을 의심치 않았던 시절에도 군사법은 조금도 공부하지 않았었는데.'

안주인이 군사학을 공부할 필요는 없기 때문이었다.

"명을 받듭니다."

베라가 명을 수행하기 위해 침실에서 나가고 카예나만 남게 되었다.

'국정 대리인이라…….'

황제가 미령한 이후로 재상의 권한이 드높아진 상태였다. 그것은 곧 레제프의 권력이기도 했다.

그런데 카예나가 드뷔시 재상을 제치고 제국의 이인자가 되었다. 황제가 아예 자신을 대신해 국정을 처리하라 했으니 군권도 포함이었다. 완벽한 신뢰였다. 제 자식이 절대 쿠데타를 일으킬 리 없다는 믿음에서 나온 결정이었다.

'고작 이 정도 변화로 나를 이렇게나 신뢰할 이유가 있을까?'

그럼 레제프는 어째서 배제당한 걸까. 문득 자신이 알고 있는 사실이 다가 아닐지도 모른단 생각이 카예나를 엄습했다. 확실히 이상했다.

"왜 레제프를 그렇게……."

'왜 그렇게까지 냉대하는 거지?'

자신은 고작 최근 행실을 바르게 하고 내명부를 좀 잘 돌보았단 이유로 후계자와 같은 권한을 내려 주었다. 그것도 뭔가 좀 이상하긴 했다.

'레제프의 생모에게 무슨 문제라도 있는 건가?'

원작에는 레제프에 대해 그렇게 자세히 적혀 있지 않았다.

'생모가 누군지 알아봐야겠네.'

카예나는 작게 한숨지었다. 이 일 말고도 해야 할 일은 산더미였다.

'그리고 보니 총기사단장이 레제프를 못마땅하게 여겼지.'

그런 총기사단장을 그녀의 사람으로 만든다면 레제프가 카예나를 건드릴 수 없을 것이다. 아니, 오히려 그녀를 더욱 중요하게 여길 것이다.

하지만 그렇게 된다면 제논의 위치가 모호해진다. 제논은 다음 재상 자리만을 바라보고 레제프에게 사활을 걸었는데 갑자기 재상보다 더 큰 영향력을 가진 국정 대리인 역할이 카예나에게 주어졌다. 그는 과연 카예나를 제거하려 들까, 아니면 굴복시키려 들까?

---※◎※---

제논은 황제가 각혈했다는 이야길 전달받고 곧바로 입궁했다. 황제가 마시는 찻물에는 소량의 독을 꾸준히 섞고 있었다. 그것은 사람을 단번에 중독시켜 죽이는 독은 아니었다. 그러나 섭취량이 늘어나면 금방 몸이 안 좋아지는 독은 맞았다.

'황제가 갑자기 위독하다니.'

그럴 리 없었다. 그래서도 안 됐다.

'아직 군사 통치권을 넘겨받지도 못했는데 황제에게 변고가 생기면 하인리히 대공자 측이 움직이기 더 쉬워진다고!'

황제에게 독을 쓰는 것은 아주 극소수만 아는 극비였다. 제논은 레제프가 자신과 상의 없이 독약 비율을 늘렸단 사실을 눈치챘다.

'이런 멍청한 짓을!'

이런 일을 벌이려면 먼저 자신과 상의했어야 했다. 그런데 황자가 제논을 거치지 않고 이런 중요한 일을 저질러 버렸다. 제논을 신뢰하지 않는다는 의미였다. 그는 최근 레제프과 계속 삐걱거렸다. 감정적이고 폭력적인 레제프와 같이 지내다 보면 어쩔 수 없이 벌어지는 마찰이라고만 생각했다. 그런데 이렇게 뒤통수를 칠 줄이야.

당장 황자의 세력이 좀 더 크다고 해서 반드시 제위 싸움에 승리하는 것은 아니다. 상대는 예이스터 하인리히다. 그 무뢰배는 귀족 사회의 룰 따윈 가볍게 어겨 버리는 개망나니였다.

'게다가 그 자식……'

설마 사원에 청부업자를 보내 카예나를 건드리려 하다니. 미친놈이 틀림없다. 그런 놈에게 약점을 잡힌 자신은 얼마나 어리석은가!

게다가 황제가 이대로 죽어 버리면 레제프는 카예나의 결혼을 완전히 무산시켜 버릴 게 뻔했다.

'그녀를 데리고 이리저리 교섭하느라 바쁘겠지.'

제논은 황제가 위독하다는 이야기를 들은 직후 재상에게 하인을 보내어 소식을 기다렸다. 안에서 있었던 일을 곧장 보고받기 위함이었다.

레제프의 침실 앞을 지키는 기사들의 표정이 좋지 않았다. 선임 기사가 제논을 발견하고 알은척했다.

"아, 에반스 경. 경도 소식 들으셨습니까?"

그 말에 제논이 고개를 끄덕였다.

"전하께선 안에 계십니까?"

레제프는 간밤에 또 일어났던 납치 사건 및 헨버튼 길리안이 암살당한 일로 출타 중이었다. 그리고 환궁 직후 부왕을 찾아가 일의 진척을 보고하며 그의 용태를 살피고 돌아온 참이었다.

"방금 황제 폐하를 알현하고 오셨습니다."

제논은 고개를 끄덕이고 침실로 들어갔다. 그는 안에 있던 하인들을 향해 말했다.

"먼저 부르기 전까지 누구도 들어오지 마라. 반드시 알려야 할 일이 있으면 귀가 들리지 않는 하인을 들여보내라."

사용인들은 가만히 사태를 관망하기만 하는 황자를 힐끗 보며 조용히 물러났다.

제논은 볕 아래의 테이블에서 차를 마시는 중인 레제프를 보았다. 레제프는 사태의 심각성을 전혀 모르는 사람처럼 보였다. 제논은 이를 갈며 물었다.

"왜 제게 상의하지 않으셨습니까?"

"고작 독의 양을 좀 늘렸을 뿐이거늘."

레제프는 대수롭지 않게 대꾸했다.

"승리가 확정되지 않은 상황입니다. 하인리히 대공자가 얼마나 교활한 인간인지 잘 아시지 않습니까?"

"황족의 피가 조금도 흐르지 않는 그 벌레 때문에 내가 몸을 사려야 하느냐?"

제논은 잠깐 눈을 꾹 감고 화를 삭였다. 황자는 아둔하지 않다. 멍청하지 않다. 계속 그렇게 되뇌었다. 그러나 곧 생각을 멈췄다. 황자는 구제불능이다. 절제와 인내를 모르고 폭력적이고 야만스럽다. 대체 신사답지 못하기로 소문난 그 예이스터 하인리히와 뭐가 다르단 말인가?

"사정을 잘 모르는 이들이나 그자를 두고 시골 출신의 돼먹지 못한 인간이라고 하지요. 하지만 그가 지방에서 그 잘하는 깡패짓으로 긁어 모은 폭력배의 수가 얼마나 되는지 아십니까? 그자가 거느린 용병대가 얼마나 되는지 아시느냐는 말입니다!"

"그깟 용병이나 협잡배가 설마 중앙군을 이길 수 있다고 생각하느냐?"

"중앙군은 황제의 군대이지 전하의 군대가 아닙니다!"

레제프는 손에 쥔 잔을 제논에게 집어 던졌다.

"고작 후작가 차남 주제에 나를 가르치려 들어?!"

그는 버럭 외쳤다가 다시 노기를 가라앉혔다. 그러고는 혀를 끌끌 찼다.

"내가 제위에 오르면 다 해결될 시답잖은 문제들이다. 중앙군만 삼키면 해결될 문제란 말이다. 그도 아니면 군사 가문의 협력이 있으면 되지."

카예나가 시녀로 변경백 가문의 딸을 발탁했다. 게다가 그녀는 라파엘로와도 원만한 사이를 유지 중이다. 그 사실이 마음에 들진 않지만 제 세력에 도움되는 일이기는 했다.

똑똑.

그때 귀가 들리지 않는 하인이 봉투가 하나 놓인 쟁반을 들고 들어왔다. 바깥소식을 적은 것이 분명한 서신이었다. 레제프는 봉투에서 카드를 꺼내 읽고는 제논 앞으로 휙 던졌다. 제논은 그것을 주워 들어 읽었다. 글씨체가 드뷔시 재상의 것이었다.

[임시이기는 하나, 황녀 전하께서 폐하의 대리인으로 재상 이상의 권한을 받으셨습니다. 속히 다음 대책이 필요할 것으로 보입니다.]

황태자가 받아야 할 모든 권리가 카예나에게로 갔단 말이었다.

"이제 나의 재상이 생겼구나, 제논 에반스."

레제프는 카예나를 향한 한 치의 의심도 없이 비죽 웃으며 말했다.

제논은 주먹을 꽉 쥐었다.

"이제 누님께서 군사 통치권도 쥐셨겠구나. 이참에 총기사단장을 회유하신다면 좋으련만. 그렇지 않느냐?"

제논은 자신이 가진 권력 대부분이 에반스 후작가의 위세에서 나온다는 것을 잘 알았다.

동부를 호령하는 것도, 황실의 권력도 포기할 수 없었던 에반스 후작가는 차남을 레제프에게 보냈다. 거기에 줄리아가 황후가 된다면 그들이 힐 황가를 제치고 엘다임 제국의 새로운 주인이 되는 것이었다.

하지만 카예나로 인해 모든 것이 어그러지기 시작했다.

"내 손에 누이가 있는 한 황위는 아주 안전하게 물려받게 되는 거지."

'카예나를 누가 가지느냐가 중요한 게임이 되었다.'

에반스 후작가로서는 그간 제논에게 들였던 공이 날아가 버린 셈이 되었다. 제논은 일이 이렇게 되었으니 황제의 찻물에 독을 다량으로 푸는 일을 막기도 모호해졌다. 황제가 죽고 혼란스러운 상황을 야기해 카예나의 권한을 무효로 돌리는 게 그에게 이득이기 때문이었다. 이러나저러나 레제프가 한 행동이 정답에 가까웠다. 적어도 제논에게는 말이다.

레제프는 안타까워하는 척 그를 조롱했다.

"다음 재상이 될 사람은 자네인데 상황이 이렇게 되어 버렸으니 어떡하나."

"……."

카예나가 완전히 레제프의 사람이라면 그렇게 생각하는 것이 가능했다. 그러나 제논은 그렇게 속 편하게 생각하지 않았다.

'빌어먹을 황족들. 어차피 씨가 말라가는 콩가루 집안 주제에 중앙군으로 유세나 부리고……!'

군대가 부족하다는 것은 레제프의 사정이지만, 결국 에반스 가문의 사정이기도 했다. 그들은 영지에 군대를 주둔시키고 싶어 했다. 사병은 있지만, 어딘가와 영지전을 벌일 수준은 아니었다. 병사가 필요하면 항상 용병을 고용해야 하는데 그 일엔 돈이 많이 들었다. 게다가 하인리히 대공자 때문에 섣불리 용병을 고용하기도 어려웠다. 그가 용병대 대부분을 통솔하고 있다고 은밀하게 알려졌기 때문이었다.

'가문에서 추적했을 때 실제로 용병 지부 중 다수가 하인리히 관할이라고 했어.'

거기다 수도의 용병대와 청부업체도 하인리히 대공자의 것이다. 자칫 그의 손아귀에 있는 용병대를 고용했다간 뒤통수 맞을지도 모를 일이었다.

그래서 에반스 후작가에서는 드뷔시 재상을 포섭했다. 그의 조카, 메릴 윈스턴 자작 부인이 노아 키드레이 공작 부인과 가장 절친한 친우였기 때문이다. 줄리아를 키드레이 공작가에 팔든 황가에 팔든 어쨌든 군대만 소유하면 되기에 황실과 키드레이 공작가 모두에 연결고리를 만들어 둔 것이다. 물론 에반스 후작가로서는 이왕이면 황가를 집어삼키는 게 쉽고 이득도 크다.

그런데 카예나가 돌변하면서부터 그들의 행보에 변수가 생겼다.

그는 치밀어 오르는 분노를 참고 가까스로 냉정함을 되찾았다. 그간 들인 세월을 이대로 물거품으로 만들 순 없었다.

"……확실히 황녀 전하께서 지금 가진 권한으로 도와주신다면 더할 나위 없지요."

"예이스터 하인리히 따위는 비교도 되지 않을 유력한 후계자가 바로 나란 뜻이지."

"그 말씀이 옳습니다."

레제프는 탐색하는 눈으로 제논을 잠깐 보다가 피식 웃었다.

"에반스 후작가는 나를 지지하는 든든한 뒷받침이 아니던가. 경의 동생이 누님의 시녀로 들어왔다지?"

"그렇습니다만……."

제논은 미심쩍게 그를 보았다.

레제프는 다시 앞에 놓인 새로운 책자를 집어 들었다. 서부 여행기였다.

"나도 슬슬 황자비가 될 사람을 살펴볼 때가 되긴 했지."

"……."

뜻밖의 말에 제논이 침묵하고 있자 레제프가 고개를 들어 그를 보았다.

"뭐 해? 나가 보지 않고."

"이만…… 물러나겠습니다."

제논이 침실에서 물러나자 레제프는 평온함을 가장했던 얼굴을 야차처럼 구겼다.

"진실을 알게 되면 좀 골치 아파지실 텐데요?"

헨버튼 길리안이 암살당하기 전, 그가 갇힌 뇌옥으로 찾아온 레제프를 비웃으며 말했었다.

"저를 돕기로 한 공범은 제논 에반스입니다. 그 자식이 절 배신하고 황녀를 강탈하려고 했습니다."

"감히……."

제논이 침실을 들어오던 순간 치밀어 오르는 분노를 누르지 못하고 검을 뽑아 들 뻔했다. 당장 제논의 목을 내리치지 않은 것만으로도 그는 오늘 써야 할 인내를 다 소비했다. 지금은 제논을 건드릴 수 없다.

"날 기만하는 것들은 한 놈도 살려 두지 않을 것이다."

그의 눈이 살기로 번득 빛났다.

15장
국무 회의

카예나는 이상하게 눈이 꽤 뻑뻑하다고 느꼈다. 램프에 의지해 글자를 읽어서 그런가? 그녀는 자료에서 잠깐 시선을 뗐다. 눈꺼풀 위를 손으로 꾹꾹 누르다가 머리도 살짝 눌렀다.

"머리는 또 왜 아프지…….'

마치 회사에서 프로젝트 준비 때문에 계속 야근하던 때처럼 피곤했다. 목도 좀 잠긴 것 같다. 그녀는 마법의 힘으로 옆에 놓인 찻잔을 들어 손바닥에 놓았다.

차를 한 모금 마셨다. 뜨거웠던 차가 싸늘하게 식어 있었다. 그녀는 두꺼운 커튼 사이로 어느새 하얀빛이 들고 있다는 사실을 깨달았다. 밤을 지새운 것이다. 한숨이 나왔다.

"아직 한참 남았는데."

그렇게 열심히 자료를 뒤적였는데도 봐야 할 게 산더미였다. 새벽 중에 자문을 구한다고 사내를 침실에 들여 군법을 물을 수도 없으니 이해하는 속도가 더뎌 그런 것도 있었다. 대강 어떤 식으로 행정이 돌아가는지는 파악했으나 그게 끝이었다.

'하루 만에 이걸 다 파악하는 건 불가능한 일이긴 하지.'

하지만 드뷔시 재상을 포함해 분명 그녀의 능력 부재를 증명하려는 사람이 있을 게 뻔했다. 어쨌든 목표는 총기사단장을 비롯한 행정 관료들에게 '어라, 이것 봐라?' 하는 정도의 반응을 끌어내는 것이다.

카예나는 소파에서 일어나 찌뿌둥한 몸을 가볍게 풀었다.

똑똑.

문이 열리고 베라가 들어왔다.

"일어나셨…… 전하?"

베라는 평소처럼 침대 쪽을 바라보았다가 황급히 테이블로 시선을 옮겼다. 곳곳에 놓인 램프들과 테이블 위를 빼곡하게 펼쳐놓은 자료들이 참으로 생소한 광경을 이루고 있었다. 이게 무슨 상황인지는 너무나 명확했다.

"설마 한숨도 주무시지 않은 겁니까?"

잔소리가 이어질 타이밍이었다. 카예나가 손을 내저었다.

"아냐. 조금 잤어."

베라는 침대를 확인했다. 카예나의 시선도 자연스럽게 침대를 향했다. 한 치의 오차도 없이 말끔하게 정리해 놓은 상태 그대로였다.

'으음.'

용의주도하지 못했군.

베라가 속상해하는 얼굴로 카예나에게 다가갔다.

"이러시다 몸 상하십니다. 국정 업무야 차근차근히 익히셔도 될 텐데요."

"뭐든 준비할 수 있다면 미리 준비해야지."

다음 재상 자리를 넘겨받을 준비를 하고 있던 제논이 가만히 있을 리 없다. 그는 카예나가 방비하지 못하도록 기습적인 행동을 보일 게 분명했다.

카예나는 크게 하품했다. 젊음이 좋다고 해도 밤새우는 건 좀 힘들었다. 더군다나 카예나는 체력이 좋은 편도 아니었다.

"사원에서 큰일을 겪지 않으셨습니까. 저는 소식을 듣고 졸도할 뻔했습니다."

"키드레이 공작과 미리 이야기했던 일이었어. 너무 걱정하지 않아도 돼."

"공작님도 너무하십니다. 어찌 그런 위험한 일을……."

확실히 제 사람으로 규명한 후의 베라는 카예나에게 상당히 극진해졌다.

"공작님도 잘 몰랐던 일이야. 그래도 내부에 호위를 숨겨 두고 있었기에 아무 일도 없었단다."

베라는 걱정과 불만이 다 가시지는 않았으나 이쯤에서 잔소리를 멈췄다.

"옷 갈아입는 것을 도와드리겠습니다, 전하."

카예나는 잠옷에서 간편한 실내용 드레스로 옷을 갈아입었다. 시중을 받던 중 하인이 찾아왔다.

"전하, 중앙 행정 기구 소속의 관료가 금일 일정에 대해 말을 전하길 청하고 있습니다."

행정 관료가 찾아왔다는 말에 카예나는 고개를 끄덕였다.

"응접실에서 대기하고 있으라고 하렴."

그녀는 느긋하게 머리칼을 말리고 치장을 끝낸 뒤에야 응접실로 향했다. 제복을 입은 남자는 카예나를 발견하더니 곧바로 인사를 올렸다.

"황녀 전하를 뵙습니다."

"일어나라."

그는 어느 정도 기다릴 것을 예상하고 찾아왔는데 생각한 것보다 황녀가 금방 응접실로 와서 놀란 상태였다. 그것도 아침 치장을 완전히 마친 모습이었다. 그는 황녀에게서 심상치 않음을 느꼈다.

"오후에 긴급 편성된 국무 회의에 전하께서 참석하실 의향이 있으신지 여쭙고자 합니다."

베라가 표정을 살짝 일그러트리며 나무라듯이 말했다.

"아니, 국정 대리인 권한을 바로 어제 받았는데……."

그러나 카예나는 이미 이런 식으로 나오리라고 짐작하고 있었다. 이걸 대비해 벼락치기로 중앙 행정 기구의 업무와 군법에 대해 대강이라도 공부한 것이었다.

"참석하겠다고 전하라."

"그리 알고 물러나겠습니다."

행정 관료가 자리를 비켜나자 베라가 입술을 잘근 물었다. 저들이 이쪽 사정을 봐줄 필요는 없다. 그러나 너무나 치졸하지 않은가! 단, 그들의 작태에는 화가 치밀었으나 불안하진 않았다. 이상하게도 카예나가 말려들 것 같지 않았기 때문이다. 지금도 보라. 카예나는 그럴 줄 알았다는 듯이 아무렇지도 않은 듯했다. 태연하게 거울에 비친 얼굴을 확인하고는 "오늘은 화장을 좀 해야겠네."라고 말할 뿐이었다.

카예나는 분한 얼굴을 한 베라에게 피식 웃으며 말했다.

"저런 도발에 일일이 속상할 필요 없어."

"……전하를 무시하는 게 아니라면 이럴 리 없지 않습니까."

"저들도 어느 장단에 발을 맞춰야 할지 얼마나 혼란스럽겠니."

그러니 이런 처사에도 쉽게 동조하며 탐색해 보려 드는 거겠지.

카예나는 익숙하게 주방으로 향했다. 반죽을 숙성시켜서 그것으로 빵을 구울 생각이었다.

너무나 평소 같은 모습에 베라는 잠깐 할 말을 잃었다. 그녀는 고개를 절레절레 흔들었다. 도저히 카예나의 담력은 따라갈 수 없을 것 같았다. 베라는 이제 서로 안면도 트고 익숙해진 주방 식구들과 함께 카예나를 돕다가 작게 말했다.

"그리고 전하, 드릴 말씀이 있습니다."

"뭔데?"

"심증입니다만, 애니의 거동이 수상합니다."

"······그래?"

"네. 어젯밤에 황궁을 몰래 빠져나가는 듯했습니다."

애니, 그녀가 누구의 세작인 건가? 그녀는 소설에서 다뤄지지 않은 인물이었다. 측근처럼 데리고 있었으니 황녀궁 소식을 빠르게 접한 누군가 중 하나가 세작의 주인일 터였다. 대부분은 지난번 물갈이하며 정리되었을 텐데.

'꽤 조심스러운 인물인가. 아니, 조심스럽다기보단 원래 내게서 특별히 기대하는 바가 없던 인물이겠지. 레제프와 별개의 세력일 가능성이 크고. 예이스터 하인리히일까?'

그것도 가능성은 낮았다. 예이스터 하인리히는 카예나에게 바라는 명확한 가치가 있었다. 특히 지금은 더욱 그랬다.

'애니는 꽤 예전부터 있었던 아이인데.'

"너무 감시하지는 말고 적당히 풀어 주렴."

그래야 꼬리를 밟을 수 있다.

"알겠습니다, 전하."

카예나는 반죽을 모두 준비해 두고 손을 털었다. 아직 오후 국무 회의까지 시간은 많이 남은 상태였다.

"그럼 오늘 입을 예복이나 좀 살펴보자꾸나. 첫 국무 회의인데 신경 좀 써야지."

⊰⊱

"또 주방에나 들어가 있다고?"

드뷔시 재상은 주방 하인이 전달한 정보에 기가 막혔다.

"국무 회의가 어떤 건지 전혀 모르는 모양이군!"

재상의 방에서 같이 정찬을 들고 있던 제논은 과연 그럴까, 하고 의구심이 들었으나 말로 꺼내진 않았다.

"흥, 차라리 잘된 일이지. 국가 운영이 어디 아녀자가 할 일이던가!"

"황녀 전하께서도 오늘 국무 회의에 참석해 보면 느끼시는 바가 있을 겁니다."

"물론 그렇겠지. 그러라고 만든 자리인데."

국무 회의를 긴급 편성한 사람은 다름 아닌 드뷔시 재상이었다. 그는 오늘 황녀가 회의장에서 찍소리도 못 하고 망신당하게 할 작정이었다.

"내명부 따위야 그냥 살림살이 아닌가! 나라를 다스리는 게 살림과 같지 않거늘."

같지는 않다. 그렇다고 크게 다를 것 없다고 생각했다. 그러니 황제가 카예나 황녀에게 그런 권한을 덥석 맡긴 거겠지.

"이런 선례가 생기면 곤란해."

재상은 뒷배도 없는 종이 인형 같은 황녀가 내명부를 좀 잘 다스렸다고 선을 넘는 것이 불쾌했다. 하물며 자신보다 더 높은 권한이라니!

재상의 체면이 말이 아니었다.

"저 역시 동감입니다. 권력이 이렇게 나뉘면 하인리히 측에 먹이만
주는 꼴입니다."

"오늘 자네도 회의에 참석하는 거겠지?"

제논이 빙긋 웃었다.

"당연하지요."

국무 회의에 참석하기 전, 카예나는 꽤 신선한 기분을 느끼고 있었다.

'이렇게 공들여 꾸미는 건 오랜만이네.'

드레스 룸에서 커다란 거울을 앞에 두고 화장대 위에 이것저것 주
르르 놓고 치장하는 게 어딘가 생소했다. 베라를 필두로 시중드는 하
급 시녀 여럿이 그녀의 치장을 돕는 것도 그랬다.

분명 회귀 전엔 일상이었던 일이다. 손톱은 항상 길게 길어 둥글게
갈아 분홍빛 꽃물을 들였었다. 그런데 지금은 짧고 깨끗하게 관리했
다. 옷차림은 더욱 그랬다. 회귀 전에는 하루에 몇 번이나 옷을 갈아입
었다. 지금은 있는 옷 중에서 편한 것으로 돌려 입었다. 전과 같은 생
활 패턴을 유지했다면 가뜩이나 모자란 시간이 더욱 부족했을 것이다.

'꾸미는 일엔 확실히 시간이 많이 드니까.'

돈도, 시간도, 품도 많이 드는 일이다. 무가치한 일은 아니지만 들
이는 노력 대비 크게 높은 효율을 가진 일도 아니었다. 지금은 그런
것들이 제 삶과 목숨을 전혀 보전해 주지 못한다는 사실을 알았을 뿐
이다. 그래서인지 자신을 꾸미는 일이 회귀 전처럼 즐겁지 않았다.

'결국, 이 얼굴 때문에 레제프에게 이용당하기도 했고.'

헨버튼도 그녀의 외모를 수집품으로 여겼다.

가만히 두어도 아름다운 카예나가 공들여 꾸미니 그야말로 여신이 강림한 것만 같았다. 풍성한 금빛 머리카락은 컬을 넣고 특별한 치장 대신 진주로 된 서클렛을 썼다. 예복은 차분한 은빛이었고 그 위로 푸른색 망토를 둘렀다. 거기에 화려한 브로치를 달았다.

원래도 도도한 인상이 좀 더 엄격하고 차가워 보였다. 무척 신비로운 느낌까지 있었다. 시중을 들던 시녀들이 경탄을 금치 못했다.

카예나는 거울에 모습을 비춰 보더니 무심한 평가를 내렸다.

"이만하면 다들 차림새로는 입 대지 않겠구나."

오늘 어떻게든 제 기를 누르려고 작정했을 관료들을 상대로 정신을 쏙 빼놓기도 좋았고.

"전하, 국무 회의에 참석하실 시간입니다."

그녀는 고개를 끄덕였다.

"가자꾸나."

─❈─

회의장에는 이미 대신들이 전원 도착한 상태였다. 황제나 후계자가 앉을 상석만 비운 상태로 드뷔시 재상과 제드 총기사단장, 제논 등이 자리를 차치했다.

제논은 자리에 앉으며 총기사단장과 눈을 마주쳤다. 그가 살짝 인사하니 총기사단장도 마지못해 고개를 끄덕이고 시선을 돌렸다.

'쯧.'

제드 총기사단장은 엘리트 무신 집안 출신이다. 게다가 황제가 가장 총애하는 신하기도 했다. 업무적인 이유를 포함해 드뷔시 재상과 항상 부딪치기도 하는 인물이었다.

지금은 황제가 미령하고 레제프가 득세 중이라 권력 구도에서 좀 밀려났지만 그래도 중앙군을 통솔하는 총기사단장의 힘이 어디로 가는 건 아니었다. 에반스 후작가는 그의 힘이 필요했다. 다만 애석하게도 제드는 에반스 후작가와 더불어 레제프에 대해 좋게 생각하지 않는 사람이었다.

드뷔시 재상이 아직 주인이 오지 않은 상석을 힐끗 보며 중얼거렸다.

"진짜 후계자인 줄 착각하는 건지……. 치장하느라 늦으시는 건가. 뭐, 하긴. 무도회가 열리는 날은 내 딸아이도 새벽부터 하루 내내 준비하긴 하더군. 국무 회의에서 왈츠를 출 일은 없겠지만 말일세."

회의장엔 드뷔시 재상의 말에 웃는 자가 반, 못 들은 척하는 자가 반이었다.

때마침 문지기가 회의장 문을 활짝 열며 외쳤다.

"카예나 황녀 전하께서 드십니다!"

안을 가득 채웠던 관료들이 하나둘 자리에서 일어났다. 그들은 저마다의 생각을 안고 입구를 뚫어지게 지켜보았다.

또각, 또각.

바깥에서 구두 소리가 점점 가까워지는 게 들렸다. 입구에 카예나가 모습을 드러냈다. 제논의 귀에 누군가가 무심결에 낸 침음이 들렸다.

"으음."

한 사람만이 아니었다. 대부분이 마른침을 삼키거나 두 눈을 휘둥그레 떴다. 제논 역시 잠깐 넋을 잃었다.

드뷔시 재상도 얼빠진 표정을 했다가 표정을 와락 구겼다. 기대했던 것과 달리 카예나의 차림새는 흠잡을 곳 하나 없었다. 마치 이런 날이 올 줄 알았다는 듯 차가운 색으로 단장한 그녀에게서 빈틈없는 위엄이 느껴졌다. 은빛의 드레스와 푸른 망토, 머리에 쓴 진주 서클렛은 지금 그녀의 위치를 나타내기에 모자라지도 과하지도 않았다.

카예나는 오연한 태도로 내부를 휙 둘러보았다. 그녀는 대신들이 자리를 꽉 채운 회의장의 모습에 조금도 주눅 든 기색이 없었다.

마침내 그녀가 입을 열었다.

"모두 도착한 모양이로군요."

카예나의 등장에 혼을 쏙 빼앗겼던 대신들은 그 한마디에 정신이 번쩍 들었다. 그녀의 기백과 미모에 눌려 누구도 예를 올릴 생각조차 하지 못했던 것이다. 그들은 다급하게 한쪽 무릎을 꿇으며 예를 갖췄다.

"황녀 전하를 뵙습니다."

카예나는 일어나는 것을 바로 허락하지 않았다. 그녀는 느리지도 빠르지도 않은 걸음으로 회의장을 가로질렀다. 황금빛의 옥좌 앞에 선 카예나가 말했다.

"모두 일어나세요."

그들은 선뜻 무슨 말도 꺼내지 못하고 침묵을 지키며 일어났다. 직전의 소란이 거짓말처럼 사라져 있었다. 얕잡아 보거나 탐색하려는 의미의 침묵도 아니었다. 기선 제압당한 것이다.

"앉지 않고 무엇들 하십니까?"

그들은 그녀를 온실 속 화초로 생각하고 있다가 얼떨떨해하며 자리에 앉았다.

"국무 회의를 시작하겠습니다."

"……."

그들은 쉽사리 입을 열지 못했다. 그저 조용히 서로 눈치를 살필 뿐이었다.

'회의야, 뭐.'

지난 생에서 지겹도록 한 게 회의다. 전무, 이사, 부사장, 사장, 심지어 회장까지 참석한 회의도 경험했다. 국무 회의라는 것도 결국은 안건을 놓고 각 행정 기구에서 의견을 조정하는 일이었다.

대신들은 곧 분위기를 회복하며 회의를 진행했다.

"그럼 금일 긴급 발의된 안건을 말씀드리겠습니다. 지난번에도 두어 차례 나온 이야기입니다만 최근 각 행정 기구 예산이……."

카예나는 예산 이야기가 나온 순간 몇몇 사람의 표정이 굳은 걸 바로 알아차렸다. 카예나는 잠자코 듣기만 했다.

"수도를 수비하는 병력 대부분이 중앙군인데 그걸 줄이면 방어선이 뚫리도록 내버려 두자는 말인가!"

"지금은 전시 상황도 아니지 않습니까!"

보아하니 오늘 표적이 제드 총기사단장인 모양이었다.

"지난번에도 군 예산을 가장 먼저 줄였으면서 이번에도 또 줄이겠다는 것인가? 지금 나랑 장난하자는 건가?"

잔뜩 화가 난 제드 총기사단장이 버럭 소리치자 재상이 혀를 끌끌 찼다.

"어허, 거참. 전하께서도 계신 자리에서 말이 너무 거칠잖소."

그 말에 제드는 드뷔시 재상을 비꼬았다.

"예산 부족은 결국 행정을 제대로 돌보지 못해서 생기는 것 아니오?"

"뭐, 뭐요?!"

재상이 얼굴을 벌겋게 물들이고 책상을 쾅 내리쳤다.

"하는 일도 없는 것들을 먹이고 재워 줬더니 이딴 식으로 나와!"

마침내 제드도 자리에서 일어났다. 표정이 완전히 굳은 걸 보니 당장 검이라도 뽑을 것만 같았다.

카예나가 그 불꽃 튀는 상황에서 툭 말했다.

"그럼 중앙군이 유지될 이유가 있으면 될 게 아닌가요?"

이건 또 무슨 소리야? 모두 그런 표정으로 카예나를 보았다.

"그게 무슨 말씀이신지요?"

"여기 모인 대신 중 중앙군을 유지하면서도 예산이 덜 소비될 방법에 대해 고민해 본 이가 있나요?"

"……."

그들은 눈만 끔뻑거렸다.

"예산이 많이 든다고 군사 유지 비용을 줄이면 국력이 약화되는데 그게 말이나 되는 일입니까, 재상?"

그 물음에 드뷔시 재상은 여유로운 미소를 걸치며 하인에게 서류를 하나 건넸다. 카예나에게 전달하라는 뜻이었다.

"보시면 아시겠지만, 전시 상황이 아님에도 불필요하게 군대를 유지하느라 예산이 상당히 많이 들고 있습니다, 전하."

그런 이유로 중앙군 예산은 계속 삭감되어 왔다. 제드의 영향력을 줄이려는 정치적 의도가 다분한 결정이었다.

"그래서 다른 곳에서 그 예산을 모두 충당하고 있는 실정이지요."

드뷔시 재상은 좌중을 둘러보았다. 동의를 구하는 시선이었다. 다들 재상의 말에 고개를 끄덕이며 동조했다.

카예나는 드뷔시 재상이 넘긴 서류를 대충 훑어보며 피식 웃었다.

그녀는 지난밤 동안 국정 업무를 대비해 어느 정도 자료를 추려 놓았었다. 곁에 서 있던 베라가 서류를 내밀었다. 대신들의 시선이 그 서류에 달라붙었다.

'어라, 황녀가 뭘 준비했잖아?'

국무 회의는 분명 기습적으로 편성되었다. 안건도 알리지 않은 상태였다. 그런데 뭔가를 준비했다는 게 이해되지 않았다. 게다가 황녀의 차림은 상당한 시간을 들인 게 분명했다. 치장하는 일에 쏟은 시간이 만만치 않았을 텐데 언제 준비한 거지? 그들은 뭔가 이상하단 사실을 직감했다.

"근 십 년간 수도에는 역병 한번 돌지 않았지요."

그것은 드뷔시 재상이 재임하는 동안 이뤄낸 가장 큰 성과였다. 어느 대신이 대답했다.

"예. 상하수도를 재정비한 이후로 그렇습니다."

"그래서인지 수도 인구가 지난 세월 동안 세 배는 족히 늘었더군요. 하지만 새로 개간된 토지는 없고 판자촌만 잔뜩 늘었어요."

카예나는 그렇게 말하며 가져온 자료를 톡톡 두들겼다. 재상의 미간이 꿈틀거렸다.

"이런 식으로 토지 대장에 기록되지 않은 가구 수가 늘게 되면 치안은 쉽게 무너지지요. 제 말이 틀렸나요?"

대신들은 얼떨떨한 표정으로 긍정했다.

"······옳으신 말씀입니다."

"확인해 보니 해가 지날수록 도시 치안을 유지하는 데 중앙군 출동 빈도수가 증가했더군요. 특히 최근 5년 동안 수치가 급격하게 더 늘었어요."

제드 총기사단장이 눈에 이채를 띠며 카예나를 보았다. 설마 그것까지 조사해 왔을 줄이야.

대신들은 카예나가 말을 꺼내면 꺼낼수록 살살 눈치를 살피기 시작했다. 황녀가 오늘 국무 회의를 앞두고 단단히 준비해 온 게 티가 났다. 이제 더는 황녀에게 망신 주는 자리가 아니었다.

"상하수도를 재정비하는 것 말고는 그간 도시 개발이 진행된 부분이 없던데. 대체 이게 무슨 의미인가요, 드뷔시 재상?"

그녀의 물음에 재상의 입이 꿀 먹은 벙어리처럼 꾹 닫혔다.

카예나는 준비한 서류를 드뷔시 재상에게 넘겼다. 그는 그것에 손 댈 생각도 못 하고 부글부글 끓는 속을 다스려야 했다. 새파란 애송이가 어디서 아는 척 자신을 가르치려 들다니……!

"그걸 보면 알겠지만."

카예나는 아까 드뷔시 재상이 한 대로 서류를 콕 가리키며 말을 이었다.

"수도 인구는 늘었는데 토지가 개간되지 않으니 자연스럽게 집값은 천정부지로 뛰었습니다. 부랑자는 늘었죠."

그녀는 제드 총기사단장에게 시선을 돌렸다.

"총기사단장. 중앙군 중에서 순수 수도 출신의 비율이 어떻게 되지요?"

제드가 기다렸다는 듯이 대답했다. 목소리엔 묘한 희열이 깔려 있었다.

"3할 정도입니다."

그의 대답에 카예나는 대신들을 한심하게 보았다.

"이게 무슨 의미인지 이해되는 이가 있다면 가감 없이 말해 보시겠어요?"

"으음……."

그들은 중앙군을 밑 빠진 독으로만 여겼을 뿐 그 안을 들여다볼 생각은 하지 않았다.

평기사 봉급이라고 해 봐야 뻔했다. 지방 출신 기사들이 수도에 적을 두려면 땅을 사고 세금 문제를 해결해야 했다.

"기사들 봉급으로 천정부지로 뛴 수도 집값을 감당할 수 있다고 보시나요?"

"그건……."

감당할 수 있을 리가 없다. 자연스럽게 기사들 대부분이 황성에 주둔하게 되었다. 하지만 군대를 황성에 주둔시키는 건 지금까지 당연한 일이었고, 그런 그들에게는 예산이 필요했다. 어느 대신 하나가 눈치를 살피며 조심스럽게 말했다.

"지금까지는 별문제가 없었습니다만……."

"그야 계속 전쟁을 치렀으니까요."

전쟁에서 승리하여 배상금으로 늘 해결해 왔으니 문제가 없었겠지만, 지금은 다르다.

"그래서 지금 전쟁을 일으켜 약소국에서 배상금이라도 강탈하자는 뜻은 아니겠지요?"

드뷔시 재상은 비소를 터트렸다. 결국, 이건 문제를 짚어 내는 말에 지나지 않는다. 해결책이라고는 하나도 나오지 않았다.

"그래서 중앙군을 투입해 토지를 개간시키겠다는 말씀이십니까? 그럼 또 예산이 들잖습니까. 쓸모를 늘리는 건 좋지만, 핵심은 예산 경감입니다."

카예나는 고개를 절레절레 흔들었다.

"중앙군에게 봉급 대신 개간한 땅을 주는 겁니다. 이곳에 정착해 결혼하고 살아가게 하면 될 게 아닌가요? 굳이 황성에 묶어 둘 필요 없이 그들을 출퇴근시키면 되겠지요."

그렇게 되면 수도의 인구는 더욱 안정적으로 늘고 필요 예산은 자연히 줄어들 것이다. 땅이 개간되는 만큼 주거 지역도 늘어난다. 주거 지역이 늘면 새로운 상권이 발달한다. 도시가 더 커진단 말이었다.

"아, 그런……!"

대신들은 입을 떡 벌렸다. 그들은 군대는 항상 주둔시켜야 한다는 생각에 사로잡혀 있었다. 그리고 수도 출신의 병사가 그렇게 적은 줄도 몰랐었다.

제논은 카예나를 길들이기 위해 재상을 부추겨 오늘의 국무 회의를 긴급 편성했다. 그런데 카예나의 기를 꺾기는커녕 대활약하게 하고 말았다.

'황녀……!'

그는 표정을 완전히 일그러트린 채로 카예나를 뚫어지게 바라보았다. 그때 둘의 시선이 잠깐 마주쳤다. 카예나는 무심한 눈빛으로 그를 힐끗 보고는 고개를 돌렸다.

제논은 굴욕감을 느꼈다.

"그럼 이 안건에 대해 더 할 말이 있는 분 있으신가요?"

"……."

누구도 더는 말을 붙이지 못했다. 드뷔시 재상은 설마 황녀가 이런 식으로 대처할 줄은 몰랐기에 이를 악물며 파르르 떨기만 했다.

"그럼 오늘 회의는 여기서 정리하죠."

카예나는 빙긋 웃었다.

"……명을 받듭니다."

황녀가 자리에서 일어나자 기가 완전히 꺾인 대신들도 따라 일어나서 예를 갖췄다. 그녀는 유유히 회의장을 빠져나갔다.

'다행히 준비한 내용이 쓸모가 있었네.'

그녀는 재상과 총기사단장의 사이가 좋지 않단 사실에 집중했다. 어차피 끌어들여야 할 사람은 총기사단장이다. 그래서 중앙군에 관련된 자료를 집중적으로 확인했던 것이 상당히 도움이 되었다.

"황녀 전하!"

그때, 제논이 그녀를 다급히 뒤따라 나왔다.

"무슨 일이지, 에반스 경?"

그는 카예나의 앞에 다가서며 말했다.

"드릴 말씀이 있습니다."

그는 딱딱하게 굳은 얼굴을 하고 있었다. 카예나는 베라를 포함한 수행원들에게 말했다.

"잠깐 다녀오겠다."

제논은 보는 눈이 없는 곳으로 카예나를 데리고 갔다. 수행원들에게서 어느 정도 떨어졌을 때 제논이 그녀를 향해 이를 드러냈다.

"대체 무슨 생각입니까."

그는 살기에 가까운 분노로 눈을 번들거렸다.

"무엄하구나."

카예나는 싸늘하게 쏘아붙였다.

레제프는 에반스 후작가의 도움 없이는 하인리히 대공자를 상대할 수 없다. 그래서 그는 무의식중에 황가를 만만하게 여기고 있었다.

"이대로 재상이라도 될 계획이십니까? 아니면."

그는 카예나에게 위협하듯 바짝 다가서며 비릿하게 웃었다.

"진짜 후계자가 되실 생각인 겁니까?"

당장 폭력이라도 쓸 것처럼 위협적인 태도였다. 카예나는 여차하면 그를 넘어트릴 생각으로 마법에 집중했다. 공간이 통제되는 감각이 느껴졌다.

"솔직하게 말씀해 보십시오, 전하. 그게 아니라면 도저히 이해되지 않습니다!"

"내게 이 모든 건 다 필요 없다고 말하면 믿을 생각인가?"

제논은 표정을 험악하게 일그러트렸다.

"저는 말장난이나 하고자 전하를 붙잡은 게 아닙니다. 지금 상황이 이해가 안 가는 겁니까?"

"당신이야말로 사태 파악이 안 되나 봐."

"……뭐라고요?"

카예나는 그를 비웃듯 말했다.

"기껏 내 전속 시녀가 된 동생이나 잘 돌봐 주는 게 어떨까?"

갑작스러운 줄리아 이야기에 제논은 기가 찼다.

"지금 그딴 게 중요합니까?"

당연히 중요했다. 역시나 그녀의 생각대로 제논은 줄리아의 존재가 그에게 어떤 영향을 미칠지 예상하지 못하고 있었다.

"내가 유력해진 건 거슬리면서 그게 어떤 결과를 불러들일지는 생각하지 못하는 건가?"

"그게 무슨……!"

카예나는 현실을 일깨워 주었다.

"내가 줄리아를 총애한다면 에반스 가문에서 자네와 줄리아 중 누구를 더 지지하게 될지 정말 계산이 안 서나 봐."

"……!"

그가 경악한 표정을 지었다. 그제야 제논도 그녀의 말뜻을 알아차린 것이다. 에반스 후작가의 가주는 제논의 부친이 아니라 형이었다. 에반스 후작은 그를 좌지우지할 수도 있는 재상 자리에 동생을 앉히는 것보다는, 쥐고 흔들기 쉬운 어린 여동생이 황후가 되길 바랄 것이다

제논은 입술을 잘근 물었다. 줄리아를 불러들이는 일에 설마 이런 계산이 깔려 있었을 줄은 조금도 생각지 못했다. 대체 그 멍청했던 황녀가 어떻게 이럴 수가 있지?

"안타깝게도 경은 날 담을 그릇이 아닌 것 같네."

카예나는 일말의 망설임도 없이 그를 두고 수행원들이 있는 곳으로 돌아갔다. 홀로 남게 된 제논은 멍하니 서 있다가 서서히 실소를 흘렸다.

"하, 하하……."

그러다 얼굴을 감싸 쥐며 신경질적인 광소를 터트렸다. 주제도 모르고 자신을 업신여기는 레제프는 차라리 괜찮았다. 후작가의 힘이 아니면 후계자로서 유명무실한 그가 우스웠으니까.

그러나 카예나는 달랐다. 그는 황녀를 제국을 집어삼키면서 겸사겸사 쟁취할 괜찮은 트로피라고 생각했었다. 기꺼이 아내로 맞아들여 충분히 귀여워해 줄 생각이었다. 그런데 트로피 주제에 자신에게 발톱을 드러내며 도발하다니.

'건방지게 감히 나를!'

납치는 실패했고 몸을 사려야 할 때지만 이대로 카예나를 내버려 두는 건 더 위험하다.

'……죽이는 게 낫겠어.'

제논의 눈빛이 차갑게 식었다.

―❀―

카예나는 손을 내려다보았다. 손이 미세하게 떨렸다. 공포로 인한 것인가? 그러나 정신은 공포에 오염되어 있지 않았다. 그럼 이건 의지와 상관없는 반사적인 증상인 건가?

'이유를 알 수가 없네. 위협은 느꼈어도 제논이 무섭다거나 하지는 않았는데……'

마법의 힘으로 어디까지 가능한지 더 실험해 봐야겠지만, 지금까지 사용해 본 결과로는 사람을 들어 올릴 수도 있었다. 그녀는 자신의 상황, 처지, 손이 떨리는 이유 등에 대해 냉정하게 되짚었다. 이러면 혹시 손 떨림이 멈추지 않을까 싶어서였다. 그러나 손 떨림은 멈추지 않았다.

'설마 이것도 마법 계약의 후유증인가?'

아까 제논을 경계하며 마법의 기운을 끌어올리기만 했다. 그런데 이렇게 손이 떨리는 것이라면 조금 곤란했다. 진짜로 몸이 쇠약해졌다는 사실을 눈으로 확인하자 마음이 서늘하게 내려앉았다.

의지로라도 손 떨림을 멈추고자 주먹을 꽉 쥐었을 때였다.

"전하?"

베라가 그녀를 불렀다.

"괜찮으십니까? 혹시 에반스 경이……."

카예나는 그제야 자신이 무심결에 표정을 그대로 드러냈단 사실을 깨달았다. 그녀는 뭔가 더 말이 나오기 전에 원천 차단했다.

"아무 일도 없었어. 국무 회의 안건 때문에 잠시 말을 나눴을 뿐이야."

"그렇군요……."

베라는 썩 납득 가지 않았지만 고개를 끄덕였다.

걸음을 잠깐 지체한 사이 회의장에 있던 대신들이 하나둘씩 나오기 시작했다. 그들은 카예나를 발견하자 예를 갖추고 황급히 사라졌다. 그녀가 만만치 않은 사람이라는 것을 오늘 국무 회의에서 단단히 각인시킨 모양이었다.

곧 제드 총기사단장도 회의장을 나왔다. 카예나가 가볍게 묵례만 하고 황녀궁으로 가려고 했을 때였다.

"황녀 전하."

카예나는 의아한 표정을 하고 그를 돌아보았다.

"은혜는 잊지 않겠습니다."

제드 총기사단장이 카예나를 향해 허리를 깊이 숙여 인사했다. 그가 왜 이렇게 정중히 인사하는지 대충은 짐작했다. 계속된 예산 삭감에 중앙군 분위기가 상당히 좋지 않았을 게 뻔했다. 그런 그들이 오늘에서야 제대로 된 권리를 보장받게 되었다. 제드는 설마 이런 도움을 황녀에게 받게 될 줄은 조금도 상상하지 못했으리라.

카예나는 대수롭지 않게 대꾸했다.

"별말씀을요. 아, 말 나온 김에 중앙군에서 시급하게 개선이 필요한 부분을 정리해서 보내 주시겠어요? 확인되는 대로 곧장 개선에 들어가죠."

"예? 이렇게 빨리……. 너무 무리하시는 것 아닙니까?"

"이미 중앙군을 지원하기로 했는데 머뭇거릴 이유가 있나요. 어딘가에서 괜히 책잡으며 귀찮게 하기 전에 실행해야죠."

제드는 그 책잡을 사람이 드뷔시 재상이리란 것을 제대로 알아듣고 쓰게 웃었다. 그러다 묘하게 감탄한 얼굴로 카예나를 보았다. 처음 황제가 그녀를 국정 대리인으로 임명한다 했을 때, 내심 우려했었다. 그런데 오늘 국무 회의 결과를 보라. 카예나의 압승이었다. 게다가 그간 형편없이 삭감되던 중앙군 예산을 보호해 주었다. 사실 중앙군 예산을 삭감한다는 건 제드 총기사단장더러 사퇴하라고 압박을 준 것이나 다름없었다. 그는 진심으로 카예나에게 고마웠다.

"그럼 이만."

카예나는 다시 황녀궁으로 향했다.

'이만하면 총기사단장이 날 조금은 우호적으로 여기겠지.'

이렇게 신뢰를 쌓아 가는 건 상당히 중요했다.

'레제프가 날 거슬린다고 여겨서 제거하고 싶어도 그럴 수 없게끔 할 방법은 이미 생각해 뒀어.'

제드 총기사단장이 카예나와 우호적인 관계를 형성하면 레제프를 비롯한 그의 세력이 섣불리 행동하진 않을 것이다.

'제논이 지나치게 초조해 보였지. 날 납치하는 일에 실패하며 느끼는 압박이 상당한 모양이야.'

생각했던 것보다 제논과 레제프가 훨씬 더 크게 사이가 틀어진 것 같았다. 레제프가 그의 입맛에 잘 맞는 계책을 내는 카예나를 제논보다 더 중용한 탓일 게 분명했다.

'평소랑 다를 것 없이 과자를 보내는 일로 내 의중을 짐작하겠지.'

피곤하고 바빠도 과자를 만드는 이유는 간단했다. 레제프를 지지한다는 생각에 조금도 변함없다는 것처럼 보여야 했다. 단순하고 속 보이는 행동이지만 이런 것도 하는 것과 하지 않는 것엔 분명한 차이가 있다. 아직은 계속 처세해야 할 때였다.

카예나는 황녀궁 주방에 도착했다. 그녀는 빵과 과자를 굽기 전에 베라에게 물었다.

"레제프는?"

"사원에서 팔라딘을 동원해 본인이 직접 수도 치안에 관여하겠다고 나섰습니다."

"그래. 이런 상황에 중앙군을 더 줄인다면 사원과의 힘 싸움에서 완전히 밀릴 테니 좋은 일이네."

카예나는 밤샌 탓에 당장 침대에 쓰러져 눕고 싶었으나 그럴 수 없었다.

"반죽은?"

"여기 있습니다, 전하."

주방 하인들은 국정 대리인이 된 카예나가 여전히 간식을 만드는 걸 어리둥절하게 보았다. 카예나의 위세가 대단해진 건지 아닌 건지 감이 오지 않았다.

'황족은 원래 이런 건가?'

심지어 일주일 사이에 벌써 두 번이나 납치를 당할 뻔하기도 했다. 그들은 카예나가 주방에서 평소처럼 요리하는 것이 이질적으로 느꼈다.

카예나는 평소보다 훨씬 많은 양의 빵과 과자를 구워 냈다. 과일 주스도 넉넉히 만들어 차갑게 식혀 두라고 말했다.

그사이 총기사단장의 보좌관이 찾아왔다.

"중앙군 소속, 워렌이 황녀 전하를 뵙습니다."

카예나는 소매를 걷어붙인 채 오븐에서 과자를 확인하다가 그를 보았다.

"아아. 제드 총기사단장이 보낸 사람인가? 벌써 개선 사항을 작성하다니, 빠르네."

워렌은 오븐을 확인하는 황녀라는 이상한 광경을 입 벌리고 바라보다가 깍듯하게 외쳤다.

"그렇습니다!"

그는 대단한 미모의 황녀에게 주눅 들었다. 여신이 과자를 굽고 있어……. 잠깐 머릿속이 혼란스러웠다.

"미안한데 잠깐만 기다려 주겠는가?"

"명을 받듭니다!"

카예냐는 지나치게 군기가 든 워렌을 보며 고개를 살짝 갸웃했다. 일단 여자가 군 통솔에 손을 댄다며 무시하지 않는 태도는 마음에 들었다. 그녀는 주방 하인들에게 뒤처리를 맡기고 앞치마를 풀었다.

"여기 보고서입니다."

카예나는 손을 닦고서 보고서를 들었다. 그간 중앙군이 혹독하게 방치당한 모양인지 필요한 품목이 너무 많았다.

"베라, 황녀궁 예산이 제법 남았지?"

예전에 레제프가 대폭 늘려 주었던 예산은 아직도 쓰지 않고 있었다.

"그렇습니다."

"그럼 이른 시일 내로 황궁에 방문할 수 있는 포목상을 수배하도록 해."

토지 개척 사업을 진행하기 전에 겉모습이 떨어져 보이지 않게 해 두는 게 좋을 터였다.

"궁내에서 차출할 수 있는 궁정 하인을 모두 동원하렴. 중앙군의 위생 개선에 들어가야겠어."

"준비하겠습니다."

카예나가 워렌에게 물었다.

"군대는 조리병이 예산과 식단 편성을 조율하던가? 보급 행정은 어떻게 진행되는지 말해 줄 수 있겠는가?"

워렌은 황녀가 군대에 익숙한 사람처럼 말하자 넋을 놓았다가 다시 정신을 바짝 차렸다.

"말씀대로 조리병이 예산과 식단을 관리합니다. 보급 행정병은 따로 있습니다."

"그럼 새로 편성된 예산으로 식단을 새로 짜라고 전달하게. 필요한 식자재는 상단을 연결해 줄 테니까."

"명을 받듭니다!"

카예나는 거기까지 말하고 다시 보고서를 쭉 읽어 내렸다.

"며칠 무리하면 금주부터 개선할 수 있는 문제가 대부분이군. 베라, 조금 수고해야겠구나."

"염려치 마십시오."

"황녀궁 예산은 적당히 남겨두고 전부 중앙군으로 옮겨 줘."

지금 대체 무슨 말이 오가고 있는 거지? 워렌은 정신이 아득해지는 것 같았다. 그때 주방 하인이 조심스럽게 다가왔다.

"전하, 과자가 다 구워졌습니다. 황자 전하께 보내 드릴 양은 평소와 비슷하게 준비하였습니다."

"잘했다. 이제 말하지 않아도 잘하는구나."

주방 하인이 그녀의 칭찬에 볼을 발그레 물들였다.

카예나는 조금 큰 바구니를 준비하여 그곳에 붉은색 체크무늬 천을 깔고 과자를 수북하게 담았다. 덮개까지 씌운 카예나가 워렌에게 내밀었다.

"……?"

워렌은 뜻을 이해하지 못하고 멀뚱히 보았다.

"팔이 아프구나."

카예나의 말에 워렌이 그제야 부리나케 바구니를 들었다. 과자 양이 상당하여 꽤 묵직했다.

"가져가서 나눠 먹으렴. 양이 많지 않아 미안하구나."

그 많은 과자를 구운 게 설마 자신들 때문이었다고? 카예나는 만들어 둔 주스도 안겨 주었다. 워렌은 도무지 믿기지 않아 말까지 더듬었다.

"어어…… 그럼 이건…….”

"중앙군 기사들 먹으라고 좀 넉넉히 구웠다. 아, 설마 과자를 싫어하느냐?"

"그, 그렇지 않습니다!"

워렌은 믿기지 않는 호의가 여전히 얼떨떨했으나 우선 본능적으로 소리쳤다.

"감사히 잘 먹겠습니다, 전하!"

카예나는 조금 놀란 눈으로 그를 보다가 자상하게 눈매를 휘며 작게 웃었다. 전하의 은혜에 감사드립니다, 가 아니라 감사히 잘 먹겠다니. 이런 종류의 인사는 오랜만이었다.

"그렇게 말해 주니 기쁘구나."

워렌의 얼굴이 벌겋게 달아올랐음은 두말할 것도 없었다.

16장
정리와 정립

업무에 정상적으로 복귀한 레제프는 처리할 일이 있어서 서재로 향했다.

'이제 정식으로 시녀장을 선발해야겠어.'

황궁 내에서 카예나의 영향력이 어느 정도 높아지는 건 괜찮지만 그녀를 제어할 수단은 필요하다.

'곧 성년식이니까 샤프롱도 필요하고.'

그는 제 유모를 카예나의 샤프롱으로 밀어붙일 생각이었다.

한 통의 편지와 황제에게 올릴 상소를 작성하던 중 노크 소리가 들렸다.

"들어와."

황녀궁 시녀, 줄리아였다. 레제프는 줄리아를 발견하고는 펜을 내려놓았다. 줄리아는 레제프를 보더니 얼굴을 발그레 물들이며 양순한 자태로 예를 올렸다.

"황자 전하를 뵙습니다."

"줄리아 에반스?"

줄리아는 그가 자신을 기억하고 있다는 사실에 가슴이 뛰었다. 하지만 겉으로는 너무 동요하지 않는 척, 간식을 들고 그의 곁으로 다가갔다.

"황녀 전하께서 보내신 간식입니다."

레제프는 눈꼬리를 유려하게 접으며 근사한 미소를 지었다.

"고맙군."

그 미소를 본 줄리아는 문득 한숨지을 뻔했다. 그러나 얼른 정신차리며 크리스털로 세공된 잔에 차가운 주스를 따랐다.

레제프는 그것을 물끄러미 보다가 손을 뻗어 줄리아의 손을 잡았다.

"어머!"

그녀가 깜짝 놀라 몸을 움찔했다. 레제프는 자연스럽게 주전자를 빼앗아 들었다.

"네가 들기에는 무거울 것 같은데."

그는 그렇게 말하며 스스로 잔을 채웠다. 줄리아의 얼굴이 더욱 붉어졌음은 말할 것도 없었다.

"준비하느라 고생했구나."

다정한 관심에 줄리아는 몸을 꼬며 작게 대답했다.

"그렇지 않아요, 전하."

레제프는 문득 줄리아의 드레스를 보았다. 보석과 레이스가 한가득 달린 화려하고 아름다운 드레스였다. 제게 잘 보이려고 한껏 꾸민 티가 났다.

"예쁘구나."

"……!"

그는 피식 웃으며 드레스를 가리켰다.

"드레스가."

그러자 줄리아의 입술이 살짝 불퉁하게 튀어나왔다.

"입은 사람은 더 보기 좋고."

이어진 말에 줄리아의 눈이 휘둥그렇게 커졌다. 서재에서 햇빛을 받으며 업무를 보던 황자가 미소와 함께 자신에게 아름답다고 칭찬했다. 지금이 어느 소설에서 나오는 한 장면처럼 느껴졌다. 마치 사랑이 시작될 것 같은 순간이었다.

"수고했으니 이만 나가 보렴."

줄리아는 아쉬웠으나 레제프가 다시 펜을 들자 드레스 자락을 잡았다.

"……그럼 이만 나가 보겠습니다, 전하."

그녀가 나가고 레제프는 다시 펜을 놓았다. 부드럽게 짓고 있던 미소가 싸늘하게 식었다.

"오라비나 동생이나 주제 파악이라고는 조금도 할 줄 모르는군."

감히 카예나를 넘보고 납치를 사주한 제논을 떠올리면 당장 목을 치고 싶은 충동에 시달렸다. 그런데 그의 동생인 줄리아가 사태 파악 못 하고 어리석게도 자신에게 호감을 드러내는 꼴이 우스웠다.

그에 비하면 카예나는 어떠한가. 누이는 험한 꼴을 당했던 사람이라고 보이지 않을 정도로 침착하고 담담했다. 그의 시선이 과자가 담긴 접시와 주스에 닿았다.

'이것도 다 누이가 준비한 것이지.'

카예나는 지금까지 계속 달라진 것 없이 같은 행동을 보였다. 간식을 준비하고 늘 자신에게 신경을 쓰는 등, 헌신적이고 다정한 모습이었다. 그게 보기 좋았다.

레제프가 자리에서 일어나 서재의 책장 중 하나를 열자 비밀스러운 집무실이 나타났다.

"자밀."

비밀 수행원을 불렀다.

"말씀하십시오."

"전에 초상화 건은 어찌 되었느냐?"

"제국에서 밖으로 나갈 수 있는 행로의 지역 영주는 모두 포섭했습니다. 거리 화가를 비롯해 예술가들이 황녀 전하의 성년식을 기념하는 예술품을 제작해 광장마다 전시할 예정입니다."

그것으로는 부족하다. 더 확실한 방법이 필요했다. 카예나를 이곳에 완전히 옭아맬 수 있는 방법이 뭘까?

'누님이 옴짝달싹하지 못하게 만들 방법에 뭐가 있을까.'

클로렌스 엘리반이 죽었으니 누이가 감정적으로 의지할 사람이 줄어들었다. 그는 줄리아에게 황자비 자리를 약속하는 척 유혹할 생각이었다.

'베라, 그 시녀는 누님께 넘어간 듯하고.'

수잔은 회유할 수 없을 듯했다. 그녀는 몹시 까다롭고 성질이 나쁘다. 게다가 황가에 그다지 좋은 감정을 품고 있지도 않았다.

'그리고 그 올리비아란 여자는…….'

레제프는 테이블을 톡톡 두들겼다. 그는 미간에 깊은 골을 만들었다.

'누님과 닮았어…….'

물론 둘은 다른 점이 많았다. 그런데 묘하게 닮았다. 그게 레제프의 신경을 건드렸다.

'거슬리는 여자야.'

올리비아는 레제프에게 두려움이나 경외심을 가지지 않았고, 하다못해 그의 외모에 관심을 두지도 않았다. 싫다거나 좋다는 느낌을 하나도 느끼지 못하는 무감한 눈빛이었다. 그런데 누이를 볼 때는 녹색 눈동자에 생기가 피어났다.

"카예나는 내 것인데."

얼마 전 이델도 그랬다. 그들만이 아니다. 계속해서 카예나를 흠모하고 그녀의 관심을 원하는 자들이 늘어났다. 그는 슬슬 카예나의 주변을 깨끗하게 정리해야겠다고 생각했다.

"자밀."

"말씀하십시오."

"황녀궁 소속 궁정인 중에서 전부터 자리를 보전한 것들이 있었지?"

"도나, 애니라는 하녀입니다. 지금은 하급 시녀로 진급했습니다."

"둘 중에 처지가 더 어려운 자가 누구냐."

"도나라는 하급 시녀에게 부양할 가족이 있습니다. 양친 모두 병이 있어 황실 의국에서 매번 약재를 받아간다고 합니다."

레제프가 빙긋 웃었다.

"그쪽이네."

그 말에 자밀은 알아들었다는 듯이 고개를 조아리고는 사라졌다.

레제프는 한결 개운해진 표정으로 은밀한 집무실에서 나와 서재로 향했다. 그는 종을 흔들어 하인을 불렀다.

"오늘 티타임은 누님과 가져야겠다. 보양될 만한 간식을 준비해서 연통하거라."

"예, 전하."

요즘 사건도 많고 서로 바빠서 마주할 시간이 적었다. 누이는 라파엘로와 훨씬 자주 시간을 보냈다고 봐도 무방했다.

'키드레이 공작을 만나지 못하게 훼방을 놔야겠는데.'

그는 불만스럽게 혀를 찼다.

키드레이 공작가는 섣불리 건드릴 수 없다. 게다가 카예나와 공작이

긴밀한 사이처럼 보이기만 해도 레제프의 세력이 눈에 띄게 늘었다.

"그렇다고 그대로 둘 수는 없지."

요즘 누이는 밖을 돌아다니면 안 될 것 같았다. 나갈 때마다 사고가 일어나고 파리 떼가 달라붙었다.

"어서 황위를 물려받아야겠는데……."

언제가 좋을까.

똑똑.

하인이 들어와 아뢰었다.

"준비를 마쳤습니다. 황녀 전하께서도 언제든 오라고 하십니다."

레제프가 자리에서 일어났다.

"지금 황녀궁으로 가자."

─────❂─────

카예나는 업무를 정리해 두고 잠깐 한숨 돌렸다.

국정 대리인이 되어 가지게 된 몇 가지 권한을 정리했다. 그중에는 레제프 세력이 자신을 섣불리 건드리지 못하게끔 조치하는 일도 있었다.

'마법도 연습해야 하는데.'

입술 새로 얕은 숨이 새어 나갔다.

"레제프 황자 전하께서 오셨습니다."

눈가를 문지르던 손이 멈칫했다. 유모의 비보를 들은 후로 처음 레제프를 마주하는 순간이었다. 고된 일과를 소화해 내며 억지로 잊고 있었던 음울한 기분이 슬금슬금 마음에 번져 나갔다.

'미소 지어야 해. 평소처럼 행동해야 해.'

카예나는 자신에게 단단히 일렀다. 레제프는 예민한 아이다. 특히 자신을 향한 감정을 귀신같이 알아차렸다.

"들어오라고 하렴."

문이 열리고 레제프가 들어왔다. 둘의 시선이 마주쳤다. 카예나는 레제프의 말간 얼굴을 보는 순간 자신은 그럴 수 없다는 사실을 깨달았다.

'레제프가 유모를 죽였어.'

레제프는 사람 목숨을 우습게 여긴다. 누군가를 죽이는 건 그에게 일도 아니다. 기어오르면 마땅히 죽여야 한다고 생각하는 아이였다. 그래서 그를 화나게 한 카예나 대신 엘리반 부인을 죽인 것이다. 카예나가 그녀를 소중히 생각하는 마음은 전혀 고려하지도 않은 채.

손끝이 또 차게 식어 갔다.

"누님……."

레제프는 반갑게 웃으며 카예나에게 다가가려고 했다. 그러나 곧 걸음을 멈췄다. 입가로 지었던 미소가 점차 굳었다.

누이의 눈빛이 평소와 달랐다. 공허하게 비어 버린 눈동자에는 자신을 향한 한 톨의 애정도 느껴지지 않았다. 그녀에게서 온당히 느껴져야 할 따스하고 다감한 관심이 없었다.

그는 카예나에게 다가가지 못하고 얼어붙었다. 누이가 갑자기 멀게 느껴졌다. 심장이 서늘하게 내려앉는 것 같은 기분이 들었다.

카예나의 그 공허한 표정은 찰나에 사라졌다. 그러나 체감 시간은 상당히 오래된 것 같았다. 누이의 눈매가 예쁜 모양으로 둥글게 휘었다. 입가에는 어느새 익숙해진 미소가 지어져 있었다.

"바쁠 텐데 쉬지 않고. 몸 상하면 어쩌려고 그러니, 레제프."

그녀에게서 평소와 같은 온기가 느껴졌다. 부드럽고 안온한 관심이 쏟아졌다. 잦아들었던 숨이 다시 트였다.

제 착각이었나 보다. 인제 보니 카예나의 얼굴에서 피로감이 느껴졌다. 잠도 제대로 들지 못하고 일한다더니 뺨이 조금 수척했다.

"누님이야말로 몸 상하시겠습니다."

그는 카예나에게 평소보다 빠른 걸음으로 다가갔다. 그녀는 등받이가 높은 의자에 파묻히듯 기대어 있었다. 레제프는 기꺼이 카펫이 깔린 바닥에 앉았다. 그러자 자연스럽게 다정한 손길이 그의 머리 위로 내려앉았다. 가늘고 곧은 손가락이 그의 찬란한 금빛 머리칼을 쓸어 넘겨 주었다.

레제프는 비로소 안심했다. 입가에 잔잔한 미소가 지어졌다. 모든 게 평소와 같았다. 자신이 찾아오면 카예나는 곁을 내준다. 보상처럼 애정을 쏟아 주었다. 그럼 자신은 그 관심과 애정을 흠뻑 받아먹으며 마음을 수복했다. 레제프는 카예나의 무릎에 이마를 기대며 중얼거렸다.

"걱정했습니다, 누님."

정말로 걱정했습니다. 빌어먹을 벌레 새끼들이 누이를 데려가 버릴까 봐 수도 전역에 불이라도 질러 버릴 뻔했어요. 말이 안 되잖아요. 당신은 여기에 이렇게 있어야 하는데, 내가 아닌 다른 누군가를 다정하게 맞이하는 누이라니.

그건 너무나…….

죽여 버리고 싶잖아.

레제프는 카예나의 다리를 그러안았다.

"요즘 일이 좀 많았지?"

카예나는 레제프를 달래듯 말했다.

"황궁 밖은 너무 위험한 것 같습니다, 누님."

그는 진심으로 그렇게 생각했다. 황궁 밖은 위험하다. 자꾸만 자신의 것을 가로채려고 하고 위협해 댄다. 어서 세상을 안전하게 만들어야 해. 레제프는 가만히 머물러도 괜찮은 세상을 손에 쥐고 싶었다.

"그렇지 않아도 위기 상황에 탄력적으로 움직일 체계를 세울 필요가 있겠더구나."

카예나는 방금까지 자신이 해 놓은 일을 말했다.

"나 다음의 중앙군 통솔권자로 레제프 너를 지정해 두었단다."

카예나가 군대를 이끌 수 없는 상황이 되면 다음 통솔권자인 레제프가 중앙군을 이끌 수 있다. 어떻게 보면 레제프에게 권한을 거저 쥐여 준 것처럼 보일지도 모른다. 그러나 실상은 그렇지 않았다.

"내가 말없이 사라지고 24시간이 지나면 네게 자동으로 권한이 넘어갈 거야."

카예나가 사라지면 레제프 세력의 짓이라고 보일 수 있는 장치였다.

레제프는 내포된 정치적 장치가 무엇인지 알아듣지 못한 듯 여상스럽게 "그렇군요." 하고 대답했다.

그때 카예나의 시선이 레제프를 따라 들어온 수행원에게 향했다. 아까부터 수행원이 그의 뒤에서 쟁반을 들고 있었다.

"저건 뭐니?"

그녀의 물음에 레제프가 그제야 무릎에서 얼굴을 들어 올리며 말했다.

"누님께서 드실 보양식을 준비해 왔습니다."

그는 카예나의 손을 잡고 가느다란 팔을 가리켰다.

"이것 보세요. 너무 마르셨잖……."

손목이 깨끗하다. 분명 상처가 있지 않았나? 그게 벌써 아무 흔적

없이 다 나을 만큼 시간이 흘렀나?

"왜 그러니?"

카예나가 고개를 갸웃했다. 레제프는 뭔가 이상함을 느꼈지만 대수롭지 않게 여기고는 다시 빙긋 웃었다.

"너무 마르셨어요, 누님. 진짜 절 생각하신다면 건강도 챙겨 주십시오."

그러자 카예나가 고개를 살래살래 흔들었다.

"내가 이런 잔소리를 듣게 되다니."

레제프는 작게 웃으며 수행원에게 쟁반을 가져오라고 했다. 덮개를 열자 약재를 넣고 끓인 새고기 요리가 모습을 드러냈다.

카예나는 입맛이 없었기에 뭔가 먹고 싶진 않았지만, 레제프가 워낙 기대하고 자신을 바라보았기에 한술 크게 떴다. 냄새는 구수하고 좋았다. 그녀는 진한 국물부터 삼켰다.

"음, 맛이 괜찮구나."

"잠을 못 주무셨다고 들었습니다. 이거 다 드시고 한숨……."

그때 카예나가 입을 다급히 막으며 기침을 토했다.

"쿨럭!"

그녀의 손가락 사이로 검붉은 피가 흘러나왔다. 레제프의 눈이 찢어질 듯이 커졌다. 이게 뭐야. 왜, 왜 누이가…….

챙그랑! 스푼이 쟁반 위로 떨어졌다.

"누님!"

"황녀 전하!"

카예나와 눈빛이 마주쳤다.

"레제프……."

그녀는 말을 잇지 못하고 혼절했다.

레제프는 허물어지는 카예나를 안았다. 그의 얼굴이 새하얗게 질렸다. 순수한 공포심이 해일처럼 그를 덮쳤다. 레제프는 비명처럼 소리 질렀다.

"의원! 의원은 어서 오지 않고 뭘 하느냐!"

의원을 부르러 간 수행원이 숨을 헐떡이며 들어왔다. 그녀의 시녀들도 사색이 되어 뛰어 들어왔다.

"전하!"

레제프는 긴 소파에 카예나를 눕혔다. 의원은 곧바로 해독제를 황녀의 입에 흘려 넣고 경과를 살폈다.

"누님을 살리지 못하면 누구도 가만두지 않겠다!"

그는 길길이 날뛰며 당장 보양식을 만든 하인을 다 체포하라고 명했다. 그의 수행원도 예외는 아니었다.

"전하! 주방 하인 중 하나가 사라졌다고 합니다!"

레제프는 미칠 것 같은 분노에 휩싸였다.

"당장 수도 전역에 병사를 풀어라. 그 자식을 찾아내!"

찾아내면 차라리 죽는 게 낫다는 것이 어떤 느낌인지 알려 줄 작정이다. 그자의 일가족을 눈앞에서 하나하나 갈가리 찢어발기고 그의 친구, 연인 모조리 가만두지 않을 것이다!

레제프는 분노로 눈앞이 새빨갛게 보일 지경이었다.

"다행히도 몸에서 독에 거부 반응이 빨리 왔습니다. 최근에 다른 독도 섭취하신 듯한데……."

"뭐? 다른 독이라고?"

"예. 독의 상성이 맞지 않은 덕에 바로 토해 내셨습니다. 곧 정신이 드실 겁니다."

이젠 분노를 넘어 어이가 없었다. 다른 독이라니. 대체 무슨 독을 어디서 또 먹었단 말인가?

"증상은 바로 나타나지 않으나 몸 내부를 빠른 속도로 쇠약하게 만드는 종류인 것 같습니다."

"……뭐라고?"

레제프는 그런 독을 알고 있었다. 자신이 부왕에게 쓰는 독이 아니던가.

"말도 안 돼."

그걸 카예나가 먹을 일 따위는 없었다. 그간 계속 섭취했을 리도 없었다. 베라라는 시녀가 카예나가 먹는 것을 철저히 관리한다고 했다.

헨버튼 길리안의 조롱 섞인 목소리가 귓가로 들려왔다.

"이건 제가 그런 게 아니라 전하께서 하신 겁니다."

레제프는 카예나에게서 한 걸음 물러났다.

"제가 사라지면 이제 이런 일이 없을 것 같습니까?"

끔찍한 낙인 같은 목소리가 멈추지 않았다. 목소리가 정신을 갉아먹어 댔다.

"꽤 소중한 누이 같은데……."

"아니야……."

"앞으로 잘 간수하는 게 좋겠습니다."

내가 아니야-!

레제프는 숨을 헐떡였다. 머리가 깨질 듯이 아팠다. 뭐라도, 뭐라도 당장 부수고 싶었다. 아니면 피를 봐야겠다.

당장.

그는 허리춤을 더듬었다. 그러나 평소에 늘 차고 다니던 검을 풀어 놓고 왔다는 사실을 깨달았다.

카예나를 만나니까. 그녀가 다칠지도 몰랐기에 검을 풀어 두고 온 게 기억났다.

그때 카예나의 눈꺼풀이 서서히 열렸다.

"정신이 드십니까?"

의원의 말에 시녀들이 카예나에게 다가갔다. 특히 베라는 눈물에 흠뻑 젖은 얼굴로 그녀 곁으로 향했다.

"전하! 괜찮으십니까?"

사람으로 된 방벽이 카예나와 레제프 사이를 갈랐다. 그는 얼어붙은 채로 눈뜬 카예나를 바라보았다. 카예나의 고개가 천천히 레제프를 향했다.

"레제프."

담담한 부름에 레제프는 서늘한 기분을 느꼈다. 안도감과 동시에 복잡한 감정이 그를 휘둘렀다. 눈가가 뜨거워졌다.

"제가 그런 게 아닙니다."

"알아."

탁한 목소리였다.

"네가 이럴 리 없지."

카예나는 숨을 천천히 내쉬고 말을 이었다.

"나는, 독을 먹은 게 아니다. 보양식을 뒤적인 스푼만 검게 변한 것이다."

그러자 모두 의아해했다.

"예? 스푼은 은이 아니어서 변색이 없었습니다만……."

카예나가 단호하게 말했다.

"가서 만들어 와라."

"……예?"

"난 독을 먹지 않았다. 변색된 은 스푼을 보고 놀라서 혼절한 거야. 다들 알아들었느냐?"

그제야 그들은 카예나가 레제프 황자의 신변을 보호하고자 그러는 것임을 이해했다.

베라는 레제프라면 카예나에게 독을 먹이고도 남을 사람이라는 사실을 알았기에 납득하기 어려웠다. 그러나 카예나가 워낙 단호하고 냉엄하게 말했기에 순순히 따랐다.

"명을 받듭니다."

"어서 처리해라."

다들 재빠르게 그녀가 독을 먹은 정황을 지우기 시작했다. 따뜻한 물에 적신 검은 천으로 얼굴과 손을 닦고 피가 튄 드레스 위에 얇은 겉옷을 입혔다.

레제프는 그녀가 피를 토한 흔적도 없이 깨끗해졌을 때 다가가는 것을 허락받았다.

"네가 아니란 걸 알아. 그러니 그만 울렴. 얼굴이 짓무르겠어."

그는 어느새 소리 없이 눈물을 흘리고 있었다. 카예나는 한숨을 내쉬며 레제프를 옆에 앉혔다. 레제프는 상당히 충격받은 얼굴이었다.

"많이 놀랐나 보구나."

카예나가 그를 안고 토닥였다. 독을 마신 사람은 카예나인데 그녀가 레제프를 위로하고 있었다.

"어떡해……."

곁에 있던 줄리아는 레제프가 안타까워 어쩔 줄 몰랐다.

베라는 차갑게 분노했다. 이 모든 사건에 레제프가 연관 있단 사실을 일찍이 눈치챘다. 애초에 레제프만 아니면 카예나가 이런 변고를 계속 당할 이유가 없다. 그런 주제에 카예나에게 위로받고 있었다. 기가 찰 노릇이었다.

올리비아는 이 광경이 기이하다고 느꼈다. 수잔도 비슷한 감상이었다.

'너무 이상해.'

다만 올리비아는 수잔보다 더욱 내밀하게 이 상황을 관조하고 있었다. 지금 이 상황이 도무지 풀 방법이 보이지 않을 정도로 엉망으로 뒤엉킨 매듭처럼 보였다. 풀어내려면 끊어 버리는 수밖에 없는 매듭 말이다.

그게 카예나와 레제프의 관계였다. 이 둘은 풀어낼 방법이 없는 관계로 느껴졌다.

끊어 내야만 하는 그런 관계.

카예나는 레제프의 등을 토닥여 주며 말했다.

"내가 저번에 말했었지. 보이는 게 다가 아니라고."

"……."

그녀는 남들이 들을 수 없는 작은 목소리로 레제프의 귓가에 속삭였다.

"네 아래에 있는 것들이 창을 위로 향하게 들고 있음을 잊지 말렴."

레제프는 한 사람을 떠올렸다.

'제논 에반스.'

독을 푼 자가 제논 에반스란 뜻이었다. 눈물은 어느새 멈추었다. 대신 새파란 불길이 일었다.

"몸이 으슬으슬하구나."

그러자 당장 레제프를 떼어 놓고 싶었던 베라가 냉큼 카예나를 부축해 왔다.

"쉬셔야 합니다. 어서 침소로 드시지요."

카예나가 고개를 끄덕이고는 다시 레제프를 보았다.

"위험한 행동은 하지 마. 내가 의지할 이가 너밖에 없다는 거 알잖니?"

"……예, 누님."

"난 조금 쉬어야겠어."

레제프는 그녀를 침실 앞까지 안아 들어 옮겼다. 그는 카예나를 내려 주고 그녀가 방에 들어가는 걸 지켜본 후에야 황녀궁을 벗어났다. 당장 쥐새끼를 잡아야 했다.

"전하, 정말 괜찮으시겠습니까? 밖에 의원을 상주시켜 놓겠습니다. 어디 더……."

"괜찮아. 조용히 넘어갈 생각이니 일을 키워서는 안 된다."

카예나는 시녀들에게 다시 입단속 잘들 하라고 말한 뒤, 뒤처리가 깔끔하게 되는지 확인하라며 내보냈다. 올리비아만 침실에 남아 카예나를 지켰다.

"잘했다."

카예나의 말에 올리비아가 고개를 조아렸다.

"주방 하인은 지금쯤 수도를 빠져나갔을 겁니다."

"그래……."

카예나는 스스로 독을 먹었다. 얼마 전, 베라와 올리비아가 중앙성 주방을 들쑤신 덕에 그곳에 카예나의 사람을 넣을 수 있었다. 그녀는 레제프가 제게 먹일 음식을 준비하기를 기다려 왔다.

"그 아이가 반드시 한 번은 내게 음식을 만들어서 가져오리라고 생각했지."

카예나가 직접 과자를 구워 계속 보내왔기에 레제프는 은연중에 자신도 그렇게 준비해야겠단 생각이 있었을 것이다.

보양식을 떠먹을 스푼은 일부러 은이 아닌 화려한 공예품으로 준비했다. 보기엔 예쁘지만, 위기 상황에는 아무런 도움이 되지 못하는 그런 스푼이었다.

이것은 올리비아를 통해 준비시켜 둔 일이었다. 베라는 레제프를 향한 적대감이 선명하다. 레제프처럼 예민한 아이에게 그녀의 감정은 금방 들통날 터였다. 반면 올리비아는 침착하고 담담하다. 또한, 대담하기까지 하다. 여러모로 적임자였다.

"집안에 이상한 빛이 있다고 했지?"

"그렇습니다."

"걱정할 것 없어. 다 없어질 테니까."

카예나가 길게 한숨을 내쉬었다.

"네 눈에 이 상황이 이상해 보일 것을 알아."

"……."

"살아남기 위한 방식이라고만 설명해 두마."

"충분히 이해하고 있습니다."

올리비아의 대답에 카예나가 엷게 웃었다.

"고마운 말이네."

그녀는 눈을 감았다. 아까부터 정말로 몸이 으슬으슬했다.

－❈－

황녀를 시해하려는 시도가 또 일어났단 소문은 황궁을 발칵 뒤집어놓았다. 일주일 사이에 대체 몇 번째 난리란 말인가. 게다가 황녀가 막 국정 대리인의 권한을 받고 국무 회의에서 재상과 한차례 마찰을 빚은 직후였다. 여론은 재상에게 완전히 불리하게 돌아가고 있었다.

"이 무슨 돼먹지 못한 소리더냐! 내가 황녀 전하를 시해하려 했다니!"

드뷔시 재상은 길길이 날뛰었다.

"그런 헛소문을 낸 자들은 모두 잡아다 경을 칠 줄 알아라!"

"하지만 지금 분위기가 심상치 않습니다. 특히 제드 총기사단장이 황궁 내부를 단단히 조사해 봐야 한다며 나서고 있습니다."

"뭣이?!"

그 말에 재상의 낯빛이 퍼렇게 질렸다.

"당장 진상을 조사해라. 누군지 밝혀내! 내가 아니란 말이다!"

보좌관들에게 소리치던 재상은 이를 빠드득 갈았다. 정말 공교로운 타이밍이지 않은가.

"상식적으로 생각해 보아라! 내가 황자 전하께서 준비하신 음식에 독을 풀 리가 없지 않더냐. 그분을 음해하려는 세력에서 꾸며 낸 짓이 분명하다!"

하인리히 대공자 측이 연루되지 않았겠냐는 추측도 있었다. 실제로 지금 가장 불리한 상황에 놓인 건 하인리히 대공자이기는 했다. 레제프가 자신이 준비한 음식에 대놓고 독을 풀어 그녀를 해할 리가 없었기 때문이다.

사원에서도 이 일이 납치 사건과 연관 있을지도 모른다며 눈에 불을 켜고 있었다.

재상은 이번 사건에서는 한 점 부끄러움 없이 떳떳했으나 다른 부분에서까지 떳떳한 것은 아니었다. 괜히 엉뚱한 곳에 트집이 잡혀 수세에 몰릴 수 있었다. 재상은 몹시 초조해졌다.

"에반스, 에반스 경은 어디에 있지?"

시급하게 그와 이 일을 상의해 봐야 할 것 같았다. 그러나 수행원이 묘한 표정으로 말했다.

"그게, 에반스 경이 최근 두문불출합니다."

그 말을 들은 재상이 미간을 구겼다. 지금 시기가 어떤 시기인데 황궁을 비우다니, 말이 되지 않았다. 뭔가 이상한 예감이 들었다.

"제논 에반스가 수상한데……."

지금까지 크게 생각하지 않았던 일들이 하나둘씩 떠올랐다.

"황녀 전하께서 처음으로 납치당하셨던 날에도 황궁을 비웠었지. 최근 황자 전하와 자주 다투기도 했고."

게다가 황녀를 길들여야 한다며 자신을 부추겨 국무 회의를 긴급 편성하게 했었다. 그 결과, 지금 다시금 독살 사건이 터지며 자신이 연루되었다.

"그자가 설마……."

드뷔시 재상은 제논 에반스가 내심 재상 자리를 노리고 있다는 것을 알고 있었다. 설마 자신을 실각시키려고 일을 벌인 것인가! 심증에 불과하지만, 얼추 상황이 들어맞았다.

그는 이를 부득부득 갈았다.

'어차피 황궁에 수족이 될 에반스 가문의 대체 인력도 있잖아.'

줄리아 에반스가 있으니 제논은 굳이 황자 전하 옆에 없어도 괜찮을 것 같았다.

그때였다.

"재상님!"

수행원이 낯빛이 굳은 채로 그의 집무실에 허겁지겁 달려왔다. 예감이 좋지 않았다.

"무슨 일이냐?"

"헨버튼 길리안의 사교 클럽을 조사하던 중 마약이 대량으로 유통된 정황이 드러나지 않았습니까."

"그랬지. 근데 그게 왜?"

"그 마약의 출처가 동부 에반스 농장이라고 합니다!"

"뭐라고!"

재상은 자리에서 벌떡 일어났다. 그가 방금 실각시키고자 마음먹은 건 제논이었지 에반스 가문 자체가 아니었다.

"하인리히 대공자 측에서 대마초 농장을 발견했다며 들고 나섰습니다!"

그의 안색이 이젠 거멓게 죽었다.

"황자파 귀족들을 소집해! 당장!"

— ❦ —

날이 밝자 의원이 곧바로 황녀의 용태를 살피고자 침실을 찾아왔다.

"크게 걱정하실 것은 없겠습니다. 약만 잘 챙겨 드시면 됩니다."

카예나는 의원의 말을 들으며 약을 먹었다.

"줄리아가 바쁜 모양이네."

원래 황녀가 먹을 약은 줄리아가 준비해야 했는데, 그녀가 자리를 비운 상태였다.

"지금 에반스 가문에서 마약 유통을 하고 있다고 하인리히 대공자 측에서 증거를 들고 나타났다고 합니다."

베라가 말했다.

"그래?"

카예나는 모르는 척 말했다.

이번에 레제프가 준비한 보양식에 든 독이 하인리히 대공자 측에서 꾸민 일일지도 모른다는 소문이 돌았다. 그러자 요즘 황녀의 신변을 두고 촉각을 세우던 사원은 하인리히 대공자 측으로 시선을 돌렸다.

하인리히 대공자는 납치 사건의 진범이기도 했으므로 사원의 관심을 받아서는 곤란했다. 그러니 카예나가 알려 준 마약 건을 터트려 버린 것이다. 에반스 가문에 모든 시선이 쏠리도록.

카예나는 잠깐 몸 상태를 점검해 보았다.

"이만하면 일상생활은 가능하겠어."

그녀가 곧바로 몸을 일으키며 업무를 시작하려고 하자 베라가 경악했다.

"전하, 독을 드신 게 바로 어제 일입니다. 게다가 요즘 제대로 쉬지도 못하셨잖습니까."

"그렇다고 이렇게 누워 있을 수도 없잖니."

카예나는 결국 자리를 털고 일어났다.

"오늘 오후 티타임엔 홍차를 타 주겠니?"

가만히 상황을 지켜보던 올리비아가 입을 열었다.

"홍차는 속을 쓰리게 할 수 있으니 속을 보할 수 있는 허브차를 드시는 게 나을 듯합니다."

카페인이 필요해서 커피 대신 홍차로 타협한 것인데 올리비아가 칼같이 차단했다. 그녀는 그냥 홍차로 준비해 달라고 말하려다 관두었다. 한동안은 먹는 걸 좀 조심하는 편이 나을 것 같았다. 괜히 몸이 아프면 일하기 더 힘들어질 뿐이니 확실히 컨디션을 좀 조절할 필요가 있었다.

"그래. 네 말대로 준비하는 게 좋겠구나."

베라는 자신이 말하려 했던 것을 대신 짚어 준 올리비아에게 고맙다는 듯이 눈짓했다.

카예나는 집무실로 가서 어제 갑작스레 일어난 사건 때문에 정리하지 못했던 업무부터 처리했다. 특히 이렇게 정신없을 때 중앙군 처우 개선을 강행할 생각이었다.

또한 성년식에 관련한 문제도 처리해야 했다.

'레제프가 곧 레르반스 도티를 시녀장으로 불러들이겠지? 성년식에 맞춰 내 샤프롱 자리에 앉히면 단번에 황궁 내 영향력을 다질 수 있으니.'

하지만 절대 그렇게 둘 생각은 없었다.

"수잔. 하멜 백작가로 편지를 쓸 것이니 준비해 두렴."

"네, 전하."

다들 업무를 하러 밖으로 나갔을 때였다. 집무실에 남아 있던 베라가 안쓰러운 눈으로 카예나를 보았다. 지금이 카예나에게 기회라는 것을 머리로는 알지만, 이렇게 쉬지 않고 일만 하니 마음이 좋지 않았다.

"오수라도 좀 드시는 게 좋지 않겠습니까?"

"오늘 좀 일찍 잠자리에 들면 되니 너무 걱정할 것 없어."

베라는 카예나가 말은 이렇게 해도 절대 일찍 잠들지 않으리라고 확신했다.

"그럼 마사지는 어떠신가요? 향유를 발라 마사지받는 걸 좋아하시잖습니까."

어떻게든 카예나의 피로가 좀 풀릴 수 있도록 준비하는 게 그녀가 할 수 있는 일이었다. 카예나도 그 마음 씀씀이를 알았기에 거절하지 않고 그러라고 했다. 베라의 표정이 조금 밝아졌다.

"공방에서 은 스푼이 도착했는데 보여 드릴까요?"

"그래."

드디어 에스테반 황제에게 진상할 진짜 은으로 된 티스푼이 도착했다. 그녀는 은 스푼 디자인을 그려 놓은 그림과 실물을 확인해 보고 고개를 끄덕였다.

"이 그림은 금고에 넣어 두렴."

똑똑.

"전하, 애니입니다."

애니가 부름을 받고 들어왔다. 그녀는 장미 향유로 손을 흠뻑 카예나의 몸을 적신 뒤 마사지하기 시작했다.

"어깨가 뭉치셨어요. 요즘 너무 무리하신 탓인 듯합니다."

애니의 말에 카예나가 웃으며 핀잔했다.

"너도 베라를 따라 잔소리꾼이 되어 가는 모양이구나."

"전하!"

베라가 부끄러움에 얼굴을 물들였다. 그녀는 뺨을 식히며 자리에서 일어났다.

"저는 궁정을 한번 살피고 오겠습니다."

카예나는 고개를 끄덕이며 그러라고 했다.

베라는 일부러 자리를 피했다. 애니가 누구 세작인지 알아내기 위해서 일부러 둘만 남겨 둔 것이었다.

베라가 방에서 나가자 침실엔 카예나와 애니만 남게 되었다. 애니는 카예나의 희고 매끈한 팔을 쭉 밀다가 고개를 갸웃했다.

'……어?'

납치 사건에서 다쳤던 손목이 아무런 흔적도 없이 매끄러웠다.

'벌써 상처가 다 나으셨네.'

애니는 의원을 대신해 황녀의 손목에 붕대를 감았던 적이 있었다. 분명히 손목에 퍼런 멍이 든 것을 보았었는데.

"애니."

카예나가 눈을 감은 채 입을 열었다.

"네, 전하."

"혹시 요즘 어린 남자애들은 뭘 좋아하는지 아니?"

"몇 살 정도를 말씀하시는지요?"

"열세 살."

구체적인 나이였다. 애니는 그녀가 누군가를 특정해서 한 질문이란 걸 눈치채고 곰곰이 생각해 보았다. 카예나 근처에 13살 된 어린 남자아이가 있던가?

"글쎄요……. 귀족가 도련님이라면 그 나이대쯤엔 혈통 있는 망아지를 선물받기도 한다고 들은 적 있습니다."

이 시대에는 특별한 장난감이 없었다. 남자 귀족들은 취미로 승마를 많이 하곤 했는데, 이 때문에 그들은 서로 누가 더 혈통 좋은 말을 소유했는지 가문끼리 내기를 하기도 했다.

'이델에게 혈통 좋은 서러브레드나 해크니종을 선물하는 게 좋겠네.'

"괜찮은 조언이구나."

카예나는 테이블에 벗어 두었던 작은 진주가 달린 반지를 애니에게 선물로 주었다.

"너무 과분합니다, 전하!"

진주알의 표면이 매끄럽고 광택이 훌륭했다. 최상품이란 것을 단번에 알 수 있었다.

"네 조언이 적절해서 주는 것이니 받아 두렴."

"은혜에 감사드립니다."

애니는 감사하게 반지를 받았다.

'말을 선물할 만한 13살짜리 귀족 남자……'

그녀는 마사지를 계속하면서 생각에 잠겼다가 뭔가를 번뜩 떠올랐다.

'이델 린드버그 영식의 이야기로구나!'

그때 베라가 다시 침실로 돌아왔다.

"특별한 소식이라도 있니?"

"레이디 카트린이 하멜 백작가의 수양딸로 공식 입적되었습니다. 집도 하멜 백작가 소유의 저택으로 옮겼다고 합니다."

레제프가 예전에 카예나가 일러 준 대로 처리한 모양이었다.

"이제 그녀가 내 외가 친척이 되었구나. 혈통서가 있는 좋은 말을 좀 알아봐 줄래? 금주 내로 찾아가 인사하며 선물해야겠다."

"준비하겠습니다."

애니는 마사지에만 집중한 척 귀를 열어 두었다.

'역시 이델 린드버그 영식의 이야기였구나. 오늘 키드레이 공작저로 가서 이 사실을 알려야겠다.'

카예나의 업무 지시를 받고 집무실을 나갔던 수장이 돌아왔다. 편지를 쓸 도구를 가져왔는지 손에 관련 물품을 들고 있었다.

"이쯤이면 되었다."

카예나가 몸을 일으키며 애니에게 말했다.

카예나는 카트린에게 보낼 서신을 작성 후, 올리비아에게 바로 전달하라고 명했다.

"내일 카트린 하멜을 만나러 갈 것이니 답신을 받아 오너라."

"명을 받듭니다."

올리비아가 고개를 숙였다.

하인리히 대공자 쪽은 화약 창고와 황녀 납치 정황을 지우느라 바빴다.

레제프 측 지지자들은 에반스 가문의 대마초 농장 문제로 발칵 뒤집혔다. 그런데 정작 레제프는 에반스 가문의 문제가 아닌 이유로 두문불출했다.

어쨌든 세상은 카예나와 연계된 문제들로 정신없었다.

그에 비해 카예나는 아침부터 느긋하게 외출을 준비했다. 갓 구워 내 쫄깃하게 늘어나는 빵에 수프를 적셔 먹으며 몸단장했다.

"오늘도 줄리아는 보이지 않네."

베라가 이마를 짚으며 한숨처럼 말했다.

"갑자기 휴가를 신청했습니다. 전하께 재가받으라고 그렇게 말했는데……."

"괜찮다. 황녀궁이야 이제 안정되고 있으니까."

가문이 뒤집혀서 난리가 났는데 황녀의 시중을 들 정신이 없겠지.

카예나는 그렇게 생각하며 거울을 보았다. 금실 자수가 놓인 감색의 실크 리본을 머리카락에 엮어 위로 틀어 올렸다. 드레스는 산뜻한 민트색이었다. 귀걸이나 목걸이는 은은한 광택을 내는 진주로 통일했다. 수잔이 옅은 색감으로 된 코르사주를 가져왔다.

"코르사주로 허리를 장식하는 게 어떠세요?"

카예나는 그러라고 했다. 수잔은 드레스에 주름을 잡아 코르사주로 고정했다. 그러자 드레스의 주름이 치마를 더욱 풍성해 보이게 하면서도 우아한 물결 모양을 냈다.

"코르사주를 이렇게 할 수도 있군요."

곁에서 보던 올리비아가 순수하게 감탄했다.

"수잔 양의 안목이 가장 유행하는 의상실 감각 못지않은 것 같네요."

그러자 수잔이 어깨를 으쓱했다.

"블랑 의상실이요? 괜찮긴 한데 미혼의 영애들이 주 소비자층이라 황실의 위엄과는 거리가 있죠."

카예나는 자신이 라파엘로의 저택에서 입었던 살구색 드레스를 떠올렸다. 확실히 상큼하고 활기찬 느낌이 강하긴 했다.

베라가 설명했다.

"혼기가 찬 영애들이 결혼 시장에 나설 때 많이 선택하는 곳이라 그런 것 같더군요."

"아아."

"황녀 전하의 성년식에 그 의상실 드레스가 꽤 보이겠네요."

그때 카예나가 피식 웃으며 그들을 보았다.

"그러는 자네들도 미혼이면서. 내 성년식에서 입을 드레스는 미리 준비해 두었니?"

그러자 셋 다 표정이 떨떠름했다.

'줄리아를 제외하면 다들 결혼에 관심이 없었던가.'

어쩌다 이렇게들 모였는지. 카예나는 조금 어이가 없어서 웃음을 터트렸다.

카예나가 짐짓 엄하게 말했다.

"그대들 집안으로 패물과 옷감을 넉넉히 보냈으니 꼭 블랑 의상실 못지않은 드레스로 입고 와야 해."

"……보살핌에 감사합니다, 전하."

그들은 어쩔 수 없다는 티를 숨기지 못하며 감사 인사를 올렸다. 그들 중 올리비아는 비교적 담담한 편이었다. 카예나가 보낸 하사품이 꼭 필요한 이유가 있었기 때문이다.

"그러고 보니 올리비아의 동생이 올해 내 성년식에서 데뷔탕트를 치른다지? 이름이 엠마였던가."

"그렇습니다."

"꼭 즐거운 기억이 되길 바란다고 전해 주렴."

올리비아가 고개 숙였다.

"신경 써주셔서 감사합니다."

카예나는 몸단장을 끝내고 수잔에게 수고했다며 금패를 하나 주었다. 그러자 수잔의 눈빛이 반짝거렸다.

"황궁 서고를 보고 싶어 했지?"

"네, 전하!"

수잔은 고서나 예술품, 골동품 등에 상당히 조예가 깊고 관심도 많았다. 그녀는 황족의 허가가 없으면 볼 수 없는 황실 소유의 예술품을 보고 싶어 늘 카예나의 눈치를 살폈었다. 카예나는 그 사실을 알았기에 출입 권한을 증명하는 금패를 수잔에게 주었다.

"얼른 보고 싶을 텐데 이만 가 보렴."

"감사합니다."

그 말에 수잔은 얼른 인사를 올리고 드레스 룸에서 나갔다. 베라는 머리가 지끈거렸다.

'이럴 때는 '아닙니다, 전하.'라고 말하며 사양해야지.'

줄리아나 수잔은 여전히 황녀의 시녀로서 자각이 너무 부족했다.

"아, 이델 선물은 어떻게 되었니?"

베라가 답했다.

"수잔 양이 레폴 백작가에 물어보겠다고 합니다."

레폴 백작가는 수잔의 가문이니 가장 좋은 망아지를 보내 올 것이다. 카예나는 수잔이 자신에게 생각보다 더 호의적이라고 느꼈다.

'내가 득세하든 말든 제 주관대로 행동할 사람인데.'

나쁘지 않다. 카예나는 괜한 잡음은 없을 것 같아 나름 안심되었다.

그녀는 올리비아에게 마차를 준비하라고 했다. 올리비아까지 나가자 베라가 내밀한 이야기를 꺼냈다.

"애니가 어제도 황궁에서 나간 것 같았습니다. 사람을 붙였는데 금방 따돌렸다고 합니다. 능숙한 아이입니다."

그녀가 누구의 세작인지는 알 수 없었다. 미끼는 던져 두었으니 조만간 꼬리를 밟을 수 있으리라.

"그리고……."

베라는 몹시 난감해하는 얼굴로 뜸을 들이다가 입을 열었다.

"클로렌스 엘리반 남작 부인의 부고 소식이 오늘 전령을 통해 도착했습니다."

카예나는 이미 그 소식을 들어 알고 있었다. 유모가 직접 그림을 그린 편지는 편지 상자 깊숙한 곳에 숨겨져 있었다.

"이런 소식을 알려 드리게 되어 죄송합니다."

베라는 안타까움을 감추지 못하며 고개 숙였다. 카예나는 입술을 잠깐 달싹이다가 가만히 다물었다.

사인을 물어봐야 했다. 유모는 살해당했으나 자결로 위장되었다고 했다. 자결은 명예롭지 못한 죽음이다. 스스로 숨을 끊었으니 사원에서 시신도 받아 주지 않을 것이다. 카예나는 숨을 삼키고 입술을 열었다.

"……사인은?"

"자결이라고 판단되었으나 사원에 엘리반 부인이 살해당했단 익명의 제보가 있었다고 합니다."

'라파엘로구나.'

카예나는 그 익명의 제보자가 라파엘로라는 사실을 알 수 있었다. 목이 타들어 가는 것처럼 뜨거웠다.

"그래……. 안타까운 일이구나. 엘리반 남작가에 남은 혈족이 있는지 알아보고 안위를 보살펴 주렴."

"예, 전하."

"그럼 내려가자."

카예나는 마차가 기다리는 곳으로 갔다. 외척이 된 카트린 하멜을 만나러 갈 참이었다.

대외적으로는 그런 이유였으나 다른 목적이 있었다.

'카트린에게 내 샤프롱 자리를 제안할 생각이니까.'

카트린은 끈 떨어진 정부 신세라며 비웃음당했었다. 그런데 모두가 예상치 못하게 하멜 백작가의 수양딸이 되며 사교계가 한차례 들썩였다. 카예나는 거기에 쐐기를 박아 줄 참이었다.

황녀의 샤프롱은 상당히 영예로운 자리다. 특히 그것이 성년식 같은 기념일에 대동하는 샤프롱이면 더더욱 그러하다. 이건 카예나가 그녀를 외척 어른으로 여긴다는 것을 단번에 보여 줄 수 있는 일이었다.

카예나가 그녀를 챙기는 이유가 있었다.

'내가 황위를 쟁탈하든 실패하든 다음 대 황제는 이델이 되어야 해.'

그의 출생, 뒷받침할 가문, 영향력을 지금부터 다져 놓아야 한다. 레제프가 또다시 황제가 되어 무고한 이들을 죽이게 둘 수 없었다.

"다녀오마."

카예나는 자신을 보좌할 시녀로 올리비아만 데리고 황성을 떠났다.

마차는 카트린이 이사한 새로운 저택이 아니라 하멜 백작가로 향했다. 그들이 하멜 백작가의 가족이 되었음을 외부에 보여 주어야 하니 잠깐 머물기로 한 모양이었다. 그래서 카예나는 새로운 집안 어른을 뵙겠다는 명목으로 방문을 요청했다.

'하멜 백작이 쌍수 들고 환영했겠지.'

백작은 그간 황녀와 접촉하지 못해 몸이 달아 있었다. 레제프가 정치적인 문제에서 누이를 보호한다는 이유로 접근을 철저히 차단했었기 때문이다. 실상은 하멜 백작가에서 허튼수작이라도 부릴까 봐 경계한 것이다.

"하인리히 대공가는 한동안 움직이기 어려울 거야."

카예나는 올리비아와 단둘만 있는 마차 안에서 입을 열었다. 올리비아는 어떤 이유에서인지는 굳이 묻지 않았다. 대신 귀를 기울였다.

"대공가와 연계된 상단에서 빚 독촉은 하지 않으면서 액수만 불려 가고 있다고 했지? 돈도 더 빌려준다고 하고?"

"그렇습니다."

"그건 대공자의 수법 중 하나야. 그런 식으로 채권을 넘겨받으면 빚으로 협박하며 가주를 회유하거나 제 사람으로 바꿔치기하지. 그렇게 세력을 불렸어."

카예나의 설명에 올리비아가 입술을 깨물었다.

"그런 무도한 자가 어찌……."

성공을 위해서라면 어떤 더러운 짓도 서슴없이 하는 인간이 바로 예이스터 하인리히였다.

'필요하다면 폭력도 서슴없이 쓸 인간이야.'

하인리히 대공자는 사람의 말로 회유되지 않는다. 오직 돈과 권력으로만 대화가 가능한 자였다.

"도착했습니다, 전하."

마차는 하멜 백작가에서 멈췄다. 가문의 위세를 과시하려는 듯이 압도적인 대저택을 오랜만에 보니 감회가 새로웠다.

"예전엔 이 저택이 멋지다고 생각했는데."

지금 보니 천박하기 짝이 없었다.

"황녀 전하를 뵙습니다!"

백작가의 사용인들이 카예나를 발견하더니 예를 올렸다. 한참 전부터 밖에서 카예나가 오길 기다리고 있었던 모양이었다. 봄볕에 다들 얼굴이 발갛게 익어 있었다.

"기다리고 있었습니다, 전하!"

금발 녹안의 남자가 카예나를 맞이했다. 카예나의 외숙부인 조나단 하멜 경이었다.

"오랜만이네요, 외숙부님."

그러자 조나단이 활짝 웃었다.

"그러게나 말입니다. 아차, 몸은 좀 괜찮으십니까?"

"네, 물론이에요."

"요즘 일이 많아서 외숙부로서 참으로 걱정스러웠습니다. 그토록 찾아뵙고 싶었는데 참……."

그는 레제프를 생각하니 이가 갈리는지 약간 표정이 굳었다가 다시금 활짝 이를 드러내며 웃었다.

"안으로 드시지요. 백작가에 이렇게 젊은 손님들을 한꺼번에 맞는 것도 오랜만인 듯합니다."

카예나가 멈칫했다.

'젊은 손님들?'

하멜 백작은 노쇠하여 거동도 불편한 노인이고 다음 하멜 백작이 될 조나단도 중년 신사였다. 이런 재미없는 곳에 젊은 사람이라니. 카예나는 모종의 예감으로 눈을 가늘게 떴다.

'세작을 심은 자일지도 몰라.'

"어머, 다른 손님이 있나요?"

"예, 키드레이 공작님이 방문하셨지 뭡니까."

"……키드레이 공작님이라고요?"

그 남자가 왜 여기에?

카예나가 의아해하는 사이 응접실 문이 열리며 라파엘로가 걸어 나왔다. 마치 카예나를 기다리고 있었다는 듯이.

'애니가 라파엘로의 사람이었구나.'

자신이 하멜 백작가로 가겠다고 말을 흘리자마자 보란 듯이 나타난 것을 보니 이 남자, 일부러 애니가 제 사람이라는 걸 알리려고 온 것이 틀림없었다.

라파엘로는 짐짓 아무것도 모르는 표정으로 그녀를 반겼다.

"이런 곳에서 뵙는군요. 황녀 전하."

카예나는 기가 막혀서 헛웃음 지었다.

"그러게 말이에요, 공작님."

그러고는 아무도 보지 못하는 각도에서 입을 벙긋거렸다.

'있다가 봐요.'

라파엘로는 그녀의 입 모양을 읽어 내더니 고개를 살짝 끄덕였다.

이어 올리비아도 인사했다.

"공작님께 인사드립니다."

"반갑습니다, 올리비아 양."

그들의 인사는 몹시 담백했다. 두 사람 사이가 마치 지난 생에 다닌 직장에서의 자신과 동기의 관계처럼 보였다. 아는 얼굴이니 그저 인사만 하고 쌩하니 지나치는 그런 관계랄까.

'라파엘로의 마음이 내게 향했을 뿐인데…….'

사이가 이렇게까지 건조할 필요가 있을까 싶어서 의아했지만, 차라리 다행으로 느껴지기도 했다.

라파엘로는 금방 카예나 앞으로 다가와 조심스럽게 손을 내밀었다. 그녀의 손등에 키스하기 위함이었다. 카예나는 눈을 흘기며 손을 내밀었고 라파엘로는 묘한 사인을 보내듯이 깊게 쥐며 손등에 키스했다.

그가 곧 상체를 쭉 펴며 카예나를 제대로 에스코트했다.

"제가 안으로 모시겠습니다."

짝!

조나단은 싱글벙글한 얼굴로 손뼉을 쳤다.

"그럼 안에서 잠시만 기다려 주십시오. 제가 카트린 양을 에스코트해 올 테니."

그는 지금 수도에서 가장 주목받는 두 사람이 자신의 응접실에 있다는 사실에 상당히 즐거워했다. 카트린을 에스코트한다는 명목으로 이 응접실에 자연스럽게 합석할 심산이었다.

조나단이 응접실을 나가자 카예나는 주어를 빼놓고 물었다.

"공작님이셨어요?"

세작을 심은 게 당신이었어?

그러자 라파엘로가 순순히 시인했다.

"네."

"……제가 뭘 물은 건지는 이해하고 하는 말이죠?"

라파엘로는 고개를 끄덕였다.

"미리 말씀드리지 못해 죄송합니다. 어제 연락을 받고서야 알려 드려야겠다는 생각이 들어 여기로 왔습니다."

카예나는 약간 허탈해졌다.

"그래서 겸사겸사 날 보러 왔다는 건가요?"

라파엘로는 엷게 웃으며 카예나의 곁에 앉았다.

"그것도 그렇지만, 실은 이델 하멜 영식에게 볼일이 있어서요."

카예나는 가당찮은 변명이라고 생각했다.

'당신이 이델한테 무슨 볼일이 있다고?'

황위 계승권자로 이델을 지지할 결단을 내린 게 아니고서야……. 카예나는 순간 멈칫했다.

"공작님이 왜 이델을 만난다는 건가요?"

"그건……."

똑똑.

그때 응접실 문을 두드리고 사용인들이 들어왔다. 카예나와 라파엘로는 입을 다물었다.

"견과류가 든 것은 없겠지?"

올리비아가 하인에게 물었다.

"물론입니다."

"따뜻한 우유도 따로 준비해다오. 전하께서 드시기 편한 부드러운 다과를 더 준비해 주고."

"알겠습니다."

하인들이 묘한 분위기를 눈치채지 못하도록 올리비아는 일부러 다과를 까다롭게 점검하며 시선을 끌었다.

곧 응접실에 카트린과 조나단이 나타났다. 그들은 정식으로 인사를 나누었다. 카트린이 정중하게 예를 갖췄다.

"황녀 전하를 뵙습니다."

카예나는 살갑게 그녀를 맞이했다.

"이제 제 외가의 어른이시니 너무 그러실 것 없어요."

그 말에 조나단이 껄껄 웃으며 호방하게 말했다.

"그럼요, 그럼요. 이제 한 가족이 아닙니까!"

카트린은 담담한 표정으로 고개를 살짝 숙이더니 이번엔 라파엘로를 향해 인사했다.

"반갑습니다, 공작님. 카트린 하멜입니다."

"반갑습니다. 라파엘로 키드레이입니다."

그들은 한 자리씩 차지하며 앉았다. 언제 또 준비하라고 한 것인지 악단이 들어와 연주를 시작했다. 이 자리가 사전에 계획된 우아한 모임처럼 느껴질 정도였다.

조나단을 비롯한 하멜 백작가의 기대감이 얼핏 읽혔다. 그들은 카예나의 높아진 영향력이 하멜 백작가에 반드시 도움되리라고 여기는 것 같았다. 이렇게 카트린을 만나러 온 것도 하멜 백작가의 위신을 세워 주고 권력을 모으기 위함은 아닐지 계산 중이리라.

카예나는 조소를 감췄다. 애석하게도 하멜 백작가는 도구로 필요할 뿐이지 특별한 애착은 없다. 애착을 갖기에는 하멜 백작가가 너무 썩어 있었다.

카트린이 먼저 입을 열었다.

"최근 전하의 신변을 두고 이런저런 일이 많아 걱정스러웠습니다. 그런데 이렇게 저를 찾아와 주셔서 감사해요."

"이제 제 이모시잖아요."

서류상으로는 그렇지만 그게 굳이 카예나가 그녀를 친근하게 여길 이유라고 보기는 어려웠다. 그래서 카트린은 상당히 조심스러웠다. 게다가 이델을 만나러 왔다는 라파엘로도 이상했다. 키드레이 공작과 이델의 만남이 새로운 후계자의 등장으로 비칠 수 있으니 조마조마한 심정이었다.

그녀의 머릿속이 복잡해졌을 때 카예나가 운을 뗐다.

"이델은 아직 아카데미에 있나요?"

"네. 아직 수업받을 시간이에요. 곧 돌아오겠군요."

카트린은 근래 들어서 이델이 카예나 이야기를 하는 것을 자주 들었다. 그녀가 자신과 닮았으며 누님이라고 부르라고 했다는 이야기였다. 또한, 아카데미에서도 이델을 위해 조치해 주었다는 것도 알았다.

고마운 일이었다. 하지만 그런 친절을 베푼 의도는 의심스러웠다. 그들은 결코 가까운 사이가 아니었으니까. 특히 레제프가 가운데에 얽혀 있으므로 관계가 더 복잡했다.

카예나는 그녀의 복잡한 생각을 능히 짐작할 수 있었다.

"실은 이모님께 긴히 부탁드릴 일이 있어서 이렇게 방문을 요청했어요."

본격적인 용건이 나오려고 하자 조나단의 눈빛이 예리하게 빛났다.

"제게는 어머니도, 유모도 없어서 성년식을 챙겨 줄 어른이 부재한 상태예요."

"그 말씀은⋯⋯."

"이모님이 부디 제 샤프롱이 되어 주셨으면 해요."

샤프롱이라는 말에 방의 분위기가 경직되었다.

카트린에게는 지나치게 과분한 자리였다. 사교계의 이목이 카트린에게 집중될 게 뻔했다. 황녀의 샤프롱이 된다면, 그녀는 황실의 어른으로 대우받을 수 있게 될 터였다.

'하지만 왜?'

카트린이 주저하자 조나단이 불쑥 끼어들었다.

"좋은 생각이십니다, 전하. 성년식에는 귀부인의 도움이 꼭 필요한 법이지요. 저는 언제나 그 점이 염려스러웠습니다."

그러면서 은근히 말을 흘렸다.

"제 처가 그 역할을 해도 좋았겠지만⋯⋯."

카예나는 조나단의 말을 못 들은 척 말을 돌렸다.

"너무 복잡하게 생각하지 말아요. 화목한 가정은 귀족 사회에서 중요한 일이니까요. 황실에서 그 모범을 보여야지요."

충분히 납득할 이유였으나 석연찮은 것도 사실이었다. 카트린은 어쨌든 자신과 아들을 보호할 또 다른 방패가 생기는 좋은 기회였기에 자리에서 일어나 인사를 했다.

"전하께 누가 되지 않도록 하겠습니다."

카예나는 싱긋 웃었다.

"저야말로 잘 부탁드려요."

—※—

이델은 수업이 끝나자마자 건물 밖으로 달려 나갔다. 오늘 하멜 백작가로 카예나가 방문할 예정이라고 했다. 그는 초조하게 마차를 찾아 두리번거렸다.

그때 근사하게 차려입은 시종이 휘황찬란한 마차에서 내리며 이델에게 인사했다.

"모시러 왔습니다, 도련님."

이델은 마차를 확인했다.

'하멜 백작가의 문양이 맞는데……'

원래 하멜 백작가는 카트린과 이델을 받아들였다는 사실을 부끄러워하며 튀지 않는 평범한 마차를 보내 왔었다. 그런데 오늘은 이델을 상당히 대우하는 것처럼 화려한 마차가 왔다.

'카예나 누님 때문이구나.'

마차와 이델을 힐끗거리는 주변의 시선이 느껴졌다. 이게 카예나의 힘이자 위상이었다.

"타시지요."

시종이 마차의 문을 열었다.

이델은 머뭇거리다가 마차에 올랐다. 그는 괜히 교복에 구겨진 곳은 없는지 확인했다. 카예나가 집단 폭행에 연루된 학생들을 강력히 처벌하라고 말한 이후로 이델에게 시비 거는 사람들이 쏙 사라졌다. 그 덕분에 이제 교복이 더러워질 일은 없었지만, 그는 습관처럼 옷을 정리했다.

마차가 저택에 도착했다. 이델은 마른침을 삼키며 저택 안으로 들어갔다.

"누…… 황녀 전하께서는 어디에 계시지?"

이델은 누님이라고 말하려다가 얼른 호칭을 정정했다. 카예나가 누나라고 불러도 된다고 했지만, 그것이 진심인지 아직 명확히 알 수 없었다.

시종이 공손하게 대답했다.

"집안 어른들께서 황녀 전하를 응대하고 계십니다."

"아……."

빨리 응접실에 들러 카예나를 보고 싶었다. 그간 일이 많았는데 괜찮으신지 직접 확인해 보고 싶었다. 하지만 선뜻 응접실에 가 보고 싶다는 말이 나오지 않았다.

그때 집사가 서둘러 1층으로 내려오더니 이델을 불렀다.

"도련님!"

그는 전과 달리 몹시 정중한 태도였다.

"황녀 전하께서 도련님의 귀가를 기다리고 계셨습니다. 저와 같이 응접실로 가시지요."

'나를 기다렸다고?'

이델은 어색한 마음에 손을 꼼지락거렸다.

그는 2층 응접실로 향했다. 기분이 생소했다. 2층의 응접실은 긴밀한 관계의 손님이 왔을 때 개방하는 곳이었다.

'진짜 가족이 된 것 같다.'

마침내 응접실에 도착했다. 이델이 도착한 것을 본 조나단이 친근하게 그를 불렀다.

"오오, 이델. 어서 오려무나!"

카트린은 조나단이 평소와 다르게 행동한다는 사실을 모르는 척하며 아들을 반겼다.

"다녀왔니, 이델?"

"네, 다녀왔습……!"

이델은 고개를 꾸벅 숙이다가 멈칫했다. 자신을 바라보는 카예나와 정면으로 눈이 마주쳤다. 그에게 괜한 걱정을 했다며 나무라기라도 하는 것처럼 카예나의 미소에는 다정한 반가움이 묻어 있었다.

이델은 카예나를 향해 마주 웃어 주고 싶었으나 굳은 얼굴은 마음처럼 움직여 주지 않았다. 그는 정중한 인사를 올렸다.

"황녀 전하를 뵙습니다."

"오랜만이네, 이델."

'안부를 물어야 하는데…….'

그토록 걱정했었는데 괜찮으냐는 말 한마디 하기가 어려웠다. 쑥스러운 기분에 괜히 재킷 밑단만 만지작거렸다.

"반갑군, 이델 공자."

이델은 고개를 번쩍 들었다. 그는 그제야 카예나의 옆에 앉은 시커

먼 남자를 발견했다.

"……키드레이 공작님을 뵙습니다."

이델은 미간을 찌그렸다. 인정하기 싫었으나 나란히 앉은 두 사람의 모습이 잘 어울렸다.

'……어디에 앉지?'

카예나는 이델의 고민을 눈치채고 라파엘로에게로 바짝 붙으며 옆에 작은 공간을 만들어 냈다.

그 덕분에 라파엘로는 몸을 움찔했다. 하마터면 자신에게 불쑥 다가오는 카예나의 허리에 손을 감을 뻔했다. 속으로 한숨을 내쉰 라파엘로는 남들이 눈치채지 못하게 손을 그러쥐었다. 자제력을 발휘해야 하기 때문이었다.

그런 라파엘로의 상태는 짐작도 하지 못한 카예나가 이델을 불렀다.

"이리로 와서 앉으렴."

이델이 쭈뼛거리며 카예나의 옆으로 다가갔다.

방에 있던 하멜 백작가의 사람들이 입을 떡 벌리며 그 장면을 바라보고 있었다. 특히 조나단이 가장 충격받은 얼굴을 했다. 카트린도 제 생각보다 둘이 더 친밀해 보여서 놀란 표정을 지었다.

카예나가 이델을 부드럽게 끌어당겨 옆에 앉혔다.

"잘 지냈니?"

이델이 카예나를 힐끗 보더니 어렵사리 대답했다.

"……네."

카예나는 이델의 교복을 살폈다. 다행히 생활 구김은 조금 있을지언정 누군가와 싸우느라 생긴 흔적은 없는 듯했다.

그때 이델이 조금 망설이다가 간신히 용기 내어 물었다.

"전하께서는…… 건강은 괜찮으신가요?"

분명 카예나를 다시 만나면 누님이라고 자연스럽게 부를 수 있으리라고 생각했다. 그런데 입술에 풀이라도 바른 것처럼 누나라는 말이 나오지 않았다.

카예나는 그런 이델의 망설임을 알아보기라도 한 것처럼 자상한 미소를 머금으며 그의 은빛 머리칼을 쓰다듬어 주었다.

"누나는 멀쩡해."

'누나'라는 말에 이델이 눈을 크게 뜨고 카예나를 바라보았다. 누나라고 불러도 되는 거야?

그런데 누나라는 말에 주변 반응이 심상치 않았다. 아니, 심상치 않은 건 한참 전부터 그랬다. 이델은 눈초리가 심상치 않은 조나단을 힐끗 보고는 카예나에게 물었다.

"제가 누나라고 불러도 되는 거예요?"

그러자 카예나는 당연한 걸 묻는다는 듯이 곧바로 대답했다.

"여기에 있는 사람은 모두 가족인걸? 당연히 누나라고 불러야지."

카예나는 아차, 하고 덧붙였다.

"물론 키드레이 공작님이 가족은 아니시지만, 어쨌든 저번에 아카데미에서 너를 위해 공중해 주신 분이기도 하잖니."

"……네, 누님."

카예나의 말을 가만히 듣고 있던 조나단이 과장된 웃음을 지으며 크게 고개를 끄덕거렸다.

"그럼, 그럼! 이제 여기가 네 집이고 외가니 어려워할 것 없단다, 이델!"

속내가 뻔히 보이는 말이지만 카예나는 뭐라고 덧붙이지 않은 채 차를 한 모금 마셨다. 오늘 카트린에게 샤프롱 제안을 한 김에 하멜 백작가의 문제도 처리할 생각이었다. 그러니까, 가문 계승 문제였다.

"그런데 외조부님은 건강이 몹시 편찮으신가 봐요?"

하멜 백작은 여든 넘은 노인이었다. 사실 그 정도면 상당히 장수한 편이기는 했다. 그래서 조나단은 나이가 있는데도 가문을 계승하지 못하고 있었다.

"뭐, 아무래도 연세가 있으시니까요. 대신 제가 실질적으로 가문을 다 돌보고 있습니다."

조나단이 은근한 투로 자신의 공로를 말했다. 카예나는 안타까워 하는 표정을 지었다.

"그런 거라면 어서 백작가를 계승하셔야죠. 외숙부께서 외조부님의 짐을 덜어 주셔야 그분도 편히 쉬실 테니까요."

그 말에 조나단은 입가에 잠깐 미소를 띠었다가 얼른 지웠다. 카예나가 하멜 백작가의 계승자로 조나단을 지지한 것이다.

"저야 백작님께서 편히 쉬셨으면 하는 바람이지요."

"가신들도 백작님을 위한다면 당연히 외숙부께서 가문을 이어받는 일에 찬성할 거예요."

조나단은 고개를 깊이 숙였다.

"전하께서 가문을 위하는 제 진정을 알아봐 주시니 여한이 없습니다."

카예나는 빙긋 웃었다.

"가족이잖아요."

그녀는 그렇게 말하며 이델을 품에 안다시피 하며 머리를 쓰다듬어 주었다.

"귀여운 제 동생도 꼭 잘 보살펴 주시고요."

"여부가 있겠습니까."

이델은 얼굴이 잔뜩 붉어진 채로 카예나의 손길을 받았다.

"아, 이델. 혹시 승마를 배우고 있니?"

"학교에서 조금……."

"네 말은 있어?"

"아뇨."

그러자 조나단이 난처한 표정으로 얼른 끼어들었다.

"이런, 레이디 카트린과 이델이 백작저로 온 지 얼마 되지 않아서 제가 그 부분을 미처 신경 쓰지 못했습니다."

"제가 이델에게 말을 한 마리 선물할까 하는데, 백작가에 있는 동안 승마 연습을 꾸준히 할 수 있도록 독려해 주세요. 명문가 출신 자제가 지녀야 할 필수 소양이잖아요?"

"명심하겠습니다."

이델은 카예나의 말 한마디, 한마디에 조나단이 옴짝달싹하지 못하고 다 따르는 게 신기했다. 그녀의 말투는 조금도 강압적으로 들리지 않았기에 더욱 그러했다.

그때 카트린이 말했다.

"이델, 감사드린다고 해야지."

"감사합니다. ……누님."

이델이 머뭇거리며 누님이라고 말하자 카예나가 맑게 웃었다. 쭈뼛대며 무뚝뚝하게 누님이라고 하는 게 귀여운 사춘기 소년 그 자체였기 때문이다.

카예나는 웃으며 몸을 뒤로 젖히다가 라파엘로에게 기대고 말았다. 라파엘로는 카예나를 받쳐 주며 양어깨를 살짝 잡았다.

"어머, 죄송해요."

"괜찮습니다."

그러게 좀 떨어져서 앉으시지. 카예나는 표정으로 그렇게 말했으나 라파엘로는 여전히 꿈쩍도 하지 않았다.

그녀는 살짝 한숨지으며 물었다.

"그런데 이델에게 볼일이 있다고 하지 않으셨나요, 공작님?"

기습적인 물음에도 라파엘로는 전혀 당황하지 않았다. 오히려 기다렸다는 듯이 말했다.

"예, 실은 이델 공자에게 선물을 하나 할까 하여."

라파엘로가 수행원을 불렀다. 그의 수행원이 상자를 들고 나타났다. 어린 이델도 쓸 수 있을 만큼 가벼운 진검이었다. 검을 본 이델의 눈빛이 반짝거렸다.

본격적인 용건이 다 정리된 듯하자 조나단이 손뼉을 짝 하고 치더니 카예나에게 말했다.

"오랜만에 외가에 오셨으니 이 근처라도 좀 둘러보시지요. 조경을 새롭게 꾸며 놓아서 볼만할 겁니다. 아, 공작님은 여기에 처음 방문하셨지요?"

라파엘로가 고개를 끄덕이자 조나단의 표정이 환해졌다.

"그럼 전하께서 공작님께 이 근처를 안내하시며 같이 산책이라도 즐기시면 어떻겠습니까?"

조나단은 두 사람이 훨씬 가까워지기를 기대하며 말했고 라파엘로로서는 거절할 이유가 없는 제안이었다.

"그러지요."

라파엘로는 자리에서 일어나며 카예나에게 에스코트를 청했다. 카예나는 아까 하다 만 이야기도 있고 물을 것도 있으니 순순히 그의 팔을 잡고 일어났다.

그때 이델이 벌떡 일어났다.

"저도 안내할 수 있어요."

왜인지 이델은 도전적인 눈빛을 하고 있었다.

라파엘로는 흐음, 하고 고개를 살짝 기울이며 이델을 보았다. 한참 어린 이델이 귀엽기는 해도 카예나와의 시간을 방해받을 생각은 추호도 없었다.

"황녀 전하께 안내받겠네. 공자는 이만 교복을 갈아입는 게 좋겠어."

그 말에 이델은 자기가 아직도 교복 차림이란 사실을 깨달았다. 어른스러운 공작과 달리 자신은 카예나의 보호나 받아야 할 어린애 같은 모습이라는 생각이 들자 자존심이 상했다.

"그래, 옷부터 갈아입는 게 좋겠다. 아니면 누나가 옷 골라 줄까?"

카예나가 아카데미에서 있었던 일로 자신을 놀리는 걸 깨달은 이델이 얼굴을 붉혔다.

"저 어린애 아니라니까요!"

그의 반응에 다른 이들이 헉하고 눈치를 살폈다. 그러나 카예나는 웃음을 터트리며 이델의 머리카락을 쓰다듬어 주었다.

"알아. 네가 귀여워서 그랬어."

"……!"

그 말에 이델은 펑 하고 터져 버릴 것처럼 얼굴이 달아올라 도망치듯이 방으로 갔다.

라파엘로가 말했다.

"이만 가시죠."

그들은 응접실에서 나왔다. 올리비아는 조용히 카예나의 뒤를 따랐다. 저택 바깥으로 나가기 전에 라파엘로가 뒤를 돌아보았다.

"제가 전하를 잘 보필할 테니 올리비아 양도 조금 쉬시는 게 어떻겠습니까?"

카예나도 그러라며 고개를 끄덕였다.

"그래, 좀 쉬고 있으렴. 이 근처에서 잠깐 산책할 거니까."

"알겠습니다."

둘이서 산책로를 걷기 시작했다. 백작가의 산책로는 요즘 유행인 전원풍을 뒤섞어 이리저리 촘촘한 모양새였다. 다시 말해서 꽤 은밀한 산책로였다.

주변에 사람이 없는 것을 확인한 카예나가 입을 열었다.

"애니, 언제부터였어요?"

그는 어떻게 말을 고를까 망설이다가 대답했다.

"10년입니다."

카예나는 10년이라는 말에 일이 어떻게 되었는지 깨달았다. 10년 전이라면 레제프가 그녀의 유모를 유배 보내며 황녀궁 소속 궁정인을 모두 물갈이할 때였다. 라파엘로가 말하기를 망설인 것은 카예나가 다시 유모를 떠올리면 마음이 좋지 않으리라 생각했기 때문이리라.

카예나는 라파엘로가 세작을 심은 것에 대해 그다지 유감이 없었다. 자신이었어도 당연히 황궁에 세작을 심었을 테니까.

애니라면 구슬려 낼 자신이 있었기에 차라리 하인리히 대공가나 에반스 후작가 같은 곳의 세작이었더라면 좋았을 텐데, 하는 아쉬움마저 있었다.

라파엘로는 카예나의 표정을 보더니 불쑥 말했다.

"위험한 생각을 하시는 것 같습니다만."

"전혀요. 제가 위험한 생각을 왜 하겠어요?"

"저번에도 그리 말씀하셨죠."

사원의 납치 사건 이야기였다.

'독을 마신 건 애니가 모르는 일이라서 듣지 못한 모양이네.'

라파엘로는 카예나의 손을 손가락 하나하나 얽어 꽉 맞물리게 잡은 후 손등에 입을 맞췄다.

"다 좋으니 그런 일에는 저를 이용해 주십시오."

그는 요즘 조마조마하다는 심정이 무엇인지 배우고 있었다. 비단 그 감정만이 아니었다. 그는 마치 어린아이가 된 듯한 기분이 들었다. 이제야 세상을 마주해 하나씩 배우고 있는 것 같았다.

카예나는 그의 뺨을 쓸어 주었다. 그러자 라파엘로가 그 손바닥에 입을 맞추며 말했다.

"저는 질투가 많은 것 같습니다. 치졸하게도."

갑작스러운 고백에 카예나가 눈을 휘둥그레 떴다.

"이델 공자에게 질투가 납니다."

"그건 치졸한 게 맞네요."

"이델 공자에게는 누님이라고 부르라면서 친근하게 대하시고 저에게는 여전히 공작님이라고 부르시는 것도 서운합니다."

너무 솔직하게 치졸한 감정을 드러내니 카예나는 오히려 할 말을 잃고 말았다. 그게 그렇게 서운할 일인가?

그녀는 어딘가 시무룩한 라파엘로를 툭 불렀다.

"라파엘로."

"……네."

라파엘로는 눈을 반짝거리며 대답했다. 꼬리라도 달려 있다면 살랑

대며 흔들 것 같았다. 만약 뭐라도 더 허락했다가는 그대로 뛰어들기라도 할 듯이.

'이건 조금 위험할지도.'

카예나는 어쩐지 여기가 어딘지도 잊어버릴 것 같아 마저 산책하려고 했다. 그때 라파엘로가 카예나를 슬쩍 끌어당겼다.

"혹시 안으면 안 됩니까?"

"……네?"

안고 싶다고? 카예나는 이 남자가 지금 제정신인가 하고 타박하려다가 깨달았다.

'아, 포옹.'

음. 위험한 생각을 하는 건 확실히 자신인 것 같았다. 카예나는 머쓱해졌으나 겉으로는 티 내지 않고 도도하게 허락했다.

"그러세요."

라파엘로가 활짝 피어난 얼굴로 카예나를 품에 감싸 안았다.

가느다란 몸이 품에 들어오자 그는 미약하게나마 안도했다. 그간 별일은 없었을까. 위험한 황궁에 그녀를 혼자 두기가 얼마나 불안했는지 몰랐다. 라파엘로는 이 불안을 입에 담지 않았다. 카예나의 마음을 무겁게 만들 테니까. 대신 고개를 숙여 장난스럽게 그녀의 입술에 쪽 키스했다.

카예나는 기가 막혀서 그를 휙 올려다보았다.

"여기서는 안 돼요."

시야가 차단된 곳이지만 아직 산책로의 초입이었다. 라파엘로가 눈에 이채를 띠었다.

"그럼 다른 곳이면 됩니까?"

"공작저라도 가려고요?"

"아뇨. 이쪽으로 가면 화원이 있습니다."

카예나가 눈을 가늘게 떴다.

"하멜 백작가에 처음 방문해 보시는 것 아닌가요?"

"어릴 때 와 봤습니다. 조나단 경은 그때 없었기 때문에 모르시지만요."

그 말인즉슨, 애초에 이걸 예상하고 이 산책로로 들어왔다는 뜻이 아닌가? 카예나는 산뜻한 얼굴로 저를 에스코트하는 라파엘로를 보다 고개를 절레절레 흔들었다.

미로 같은 산책로를 조금 깊이 들어가니 그의 말대로 화원이 드러났다. 메마른 작은 분수대와 나무에 매단 그네가 전부였지만 꽤 고즈넉했다.

라파엘로가 말했다.

"선황후 폐하께서 이 그네를 타셨을지도 모르겠군요."

"……그러게요."

기억도 거의 없는 모친이지만 어쩐지 기분이 아련해졌다.

"타 보시겠습니까?"

카예나는 그네에 앉아 보았다. 살짝 삐걱거리는 소리가 났으나 발을 굴러도 멀쩡했다.

"그네를 타는 건 정말 오랜만이네요."

아주 어린 시절, 엘리반 부인과 함께 그네를 탔던 기억이 떠올랐다. 카예나는 순수한 그리움에 젖어 발을 구르던 것도 멈추고 가만히 회상했다.

그사이 라파엘로가 카예나의 앞에 다가서서 한쪽 무릎을 꿇고 시선을 낮추었다.

"공작저에도 그네를 달아야겠군요."

"놀러 오라고 유혹하시는 건가요?"

라파엘로는 담담한 표정에 열기가 깔린 목소리로 말했다.

"네. 유혹에 넘어와 주시면 기쁠 겁니다."

그의 손이 그네를 잡고 단단히 고정하고 있었다. 혹시라도 뒤집힐까 걱정하고 있는 것이었다. 어쩐지 평범한 연인이 된 기분이었다. 그저 서로 아끼고 사랑하기만 하면 되는 그런 관계.

"공작저는 아름다우니 그곳에서 그네를 타면 멋지겠네요."

내가 사랑 이야기의 주인공이었다면 좋았을 텐데. 그러면 지금과는 달랐을지도 모르는데.

"그네는 그만 탈래요."

괜한 감상에 젖어 있는 건 이래서 위험했다. 자꾸 평범해지고 싶어지니까. 그렇지만…… 그럴 수가 없으니까.

카예나는 서둘러 몸을 일으켰다가 순간 현기증에 휘청였다.

"전하!"

라파엘로는 얼른 카예나를 품에 안아 제게 기대게 했다. 카예나는 끙, 소리를 냈다.

"현기증이 좀 나서, 잠깐만 이렇게 있을게요……."

"의원을 부를까요? 아니면 저택까지 옮겨 드리겠습니다."

카예나는 힘없이 손을 저었다.

"그 정도는 아니에요. 잠깐 쉬면 돼요. 좀 앉을까요……?"

라파엘로가 그늘에 자리 잡고 제 외투를 바닥에 깔았다. 그리고는 카예나가 자신을 등받이 삼아 편히 앉을 수 있게 했다. 어쩔 줄 모르는 조심스러운 손길이 그녀의 이마를 스쳤다.

카예나는 가느다란 한숨을 내쉬었다. 확실히 몸이 약해졌다.

'마법 계약의 후유증이 분명해.'

엘릭서로는 완치될 수 없을 정도로 강력한 파괴력을 지닌 일이었던 모양이다.

'엘릭서를 마셨는데도 이 정도로 몸이 약해지다니……'

라파엘로에게 기댄 채 조금 쉬니 어지럼이 사라졌다. 카예나가 몸을 일으키려고 하자 라파엘로가 허리를 깊이 감싸 안았다.

"이대로 도망칠까요?"

"……라파엘로."

카예나가 눈에 보이지 않는 게 겁났다. 그는 매일 새롭게 두렵고 새롭게 안도했다. 카예나를 보고 있노라면 언제든 사라져 버릴 물거품 같아서, 그래서 더 불안해졌다. 자신이 이렇게 한심하고 초라한 인간이었나? 그는 스스로가 혐오스러웠다. 그는 애써 아무렇지 않은 표정과 말투로 입을 열었다.

"……못 들은 걸로 해 주십시오."

카예나가 몸을 돌려 그와 시선을 마주쳤다. 음울하게 가라앉은 시선이 그녀를 찔러 왔다.

"당신이 너무 좋아져서…… 그래서 그런 것 같습니다."

그래서 당신을 얌전히 잘 기다릴 수 있을 줄 알았는데, 그게 조금, 아니, 몹시 어렵습니다.

"죄송합니다. 그냥, 제가 약해 빠진 인간이라 그렇습니다."

그 절절한 고백과 진심에 카예나는 숨이 턱 막혔다. 그의 눈빛이 애끓는 게 선명히 보였다.

아아, 진작 우리가 이럴 수 있었다면. 내가 좀 더 일찍, 첫 번째 생에서 깨우쳤더라면.

"라파엘로."

라파엘로는 화답하듯 그녀의 이름을 감히 입에 담았다.

"……네, 카예나."

그의 눈가는 붉게 달아올라 있었다. 잔뜩 찡그린 미간에서 고뇌가 느껴졌다. 카예나는 그를 꼭 끌어안고 말았다. 너무 미안해졌다. 그는 미안할 게 없는 사람인데, 자신이 미안한데…….

라파엘로가 조심스럽게 마주 안아오자 카예나는 더욱 힘주어 그를 안았다. 여기서 나가면 그들은 다시 제국의 황녀로, 공작가의 주인으로 돌아가야 했다.

'차라리 이대로 시간이 멈춘다면 좋을 텐데.'

그때였다.

톡, 톡, 톡…….

살랑이던 바람이 멈췄다.

"……?"

따뜻하게 내려앉던 숨결, 부드럽게 오가던 고동이 느껴지지 않는다.

카예나가 고개를 들어 라파엘로의 품에서 몸을 떨어트렸다. 라파엘로가 마치 인형이라도 된 것처럼 딱딱하게 굳어 그녀의 움직임에 밀려났다. 그녀의 눈이 커다래졌다.

"뭐야, 이게……."

피부가 저릿했다. 이상하고 괴이한 감각이 전신을 조였다. 심장이 세차게 뛰었다. 신음과 비명의 중간쯤 되는 목소리가 입술을 비집고 새어 나왔다.

"……말도 안 돼."

눈앞의 온 세상이 멈춰 있었다.

—⊹⊱✦⊰⊹—

모든 게 멈췄다. 손을 살짝 움직이자 멈춰진 시공간이 찌릿찌릿하게 만져지는 느낌이 들었다. 통제된 시공간에서 움직여 생기는 반발력이었다. 문득 카예나는 시간을 멈춘 것이 자신이라는 것을 깨달았다.

'시공간을 통제하는 마법이구나.'

바옐이 했던 말이 떠올랐다.

'살아온 생에 맞춰 능력이 개화된다고 했었지.'

그 사람이 살아온 생과 마법 능력은 비슷한 편이라고 했다. 얻게 된 마법 능력이 염력이라는 것을 알았을 때는 자신과 잘 어울린다고 생각했다. 지금까지 누군가에게 조종당하는 대로 움직이는 삶을 살았으니까. 그런데 알고 보니 시공간을 조종하는 능력이라니.

'하지만 이런 능력은……'

지나치게 뛰어난 능력이었다. 시간을 멈출 수 있다면 그녀가 할 수 있는 일은 무궁무진했다. 앞으로 그녀에게 위험이라고는 조금도 존재하지 않을 것이다.

'방금 이 시간이 영원하길 바랐지.'

"내가 생각한 대로 시간을 멈출 수 있다니……"

놀라움을 지나 서서히 희열이 차올랐다.

완벽했다. 이 능력은 그야말로 완벽한 힘이었다.

카예나가 그토록 바란, 절대 무력할 수 없는 그런 마법 능력이었다.

고작 수명 절반을 바쳤을 뿐인데 이렇게까지 좋은 능력이 개화하리라고는 생각지도 못했다.

'내가 장수할 팔자였던가? 그래도 고작 몇십 년 치 생으로 시공간을 통제하는 마법을 손에 넣은 거라면 확실히 남는 장사네.'

이 능력이라면 황좌를 거머쥐는 건 아무것도 아니리라.

레제프에게 소중한, 그가 가장 갈망하는 것을 눈앞에서 빼앗아 카예나가 느낀 절망을 똑같이 느끼게 할 것이다. 누군가에게 소중한 무언가를 함부로 뺏고 망가트려서는 안 된다는 사실을 가르칠 것이다.

그런 관계는 가족이 될 수 없으니까.

그때 날카로운 이명이 들리더니 엄청난 통증이 전신을 꿰뚫을 것처럼 파고들었다.

"ㅡ!"

카예나는 저도 모르게 라파엘로의 옷자락을 꽉 움켜쥐었다. 분수에 맞지 않은 능력을 과도하게 쓴 탓인가? 그녀는 눈을 질끈 감고 속으로 외쳤다.

'그만!'

톡, 톡, 톡.

다시 시간이 움직였다. 꽃향기를 실은 바람과 함께 라파엘로의 따스한 고동이 느껴졌다. 시공간의 반발력으로 살갗에 닿으면 저릿하던 공기도 다시금 온화해졌다.

카예나는 입술을 꾹 깨물며 고통에 일그러진 제 얼굴이 보이지 않도록 라파엘로에게 얼굴을 묻었다.

"전하?"

라파엘로는 갑자기 카예나가 자신에게 저돌적으로 안기자 어리둥절했다. 그는 몸을 움찔 굳혔다가 품에 안긴 카예나의 등을 천천히 쓸었다. 그녀가 작게 숨을 내쉬는 게 느껴졌다.

"역시 의원을 부를까요?"

그의 물음에 카예나가 고개를 내저었다. 그녀의 호흡이 아까보다 더 거칠어진 것 같아 라파엘로의 표정이 단숨에 심각해졌다.

"정말 괜찮으신 겁니까? 이만 돌아가서 의원에게……."

"아뇨."

카예나는 얼른 그를 붙잡았다.

"괜찮아요. 그냥 당신만 여기에 있어 줘요."

라파엘로는 몸을 벌떡 일으키려다가 순순히 카예나의 말에 따랐다.

어차피 이건 마법을 쓴 후유증 같은 거라 의원에게 상태를 보인다고 해서 괜찮아지지 않을 것이다. 아쉬웠다. 강한 힘에는 그만한 대가가 따르리라는 것을 머리로는 이해했으나, 역시 아쉬웠다. 마법을 사용하고 나서 몸이 금방 지치는 것은 치명적이었다. 이래서야 정치 모략에 본격적으로 사용하기는 어려울 것 같았다.

'그래도 곧 사교 시즌이니 그곳에서는 유용하겠네.'

사람이 많은 곳에서 어떤 수작을 부리기에는 더할 나위 없이 적합한 능력이다.

그때 카예나를 조심스럽게 토닥이는 손길이 느껴졌다. 그녀는 무심결에 피식하고 옅은 미소를 머금었다. 자신을 소중하게 대하는 손길에 날카로웠던 신경이 누그러졌다. 카예나가 입을 열었다.

"고마워요, 라파엘로. 또 도움을 받았네요."

"이런 게 도움이 된다면 얼마든지 하겠습니다."

그는 진심으로 그렇게 말했다. 정말로, 기꺼이 밤이 새도록 사냥개처럼 그녀의 곁을 지킬 수도 있었다.

카예나는 착한 아이에게 칭찬하는 것처럼 그의 머리를 쓰다듬어 주었다. 그러자 라파엘로의 표정이 미묘하게 변했다.

"당신께서 제게 이런 식으로 행동하실 때마다 이상합니다."

"뭐가 이상해요?"

카예나가 의뭉스러운 미소를 지은 채 눈만 깜빡거리자 라파엘로가 한쪽 눈썹을 들어 올리더니 고개를 숙여 입을 맞췄다.

"뭐예요?"

"입 맞춰 달라고 바라보시는 줄 알았습니다."

"……."

어이가 없어 다시 빤히 바라보았더니 또 라파엘로가 입을 맞췄다. 카예나는 작게 웃었다. 그러자 라파엘로가 입술을 열어 웃음을 삼켰다.

주변의 공기가 순식간에 달아올랐다. 그의 커다란 손이 카예나의 등허리를 안고 다른 손으로는 머리를 받쳤다. 카예나는 라파엘로의 목을 꽉 끌어안았다. 가쁜 숨 사이로 서로를 갈망하는 눈빛이 오갔다. 그의 입술이 점차 입술이 아닌 다른 곳을 찾기 시작했다.

카예나는 이대로 있다가는 걷잡을 수 없을 것 같다는 생각이 들었지만 제어하기 어려웠다. 제게 짙은 갈증을 드러내는 라파엘로 앞에서 조금도 이성적일 수가 없었다.

"누님!"

멀리서 이델의 목소리가 들려왔다. 카예나는 깜짝 놀라서 라파엘로를 밀쳤다. 얼른 몸을 일으켜 드레스 자락을 정리하자 라파엘로가 그녀의 허리를 팔로 감으며 귓가에 속삭였다.

"그렇게 황급히 일어나시면 현기증이 생기니 조심하십시오."

귓가에 닿는 숨결에 다시금 저릿한 감각이 살아나는 것 같았다.

"알았으니까 이거 놔요."

카예나는 당혹스러운 마음에 그의 팔을 잡고 떼어 냈다. 다행히 이델이 나타난 건 그 이후였다.

"날 찾았니?"

이델은 실내복으로 갈아입은 모습이었다. 그는 지나치게 가까이 붙어 선 카예나와 라파엘로를 한차례 훑어보았다.

"네, 하멜 경이 전하를 저택으로 모셔 오는 게 좋겠다고 해서요."

이델은 못마땅한 기색이 스민 눈빛으로 라파엘로를 보았다. 카예나의 약혼자도 아니면서 카예나를 향한 눈빛이나 분위기가 지나치게 친밀했다.

라파엘로도 달콤한 시간을 방해받았기에 유쾌하지 않은 시선으로 이델을 바라보았다.

"그래. 저택으로 가자."

카예나의 말에 라파엘로가 에스코트를 청했다.

"아까 현기증도 있으셨으니 이렇게 에스코트하겠습니다."

그의 변명에 카예나의 눈이 살짝 가늘어졌다.

이델은 화들짝 놀란 얼굴로 얼른 카예나에게 다가갔다. 그러더니 팔을 쭉 내밀었다.

"그렇다면 제가 저택까지 에스코트하겠습니다. 누님."

라파엘로가 말했다.

"영식의 몸집으로는 숙녀를 제대로 에스코트하기는 어려울 것 같군. 나중에 나만큼 키가 자란 다음에 에스코트하는 편이 좋겠는데."

키 이야기가 나오자 이델은 분한 얼굴로 그를 거의 노려보듯 바라보았다. 가뜩이나 또래와 비교했을 때 키가 그다지 큰 편이 아니라서 민감하게 신경 쓰고 있었기 때문이다.

카예나는 한숨을 삼키며 라파엘로를 살짝 흘겨보고는 이델에게 손을 내밀었다.

"그럼 내 손을 좀 잡고 걸어 주겠니, 이델?"

이델은 쑥스러워하는 표정으로 그녀의 손을 맞잡았다.

저택에 도착하자 조나단이 부리나케 다가왔다.

"전하! 마침 가장 좋은 방을 전하께서 쓰시기 좋게 꾸며 놓았습니다. 오랜만에 오셨으니 하루쯤 묵고 가시는 건 어떻겠습니까?"

카예나는 조나단의 속내가 뻔한 요청에 응해 줄 생각이 없었다.

'내가 여기에 하루 묵은 걸 어떤 식으로 포장해서 소문낼지 어떻게 알고?'

그때 라파엘로가 말했다.

"전하께서 방금 산책하시다가 현기증을 느끼셨습니다. 황궁으로 돌아가셔서 의원의 진찰을 받고 푹 쉬셔야 할 것 같더군요."

"아, 그런……."

조나단은 몹시 안타까워하는 표정을 지었다가 그녀를 걱정하는 듯한 얼굴로 갈무리했다.

"몸은 괜찮으십니까?"

"걱정할 정도는 아니에요. 그래도 휴식은 좀 필요할 것 같네요."

그사이 올리비아가 카예나가 있는 곳으로 얼른 다가왔다.

"이만 돌아가자꾸나."

"예, 전하."

카예나는 하멜 백작가 사람들의 배웅을 받으며 마차를 기다렸다. 그녀는 자신의 바로 곁에 선 라파엘로에게 작은 목소리로 말했다.

"부디 이델과 좀 친하게 지내세요. 싸우지 말고."

"저는 싸운 적 없습니다만."

그녀는 어이가 없었지만, 그 정도만 말하고 넘어갔다.

마차가 도착하고 카예나가 안에 타기 전에 라파엘로에게 물었다.

"그런데 공작님은 댁으로 안 돌아가시나요?"

라파엘로가 어깨를 으쓱하더니 이델을 보았다.

"제 용건은 아직 안 끝나서요."

그 말에 카예나가 미간을 살짝 찡그렸으나 곧 미소로 표정을 꾸몄다.

"그렇군요. 그럼 나중에 또 뵙지요."

그녀는 마차에 올랐다. 다시 난장판 속으로 돌아갈 시간이었다.

-·❈·-

제논은 황궁에 입궁하는 날이 현저히 줄어들었다. 그는 자신의 저택에서 초조하게 시간을 죽였다.

"알아봤느냐?"

"예, 이곳은 조디악 백작과 연관 없는 곳입니다."

예이스터 하인리히의 또 다른 신분, 조디악 백작. 암흑가에서 그가 스스로 붙인 이름이었다.

제논은 하인리히 대공자의 손길이 닿지 않은 새로운 청부업체를 찾아내느라 그간 상당히 바쁜 시간을 보냈다.

'차라리 황녀를 제거하자. 군대 통솔권이 넘어간 상태에서 황제까지 죽여야 해.'

똑똑.

"뭐야?"

제논은 방에 들어온 하인에게 신경질적으로 물었다.

"줄리아 아가씨께서 오셨습니다."

줄리아가 왔다는 말에 제논의 얼굴이 와락 일그러졌다.

"어찌할까요?"

여기서 동생을 내칠 수도 없었다. 그는 짜증 섞인 한숨을 내뱉고 응접실로 향했다.

줄리아는 제논을 보자마자 벌떡 일어났다.

"오라버니! 이제 어떡해요? 대체 이게 무슨 일이에요!"

제논은 싸늘한 눈으로 줄리아를 매섭게 바라보았다. 가뜩이나 마약 농장의 위치를 들키는 바람에 정신이 없는데, 이런 상황에 줄리아는 그에게 도움을 주지는 못할망정 또 징징거리러 찾아온 것이다.

줄리아는 제논의 그런 기색을 전혀 눈치채지 못한 듯 울먹거리며 말했다.

"마약은 범죄잖아요! 그걸 왜 우리 가문에서 재배한다는 거예요?"

황궁에서 자신을 힐끔거리는 궁정인들의 눈빛이 따가웠다. 줄리아는 살면서 그런 위축감을 처음 느껴보았다. 그녀에게 후작가는 언제나 강하고 자랑스러운 곳이었다. 실제로 제국에서 가장 영향력 있는 가문 중 하나이기도 했다. 그런데 마약이라니.

"이대로라면 그분께서 제게 실망하실지도 몰라요!"

줄리아는 두려웠다. 이제 막 레제프와 어떤 관계를 기대하고 있었는데 말도 안 되는 일이 발목을 잡은 셈이다. 귀족 가문에서 대마초 농장을 운영하고 있다니. 오라비들의 허락이 없다면 불가능한 일이었다. 그 사실이 줄리아는 가장 믿기지 않았다.

"이 어리석은 것!"

줄리아는 제논의 호통에 깜짝 놀라 몸을 흠칫 떨었다.

"네가 입고 먹고 놀러 다니던 비용이 어디서 나온 것인 줄 아느냐? 돈이 허공에서 떨어지는 줄 아느냐는 말이다!"

줄리아가 가문을 위해 할 수 있는 것은 그저 아름답고 사랑스럽게 자라 좋은 곳에 시집가는 것뿐이었다. 가문을 위해 이용될 인형 주제에. 제논은 속이 끓어올랐다.

줄리아는 멍한 눈으로 중얼거렸다.

"그렇다고 해서 오라버니가 잘한 건 아니잖아요……."

"뭐?"

"제가 좋은 옷, 좋은 음식을 먹으며 돈을 많이 썼다고 해도 대마초를 재배한 게 정당화되는 게 아니잖아요."

"정당화!"

그는 기가 막혔다. 감히 정당화를 운운해?

"왜 제 탓을 하세요? 오라버니가 저지른 잘못이잖아요. 게다가 오라버니는 레제프 황자 전하의 부관이면서, 신하로서 소임을 다해야 할 분이 그런 짓을……!"

제논의 눈에 불똥이 튀었다. 그는 여동생의 뺨을 후려쳤다.

짜악—!

"꺄악!"

줄리아는 그에게 뺨을 맞고 바닥에 쓰러졌다. 지금 무슨 일이 일어난 거야? 그녀는 얼얼한 뺨을 감싸 쥐며 제논을 올려다보았다. 제논의 표정이 악귀처럼 무섭게 일그러져 있었다.

"그런 짓이라고? 내게 감히 그따위 말을 해?!"

"오, 오라버니……?"

난생처음 누군가에게 뺨을 맞았는데 그 상대가 제 오라비일 줄이야. 온몸이 덜덜 떨렸다. 두려웠다. 몸이 바닥에 처박혔고 뺨과 입술이 따끔거렸다.

"지금껏 그렇게 호사를 누리게 해 주었으면 보은할 줄 알아야지."

제논의 눈빛에는 줄리아를 사람으로 보는 느낌이 조금도 없었다. 그는 동생을 한심스럽게 보며 혀를 차더니 그대로 방 밖으로 나가버렸다. 곁에서 지켜보던 시녀가 어쩔 줄 모르며 그녀를 일으키려 했다. 줄리아는 부축받으며 일어나다가 다리에 힘이 풀렸다.

털썩!

자리에 주저앉은 줄리아는 하염없이 울었다. 대체 뭐가 문제인지 이해되지 않았다.

"내가 잘못한 거니?"

시녀에게 물었다. 그러자 시녀가 조심스럽게 말했다.

"아가씨……. 워낙 민감한 사안이라 주인님께서 조금 격해지셨을 뿐이에요."

시녀는 에둘러 말했지만, 줄리아의 편을 들지는 않았다.

"나더러 좋은 곳에 시집만 가면 된다고 했잖아."

그래서 언제나 아름다워 보이게 노력했다. 그것이 가문을 위하는 일이라고 배웠다. 자신이 황자비가 되면 가문에서도 더할 나위 없이 만족할 거라고 생각했다. 그런데 자신은 괄시당했다.

'내가 하는 일이랑 오라버니가 하는 일이 뭐가 달라?'

"내 걱정은 가문을 위한 일이 아니라는 거야?"

"그게 무슨 말씀이세요, 아가씨. 절대 그런 게 아니에요."

뛰어난 아름다움은 자신의 큰 자랑이었다. 절대 훼손되지 못할 권력이라고 생각했다. 그런데 그게 아니었나?

그때 외부에서 소란스러운 소리가 들렸다. 시녀는 문밖을 살짝 확인해 보더니 화들짝 놀라며 문을 열어젖히고 예를 갖췄다.

"후작님을 뵙습니다!"

줄리아는 하염없이 눈물만 흘리다가 고개를 돌렸다.

"줄리아?"

동부의 패자, 로드릭 에반스 후작이 방으로 들어왔다. 로드릭은 입술이 터지고 뺨이 부은 채로 바닥에 쓰러져 눈물을 흘리는 막냇동생을 발견하고는 놀란 표정을 했다.

"아니, 이제 무슨 일이냐?!"

시녀는 눈치를 살피다 입을 열었다.

"실은, 아까 제논 님께서 아가씨께 손찌검하셨습니다……."

그러자 로드릭이 미간을 찡그렸다.

"줄리아에게?"

로드릭이 줄리아의 얼굴을 살폈다. 아름다운 얼굴에 누가 봐도 뺨을 맞은 흔적이 역력히 남아 있었다.

"황녀 전하의 성년식이 얼마 남지 않았거늘. 게다가 황녀궁 시녀인 아이의 뺨에……."

그는 한숨을 내쉬며 손으로 지끈거리는 이마를 짚었다.

"오라버니……."

줄리아가 음울한 목소리로 에반스 후작을 불렀다.

"그래, 줄리아. 괜찮으냐?"

"대마초 농장, 사실이에요?"

로드릭은 잠깐 멈칫했다. 그러다 애통한 표정을 지었다.

"사실이더구나."

바닥에 시선을 떨어트리고 있던 줄리아가 고개를 들어 후작과 눈을 마주쳤다.

"제논에게 상속될 농지가 그런 식으로 운영되고 있는 줄 미처 몰랐지."

"……."

줄리아는 로드릭의 눈빛과 말투에서 그것이 거짓임을 알 수 있었다. 제논과 합작한 일이면서 꼬리를 자르려는 것이다.

'다들 도구에 불과하구나.'

자신도 제논도 똑같았다. 가장 꼭대기에 앉은 자들의 도구였다. 이게 당연하고 정상적인 일이었다. 줄리아는 자신이 제논의 말대로 어리석었다는 사실을 깨달았다. 그리고 어리석지 않은 행동이 무엇인지 이제는 조금 알 것 같았다.

그녀가 입을 열었다.

"……제논 오라버니가 그런 행동을 하시다니, 안타까운 일이네요."

—⁂—

제논은 로브로 얼굴을 가린 채 슬럼가를 걷고 있었다. 벌써 날이 어두워져 주변을 식별하기가 어려웠다. 그 때문인지 분위기가 스산했다.

이곳에 예이스터 하인리히의 손길이 닿지 않은 청부업체가 있다고 했다.

'좀 더 일찍 도착했어야 했는데. 빈민가라 불빛 하나 없군.'

이런 치안이 좋지 않은 동네에서 너무 늦은 시간에 돌아다니는 건 위험하다. 수행원이 총을 소지하고는 있지만, 혹시 모를 일이었다.

예상치 못하게 줄리아가 저택으로 찾아오는 바람에 시간이 지체되었다. 아까 상황을 다시금 떠올리자 또다시 짜증이 치밀었다.

그것들은 사람이 아니라 도구다. 제논은 그딴 것들이 자신을 이토록 짜증스럽게 만드는 것이 참을 수 없었다.

언제부터인가 일이 자꾸 꼬이기만 했다. 그래, 카예나가 갑자기 돌변한 이후부터였다.

"똑같은 인형 주제에……."

'역시 없애는 게 맞아. 황녀는 제어할 수 있는 수준을 넘어섰어.'

수행원이 더러운 골목을 가리켰다.

"저곳입니다."

그는 수행원과 걸음을 옮겼다. 인적이라고는 없는 골목에 들어섰을 때, 뒤에서 누군가가 그들을 불렀다.

"어이."

"……?"

의아한 마음에 고개를 돌렸을 때였다.

빠악!

바로 옆에서 소름 끼치는 둔탁한 소리가 났다. 램프가 바닥에 나뒹굴며 불이 붙었다. 그 불빛에 바닥에 쓰러진 수행원과 괴한의 모습이 비쳤다. 상대는 자신처럼 탁한 색의 로브로 모습을 가리고 있었다. 키와 몸집이 제논보다 더 컸다. 단련된 몸을 가진 자였다.

'수행원에게 총이 있는데…….'

괴한의 손에 둔기가 들려 있었다. 등줄기로 식은땀이 흘렀다.

"누구냐!"

상대는 대답하지 않고 손에 든 둔기를 휘둘렀다.

부웅―!

제논은 얼른 바닥에 몸을 굴리며 피했다. 그리고는 더러운 흙바닥에서 몸을 벌떡 일으키며 사색이 된 얼굴로 소리쳤다.

"그만둬라! 감히 내가 누구인 줄 알고……!"

"말이 많네."

괴한은 제논의 멱살을 쥐고 낡은 통나무 집 벽에 처박았다.

"크윽―!"

무시무시한 괴력이었다.

'하인리히 쪽인가? 누구지?'

제논은 상대가 암살자, 혹은 고용된 깡패라고 생각했다.

"나는 에반스 후작가의 차남이다! 그쪽이 받은 의뢰비의 열 배를 주지. 그러니까 그만둬!"

그러자 얼굴을 가린 후드 아래로 웃음이 흘러나왔다.

"내가 왜?"

낮고 스산한 목소리였다.

'이 목소리……'

목소리가 낮익었다.

괴한은 제논이 미처 뭔가를 더 생각할 틈을 주지 않고 둔기를 휘둘렀다.

제논은 상대가 미친놈이라는 걸 깨닫고 마차를 대기시켜 놓은 곳으로 달리기 시작했다. 그러나 곧 둔기로 등을 얻어맞았다.

"커헉!"

괴한은 바닥에 고꾸라진 제논의 머리를 발로 밟았다. 제논은 허약한 사람이 아니었다. 꾸준히 몸을 단련해 왔다. 그런데 괴한의 힘과 속도를 이겨낼 수가 없었다.

괴한이 말했다.

"아까부터 기다리고 있었는데 왜 이렇게 늦게 왔어? 짜증 나게."

"……?"

땅바닥에 쓰러져 경황없이 살 궁리만 하던 제논이 눈을 부릅떴다. 이제야 목소리의 주인이 누구인지 알 수 있었다.

"황자 전하……?"

괴한의 정체는 레제프였다. 레제프는 제논의 머리통을 발로 후려 차 버렸다.

"아악-!"

램프에서 새어 나온 기름으로 커다래진 불길이 주변을 밝혔다. 얼굴을 감싸 쥐며 고통스럽게 신음하던 제논은 구둣발에 비친 얼굴을 보았다. 고개를 들어 올리자 후드를 벗은 채 얼굴을 훤히 드러내고 싸늘하게 자신을 내려다보는 레제프가 보였다.

제논은 벼락처럼 깨달았다. 들켰다. 황녀의 납치를 사주했던 공범이 자신임을 황자에게 들키고 만 것이다.

"전하, 제가 설명하겠습니다. 오해가……."

레제프는 더 듣지 않고 제논의 배를 찼다. 늑골이 나갔는지 끔찍한 고통이 느껴졌다.

"주제 파악이 어려운 일인가? 난 도무지 이해가 안 돼."

"쿨럭……!"

제논은 제어할 수단이 없는 곳에서 미치광이 황자를 만나면 어떤 일이 벌어지는지 절절히 깨달았다.

레제프는 제논보다 한참 어리지만 185㎝에 육박하는 거구에 검술 훈련을 5살 때부터 해 왔다. 몸매만 가꾸는 정도만 단련한 제논이 그를 이길 수 있을 리가 없었다.

"그건 정말 쉽거든. 나를 봐, 제논. 내가 주제 파악을 못 했다면 지금까지 그 황궁에서 살아남았을 것 같아?"

제논은 숨을 헐떡이다가 피를 토했다.

살아야 한다. 여기서 벗어나기만 하면 저 잔악무도한 황자를 제어할 수 있으리라! 자신은 제국의 기둥 중 하나인 에반스 가문의 차남이다. 이따위 대접을 받을 이유가 없었다.

레제프는 엉금엉금 기는 제논의 발목을 밟아 부러트렸다.

"끄아악!"

"며칠간 네놈을 여기로 불러들이려고 한 고생을 생각하면 정말이지 화가 나서 견딜 수가 없어."

레제프는 하인리히 대공자과 연관 없는 청부업체가 있다는 거짓 정보를 제논에게 흘렸고 그는 덥석 물었다.

"많이 초조했던 모양이지? 어? 제대로 알아보지도 않고 바로 달려 나온 걸 보면 말이야."

픽! 픽!

사정없이 내리꽂히는 주먹에 제논의 얼굴이 엉망으로 망가지기 시작했다.

"왜? 또 누님을 납치하기라도 하려고? 아니면 청부 살인?"

레제프의 눈빛은 광기로 번들거렸다.

"독살에 실패하니까 눈에 뵈는 게 없지?"

"커헉ー!"

제논은 뭐라고 대답하고 싶었으나 말을 꺼내지도 못했다. 그는 두 팔을 들어 얼굴을 막으려 했다.

"하여간 이거나 저거나 왜 이렇게 별것도 아닌 것들이 짜증 나게 하는 걸까. 라파엘로 그 새끼도 그래."

공작위를 계승하며 더 껄끄러워진 라파엘로가 누이에게 전보다 더 영향력을 발휘하는 것을 느꼈다. 겉으로는 미소 지으며 아무렇지 않은 척했으나 속이 끓어올랐다. 빨리 황위를 계승해서 카예나가 그와 만나지 못하도록 조치해야만 했다.

"벌레 따위가 내 것을 탐낸다는 게 참을 수가 없어."

레제프는 제논을 곤죽으로 만들다가 멱살을 움켜쥐고 불길이 있는 곳으로 뚜벅뚜벅 걸었다.

"이러고도, 당신이 무사할 것 같습니까…?!"

제논은 다 죽어 가는 상황에서도 표독스럽게 말했다.

"저는…… 에반스란 말입니다……!"

레제프는 웃긴 농담을 들은 사람처럼 크게 웃음을 터트렸다.

"멍청하긴."

그는 비릿하게 웃으며 제논을 동정하듯 보았다.

"에반스 후작이 지금 수도에 온 건 알아? 그와 이미 말을 다 맞춰 놨는데."

"……형님이, 쿨럭!"

제논은 말을 다 잇지 못하고 다시금 핏덩이를 울컥 토했다.

"후작가의 차남에게 상속된 농가에서 대마초가 재배되고 있었단 사실을 미처 알아차리지 못했다."

"뭐……?!"

"너, 꼬리 잘렸다고."

불길에 비친 제논의 눈동자에 절망감이 어렸다. 설마 진짜 자신을 내친다고? 어째서? 이해할 수 없었다. 자신은 유능하며 실제로 황궁 내를 장악하고 있었다. 이딴 식으로 최후를 맞이할 인물이 아니었다.

"이것 놔! 반쪽짜리 황자를 거둬줬더니 감히 나를……!"

"그래, 나는 반쪽이지."

레제프는 불길 앞에서 걸음을 멈췄다. 제논은 발버둥 쳤으나 레제프에게 손쉽게 끌려 올라갔다.

"너도 반쪽으로 만들어 줄게."

레제프는 제논을 불구덩이에 처박았다.

"아아악—!!"

바닥에 퍼진 불길이 옮겨붙어 제논이 끔찍한 비명을 내질렀다. 레제프는 혀를 찼다.

"흠, 절반만 태울 생각이었는데……."

다 타버리면 어쩔 수 없지. 이내 숨이 멎어 버린 제논을 무심히 내려다보던 레제프는 어깨를 으쓱하고 걸음을 돌렸다.

─✦◉✦─

"베라, 애니를 침실로 데려와라."

카예나는 황녀궁에 도착하자마자 애니를 부르고 침실을 비우게 했다.

그녀는 리본으로 엮어 올린 머리카락을 풀어 내리며 소파에 다리를 꼬고 앉았다.

'애니의 나이가 여전히 어린데 10년 동안 세작 일을 들키지 않을 수

가 있다니.'

작은 협탁에 손가락을 톡톡 두들기던 카예나는 애니를 어떻게 다스릴지 생각해 보았다. 처음에는 내칠 생각이었다. 그러나 지금은 생각이 바뀌었다.

"확실히 쓸 만한 아이야."

회귀한 이후 혹시 모를 상황에 대비해 침실에다 돈주머니를 마련해 놓았었다. 카예나는 그것의 위치를 떠올리며 손바닥을 펼쳤다.

툭!

푸른색 실크 주머니가 손바닥에 묵직하게 떨어졌다. 그녀는 점점 제 능력에 대한 이해도가 높아지는 것을 느꼈다. 능력을 훨씬 더 다듬으면 공간이동도 가능할 것 같았다.

'다만 내 몸이 받쳐 줄까, 그게 의문이네.'

시간을 고작 1분쯤 멈췄을 뿐인데도 기절할 뻔했었다. 수명이 긁혀 나간 탓에 몸이 약해져서 그런 것일 수도 있다.

'함부로 펑펑 써 댈 능력이 아닌 것 같아.'

똑똑.

마침내 노크 소리가 들리고 애니가 방으로 들어왔다.

"부르셨습니까, 전하."

방 안에는 카예나를 제외하고는 아무도 없었다. 애니는 뭔가 이상하다는 것을 직감했다.

탁.

침실 문이 닫혔다. 침실 문 바로 앞의 소파에 다리를 꼬고 앉은 카예나에게서 묘한 위압감이 느껴졌다. 애니는 이상한 긴장감에 입술이 바짝 말랐다.

툭!

카예나가 손에 든 주머니를 애니의 앞으로 던졌다.

"……?"

애니의 시선이 바닥의 묵직한 주머니로 향했다. 어쩐지 이게 돈주머니일 거라는 예감이 들었다. 마침내 카예나가 입술을 열었다.

"가지고 떠나라."

냉혹한 목소리였다. 애니는 찬물을 뒤집어쓴 것처럼 정신이 번쩍 들었다. 자신이 뭔가 실수를 저지른 모양이었다. 그녀는 곧장 무릎을 꿇고 양손으로 바닥을 짚으며 납작 엎드렸다.

"용서하여 주십시오, 전하!"

카예나는 애니를 물끄러미 내려다보았다.

"나는 내 사람이 아닌 자를 거둘 마음이 없다."

'세작인 걸 들켰구나!'

애니는 자신이 이 일에 능숙한 전문가라 자부했다. 절대 꼬리 밟히지 않을 자신도 있었다. 대체 어떻게 들킨 것인지 감이 오지 않았다.

'최근에 황녀궁 급보가 많이 나와서 너무 활발하게 움직인 모양이로구나.'

그녀는 입술을 짓이기며 제 실책을 탓했다.

카예나가 피식 웃으며 말했다.

"변명조차 하지 않는구나."

애니는 눈을 질끈 감고 생각했다. 이대로 황녀궁을 나갔을 때 어떻게 살아갈지, 여기서 어떤 말을 해야 카예나를 설득할 수 있을지, 수없이 많은 가정을 내려 보았다.

키드레이 공작가는 절대 무너지지 않을 가문이다. 그에 비하면 이곳 황궁은 어떠한가? 당장 망해도 이상하지 않을 정도로 썩어 문드러져 엉망이었다.

하지만.

"……입이 열 개라도 할 말이 없습니다."

애니는 지금까지 카예나의 측근으로 그녀를 모시며 수시로 탄복했다. 놀라움이 경애의 감정으로 바뀌는 것은 순식간이었다. 사실 라파엘로의 세작 노릇을 꾸준히 한 것은 악의적인 이유가 아니었다.

'키드레이 공작은 전하께 마음이 있어.'

애니는 확신할 수 있었다. 황녀궁 급보를 나를 때마다 공작가에서 요구하는 정보의 방향이 모두 황녀의 안위에 관련된 것이었다. 그것도 그녀를 지킬 수단에 관한 이야기였다. 공작은 황녀를 지키는 은밀한 기사를 자처하고 있었다.

카예나가 애니에게 말했다.

"고개를 들어 보렴."

애니는 결심이 선 얼굴로 카예나를 마주 보았다. 애니는 자신이 해야 할 말이 무엇일지 명확히 깨달았다.

"저를 전하의 것으로 써 주십시오."

"흐음."

카예나가 고개를 비스듬히 기울였다.

"나를 배신했던 너를 내 것으로 쓰라는 말이더냐?"

"다시는 그럴 일 없으리라고 약속드리겠습니다. 하찮은 목숨이나 제 목을 걸고 맹세합니다."

애니의 단단한 눈빛을 본 카예나가 꼬고 있던 다리를 풀고 자리에서 일어났다. 그녀는 애니에게 시선을 맞추며 말했다.

"그렇다면 내 것이 되렴. 단."

카예나는 냉엄한 표정을 지었다.

"두 번은 없다."

그 말을 들은 애니가 입술을 꾹 물며 흥분을 삼켰다. 그녀는 진심을 담아 납작 엎드렸다.

"자비로우신 전하의 은혜에 반드시 보답하겠습니다."

17장
사교 시즌

노아 키드레이 대부인은 오랜 친우의 집에 몸을 의탁하고 있었다. 나이가 들어서인지 아들보다는 젊은 시절을 함께했던 친구와 시간을 보내는 것이 더 좋았다. 아들과의 사이가 그다지 좋지 않다는 이유도 있었다.

"노아."

한때는 후작 영애였으나 이제는 메릴 윈스턴 자작 부인이 된 소꿉친구가 느지막하게 음악실로 들어왔다. 둘은 소녀 시절처럼 연탄곡을 같이 치기로 했었다.

"너는 네 집에서 길이라도 잃었었니?"

매사에 냉엄한 태도를 잃지 않던 노아 대부인도 소중한 친우 앞에서는 가볍게 농을 던졌다. 평소였다면 메릴 부인은 까르르 웃음을 터트렸을 것이다. 그러나 그녀는 걱정스러운 얼굴을 한 채로 노아 대부인의 곁으로 갔다.

"황녀가 임시 국정 대리인으로 임명되었다는데, 혹시 아들에게 뭐 들은 거 없니?"

대부인이 의아하게 되물었다.

"내명부가 아니라?"

"응. 며칠 전에 키드레이 공작이 황녀를 데리고 있었다고 하던데 못

들었니? 그리고 방금 또 소식이 들어왔는데 에반스 후작가에서 마약을 유통했다지 뭐니?"

카예나가 내명부 권한을 쥐고 황궁을 한번 뒤집은 이후로 새로운 소식을 즉각적으로 받기가 어려워졌다. 메릴 부인은 드뷔시 재상의 조카딸이라 소식을 금방 들은 듯했다.

'새로운 후계자로 임명한 건 아닌데 국정 대리인이라……? 재상보다 더 큰 권한을 쥐었단 말인데.'

게다가 에반스 후작가에서 마약을 재배했단 것이 드러났다. 이 사건이 정계를 어떻게 휩쓸지도 지켜봐야 했다. 현재 정계의 중심에 황녀가 있었다.

'라파엘로가 잘 처신하고 있었구나.'

아들이 갑자기 황녀와 긴밀하게 소통하는 듯하여 못마땅하게 여겼다. 황녀는 그 선황후의 딸이기도 하고 그간 소문도 상당히 좋지 않았기 때문이다. 방만하고 어리석은 황녀라고 생각한 게 불과 몇 달 전이었다.

"흐음."

하지만 이쯤 되니 카예나 황녀가 궁금해지기 시작했다. 노아 대부인은 잠깐 생각에 잠겼다가 친구를 향해 입을 열었다.

"자연스럽게 황녀와 만날 자리를 만들 수 있을까?"

"뭐?"

이 시기면 카예나의 주변이 평소보다 더 삼엄할 것이다. 곧 황녀의 성년식이니 성대한 연회가 열리겠지만 그때는 주변의 눈이 너무 많다. 비밀스럽게 만날 수 있는 사적인 자리가 필요했다.

대부인은 괜찮은 방법이 없을지 잠시 떠올려 보다가 제 아들이 한 방법이 생각났다.

"나도 건물이나 기부할까."

아들은 건물 한 채를 기부하고 황녀를 만날 수 있었다. 그럼 나는 세 채쯤 기부하면 되지 않을까? 대부인은 진지하게 고민했다.

---※---

중앙군이 사용하는 별궁은 본성 다음으로 컸으며 몇 채나 되었다. 그곳에는 커다란 연무장이 있는데 새벽부터 기사들의 훈련이 시작된다.

중앙군 소속 기사들은 평소처럼 오전 훈련을 마치고 숙소로 돌아가고 있었다. 그런데 숙소가 뭔가 이상하게 소란스러웠다. 궁정 하인들이 부산스럽게 뭘 옮기고 쓸고 닦는 게 보였다. 다가가서 보니 건물을 대청소하고 있었다.

"이건 이쪽으로……."

"거기! 꾸물거리지 마!"

기사들은 눈앞의 광경을 멍하니 바라보았다. 그들은 하인 중 한 사람을 붙잡고 무슨 일이냐고 물어보았다.

"글쎄요, 저희는 오늘 오전 중으로 기사단 숙소 위생 상태를 개선하라는 명을 하달받았을 뿐입니다."

그 말에 기사들은 아, 하고 고개를 끄덕였다. 봄맞이 대청소인가 보다. 봄이 온 지는 좀 되긴 했지만. 남자들이 득시글해 어딘가 꾀죄죄했던 건물은 금방 쾌적해지기 시작했다. 그들은 그것만으로도 오랜만에 상쾌한 기분을 느꼈다. 그러나 변화는 그것으로 끝나지 않았다. 낯선 사람들이 대거 기사단을 방문한 것이다.

"혹시 이곳 별궁 관리 책임자는 누구십니까?"

기사들은 선뜻 입을 열지 못하다가 서로 물어보았다.

"우리한테 그런 게 있었나……?"

그러던 중 소식을 하달받은 것인지 곧 부기사단장 중 하나가 헐레벌떡 뛰쳐나왔다.

"제가 이곳 관리자 중 한 사람입니다만, 무슨 일이십니까?"

"황실 중앙군 의복 제작 의뢰를 받았습니다만."

낯선 방문자는 다름 아닌 포목상이었다. 그는 황실에서 의뢰받은 내용을 부단장에게 전달했다.

"제복을 다시 맞춘다고요?"

"예, 제복만이 아니라 훈련복까지 새롭게 제작하라는 의뢰를 받았습니다."

그들은 지금 이게 무슨 일인지 도무지 이해되지 않았다.

"수도 포목점에서 우선적으로 마련한 의복은 내무부로 보냈습니다."

이상한 일은 그것으로 그치지 않았다. 기사들은 일단 끼니때가 되어 식당으로 향했다. 식당으로 다가갈수록 아주 좋은 냄새가 풍겼다.

"이게 무슨 냄새지?"

그들은 또 어리둥절해하며 일단 식당으로 들어갔다. 그런데 메뉴가 평소에 보던 것과 달랐다. 고소한 냄새를 풍기는 고기가 들어간 밀도 높은 스튜, 김이 모락모락 피어나는 버터 감자, 육즙이 자르르 흐르는 두툼한 돼지고기 등이 식욕을 자극했다.

"오늘 무슨 축제나 기념일이야? 특식이 나왔는데."

그들은 눈을 휘둥그레 뜨며 식단을 확인하다가 헐레벌떡 식판을 들었다. 그때 누군가가 말했다.

"며칠 전에 워렌 경이 과자를 나눠 주면서 뭔가 좋은 일이 있을 거라고 하지 않았어?"

그들의 대화는 순식간에 카예나의 과자로 넘어갔다.

"그러게. 황녀 전하께서 구워 주신 과자 참 맛있었는데."

"아아, 맞아. 난 그렇게 버터를 많이 쓴 과자는 난생처음 먹어 봤어!"

"근데 워렌 경은 어떻게 과자를 받아 왔대?"

"나야 모르지."

어쨌든 오랜만에 맛있고 든든한 식사를 하니 무척 기분이 좋았다.

"혹시 이게 예산 삭감 전에 즐기는 마지막 진수성찬이라거나 그렇진 않겠지?"

누군가의 말에 흥겨웠던 분위기가 살짝 가라앉았다.

"봉급도 매년 줄어들어서 큰일이야. 가족에게 면목이 없어."

"솔직히 용병과 중앙군 처지가 다를 게 없지."

"제대하고 다시 시골로 내려가야 할지도 몰라. 수도로 오면 다 해결될 줄 알았는데……."

그때 식당으로 제드 총기사단장이 나타났다.

"안녕하십니까, 단장님!"

최근 이런저런 일들로 표정이 좋지 않았던 단장의 얼굴이 활짝 펴 있었다. 제드는 흐뭇하게 식당 안을 둘러보며 물었다.

"맛있게들 식사하고 있나?"

"예, 끝내줍니다!"

누군가의 외침에 와르르 웃음이 터졌다.

"입맛에 맞아 다행이군. 앞으로도 이렇게 준비하면 되겠어."

앞으로도라니? 제드는 씩 웃으며 말을 이었다.

"제군들이 식사 중인 건 알지만 중요한 전달 사항이 있어서 이렇게 찾아왔다."

그는 헛기침하며 다시금 목청을 가다듬었다. 진짜 중요한 소식을 이야기해야 했기 때문이다.

"중앙군은 차주부터 수도 토지 개간에 동원될 예정이다."

예상치 못했던 말에 다들 슬쩍 눈치를 살폈다. 군인이 토지 개간 같은 노동력이 많이 필요한 일에 동원되는 건 흔한 일이기는 했다.

"개간된 토지는 중앙군 소속 군인에게 노동의 대가로 배분될 예정이다. 또한, 제군들에게 정착 지원금도 나올 거야."

토지 배분? 정착 지원금? 그들은 입을 떡 벌리며 제드를 바라보았다.

"이 모든 건 황녀 전하의 지시 사항이다."

단장의 말이 끝나자 식당 안이 점차 술렁거리기 시작했다.

"그, 그게 정말입니까? 정착 지원금을 준다고요? 땅도 말입니까?"

"그래. 카예나 황녀 전하께서 중앙군이 수도에 정착하여 가정을 꾸리도록 독려하셨다. 지금 자네들이 먹는 것, 오늘 지급된 모든 것들이 다 전하께서 황녀궁 예산을 중앙군으로 편성해 주신 덕분에 가능했던 일이다."

그들은 분명 이야기를 듣고 있음에도 무슨 소리인지 바로 알아듣질 못했다. 황녀가 왜 그들에게 이렇게 잘해 준다는 말인가?

"곧 황녀 전하께서 제군들을 독려할 겸 내부를 직접 살피러 방문하실 예정이다. 감사한 마음으로 예를 다하도록!"

"……예, 알겠습니다."

기사들은 멍한 기분으로 훌륭한 식사를 마쳤다. 그들은 깨끗해진 숙소로 돌아와 깨끗한 새 면 셔츠도 지급받았다.

"꿈인가?"

그때 평기사 하나가 헐레벌떡 달려왔다.

"황녀 전하께서 지금 단장 집무실로 가셨대!"

그들은 서로 눈을 맞췄다. 살짝 가 볼까? 그래, 아까 단장도 예를 다하라고 했잖아. 결정은 빨랐다. 그들은 제드 단장이 사용하는 집무실로 우글우글 몰려갔다.

"어? 단장님 옆에……."

누군가가 어디를 가리켰다. 제드 단장이 어떤 여자를 에스코트하고 있었다.

"헉……!"

기사들은 눈알이 빠질 듯이 눈을 큼직하게 떴다. 제드 단장이 에스코트한 여자는 마치 사람이 아닌 듯했다. 은은한 하늘색 드레스를 입은 채 구름을 밟는 것처럼 사뿐사뿐 걷는 모습을 보니 천사님이 분명했다. 머리카락이 걸음에 찰랑거리는데 그게 꼭 날개 같았다.

"와……."

제드 단장이 엄한 목소리로 호통쳤다.

"황녀 전하께 예를 갖춰야지!"

그제야 그들은 제드 단장이 에스코트한 여자가 천사가 아닌 카예나 황녀임을 알아보았다. 갑자기 찬물을 맞은 것처럼 정신이 번쩍 들었다.

"화, 황녀 전하를 뵙습니다!"

그들은 다급하게 인사를 올렸다.

"쯧. 지금이 전시 상황이었으면 너희는 다 처벌 대상이었다. 기사가 그리 넋을 놓고 다녀서야!"

"죄송합니다!"

워낙 카예나 황녀의 성질머리에 대해 들은 이야기가 많은 터라 기사들은 침을 꼴깍 삼키며 불호령을 기다렸다.

"일어나라."

기사들은 쭈뼛거리며 자리에서 일어났다.

카예나는 작게 웃음을 터트렸다. 그녀가 제드에게 말했다.

"제가 기사단에 무심하였으니 이들이 알아보지 못한 것도 당연한 일이에요."

당황스러운 마음에 얼굴을 발그레 물들이며 어쩔 줄 모르는 기사들의 모습이 풋풋하고 싱그러웠다. 카예나가 웃으니 그들은 금방 녹진하게 풀어진 얼굴로 따라 웃었다.

그녀는 문득 이들과 나이대가 비슷한 라파엘로를 떠올렸다. 그도 분명 젊은 혈기와 동시에 싱그러움을 품고 있었다. 다만 특유의 성격과 분위기 때문인지 어리다는 느낌은 들지 않았다. 거기다 생각이나 행동하는 것도 남달랐다.

'외모든 뭐든 무엇 하나 범상한 게 없지. 뭐, 남자 주인공이니 당연한⋯⋯.'

카예나는 그에 대해 생각하다가 멈칫했다.

"음⋯⋯."

어느새 또 라파엘로 생각이었다. 그녀는 걸음을 옮기다가 야트막한 한숨을 내쉬었다.

곁에 있던 제드가 그 기색을 눈치채고 곁눈질하며 물었다.

"혹시 어디 마음에 차지 않는 부분이라도 있으십니까?"

그는 혹여나 평기사들의 태도에 황녀의 심기가 불편해진 건 아닐지 걱정했다. 그러나 카예나는 평기사들에게 조금의 유감도 없었다. 그냥 그들을 보니 라파엘로가 생각났을 뿐이었다. 카예나가 난감하게 웃었다.

"그렇지 않아요. 그냥 다른 생각이 나서요."

제드 단장은 뭔가 미심쩍은지 눈치 살피기를 거두지 않았다. 그녀는 적당한 변명을 대기 위해 입가로 약간 곤란해하는 듯한 미소를 띠웠다.

"실은 국정 업무를 비롯해 이것저것 공부하다 보니 잠을 설쳤어요. 티 내지 않으려 했는데…… 제가 미숙했군요."

곁을 조용히 따르던 베라가 덧붙였다.

"최근 잠도 거의 주무시지 않고 업무만 처리하셨어요. 특히 보내 주신 보고서에 적힌 중앙군 처우 개선 문제를 짧은 시간 내로 모두 해결하느라 더 고생하셨죠."

"베라."

카예나가 타이르듯 그녀의 이름을 불렀다. 베라는 거기서 멈추지 않고 카예나의 노고를 반드시 기억해 두라는 듯이 또박또박 말했다.

"이런저런 사건도 많았는데 전하께서는 괜찮다고만 하시니 아랫사람들의 걱정이 이만저만이 아닙니다."

카예나는 어색하게 웃었다. 최근 카예나의 평균 수면 시간은 고작 4시간이었다. 약간 기절하고 싶은 기분이었지만 아직은 참을 만했다.

'그래도 일 처리는 잘 되고 있는 것 같아서 다행이네.'

결과가 좋으니 밤잠 줄여가며 일한 보람이 있었다.

"아니, 그렇게까지 무리하지 않으셔도 됐는데요."

제드는 베라의 말을 듣고 깜짝 놀랐다. 새삼 그녀에게 고마웠다.

"전하께 큰 은혜를 입었습니다."

그는 진심을 담아 감사를 표시했다.

'그때 폐하의 침소에서나, 국무 회의에서 상당히 통쾌했지. 십 년

묵은 체증이 내려가는 기분이었어.'

드뷔시 재상과 드잡이질만 하지 않았다 뿐이지 그간 얼마나 치열하게 힘겨루기를 해 왔던가?

"전하께서는……."

그는 품위 있는 모습으로 천천히 걷는 황녀를 보며 조심스럽게 입을 열었다.

"제가 생각했던 것과는 참으로 다르신 것 같습니다."

"그런가요?"

카예나는 싱긋 웃기만 했다.

제드는 이토록 능동적으로 움직이는 황족을 모신 게 오랜만이었다. 이상하게 젊은 시절이 떠오르며 온몸에 활력이 샘솟았다.

"중앙군이 안정될 때까지 황녀궁 예산을 계속해서 지원할 생각이에요."

'빚을 지울 거면 상대가 미안해할 정도로 확실하게 지워야 해. 그래야 마음에 남지.'

카예나는 계속해서 웃는 얼굴로 말했다.

"총기사단장님은 한동안 중앙권을 새롭게 정비하는 일에 총력을 기울여 주셨으면 해요."

제드는 고개를 꾸벅 숙였다.

"중앙군을 중요한 세력으로 탈바꿈하려면 겉보기도 중요해요."

"토지 개간이 완료되면 황성에 주둔시킬 기사는 정예로만 구성할 생각입니다."

"좋네요. 주둔할 기사는 일정한 인원으로 관리하는 게 좋겠어요."

카예나는 제드와 이야기를 마치고 연무장 주변을 한 바퀴 돌았다.

그녀는 하품을 삼키며 다음 할 일을 생각했다. 일단 수도에 개간할 지역을 확인해야 한다. 다음 국무 회의를 대비해 행정 업무도 공부해야 했고 레제프에게 보낼 간식도 만들어야 했다.

'게다가 곧 내 성년식도 있지.'

카예나는 이만 다른 업무를 처리해야 할 시간이었기에 제드를 향해 말했다.

"필요한 물품은 아낌없이 구비하고 영수증만 보고서에 첨부하세요."

"분부대로 따르겠습니다."

그때 시종이 카예나의 앞으로 다가왔다. 그녀가 황제의 알현을 요청하고자 보냈던 시종이었다. 시종은 예를 갖추고 나서 말했다.

"폐하께서 오라고 하십니다."

"그래. 가자꾸나."

카예나는 흔쾌히 시종을 따라 나섰다. 그녀는 오늘 준비해 두었던 은 스푼을 진상할 생각이었다. 그녀는 걸음을 서둘러 황제의 침실로 향했다.

침실에 도착하자 황제가 들어오라고 허락하는 목소리가 들렸다.

"부왕 폐하를 뵙습니다."

황제가 몸을 일으키며 말했다.

"하멜 백작가를 다녀왔다지?"

"네. 이모님을 뵈러 잠깐 다녀왔어요."

에스테반 황제는 속내를 알기 어려운 딸의 얼굴을 바라보았다. 카예나는 갈수록 표정을 가다듬는 것이 더 능숙해졌다. 전에는 그래도 어느 정도 풀어진 면이 있었는데 지금은 무서울 정도로 일관적이며 의중이 읽히지 않았다.

'뭔가 단단히 마음먹은 모양이군.'

그녀는 어느새 준비된 지배자의 모습을 하고 있었다.

"친족에게는 항상 마음을 써야 한다. 그래야 허튼 생각을 품지 않으니."

"부왕의 가르침, 명심하겠습니다."

카예나는 그렇게 대답했으나 속으로는 참 묘한 말이라고 생각했다. 친족에게는 항상 마음을 써야 한다, 라.

'항상 마음을 쓰지 못한 결과물이 바로 지금 내 눈앞에 있는 건가.'

카예나는 전보다 더 마른 부왕을 바라보다가 베라를 불렀다.

"베라, 준비한 것을 가져오너라."

뒤에 서 있던 베라가 손에 든 융단으로 감싼 상자를 가져왔다. 그것은 사원의 축성을 받았단 표시로 비단 띠가 감겨 있었다.

"이게 무엇이냐?"

"사원에서 축성받은 은 스푼이에요."

상자에 담긴 다섯 개의 은 스푼은 각각 다른 색의 보석으로 장식되어 있었다. 그것들은 하나같이 모양이 아름다워 장식품처럼 보였다.

"부왕께서 건강을 회복하셔서 오랫동안 곁에 머물러 주시길 바라는 마음에서 준비해 보았어요."

은 스푼은 권모술수가 오가는 황궁에서 중요한 의미를 지닌 물품 중 하나였다. 게다가 이것이 진짜 은이라는 것을 사원의 축성으로 검증받기까지 했다.

"나랏일로 바쁠 아이가 이렇게 쓸데없는 일에 신경 쓸 것 없다."

"제가 어찌 신경 쓰지 않을 수 있겠어요."

카예나는 능숙하게 웃어 보였다. 그녀는 침실 안을 둘러보다가 고개를 푹 숙인 채 긴장한 모습의 시종을 발견했다. 전에 카예나와 독을 같이 나눠 마셨던, 황제의 찻물에 독을 타는 그 시종이었다.

"자네."

그녀는 일부러 그 시종을 불렀다. 황녀의 부름에 시종이 몸을 움찔 떨었다.

"네, 네?"

카예나가 은 스푼이 담긴 상자를 가리키며 말했다.

"들고 가거라."

그러자 시종이 다가와 은 스푼을 건네받았다. 그의 표정이 상당히 좋지 않았다.

곁에 있던 루든 시종장이 미소 지으며 말했다.

"황녀 전하의 효심이 날이 갈수록 깊어지니 귀족들의 귀감이 아닐 수 없습니다, 폐하."

카예나는 미소 지은 얼굴로 고개를 살짝 숙였다.

"중앙군 이야기를 들었다. 장하구나."

"과찬이세요."

황제는 겸손하게 말하지 않아도 된다고 말하려다가 기침을 토했다. 낯빛이 그사이 더 창백해져 있었다. 루든이 굳은 표정으로 말했다.

"폐하께서는 이만 쉬셔야 할 듯합니다."

"그러는 게 좋겠어요. 그럼 저는 물러나 보겠습니다."

카예나가 자리에서 일어났다.

－❀◦❀－

"줄리아가 여전히 보이지를 않네."

어제야 휴가를 썼다지만 오늘도 줄리아의 모습이 보이지 않는 것은 조금 의아했다.

베라가 난감하게 말했다.

"그렇지 않아도 방금 에반스 후작에게서 전령이 도착했습니다. 줄리아 양이 다치는 바람에 성년식 전까지는 좀 쉬어야 할 것 같다고 합니다."

카예나는 줄리아가 다쳤다는 말에 의아해졌다.

'사람이 다칠 수도 있지만…… 뭔가 이상하네.'

그녀는 알겠다며 고개를 끄덕였다. 어쨌든 지금은 할 일이 태산이었다. 카예나는 며칠째 밤잠 줄여 가며 모든 시간을 업무에 투자하고 있었다. 그런데도 잠깐 쉬기라도 하면 일거리가 다시 한가득 쌓였다. 제대로 업무를 처리할 수 있는 우두머리가 생기니 행정 부처들이 너도나도 보고서와 상소를 보내 댄 탓이었다.

"으음."

모르는 부분은 즉각 자료를 찾아보며 업무를 처리하던 카예나가 눈가를 문질렀다. 고단한 몸으로 글씨를 읽으니 졸음이 더 거세게 쏟아졌다. 상쾌한 공기라도 마셔서 잠을 좀 깨야 할 것 같았다.

"자료를 챙겨 화원으로 나가야겠다. 실내에 있으면 더 졸릴 것 같아."

"채비하겠습니다."

그녀는 화원으로 걸음을 옮겼다.

─❊─

카예나는 지극히 효율에만 초점을 맞춰 황궁을 보살폈다. 그 발상은 사실 귀족답지는 않았기에 귀족 사회에 커다란 반향을 불러일으켰다. 대체 어느 황족이, 어느 귀족이 제 예산을 삭감하고 다른 이들의 복지에 보탠단 말인가?

어쨌든 중앙군 기사들은 온당한 권리를 누리게 되었다. 그들은 그것이 황녀의 호의라는 것에 상당히 감명받았다. 그간의 설움이 봄날의 눈처럼 녹아내렸다.

그렇다고 해도 상대는 황녀다. 그들은 감히 그녀에게 고마움은 느껴도 친밀감은 느끼지 못했다. 바로 어제까지는 그랬었다.

그들은 커다란 고민에 빠져 있었다.

"황녀 전하 맞으시지……?"

"……음, 내가 아는 바로는 그런 것 같은데."

중앙군에 소속된 네 명의 평기사는 새 훈련복을 지급받느라 비품실을 다녀오던 길이었다. 카예나 황녀가 화원 의자에 기대어 잠들어 있었다.

"주무시는 건가?"

기사들은 천을 깔아놓은 깊은 의자에 몸을 묻은 카예나를 발견하고 걸음을 멈췄다. 햇살을 받아 반짝반짝 빛나는 채로 잠든 황녀의 모습에 그들은 어쩔 줄 몰랐다. 이대로 지나칠까? 그런데 왜 근처에 수행원이 안 보이지?

황녀는 업무를 보던 중인 것 같았다. 테이블엔 서류가 널브러져 있고 손에도 뭔가가 잔뜩 들려 있었다. 문제는 카예나가 그 상태로 잠들어 있다는 것이었다.

"이대로 가도 괜찮을까…?"

아마 예전이었다면 못 본 척하고 황급히 자리를 피했을지도 모른다.

그런데 지금 기사들은 서로 눈을 맞추며 의아해하다가 주변을 살폈다.

"황궁 안이기는 해도 좀 위험하지 않을까? 최근에 몇 번이나 이분을 납치하려는 시도도 있었잖아."

그들은 잠든 황녀를 힐끗 보았다. 그녀는 간악한 저주로 영원한 잠에 빠진 동화 속 공주처럼 잠들어 있었다. 아마 그 간악한 저주의 매개체는 저 슬쩍 보기만 해도 눈 아픈 서류들일 게 뻔했다.

그때 카예나가 잠결에 손에 쥐고 있던 서류를 힘없이 떨어트렸다. 종이가 팔랑 휘날리며 기사들의 발치에 떨어졌다. 한 기사가 서류를 주워 들었다.

"……으음."

무심결에 서류를 힐끔 본 기사가 침음을 흘리며 머릴 긁적였다. 중앙군 처우 개선에 관련된 자료였기 때문이었다. 황녀는 지금 중앙군 문제로 일하다가 잠든 것이다. 그들은 묘한 눈으로 서류를 보다가 테이블에 정리해서 올려 두었다.

"고민할 필요 있어? 어차피 우리가 할 일이 황녀 전하를 지켜내는 거잖아!"

엘다임 제국을, 특히 수도를 수호하는 이유를 결국 따지자면 황족을 보호하는 것이다. 썩 합당한 말이었다.

"그럼 오후 훈련은 어쩌려고?"

"하지만 전하께서 저렇게 무방비하게 잠드셨는데 어찌 그냥 지나치겠어? 저분께서 우리에게 베풀어 주신 은혜를 생각해 봐."

"그래. 듣자 하니 국정을 돌보시느라 며칠 동안 한숨도 못 주무셨대."

완전히 밤샌 건 딱 하루였으나 소문이 와전되어 있었다.

"우리가 지켜 드리자!"

그들은 혹시라도 잠든 카예나가 깰까 봐 조용히 자체적으로 보초를 서기 시작했다.

시간이 좀 흘렀을 때였다. 황실 직속 기사와 베라가 손에 둘둘 말 담요, 쿠션 등을 한 아름 들고 나타났다. 호위 기사, 이든은 중앙군 소속 평기사들을 발견하고 의아해하는 표정을 지었다.

"자네들, 뭘 하는 건가?"

평기사들은 이든의 차림을 보더니 고개를 꾸벅 숙이고는 대답했다.

"지나가는 길에 전하께서 홀로 화원에 잠들어 계시기에……."

"저 조경수 뒤편에 기사들이 있는데?"

그 말에 평기사들이 놀란 눈으로 주변을 두리번거렸다. 호위 기사는 허허 웃으며 말했다.

"설마 전하께서 홀로 계실 리가 있겠는가."

"어……. 그, 그렇지요?"

그들은 뻘쭘하게 머릴 긁적였다. 이든은 그 모습을 꽤 흐뭇하게 지켜보았다. 이런 변화가 보기 좋았기 때문이었다.

그때 카예나가 몸을 뒤척이더니 스르르 눈떴다. 그녀는 자신이 깜빡 잠들었단 사실을 깨달았다. 고개를 돌리니 호위 기사가 눈에 보였다.

"일어나셨습니까."

그녀는 고개를 살짝 끄덕였다. 그러다 주위에 같이 서 있는 중앙군 기사를 발견했다.

"으음? 이들은……."

베라가 카예나에게 담요를 덮어 주며 흐뭇한 미소로 말했다.

"전하께서 곤히 주무시기에 잠시 담요를 가지러 간 사이, 이들이 보초를 서고 있었습니다."

중앙군 기사들은 허둥지둥 모여 인사를 올렸다.

"황녀 전하를 뵙습니다."

카예나는 눈을 깜빡거리며 고개를 갸웃했다. 중앙군 기사는 황실 직속 기사와 그 성질이 다르다. 그렇기에 특수한 명령이 없는 한 그녀를 지킬 이유가 없었다.

"죄송합니다, 전하! 다른 호위 기사들이 있는 줄 몰라 주제도 모르고……."

평기사들은 괜히 나섰다 생각했는지 곤란하다는 표정을 하고 있었다. 카예나는 이상한 기분이 들었다. 아무런 대가를 바라지 않는 자발적이고 순수한 호의라는 게 그녀의 생에 얼마나 드문 일이던가.

'내게 기사의 맹세를 했던 이는 많았지.'

그러나 그건 순전히 카예나의 미모에 매료되어 그녀를 욕심낸 자들의 맹세였을 뿐이다. 그도 아니면 부마 자리를 탐냈던가.

눈앞의 평기사들은 그녀를 어려워할 뿐 눈에는 그 어떤 음험한 욕망도 없었다. 자신도 이렇게 순수하고 맑은 시선을 받을 수 있었구나. 그 사실을 깨닫게 되어 조금 놀라웠다.

"날 호위해 준 건가? 다들 고맙구나."

"다, 당치 않으십니다! 마땅히 해야 할 일이었습니다!"

그들은 민망함과 쑥스러움에 얼굴을 벌겋게 물들였다. 카예나의 미소와 독려는 그들의 정신을 쏙 빼놓을 만큼 강력했다.

"그럼 이만 물러나겠습니다, 전하!"

기사들은 금방 떠나려고 했다.

"잠깐."

카예나가 그들을 불러 세웠다. 그들은 뻣뻣한 태도로 그녀를 슬쩍 돌아보았다. 그녀는 순박한 청년들이 숫기 없이 쭈뼛거리는 모습을 보며 부드러이 웃었다.

"지금은 오후 훈련 시간이 아닌가? 날 호위하느라 늦은 건 아니겠지?"

"아닙니다!"

아닐 리가 있나. 카예나는 웃으며 이든에게 부탁했다.

"이들과 같이 중앙군 기사단으로 가서 상황을 좀 설명해 줄 수 있겠는가?"

제게 순수한 호의를 보여 준 이들에게 작게나마 도움을 주고 싶었다.

그 뜻을 알아차린 이든이 웃으며 고개 숙였다.

"명을 받듭니다, 전하."

기사들은 어리둥절해하다가 다급하게 고개 숙였다.

"은혜에 감사드립니다, 전하!"

"그럴 것까지야. 그럼 모두 힘내서 오후 훈련을 소화하도록."

기사들은 다시 인사를 올리고 이든과 함께 삐걱삐걱 기사단으로 돌아갔다.

─◈─

"이놈들!"

연무장으로 들어서자, 오후 훈련을 주관하던 부단장이 그들을 발견하고 불같이 화를 내려다 그들을 따라온 황실 직속 기사를 발견하고 멈칫했다.

"수고 많으십니다."

이든은 부단장과 가볍게 인사를 나누며 자초지종을 설명했다.

"아, 하하! 이 녀석들이 아직 어수룩합니다. 이해해 주십시오."

"그럴 것 있겠습니까? 중앙군 기사가 자처해서 전하를 호위했다는 이야기는 미담이지요."

"그렇게 생각해 주시니 고맙군요."

이든은 깔끔히 진상 규명 후 기사단을 떠났다.

중앙군 기사들은 훈련이 끝나자마자 이게 무슨 일이냐고 그들을 닦달했다.

"너희가 화원에서 잠든 전하를 위해 보초를 섰다는 말이지?"

"며칠 만에 간신히 잠드신 건지 황실 직속 기사가 직접 담요까지 가지러 다녀왔다니까."

이야기는 서서히 과장되기 시작했다.

"시녀들은 어쩌시고?"

"전하께서 그리 바쁘신데 고작 넷 있는 시녀라면 말 다 했지."

"하긴. 게다가 변고가 있었던 게 고작 며칠 전이잖아? 그런데도 제국을 위해 그렇게 희생하시다니……."

"맞아. 그런 험한 일을 당하셨으니 지금은 좀 쉬시면서 요양하셔도 될 텐데."

그때 서류를 주워 들었던 평기사가 말을 덧붙였다.

"중앙군 수도 정착 문제 때문에 주무시지 못한 것 같았어. 거기에 관련된 서류를 보다가 잠드셨더라."

중앙군에 관련한 이슈는 최근의 것이고 가장 큰일이니 황녀가 그 일을 처리하고 있는 건 당연했다. 기사들은 그것까지는 생각지 못하고 그저 카예나의 희생정신만 느꼈다. 주변이 숙연해졌다.

"그분께서는 그렇게 눈코 뜰 새도 없으신데 우리에게 과자도 구워 주셨어."

"기사들이 어떻게 지내는지 몸소 둘러보셨지."

"오늘은 혹시 오후 훈련에 불참한 우리가 불이익이라도 당할까 봐 호위 기사를 같이 보내 주셨잖아."

이야기는 입에서 입으로 옮겨지며 새로운 이야기들이 첨삭되었다. 납치 사건에도 굴하지 않고 제국을 다스리느라 한숨도 자지 않고 일한다, 커피만 몇십 잔을 마셨다고 하더라, 화원에서 잠든 게 아니고 쓰러진 거라더라, 까지. 카예나가 모르는 곳에서부터 그녀를 칭송하는 소리가 흘러나왔다.

"결심했어. 나의 유일한 레이디는 바로 황녀 전하시다."

기사들 사이에서 암묵적으로 의견이 합치되고 있었다.

─※─

수증기가 뿌옇게 찬 욕실에서 나온 라파엘로는 검은 가운을 걸치고 허리를 느슨하게 조였다. 물기가 완전히 마르지 않아 가운이 몸에 달라붙어 굴곡을 그대로 그려 냈다. 볕에 잘 타지 않는 피부라 부드러운 크림처럼 맑은 살갗이 검은 실크 가운에 대비되어 야살스러운 느낌마저 자아냈다.

그는 머리칼을 툭툭 털었다. 길게 내려온 젖은 앞머리가 시야를 방해했다. 손으로 쓸어 넘기자 반듯한 이마와 곧은 눈썹이 드러났다. 라파엘로는 드레스 룸으로 향했다. 제레미를 도와 주인을 보좌하는 업무를 배우는 중인 바스턴이 휘파람을 휙 불었다.

"오, 주인님. 오늘따라……."

너무 야한 것 아니냐고 농을 던지려다가 입을 다물었다. 흘러내린 머리카락 사이로 보이는 붉은 눈동자가 자신을 비스듬히 바라보는 게 묘하게 긴장감을 일으켰다.

"……참 깨끗하시다고요."

그는 가슴을 쓸어내렸다.

'하마터면 설렐 뻔했잖아.'

바스턴은 인간미 없는 주인의 미모에 심장이 두근거릴 뻔했다.

'아무리 잘생겼어도! 상대는 190㎝에 육박하는 시커먼 남자라고! 물론 잘생겼지만!'

세상에. 생각만 해도 징그러운 일이었다. 등골이 다 서늘했다.

'그러고 보니 분위기가 상당히 변하신 것 같은데.'

라파엘로는 늘 건조한 표정을 하고 있었다. 그런데 어느 순간 분위기가 확 바뀌었다. 눈빛이 특히 달라졌다. 어딘가 깊고 어두워져 나른하고 퇴폐적인 느낌마저 자아냈다. 아주 짧은 시간에 완벽한 남자가 된 모습이었다.

그의 주인은 술을 즐겨 마시는 사람도 아니었다. 그런데 요즘은 밤에 잠들지 못해 와인이나 위스키를 마시는 것 같았다. 며칠 사이 체중도 좀 줄었는지 가뜩이나 완벽하던 턱선이 더 도드라졌다.

바스턴은 침을 꼴깍 삼켰다.

'……차였나?'

그게 아니고서는 설명할 길이 없는데…….

바스턴은 몹시 속상했다. 우리 주인님이 재수 없기는 해도 뭐든 다 잘하는 줄 알았더니 연애를 못할 줄이야! 그는 비통한 심정으로 라파엘로가 갈아입을 옷을 준비했다.

그사이 라파엘로는 테이블에 놓인 위스키 잔을 들다가 내려놓았다. 시간을 보니 곧 꼬마 손님이 방문할 때였다.

물 주전자를 들어 잔에 물을 한가득 채웠다. 요즘 이상하게 갈증이 자주 일었다. 마음의 문제인지 정말 목이 말라 생기는 갈증인지 알 수 없었다. 그는 물 한 잔을 완전히 비우며 갈증을 삭혔다. 고개를 젖혀 들자 가운이 벌어져 매끈한 가슴팍이 드러났다.

바스턴은 눈을 흐리게 떠야 했다. 아무래도 주인에게 얼른 옷을 갈아입혀야 할 것 같았다.

"주인님, 갈아입으실 옷입니다."

라파엘로는 흰 셔츠의 깃을 세우고 실크 타이를 둘렀다. 타이 위에는 새파란 다이아몬드 핀을 채웠다. 셔츠의 커프스단추는 노란 토파즈였다. 요즘 그는 카예나의 푸른 눈동자나 달콤한 레몬색 머리카락을 떠올리게 하는 색깔이라면 뭐든 모았다. 조끼의 은단추를 모두 채웠을 때 노크 소리가 들렸다. 집사가 들어와 말했다.

"주인님, 하멜 영식이 방문했습니다."

그는 고개를 끄덕이고 밖으로 나갔다. 응접실로 가자 라파엘로와 달리 온통 시리고 하얀 소년이 보였다. 소년들이 주로 입는 소매가 풍성한 하얀 셔츠를 입고 목에 가느다란 리본을 묶고 머리에는 앙증맞은 모자를 썼다. 호리호리한 미소년 그 자체였다. 카예나를 닮은 도도한 눈매의 이델은 5년만 흘러도 상당한 미남이 될 것으로 기대되는 외모였다.

이델은 라파엘로를 향해 예를 갖췄다.

"공작님을 뵙습니다."

바스턴은 라파엘로를 수행하다가 믿기지 않을 정도로 예쁘장한 소년이 주인의 손님으로 나타나자 깜짝 놀랐다.

'반짝반짝해! 작고 귀여워!'

공작가가 군사 가문이다 보니 온통 시커멓고 거대하고 우락부락한 남자투성이였다. 그런데 종이 다른 것처럼 하얗고 새치름한 소년이 나타나자 바스턴은 심장을 움켜쥐었다.

소년과 주인이 마주 보고 선 모습이 어딘지 검은 늑대와 새하얀 고양이의 대치처럼 느껴졌다. 대체 이건 무슨 조합일까.

라파엘로가 이델에게 말했다.

"내 저택에 온 걸 환영하네, 하멜 영식."

"그냥 이델이라고 부르세요. ⋯⋯하멜은 불편하니까요."

성을 듣고 나서야 바스턴은 상대가 황제의 사생아라는 사실을 알았다. 이렇게 보니 확실히 카예나와 닮은 구석이 있었다.

"그럼 이델이라고 부르지. 하지만 다른 사람들 앞에서는 뒷말은 빼야 할 거다."

이델은 반발심에 눈을 뾰족하게 뜨다가 수긍했다.

"⋯⋯네."

'뭐지? 이 미묘한 분위기⋯⋯.'

바스턴은 눈을 가늘게 뜨고 두 사람을 번갈아 보았다.

"바스턴."

라파엘로가 바스턴을 돌아보았다. 그 시선에 뜨끔한 바스턴이 부리나케 대답했다.

"예, 주인님!"

"나중에 부를 테니 이만 나가 봐."

바스턴의 입술이 불만으로 삐죽 튀어나왔으나 명을 따랐다.

응접실에는 라파엘로와 이델 둘만 남게 되었다. 라파엘로는 이델에게 자리를 권하며 앉았다. 긴 다리를 휙 꼬고 앉아 차를 한 모금 마시는 모습에서 남다른 품위가 느껴졌다.

이델은 자신의 다리를 내려다보았다. ……다리를 꼬아도 저런 태는 나지 않겠지. 또 뭔가 진 기분이었다.

"오늘 이렇게 날 찾아온 것은 내 제안을 받아들인다는 뜻이겠지?"

전 날, 라파엘로는 황녀궁에 세작을 심었단 사실을 카예나에게 오픈하며 진짜 목적은 두루뭉술하게 감췄었다.

그는 카예나가 하멜 백작가에서 떠난 후 이델과 독대했다.

"내가 공자의 가정교사가 되겠다고 한 제안, 받아들이는 건가?"

이델은 자세를 바르게 고쳐 앉았다. 표정 또한 결심이 선 굳건한 얼굴이었다.

"예."

라파엘로는 고개를 끄덕였다.

"그럼 앞으로는 나를 선생님이라고 부르도록."

그는 이델에게 아카데미에서는 배울 수 없는 진짜 귀족적인 교양, 실질적으로 사용할 수 있는 격투술, 군사학 등을 가르칠 생각이었다. 그 외에도 이델은 모략과 처세술도 습득해야 했다. 이건 황궁에 들어갔을 때 살아남기 위한 준비였다.

이델은 라파엘로에게 괜한 반발심이 있었다. 누이와 친해 보이는 것도, 잘 어울리는 것도 질투 났다. 아무것도 하지 않아도 강하고 단단해 보이면서도 남자다운 근사함을 지닌 사람이었다. 그랬기에 이델은 그가 자신에게 가정교사를 제안했을 때 길게 고민하지 않았다.

"황자가 되기 전까지 완벽히 준비해야 한다."

그건 이델의 성이 린드버그도 하멜도 아닌 '힐'이 된다는 뜻이다. 정식 황위 계승권자가 되는 것이다.

이델은 이 짧은 시간 동안 권력이라는 것이 어떻게 움직이는지 깨달았다. 아무리 평탄한 삶을 바라도 자신에게 황제의 피가 흐르는 이상 가질 수 없다는 것도 배웠다.

레제프가 이델과 그의 모친을 가만히 두겠다고 말했지만 믿을 수 없었다. 또한, 그의 말 한마디에 좌우되는 목숨이기도 싫었다.

그렇지만 황자라는 자리는 원한다고 해서 가질 수 있는 게 아니다. 황좌는 더욱 그렇다. 이델은 황위 쟁탈전에 기꺼이 참전하기로 했다. 그가 뛰어들기로 마음먹은 이유는 간단했다. 강력한 우군이 그의 손을 들어 주기로 했기 때문이었다.

"황녀 전하께서 세력을 모으며 삼파전을 치르시는 동안 너는 빠르게 성장해야 한다. 그게 무섭다면 철저히 도망쳐라."

"싸울 거예요. 그래야 제 가족을 지킬 수 있잖아요."

라파엘로는 이델과 시선을 부딪쳤다. 카예나는 레제프에게서 황위를 빼앗기로 마음먹었다. 그러나 모든 진실을 알았을 때, 카예나가 과연 그 결정을 고수할까? 라파엘로는 알 수 없다고 생각했다. 일단 그녀의 뜻을 존중할 생각이다.

라파엘로는 카예나가 황위를 빼앗아 안전할 수 있다면 기꺼이 따를 생각이었다. 다만 그것이 그녀를 괴롭게 하는 일이라면 도피처를 만들어 피신시켜야 했다.

'어차피 그녀가 자신의 실패를 염두에 두지 않을 리 없지.'

그녀의 성격상 최악의 최악까지 가정해서 판을 굴릴 것이다. 그 안에 새로운 후계자를 추대하는 일이 있으리라는 것은 충분히 예측해 볼 수 있었다.

라파엘로가 고개를 비스듬히 기울이며 입술을 떨어트렸다.

"좋다. 수도의 괴물들에게 잡아먹히지 않게 널 지도해 주지."

-※-

제다이어는 뒤통수를 북북 긁었다. 일개 청부업자에 불과한 그가 이런 수도 중심가의 저택에서 생활해 봤을 리가 없다. 하인리히 대공자가 보낸 사용인들은 잘 교육받은 이들로 나긋하고 사근사근했다. 그게 견디기가 어려웠다. 이 좋은 집이 있는데도 제다이어는 동생을 데려올 수 없었다. 이곳을 채운 전원이 하인리히 대공자의 수하니까.

'인질이 될 수도 있어.'

그는 카예나와 하인리히 대공자에게 받은 목돈으로 더 안전한 장소를 마련해 동생을 옮겼다. 믿을 수 있는 간병인을 붙인 게 그나마 마음의 위안이었다.

'엘릭서만 구할 수 있다면······.'

제다이어는 초조하게 인내했다.

"제다이어 로스 님."

사용인이 정중하게 그를 불렀다. 고개를 돌리자 사용인이 말했다.

"대공가에서 전갈이 도착했습니다."

그는 서신을 받아 봉투를 뜯었다.

"······기사 임명장?"

안에 든 것은 황실 전속 기사 임명장이었다.

-※-

성년식은 이제 고작 일주일을 남겨 두고 있었다. 카예나는 완성된 드레스들을 최종적으로 착의해 보았다.

"잘 수정했구나. 고생 많았다."

침방 시녀가 고개를 숙였다.

"전하께 보탬이 되어 영광스러울 뿐입니다."

드레스는 사치스럽고 화려했다. 그러나 입는 사람이 워낙 대단한 미모를 지녀서인지 조금도 과해 보이지 않았다.

"수잔, 거기 장갑 좀 주겠니?"

"네, 전하."

그녀가 팔뚝까지 감싼 광택 나는 장갑을 끼고 있을 때, 수잔이 카예나의 풀어 놓은 머리카락을 말아 쥐고 틀어 올려 주었다.

곧 목덜미로 차갑고 묵직한 목걸이가 내려앉았다. 동전보다도 큰 보석을 중심으로 초승달 모양으로 온갖 보석이 엮인 목걸이는 대대로 성년식을 치르는 황녀가 착용하는 엘다임 황가의 보물이었다. 목걸이를 걸자 화려함이 정점을 찍은 듯했다.

"그사이 더 마르셨어요."

침방 시녀가 걱정스럽게 말했다. 카예나는 가늘게 웃었다.

"일이 좀 많았잖니."

'몸단장에 과하게 신경 쓰는 것처럼 보였으면 했는데.'

그런데 오히려 이 화려함이 권위적으로 보였다. 조금 마른 뺨 때문인지, 아니면 깊은 눈빛 때문인지 카예나에게는 그 나이대에서 가질 수 없는 다듬어진 분위기가 있었다. 그것이 곧 성년식을 맞이할 그녀를 더욱 특별하게 보이도록 만들었다.

똑똑.

바깥을 지키던 하인이 드레스 룸으로 들어왔다.

"전하, 레제프 황자 전하께서 오셨습니다."

'드레스 룸으로?'

그가 이런 내밀한 장소까지 찾아온 적은 한 번도 없었다. 카예나가 치장하는 것을 구경하는 게 그에게 재미있는 일은 아니니까.

그녀의 표정이 미세하게 굳었다. 레제프를 향한 증오를 아주 밑바닥까지 눌러 놓았으나 제어하기가 쉽지 않았다.

많은 것을 바라지 않았었다. 첫 번째 생에서 헨버튼의 학대로부터 구해 주기만 했더라도 괜찮았을 것이다. 그러나 레제프는 쓸모없어진 카예나에게 일절 신경을 꺼 버렸다. 소설에서 뭐라고 했었더라.

"폐하, 선황녀 전하께서 또 편지를 보내셨습니다."

"그 여자는 이제 선황녀가 아니라 길리안 자작 부인이다. 편지는 태워라. 귀찮게······."

소설의 내용을 몰랐을 땐 레제프에게 편지가 전달되지 않았다고 생각했었다. 그러나 아니었다. 그는 필요 없어진 카예나를 가차 없이 버린 거였다.

지금까지 애써 떠올리려고 하지 않았던 괴로운 이야기들이 카예나의 뇌리에 범람했다.

그것들은 과거다. 지금은 벌어지지 않은 일이다. 카예나는 이성적으로 생각하려 노력했다. 그러나 쉽지 않았다. 레제프를 향한 연민으로 과거의 기억을 겨우 덮어 버렸었는데 이제는 그 연민이 희미해져 갔다.

카예나는 표정을 갈무리하며 말했다.

"들어오라고 해."

드레스 룸으로 들어온 레제프는 무도회 드레스를 점검 중이던 카예나를 발견했다. 눈썹이 휙 올라갔다.

"무슨 일이니, 레제프?"

레제프는 편안한 실내복 차림으로, 타이도 착용하지 않은 상태였다. 그는 안으로 뚜벅뚜벅 걸어 들어오며 말했다.

"곧 성년식이 얼마 남지 않았잖습니까. 미리 생일 선물이라도 전할 겸해서요."

그의 수행원들이 손에 든 상자들을 드레스 룸 안에 차곡차곡 쌓기 시작했다. 생일 선물은 하인을 통해 보내면 된다. 그가 이렇게 직접 찾아올 일이 아니었다. 카예나는 선물들을 확인해 볼 생각도 하지 않으며 입꼬리를 살짝 들어 웃었다.

"고마워."

레제프는 그녀의 아름다운 모습을 삐뚜름한 눈으로 보았다. 원래 누이의 아름다움은 그의 무기였다. 그녀가 아름다우면 아름다울수록 그에게 가치가 있었다. 그러나 이제 카예나의 지나친 아름다움은 레제프의 고민거리였다.

'벌레들이 또 난리 치게 생겼군.'

그 생각을 하니 벌써 골치가 아팠다.

'예이스터 하인리히 그 자식이 제일 문제인데.'

국정 대리인이 된 카예나를 삼켜서 소화하기만 하면 황좌를 거머쥐는 지름길에 오른 것이나 다름없었다. 레제프는 그녀가 친누이이므로 현재는 유리한 고지를 점하고 있었다. 다만 하인리히 대공자가 카예나와 결혼한다면 이야기가 달라진다.

'차라리 마음에 들진 않아도 라파엘로와 결혼하는 게 내 상황에서는 더 낫지만……'

그냥 누이가 누군가의 아내가 되는 꼴을 보기가 싫었다. 그렇게 되면 레제프는 카예나에게 더는 첫 번째가 아닐 테니까. 그녀의 남편, 그녀의 아이가 첫 번째가 될 것이다. 그 생각에 사로잡힐 때면 걷잡을 수 없는 폭력성이 끓어올랐다.

레제프는 카예나의 드레스를 보며 말했다.

"전에 봤을 때와 드레스 모양이 좀 달라진 것 같습니다."

그 말에 카예나는 기억을 더듬었다. 원래의 드레스는 지금보다도 훨씬 사랑스러운 느낌이 강했었다. 지금 카예나의 성숙해진 안목에는 좀 유치하기도 했다.

그는 카예나의 곁으로 느릿한 걸음으로 다가와 그녀의 주변을 한 바퀴 휙 돌아보았다. 수잔은 레제프를 힐끗 보더니 카예나의 머리카락을 핀들로 고정해 놓고 뒤로 물러났다.

레제프는 그녀에게 다가가 미처 고정되지 못해 흘러내린 머리카락을 넘겨 주었다. 카예나의 갸름한 얼굴과 고운 목선 아래로 황가의 보물이 눈에 들어왔다. 그것은 성년이 되는 황녀를 상징하는 목걸이였다. 이제 결혼할 때가 된 상품을 예쁘게 포장하는 리본과 같은 역할이었다.

레제프는 손가락으로 목걸이를 천천히 쓸어내리기 시작했다. 수많은 보석이 빛을 산란시키며 찬란하게 빛났다. 그 광채에 넋이라도 잃을 정도였다. 제국에 소속된 어느 가문도 이렇게 아름다운 목걸이를 가진 곳은 없다. 비단 목걸이만이 아니다.

이렇게 눈부신 사람을 소유한 자는 아무도 없었다.

자신이 유일했다.

아직까지는.

그는 목걸이를 움켜쥐고 끊어 버리고 싶었다.

레제프는 난폭한 생각을 하며 손가락을 가운데의 메인 보석까지 쓸어내리다 손을 멈췄다.

"레제프?"

누이가 고요한 목소리로 그를 불렀다. 그는 고개를 들어 거울 속의 카예나와 눈을 마주쳤다.

"아름답네요. 이 목걸이."

"황실의 보물이니까."

그녀의 말을 들은 레제프가 가늘게 웃으며 동조했다.

"네. 보물이죠……."

드레스 룸에 있던 시녀들이 두 사람을 보며 숨죽였다. 레제프에게서 묘하게 위태로운 느낌이 났기 때문이었다.

카예나는 거울을 통해 레제프를 바라보았다. 그의 얼굴은 그녀의 목을 조르고 싶어 하는 사람의 것과 비슷했다.

'내게 지나치게 독점욕을 드러내고 있어.'

아마도 카예나가 그간 보여 주었던 관심과 애정이 그를 만족시켜 왔기 때문이리라. 자신만을 위한 애정을 결혼으로 놓치기 아쉽다고 여기는지도 모른다. 아니, 확실했다.

레제프는 이제 카예나를 휘두르기 위한 인형이 아니라 자신만을 위한 장난감으로 원하고 있었다. 그러나 카예나에게는 레제프가 유일한 존재가 아니었다. 오히려 그는 그녀를 해치는 존재였다.

'레제프는 남에게 베풀 줄 몰라.'

그는 제 것을 나눌 줄 모른다. 그런 행위를 박탈로만 이해했다.

카예나는 레제프의 손을 잡고 목걸이에서 떼어 냈다. 여전히 온화한 미소를 지은 채였다.

"사교 시즌의 시작을 알리는 성년식 연회잖아. 그 어느 때보다 신경 써야지."

레제프는 약간 가라앉은 눈으로 물었다.

"결혼 때문에요?"

"그래. 내 첫 번째 결혼 시장이니까."

결혼을 꿈꾸는 사람은 원래 이렇게 아름다운 건가? 오늘 카예나는 제대로 꾸민 게 아닌데도 지독하리만큼 아름다웠다. 레제프는 카예나에게 잡힌 손을 위로 들어 올렸다. 줄곧 거울을 바라보던 카예나가 그제야 레제프와 눈을 마주쳤다.

그는 곧 춤을 출 것처럼 자세를 잡고 말했다.

"첫 춤은 당연히 저와 추시겠지요?"

그러자 카예나가 미소 지었다.

"그럼."

레제프는 카예나의 손등에 입을 맞추고 놓아 주었다. 카예나는 손을 내리며 아무도 모르게 주먹을 꾹 쥐었다. 그가 손등에 한 키스는 존경의 의미가 아니다. 이건 제 것이라는 표식을 남기는 것과 같았다.

카예나는 주의를 다른 곳으로 돌렸다.

"에반스 경이 보이지 않네?"

보이지 않을 수밖에.

레제프는 대수롭지 않게 대답했다.

"네. 갑자기 모습을 감춰서요. 어떻게 된 일인지 알아보고 있습니다."

제논의 시체는 에반스 가문에서 잘 수습했으리라. 그들은 곧 마약 스캔들을 제논의 짓으로 몰고 압박감을 이겨 내지 못한 그가 자살한 것으로 위장할 터였다. 썩 괜찮은 시나리오였다.

카예나는 곧 관심이 사라진 사람처럼 말했다.

"그렇구나."

그러나 진짜 관심이 사라진 게 아니었다. 그녀의 눈이 일순간 가늘어졌다. 모종의 예감이 들었다.

'제논을 처리한 모양이네.'

진짜 제논이 말도 없이 갑자기 사라졌다면 레제프가 이렇게 평온하게 이야기할 리가 없다. 자신을 기만하고 있다며 길길이 날뛰어도 부족했다.

그러나 지금 레제프는 제논에게 조금도 관심 없는 듯 보였다. 저것은 사냥을 마친 배부른 맹수의 얼굴이다. 그의 눈동자에 어린 광기가 더욱 짙어져 있었다.

카예나는 다시 장갑을 벗었다. 그러자 레제프의 눈동자가 그녀의 매끈한 팔뚝과 손목을 훑었다. 첫 번째 납치에서 상반신과 손목이 묶여 생채기가 났다고 들었다. 실제로 그녀는 한동안 손목에 붕대를 감고 다니기도 했다. 레제프가 손을 뻗어 그녀의 팔을 쓸었다.

"상처가 빨리 나으셨군요."

카예나는 제 팔을 힐끗 보고는 대수롭지 않게 대답했다.

"응. 약을 괜찮은 걸 썼는지 빨리 나았어."

'엘릭서 덕분이지.'

검은 장미의 계약을 마치고 바옐이 먹였던 엘릭서 때문에 몸의 상처가 모두 사라졌다.

카예나는 일부러 감추지 않고 대놓고 드러내 버렸다. 그녀의 상처는 매번 의원이 확인하고 붕대를 감아 준다. 상처가 없는데도 붕대를 하고 있다면 오히려 의심스럽게 보인다.

그러나 약점이 될 것을 스스로 드러내 버리면 더는 약점이 아니게 된다. 실제로 대놓고 드러내니 누구도 이상하게 생각하지 않았다.

레제프는 흐음, 하고 고개를 비스듬히 기울이더니 말했다.

"다행이군요."

그것은 상처가 나아서 다행이라는 의미가 아니었다.

'벌레 새끼들이 남긴 상처가 누이의 몸에서 흔적도 없이 사라져서 다행이네.'

똑똑.

드레스 룸으로 레제프의 수행원이 조심스럽게 들어왔다.

"황자 전하, 드릴 말씀이⋯⋯."

수행원이 레제프에게 귓속말했다.

"⋯⋯알았으니 나가 봐."

그는 고개를 끄덕이고는 카예나의 양해도 구하지 않고 드레스 룸에 있던 아랫사람들에게 명했다.

"다들 명이 있기 전까지 나가 있어라."

레제프의 수행원들은 즉각 나갔으나 수장은 카예나를 바라보았다. 카예나는 일단 나가 있으라는 뜻으로 고개를 살짝 끄덕였다.

드레스 룸에 둘만 남게 되자 레제프는 누이의 드레스에 달린 장식을 툭툭 건드리며 말했다.

"레이디 카트린에게 성년식 샤프롱 자리를 제안하셨다고 들었습니다."

그 자리에는 자신의 유모인 레르반스 도티 부인을 앉힐 작정이었다.

그런데 카예나에게 선수를 빼앗겼다.

카예나가 말했다.

"이제 외가의 어른이 되셨잖니. 또 이 일로 너와 하멜 백작가가 유기적인 관계를 맺고 있는 것처럼 보이겠지."

레제프가 카트린을 하멜 백작의 수양딸로 입적시켰다는 것은 이미 사교계에 파다했다. 그런 와중에 카예나가 샤프롱으로 그녀를 앉힌다면 그들이 결탁한 사이로 비칠 것이다.

"이런 일에 네 세력이 흔들리지 않는다는 걸 대공자 쪽에 과시하는 것도 괜찮고."

카예나의 말은 어느 것도 틀린 것이 없었다. 분명 누이와 자신은 같은 목적을 바라보며 같은 길을 걷는 사람이다. 그는 그렇게 믿었다. 그래야만 했다. 그렇지 않으면 카예나를 살려 둘 수 없으니까. 그런데 이상하게 뭔가 놓치고 있는 기분이 들었다.

"누님이 저를 위해 다방면으로 노력하시는 것을 잘 압니다."

카예나는 대답하지 않았다. 레제프는 표정을 읽을 수 없는 누이를 물끄러미 바라보며 말을 이었다.

"저는 누님이 필요해요. 계속 이렇게 제 곁에 있어 주시면 안 되는 겁니까?"

카예나는 한숨을 삼켰다. 지친 표정 대신 미소를 지었다. 레제프의 주변은 온통 아첨꾼만 가득했다. 누구도 그에게 자신을 적대하는 자보다 미소 짓는 자를 조심하라고 조언하는 자가 없었다. 그는 카예나의 미소에 안심했다. 그 미소에 깃든 독은 조금도 알아보지를 못하고서.

"말했잖아. 나는 이곳에서 치열하게 살아가는 것보다 한적한 곳에서 평화롭게 살고 싶어."

"그게 황제의 누이이자 재상이 되는 것보다 가치 있다는 말씀입니까? 저는 어떤 것이든 누님께 드릴 수 있습니다. 황후보다도 더 지고한 여인으로 만들어 드릴 수도 있어요."

"나를 높게 평가해 주는 것은 고맙구나, 레제프."

카예나가 몸을 돌려 레제프를 마주 보았다. 그리고 입술에 꿀을 발라 하는 거짓말이 아니라 진득한 진심을 내뱉었다.

"하지만 나는 내가 원하는 대로, 내가 바란 뜻대로 살고 싶어."

레제프는 표정을 일그러뜨렸다.

"결혼하면 그게 가능하리라고 생각하십니까? 천만에요! 그냥 또다시 다른 가문에 귀속되는 것일 뿐입니다."

"레제프."

"누님. 현명한 분이시잖아요. 결혼은 당신을 누군가의 아내로, 어머니로만 살게 할 뿐이에요. 그러느니 그냥 제 곁에 남으세요."

그럼 네 말은, 네 누이로 살라는 말이지 않니. 카예나는 입술을 달싹이다가 말을 골랐다.

"내가 결혼해서 다른 곳으로 간다고 해도 가족이잖니."

레제프는 화가 치밀었다.

"그래서 날 두고 떠나겠다고? 내가 여기에 있으라고 하잖아!"

미련 없이 대답하는 게 꼭 자신을 잘라 내는 것처럼 느껴졌다. 정체를 알 수 없는 이상한 불안감이 피어났다. 카예나가 언제든 자신을 버릴 수 있다는 끔찍한 예감이었다.

그녀는 차분하게 레제프를 타일렀다.

"너를 황제로 만들겠다고 말했잖아. 누나가 약속을 지키지 않을까 봐 불안해서 그래?"

그는 찡그린 얼굴로 고개를 내저었다.

"그런 말이 아닙니다. 결혼처럼 쓸데없는 일은 그만두시라는 말입니다."

"그럼 그냥 보내 줄래?"

"……뭐라고요?"

카예나는 공허하게 물었다.

"결혼이 아니라 그냥 나가겠다고 하면 날 보내 줄래?"

레제프는 얼음장처럼 얼어붙은 냉랭한 표정을 했다.

"이 이야기는 나중에 다시 하죠."

그는 그 말만 남기고 드레스 룸 문을 거칠게 열어젖혔다. 레제프가 나가고 드레스 룸으로 사용인들이 눈치를 살피며 들어왔다. 카예나는 무표정한 얼굴로 그들에게 말했다.

"이제 옷을 갈아입어야겠구나."

그때 베라가 잰걸음으로 드레스 룸에 들어왔다. 그녀는 예를 갖춘 후 카예나에게 보고했다.

"전하, 방금 레르반스 도티 부인이 입궁했다고 합니다."

카예나는 아까 레제프의 수행원이 했을 귓속말의 내용을 짐작할 수 있었다. 도티 부인의 입궁을 알린 것이리라.

'또 황궁이 소란스러워지겠구나.'

—❊❀❊—

'기어이 나를 황궁에 두고 가겠다고?'

레제프는 드레스 룸을 나와 탁자에 놓인 유리 화병을 손으로 움켜

쥐고 벽을 후려쳤다.

쨍그랑!

레제프는 카예나가 손에 잡힐 듯 잡히지 않는 느낌이 들 때면 폭력성을 자제하기가 어려웠다.

내가 황제면, 누이는 당연히 그 곁을 지켜야지. 황실의 어른으로서 이곳에 있어야지!

툭, 투둑!

유리에 베여 핏방울이 후두둑 떨어지는 손을 꽉 틀어쥐었다.

시선을 다시 정면으로 돌렸을 때, 황녀궁 시녀라고 보기 어려울 정도로 수수한 차림의 여자가 보였다.

"황자 전하를 뵙습니다."

올리비아였다. 인사를 하며 무릎을 꿇은 그녀의 시선이 레제프의 피로 온통 붉게 물든 손에 닿았다. 레제프는 서늘한 얼굴로 일어나라고 말도 하지 않고 그녀를 지나치려고 했다. 올리비아가 입술을 열었다.

"그대로 두시면 위험합니다."

멈칫.

그가 뒤를 돌아보았다. 여전히 한쪽 무릎을 꿇은 올리비아의 뒷모습이 보였다.

"······일어나라."

레제프는 그제야 일어나는 것을 허락했다. 올리비아가 자리에서 일어나 뒤돌았다. 두 사람의 시선이 마주쳤다.

"상처를 치료하고 황자궁으로 가시지요."

그녀의 말에 레제프가 비릿하게 웃었다.

"네가 뭔데?"

가뜩이나 기분이 더러운데 감히 제게 이래라저래라하는 올리비아를 보니 배알이 뒤틀렸다. 자신을 마치 무생물 보듯 바라보는 무감한 눈동자를 지져 버리고 싶었다.

레제프는 그녀 앞으로 성큼성큼 다가가 피에 젖은 손으로 올리비아의 턱을 움켜쥐었다. 가녀리고 연약했다. 이대로 옆으로 밀쳐내면 곧 죽어 버리겠지.

그가 싸늘한 시선으로 내려다보는데도 올리비아는 침착했다.

"아프시지 않습니까."

"……."

배짱이 좋은 건지 정신이 나간 건지 알 수 없었다. 레제프는 김이 샜다. 그는 올리비아의 얼굴을 놓아 버렸다.

"그냥 꺼져."

올리비아는 레제프가 황족의 체면에도 불구하고 상스러운 소리를 내뱉는 것을 현명하게도 못 들은 척했다.

"전하의 안위를 보살피는 것은 신하로서 해야 할 일입니다."

원래 올리비아는 그의 손을 모른 척할까 했다. 그러나 버림받은 강아지인지, 가시를 바짝 세운 고슴도치인지 모를 얼굴로 혼란스러워하는 레제프를 그냥 두기가 찝찝했다. 아마도, 카예나와 다른 듯 또 기이하게 닮은 얼굴 때문일 것이다.

"금방 치료해 드리겠습니다."

레제프는 짜증 섞인 한숨을 푹 쉬었다.

"마음대로 해."

"허락해 주셔서 감사합니다."

그녀는 레제프를 데리고 아무도 없는 휴게실로 들어가 그의 손에 손수건을 쥐여 주었다.

"꼭 쥐고 지혈하십시오."

올리비아는 그렇게 말하고 소독약과 솜, 연고, 집게, 붕대 등을 꺼내 왔다.

"제가 하는 것은 응급 처치에 불과하니 꼭 의원에게 보이십시오."

레제프는 제게 계속 뭐라고 말하는 올리비아를 어이없다는 눈으로 보았다.

"너는 겁을 상실했구나."

그녀는 굳이 대답하지 않았다. 두 사람은 더 말하지 않았다. 자연스럽게 침묵이 내려앉았다.

레제프는 서서히 짜증이 치밀었다.

올리비아는 손수건을 치우고 피를 닦아 내며 상처를 소독했다. 레제프가 아, 하고 눈을 치떴으나 올리비아는 고개를 들지도 않고 치료에 전념했다. 붕대로 손을 단단하게 감아 고정하고 나서야 응급 처치가 끝났다.

"금방 치료한다면서?"

그의 말에 올리비아는 기계적으로 대답했다.

"죄송합니다."

레제프는 황당함을 넘어서서 이제는 기가 막혔다. 그는 미간을 찌푸리며 탁자를 발로 찼다.

쾅!

탁자가 요란스럽게 나뒹굴었다.

"건방진 것."

레제프는 자리에서 일어났다.

올리비아는 휴게실을 나가는 레제프의 뒷모습을 보다가 엎어진 탁자를 일으켰다. 옅은 한숨이 흘러나왔다.

"무슨 일이십니까?"

난데없는 소란에 하인들이 어리둥절하여 휴게실에 들어왔다. 그들은 엎어진 테이블을 일으키는 중인 올리비아와 바닥에 엎어진 물동이, 약품 등을 보고 대충 상황을 짐작했다. 보나 마나 레제프의 짓이겠지.

하인들이 서둘러 내부를 치우려다가 올리비아의 얼굴에 묻은 피를 보고 흠칫했다.

"저, 올리비아 님? 얼굴에 피가……."

하인의 말에 올리비아가 턱 주변을 살짝 쓸었다.

'아, 아까.'

레제프가 피에 젖은 손으로 그녀의 얼굴을 쥐었었다. 올리비아는 손수건에 물을 적셔 핏자국을 닦아 냈다.

"그럼 여기를 좀 부탁하지."

"예, 올리비아 님."

그녀는 휴게실을 나와 시녀들이 사용하는 집무실로 들어갔다. 성년식 연회 준비에 미흡한 부분을 발견한 터라 서류를 갱신해야 했기 때문이다.

'잠시라도 눈을 떼면 새로운 일이 터지고, 또 터지고.'

황궁 생활이 험난할 것을 어느 정도 각오했다지만, 어쩜 이렇게 풍파가 잦을 수 있단 말인가? 한 페이지라도 놓치면 무슨 이야기인지 파악할 수 없는 책이라도 보는 것 같았다. 황궁의 상태가 꼭 그러했다.

'유연하게 생각해야지. 이곳은 원래 그런 곳이니까.'

바람 잘 날 없는 황궁에서 대나무처럼 꼿꼿하면 풍파에 휩쓸려 금방 부러진다. 올리비아는 갈대처럼 처신하는 법을 배우고 있었다. 그 일의 일환 중 하나가 바로 레제프라는 사람을 파악하고 그의 인심을 얻는 것이었다.

'황녀 전하께서도 그렇게 생각하신 거겠지.'

카예나는 스스로 강해지는 게 아니라 상대방이 약해지게 만드는 전략을 사용했다. 상대가 약해지는 것은 카예나가 강해진다는 말과 같다. 당장 이길 수 없는 상대를 정면으로 대적하는 것은 어리석은 짓이다.

올리비아는 자신이 할 수 있는 일과 해야 하는 일이 무엇인지 점차 감이 잡혔다. 신중히 관찰하고 계획하며 침묵한다. 그것이 올리비아가 카예나를 위해 해야 할 일이었다.

그녀는 서류를 챙겨 황녀궁에서 나왔다. 그랜드 홀과 휴게실을 참석자의 수준에 맞춰 다시 점검해야 했다. 올리비아는 그랜드 홀로 걸어가며 명단을 확인하다가 라파엘로 키드레이라는 이름을 발견했다.

'키드레이 공작에게 배정할 휴게실은 특히 신경 써야겠지.'

이 부분은 카예나와 상의하는 게 좋을 듯했다. 그녀는 서류를 톡톡 두들기며 걷다가 황궁과 어울리지 않는 이질적인 분위기의 신사를 발견했다.

'누구지?'

그는 말쑥하고 세련된 차림이지만 어딘가 맞지 않는 옷을 걸친 것처럼 어색했다. 귀족처럼 보이지는 않았는데, 그렇다고 졸부 같아 보이지도 않았다. 그는 나이가 제법 있어 보였는데 꽤나 험한 삶을 살았을 것 같은 인상이었다. 왼뺨의 길쭉한 상흔 때문인가?

올리비아는 고개를 갸웃하다가 모르는 척하고 지나가려고 했다.

"저기요, 아가씨."

……아가씨?

그녀는 설마 황궁에서 이런 호칭을 들으리라고는 생각지 못했기에 조금 당혹스러웠다. 어느 귀족도 레이디를 "저기요, 아가씨."라고 부르지 않는다. 올리비아는 이내 침착하게 그를 돌아보았다.

"무슨 일이시죠?"

"여기 황실 직속 기사단이 어디입니까?"

'황실 직속 기사단?'

그는 조금 난처해 보이는 기색이었다.

"저는 올리비아 그레이스입니다. 귀하께서는?"

"예? 아, 아아. 저는 제다이어입니다. 제다이어 로스."

'로스……? 들어 본 적 없는 가문인데.'

"황실 직속 기사단은 왜 찾으시죠?"

황실 직속 기사단은 가문에서 작위를 계승받지 못하는 귀족가의 자제들이 기사 작위를 받아 들어오는 곳이었다. 하지만 남자는 수더분하다 못해 불량스러워 보이는 것이 귀족 계층이 아닌 것 같았다.

"아, 오늘부터 그곳에서 근무하기로 했습니다."

제다이어는 품에서 임명장을 꺼내서 올리비아에게 보여 주었다.

'……제논 에반스의 추천서야.'

올리비아는 미간을 살짝 찡그리다가 고개를 끄덕이며 임명장을 돌려주었다.

"따라오세요."

"어이쿠, 감사합니다."

제다이어는 얼른 올리비아를 졸졸 따라갔다.

그는 지금 상당히 경황이 없었다. 평민에 불과한 그가 이렇게 황궁 내부로 들어올 수 있으리라고는 생각지도 못했을뿐더러 심지어 기사

자격이 생겼다. 동생의 병으로 좌절했던 꿈을 이런 식으로 실현하게 될 줄이야. 그는 습관처럼 왼뺨의 상흔 근처를 긁었다.

올리비아는 황실 직속 기사단에 도착 후 제다이어에게 말했다.

"여기예요."

그리고는 기사단의 종자를 불러 종종 카예나의 호위를 맡았던 기사, 이든을 호출했다. 그녀는 이만하면 다 도와주었다고 생각하고 드레스 자락을 잡고 무릎을 살짝 굽히며 말했다.

"그럼 이만."

그때 제다이어가 얼른 공손하게 마주 인사했다.

"아, 네. 고맙습니다."

고개를 꾸벅 숙였던 제다이어는 상체를 일으키며 턱 아래쪽을 콕 가리켰다.

"이쪽에 피, 덜 닦으셨어요."

그 말에 올리비아는 놀라서 턱 아래를 감싸 쥐었다. 분명히 거울로 얼굴을 확인하며 다 닦아 낸 줄 알았는데?

"엷게 피 냄새가 나서 보니까 희미하게 핏자국이 있더라고요. 주제 넘었다면 죄송합니다."

올리비아의 눈이 살짝 가늘어졌다. 상대는 피에 익숙한 자였다. 게다가 눈썰미도 보통이 아니다.

"……아니에요. 감사합니다."

그녀는 감사의 인사를 하고는 자리를 벗어났다.

제다이어는 다시금 뺨을 긁적였다. 혹시 말하면 안 되는 거였나?

'눈빛이 예리한 아가씨라 나도 모르게 오지랖을 부렸네.'

그사이 이든이 나왔다. 그는 의아한 눈으로 제다이어를 보았다.

"황실 직속 기사단을 찾으셨다지요?"

"아, 예. 여기 임명서입니다."

이든은 임명서를 확인해 보았다. 제논 에반스가 친히 꽂은 낙하산이었다. 젊은 남자도 아니고 어디서 험하게 굴러 본 듯한 남자가 뜬금없이 에반스 가문 추천서를 들고 찾아오다니. 어쨌든 무려 에반스가의 추천서니 단장에게 안내했다.

"에반스 경의 추천서로군. 그렇지 않아도 미리 이야기 들었네."

"아, 예."

제다이어는 확실히 에반스 후작가의 힘이 좋긴 좋구나, 생각했다.

'그런데 에반스 후작가는 하인리히 대공가와 대척점에 있는 가문이 아닌가? 대공자는 어떻게 이 사람에게서 임명서를 얻어 낸 거야?'

정치하는 사람들의 생각은 참 알기 어려웠다.

'어쨌든, 진짜로 황녀와 만날 수 있게 되었네.'

얼굴도 본 적 없는 황녀를 떠올리자 묘한 긴장감이 전신을 맴돌았다. 그는 숙소에 혼자 남게 되자 침대에 벌러덩 누웠다.

'엘릭서를 받아야 해.'

황녀와 마주치려면 어떻게 해야 할까? 제다이어의 눈빛이 날카롭게 빛났다.

─╢◦╟─

카예나의 유모, 엘리반 부인은 평민이 아니라 귀족이었다. 그녀가 황녀의 유모가 되었던 것은 오로지 선의와 충심 때문이었다.

그러나 레제프의 유모, 레르반스 도티는 달랐다. 레제프를 지지하는 세력들은 카예나의 유모보다 더 신분 높은 여인이 황자의 유모가 되어야 한다고 생각했다. 그렇게 유모로 추대된 사람이 도티 후작가의 레르반스였다. 그녀는 레제프가 어느 정도 자란 이후 유모직에서 물러났는데, 이번에 다시 시녀장으로 추대되며 황궁으로 돌아왔다.

도티 후작가는 에반스 후작가와 실권을 두고 겨루는 사이였다. 그러다 보니 레제프를 지지하기 위해 모인 세력 내에서도 자연스럽게 파가 갈렸다.

어쨌든 레르반스 도티는 에반스 후작가가 주춤할 때 어떻게든 자신의 가문을 부상시켜 황자의 오른팔로서 입지를 굳힐 생각이었다. 그래서 입궁하자마자 제 편에 설 이들을 추려 내기 시작했다.

그녀는 자신에게 배당된 황궁 내 응접실에서 은밀한 다과회를 열었다. 참석자는 그녀의 수족이 되어 줄 쓸 만한 궁정인들이었다.

"명망 높은 도티 후작가의 안주인을 뵙게 되어 영광입니다."

"다들 만나서 반갑네."

도티 부인은 사람 좋게 웃었다. 그녀는 그간 일선에서 물러나 명문가 아가씨들의 데뷔탕트나 성년식을 돕거나 살롱을 운영하며 사교계 영향력을 지켜 냈다. 그러나 그런 일들은 황궁에서 황족을 떠받들어 모시는 궁정인들의 충심을 쥐락펴락하는 것만큼 즐겁지는 않았다. 이들을 보라. 그녀가 등장하니 꼬리를 흔들며 모여들지 않았는가!

이 자리에 모인 사람 중 특히나 그녀의 시선을 사로잡은 자는 젊고 잘생긴 남자 궁정인이었다. 그녀는 은근한 눈빛으로 남자 궁정인에게 말을 걸었다.

"이 자리가 젊은 사람에게 썩 재미있지는 않을 텐데. 이름이 뭐지?"

남자가 공손히 대답했다.

"에밀 하브론입니다. 편히 에밀이라고 불러 주십시오."

곁에 있던 눈치 빠른 자가 냉큼 나섰다.

"여기 이 젊은 친구가 수완이 상당합니다. 곁에 두고 쓰시면 여러모로 편하실 겁니다."

"그래?"

"가까이 지내는 젊은 부르주아도 많고 상단 쪽에도 인맥이 넓습니다. 저희도 종종 이 친구에게 도움을 받지요."

그때 에밀이 매력적인 미소를 지으며 리본이 달린 작은 선물 상자를 내밀었다.

"어머."

도티 부인은 젊은 시절을 제외하면 이렇게 앙증맞은 포장의 선물을 받은 기억이 없었다. 열어 보지 않아도 벌써 마음이 탐탁했다.

"별것 아니지만, 앞으로 노고가 이만저만이 아니실 시녀장님께 작은 성의를 보이고자 합니다. 게다가 평소에 도티 후작가를 흠모해 오기도 했습니다."

말을 참 달게 하는 사내였다.

"뭐, 성의라니 야멸차게 거절하지는 않겠네."

그러자 에밀의 눈빛이 한순간 위험하게 번득였다가 온화하게 풀어졌다.

"영광입니다."

도티 부인은 사람들을 불러 모은 목적을 이야기하고자 입을 열었다.

"레제프 황자 전하를 내 손으로 길러 내는 영광스러운 임무를 마치고 여생은 조용히 보낼 생각이었네만…… 황궁의 질서가 어지러운데 내 어찌 못 본 척할 수 있겠는가?"

대체 언제부터 황궁의 질서에 관심이 있었다고? 자리에 있던 이들 중 몇몇이 속으로 조소를 삼켰다.

"특히 황녀 전하께 이정표가 되어 줄 만한 귀부인이 없다는 사실이 가장 마음에 걸리더군."

도티 부인은 혀를 끌끌 찼다.

"이번 성년식 준비도 그래. 어찌 황녀궁의 젊은 시녀들만으로 연회를 차질 없이 준비하겠는가?"

"지당하신 말씀이십니다."

"성년식이 아직 일주일 남았으니 그나마 다행이지."

궁정인들은 저들끼리 눈빛을 한차례 교환했다.

"그 말씀은……."

도티 부인은 찻잔을 내려놓으며 미소 지었다.

"황녀 전하의 성년식 준비는 이 사람이 다시 전면적으로 손을 보려고 하네."

성년식의 주도권을 그들에게 유리한 쪽으로 뺏어 오겠다는 선포였다.

18장
관망

쾅!

묵직한 투창이 과녁을 맞히다 못해 아예 박살을 냈다.

"좋네."

예이스터 하인리히는 새로운 투창을 꺼내 들고 새로운 과녁을 향해 힘껏 집어 던졌다.

콰앙!

또 명중이었다.

그의 곁에 서 있던 이들은 박살이 난 과녁을 보며 마른침을 삼켰다.

"역시 대공자님이십니다!"

"이토록 뛰어나시니 사냥 대회의 우승은 따 놓은 당상이로군요!"

다들 애써 활짝 미소를 지으며 짝짝 박수를 쳤다.

"짐승 사냥은 재미없어. 우승하든 말든."

예이스터는 심드렁하게 대꾸하더니 뒤에 서 있던 남자에게 물었다.

"일은 어떻게 됐어?"

남자는 도티 부인에게 선물을 내밀었던 젊은 남자 궁정인, 에밀 하브론이었다. 그는 예이스터가 심은 첩자이기도 했다.

"그 여자가 이번 성년식과 사냥 대회를 주도할 작정이더군요. 대공자님께서 말씀하신 상단들을 연결해 주었습니다."

"아, 유령 상단들?"

예이스터가 즐겁다는 듯 낄낄 웃었다. 에밀이 연결해 주었다는 상단들은 이름만 있지 실체는 없는 유령 상단이었다. 도티 부인이 일이 잘못되었다는 사실을 깨달을 즈음에는 할 수 있는 일이 아무것도 없을 것이다.

"레르반스 도티가 미쳐 날뛰도록 물심양면 도와줘. 그래야 우리 황녀님의 성년식이 엉망이 될 테니까."

"예, 대공자님."

예이스터는 레르반스 도티와 과거에도 여러 번 얽힌 적 있었다. 그녀는 대공의 양자가 되어 레제프의 앞날을 방해하는 예이스터를 끔찍하게 여겼다.

아무리 예이스터가 양자라지만, 고작 후작가의 안주인이 대공자를 업신여기는 것은 불가능하다. 하지만 도티 부인은 황자의 유모라는 이유만으로 자신이 마치 황후에 필적하는 권한이라도 쥔 듯이 굴었다.

그래서 다루기 쉬운 것도 있었다. 예이스터는 이 때문에 그녀의 비위를 잘 맞추는 젊고 잘생긴 남자를 세작으로 붙였다.

"그 여자는 본인이 황자의 생모인 줄 착각하고 자꾸 권력을 확인하려 든다니까."

예이스터는 혀를 끌끌 차며 옆에 있는 나무 상자를 열었다. 장총이 모습을 드러냈다.

"지금 시대가 어느 시대인데 아직도 활쏘기로 사냥한다는 건지."

그는 탄환을 장전하더니 어깨에 걸치고 조준경으로 세상을 바라보았다.

"내가 황좌에 오르면 당장 총기 합법으로 법부터 뜯어고쳐야지."

"지당하신 말씀이십니다."

귀족들은 만약 총기 소유가 합법화되어 총기를 대놓고 들고 다녀도 되는 세상이 온다면 예이스터의 머리통에 가장 먼저 총알이 박히지 않을까 하고 생각했다.

예이스터는 시시하다는 듯이 총을 상자 안에 휙 던져 넣었다. 총을 치우자 다들 그제야 안심한 얼굴을 했다.

"'황녀의 생일 선물'들은 어떻게 됐어?"

예이스터의 물음에 보좌관이 대답했다.

"사냥터가 정해지는 대로 초식 동물부터 풀어놓을 생각입니다. 괜찮은 사냥감이 있다는 생각이 들면 안으로 더 깊이 들어올 겁니다."

보좌관의 말을 흡족하게 듣던 예이스터가 그의 앞으로 다가가며 말했다.

"그리고 그때 콱!"

탁!

그가 범의 아가리처럼 손가락을 세워 보좌관의 어깨를 움켜쥐었다.

"피비린내 진동하는 진짜 사냥이 시작되는 거지. 초식 동물이나 사냥하는 게 뭐가 재밌겠어?"

예이스터는 보좌관의 어깨를 툭툭 털어 주었다.

"인간 사냥이 훨씬 재밌다고."

보좌관은 안색 하나 변하지 않고 고개 숙였다.

"맹수들은 우리에 가둔 채 약을 먹여 관리하고 있습니다."

"그래, 잘 관리해. 아주 성대하고 화려한 성년식으로 만들어야 하니까."

그는 콧노래를 부르며 사용인들이 준비한 테이블로 다가가 앉았다. 테이블에는 차와 술 등 다양한 음료가 준비되어 있었다. 예이스터는 위스키 병을 집어 마개를 열고 병째로 들이켰다.

귀족들은 슬슬 눈치를 살피며 그의 근처에 자리 잡기 시작했다. 사용인들이 곁들여 먹을 햄과 치즈 등을 내놓았다. 야외 다과회라도 연 것처럼 평화로워야 할 상황이지만 주최자가 예이스터였기에 그들은 차 한 모금도 편하게 삼키지 못했다.

"아, 지루해."

그는 고개를 뒤로 휙 젖히며 말했다.

"수도에 돌아다니는 팔라딘들 때문에 눈치 보느라 아무것도 하지를 못해."

제논 에반스가 황녀 납치 사건의 공범이라는 사실은 아직 밝혀지지 않았다.

"제논 그 새끼가 죽었다고 했지?"

"그렇습니다. 들리는 말로는 자결이라고 하는데……."

그 말에 예이스터가 피식 웃었다. 자결일 리가 있나.

"귀염둥이 황자님이 성질머리를 못 이기고 죽였으면 죽였지, 절대 자결할 리가 없어."

"후작가에서 자결은 떳떳하지 못한 죽음이라며 사원에 시신을 보내려는 시도도 하지 않고 자체적으로 장례를 치르겠다고 합니다."

그러자 누군가가 고개를 갸웃했다.

"에반스라면 돈을 써서라도 사원에 시신을 안치시킬 수 있을 텐데요? 그렇게 순순히 인정하면 가문에 먹칠하는 것 아닙니까?"

"시신을 보여 줄 수 없는 이유가 있는가 보지."

이렇게 마약 사건도 죽은 사람 탓으로 돌려 처리해 버릴 수도 있으니 얼마나 깔끔한 뒤처리인가?

'이렇게 시시하게 마무리되다니.'

"에반스 후작가 뒤통수를 더 세게 칠 수 있는 일이 필요한데……."

황녀라면 알고 있는 게 더 있지 않을까?

최근 예이스터는 황녀를 생각하면 전신에 짜릿한 흥분감이 감돌았다. 쉽게 예측할 수 없는 그 여자가 너무나 궁금했다. 하지만 욕심껏 바로 집어삼키면 재미없다. 오랜만에 생긴 재미있는 장난감이니 금방 망가지지 않게 소중히 갖고 놀아 줄 생각이었다.

"우리 황녀님은 주변에 지키는 개새끼들이 많아서인지, 유달리 사나운 개새끼가 바로 옆에 있어서인지 참 뵙기가 어렵네. 그렇지 않아?"

그의 말에 누군가가 조심스럽게 입을 열었다.

"그래도 곧 성년식이지 않습니까."

예이스터는 피식 웃었다. 그 말대로 성년식이 이제 일주일도 남지 않았다.

"그래. 유례 없이 성대하고 화려한 성년식을 만들어 드려야지."

오케스트라의 연주에 맞춰 춤추고, 사냥터에서 사슴이나 잡는 성년식은 생각만 해도 지루했다. 그러니 조금 더 특별한 일이 가득한 연회가 재미있으리라. 가령 사냥 대회에서 누가 불구가 되거나 죽어 나간다든가.

예이스터가 매력적인 미소를 지었다.

"다들 손수건이나 넉넉히 준비해 둬. 황녀 전하의 성년식에 근사한 장례식을 치르자고."

—❦—

제다이어는 황성에 출근한 지 단 사흘 만에 세 가지 사실을 깨달 았다. 첫 번째는 황실 직속 기사단이 대단한 한직이라 공짜로 돈을 버 는 기분이라는 것이다. 두 번째는 직속 기사들은 죄다 레제프 사람이 라는 점이고, 세 번째는 카예나의 호위를 맡으려고 하는 자가 없다는 점이다.

두 번째까지는 충분히 이해했다. 황궁은 레제프 세력이 장악하고 있으니까. 그런데 왜 다들 황녀의 호위를 마다하는 걸까?

이든이 제다이어에게 다가와 어깨를 툭 두드렸다.

"오늘 호위에 나서 줘서 고맙소, 로스 경."

오늘 황녀는 유모의 최후를 배웅하기 위해 외출을 해야 했다. 제다이 어는 오늘이 황녀와 마주칠 기회라고 생각하고 바로 호위를 자처했다.

이든이 씁쓸한 미소를 지었다.

"에반스 가문의 추천을 받은 사람이라 당연히 황녀 전하를 견제하 리라고 생각했는데, 당신을 쓸데없이 의심한 것 같소."

'내가 진짜 에반스 쪽 사람이 아니니까.'

제다이어는 대충 웃어넘겼다.

'에반스 후작가의 견제를 떠나서 저번에 황녀를 호위했던 기사들이 다 죽었다고 했나⋯⋯?'

황녀와 사원에서 만났던 그날, 황녀를 제대로 지키지 못한 호위 기 사 셋이 레제프의 손에 죽었다고 했다. 제다이어는 뺨을 긁었다. 그 납치 사건은 자신과도 연관이 있었기 때문이다.

그들은 황성을 나가 로비 앞에 마차가 대기하고 있는 것을 발견했다. 그곳에서 기다리자 계단을 걸어 내려오는 여자들이 보였다. 그들 중 온통 새까만 차림을 한 여자가 있었다. 얼굴을 검은 망사로 가려 보이지 않았지만 지금 갈 장소에 맞춰 상복을 입은 사람이라면 뻔했다.

'저 사람이 황녀겠군. 그럼 마법사는 누구지?'

카예나의 곁에는 상급 시녀를 포함해 하급 시녀, 시중 하녀 등등 여자가 수도 없이 있었다. 제다이어는 미간을 살짝 찡그리며 그때 보았던 마법사와 닮은 이가 누군지 면밀하게 살펴보았다.

"못 보던 기사네?"

어느새 황녀가 그의 바로 앞까지 다가와 있었다.

"예, 며칠 전에 에반스 가문의 추천으로 들어온 신입…… 기사입니다."

이든은 신입이라고 말하며 조금 민망스러워했다. 보통 신입은 10대 후반이었기 때문이다.

"제다이어 로스가 황녀 전하를 뵙습니다."

그가 예를 갖추자 카예나가 빙긋 웃었다.

"그럼 앞으로 자주 보겠구나. 만나서 반갑네, 로스 경."

"……!"

그녀의 목소리에 제다이어의 눈이 찢어질 듯 커졌다.

'마법사!'

황녀가 바로 그 마법사였다.

- ※◎※ -

커다란 국화 다발이 카예나가 올라탈 마차에 실렸다. 엘리반 부인의 관에 넣을 꽃이었다. 카예나는 그 생생한 향기에 눈을 잠시 감았다. 눈물은 나지 않았다. 그 건조한 마음에 오히려 더 쓸쓸해졌다.

"잘 다녀오십시오, 전하."

베라와 올리비아, 수잔이 그녀를 배웅했다. 그들은 카예나를 따라가고 싶었으나 갑자기 도티 부인이 성년식을 앞두고 딴지를 걸며 난리를 피우는 통에 성을 비울 수 없었다. 카예나가 동행을 허락하지 않았기도 했다.

그들이 순순히 명에 따른 것은 순전히 중앙군 기사들 덕분이었다. 그녀가 탄 마차 뒤로 제드 단장이 보낸 정예 기사들이 말을 타고 있었다. 중앙군 기사들과 직속 기사 두 명이면 호위의 숫자도 넉넉할뿐더러 남들 보기도 좋았다. 애니도 마부의 옆자리에 올라탔다.

"다녀올게."

마차의 문이 닫혔다.

카예나는 마차의 창문을 훤히 열었다. 그러고는 얼굴을 갑갑하게 가리고 있던 검은 망사를 모자 위로 걷어 올렸다. 마차 바깥의 풍경이 서서히 움직이기 시작했다.

제다이어는 자신이 호위하는 방향의 창문이 갑자기 활짝 열리자 흠칫 놀랐다. 창문 안으로 보이는 카예나의 얼굴에는 더 놀랐다.

그는 일찍이 초상화로 황녀의 얼굴을 익혀 두었다. 솔직히 초상화를 봤을 때는 하여간 황족 놈들은 미화가 심하다고 생각했는데…….

'초상화가 실물을 못 따라갈 수가 있구나.'

제다이어는 혀를 내둘렀다.

"잘 찾아왔네."

"……쿨럭!"

그는 대뜸 말을 거는 카예나 때문에 사레가 들리고 말았다.

"그리 놀랄 것 없어. 어차피 내가 황녀고 마법사라는 사실, 눈치챈 거 아니야?"

"아니, 그걸 이렇게……."

제다이어는 식은땀이 흐르는 기분으로 주변을 슬쩍 살폈다. 그런데 누구도 카예나의 말을 듣지 못한 눈치였다.

"마법으로 말소리를 차단했으니까 걱정하지 마."

사원에서 바옐이 썼던 마법을 카예나가 응용한 것이었다. 시공간을 다룰 수 있으니 공간의 소리도 당연히 다룰 수 있었다.

제다이어는 마른침을 삼켰다. 마법은 원래 그런 건가? 아는 것이 없으니 어디서부터 어디까지가 진짜인지 파악할 능력도 없었다. 그가 조심스럽게 입을 열었다.

"그런데 제게 마법사라는 사실을 이렇게 대놓고 드러내도 되는 겁니까?"

"어차피 들통날 일이잖아."

그건 그랬다. 목소리가 워낙 인상적이라 바로 알아들었으니까. 물론 제다이어가 특기라고 할 수 있을 정도로 눈썰미가 좋아서 단박에 눈치챈 것이기도 했다.

"게다가 본격적으로 같은 배를 탈 사이에 신원 파악이 되어야 신뢰도 생기지 않겠어?"

"……그렇습니까."

제다이어는 줄곧 묻고 싶었던 것이 있었다.

"질문이 있습니다."

먼 풍경을 보고 있던 카예나의 시선이 그에게로 향했다.

"제가 황실 직속 기사단이 될 것을 어떻게 예측하셨습니까?"

"그걸 내가 어떻게 알겠어? 나는 그냥 황녀이자 마법사일 뿐, 예언가는 아니야."

그 비슷한 힘이 있기는 하지만 어쨌든 예언가는 아니다.

"하인리히 대공자는 사람을 믿지 않아. 돈만 믿지. 그런 자가 어떻게 당신을 믿겠어? 당연히 사람을 붙이고 감시했겠지."

제다이어는 미간을 찡그렸다. 하인리히 대극장에서 그를 만나고 나온 직후, 곧바로 따라붙었던 시선이 기억났다.

"그러니 수상한 행동을 할 수 있게끔 황궁에다 그대를 풀어놓으리라고 생각했어."

하인리히 대공자가 그런 사람이니 그렇게 행동하리라고 예상하고 제다이어를 풀어 줬다고? 어지간한 도박사도 황녀보다 더 배짱 있진 못할 것이다.

과감함과 무모함은 다르다. 카예나를 바라보는 제다이어의 눈이 살짝 가늘어졌다.

그가 다시 정면을 바라보았다.

"이제 황궁으로 왔으니 제가 뭘 하면 됩니까?"

카예나의 눈에 이채가 어렸다.

"바로 엘릭서를 내놓으라고 할 줄 알았더니."

"제가 이제까지 한 일에 비하면 엘릭서는 아직 수지 타산이 맞지 않으니까요."

역시 그는 영리한 사람이었다. 눈치도 사고도 모두 빨랐다. 카예나는 입가로 엷게 웃음을 베어 물었다.

"나는 황제가 될 생각이야."

제다이어는 하마터면 말에서 떨어질 뻔했다. 그는 간신히 표정과 자세를 수습했다. 그러나 입술은 쉽게 열리지 않았다.

황제? 머리에 황관 쓰고 황좌에 앉는 사람을 말하는 건가?

"그래서 제다이어, 당신의 수완이 필요해."

자신의 수완이 필요한 일이라면 뻔했다.

"암흑가라도 휘어잡으실 생각입니까?"

"정확해."

암시장은 하멜 백작가가 꽉 잡고 있었다. 카예나는 제다이어에게 돈을 쏟아부어 그의 세력을 만들게 하고 이른 시일 내로 하임벨 영지를 습격해 그 도시를 서부 공작령에 편입시킬 생각이었다.

제다이어는 카예나의 말을 들으며 곰곰이 생각했다. 그가 입을 열었다.

"암시장이 기반 된다면 새로운 세력을 만드는 건 어렵지 않습니다. 협잡배들에게 의리 따위는 없을뿐더러 하인리히 대공자가 보수를 가장 많이 주니까 같이 일하는 거거든요."

"돈이라면 얼마든지 줄 수 있어."

제다이어도 귀가 있으니 카예나가 국정 대리인이 되었다는 사실은 들어 알고 있었다. 그녀가 황실의 국고를 사용하겠다고 마음먹는다면 대체 누가 금력으로 황녀를 이길 수 있겠는가? 그리고 그 압도적인 자금이 제다이어에게 집중된다면 어떨까?

'……미쳤군.'

그는 자신이 상당히 유능하다는 것을 알고 있었다. 뒤늦게 암흑가에 뛰어들었으나 금방 예이스터 하인리히의 청부업체 간부가 될 정도로 수완이 좋았다. 돈에 제약이 없다면 그가 암흑가의 새로운 거물이 되는 걸 아무도 방해할 수 없으리라.

마차가 멈췄다. 카예나는 마법을 사용하던 것을 멈추고 망사로 얼굴을 가렸다. 곧 마차 문이 열리고 말에서 내린 이든이 그녀를 에스코트하기 위해 손을 내밀었다. 카예나는 그 손을 잡고 마차에서 천천히 내렸다.

교외에 있는 공동묘지였다. 그녀는 짤막하게 숨을 한번 내쉬고 앞으로 걸었다. 애니가 꽃다발을 들고 뒤를 따랐다.

이곳은 돈은 있지만 명예롭지 못한 죽음을 맞이했거나 신분에 문제가 있는 이, 즉 사생아 같은 이들이 묻히는 곳이었다. 사원에서 시신을 받아 주지 않기 때문이었다.

그때 익숙한 가문의 문양이 그려진 천을 덮은 관이 지나갔다.

'제논 에반스.'

그도 오늘 이곳에 묻히는 모양이었다. 카예나는 모르는 척 그들과 얽히지 않기 위해 조심스럽게 걸음을 옮겼다.

묘지기가 다가오자 애니가 말했다.

"엘리반 가문에서 오늘 관에 흙을 덮는다고 들었소."

"이쪽으로 오시지요."

그들은 묘지기를 따라 걸었다. 커다란 공원 같은 곳이라 에반스 가문과 얽히지는 않을 것 같았다.

"저곳입니다."

묘지기가 상복을 입은 몇몇 사람이 있는 곳을 가리켰다. 카예나는 그곳으로 조심스럽게 다가갔다. 심장의 메마른 뜀박질이 서서히 귓가를 시끄럽게 울렸다.

엘리반 남작을 포함한 그녀의 가족들이 조촐하게 모여 있었다. 누구도 눈물을 흘리는 사람이 없었다. 마치 이런 날이 오리라고 예상한 것처럼, 기이할 정도로 담담해 보였다.

그 모습을 본 카예나는 몹시 죄스러워졌다. 누구도 울지 않는 장례식을 만든 것은 황실이었다. 또한, 자신이었다.

그때 엘리반 남작이 그녀를 발견했다. 세월에 주름진 얼굴이 낯설었다.

'첫 번째 삶에서도 그의 노년기는 본 적 없었지.'

카예나는 살짝 고개를 숙여 인사했다. 그러자 엘리반 남작이 입가로 조그마한 미소를 지었다.

어떻게 자신을 보고 웃을 수 있지? 카예나는 되레 마음이 처연해졌다. 엘리반 남작이 다가왔다.

"……황녀 전하, 맞으시지요?"

카예나는 각오처럼 숨을 삼키고 입술을 떼었다.

"유모의 명복을 빌러 왔습니다. ……마지막 가시는 길이라도 뵈려고요."

그러자 엘리반 남작이 눈가로 깊은 주름을 만들어 냈다.

"아내가 좋아할 겁니다."

"……."

카예나는 차마 동의할 수 없었다. 대나무처럼 꼿꼿하던 유모에 비하면 엘리반 남작은 유들유들한 봄바람 같은 신사였다. 참 묘한 조합이란 생각이 들었다.

그는 이곳이 묘지가 아니라 어느 산책로인 것처럼 카예나를 안내했다. 그의 안내를 받으며 카예나는 어색하게 묘지 앞에 섰다.

깊은 구덩이에는 엘리반 남작가의 문양이 그려진 천을 덮은 관이 안치되어 있었다. 흙을 덮기 전, 막 꽃을 던져 넣고 있었던 모양이었다.

카예나는 애니에게서 꽃을 건네받았다. 자신은 유모가 좋아하는 꽃이 뭔지 몰랐다. 그랬기에 어쩔 수 없이 흔히들 선택하는 하얀 국화를 한 다발 준비했다.

이제야 당신을 찾은 저를 용서하세요. 저는 당신을 지킬 힘도 없으면서 욕심을 부렸군요. ……죄송해요.

목구멍이 울컥거렸다. 미간은 점점 깊은 골을 만들어 내며 눈가가 뜨거워졌다.

"우리는 항상 이런 날을 준비하고 있었습니다."

엘리반 남작의 낮고 부드러운 목소리가 카예나를 위로하듯 흘러나왔다.

"그녀는 대쪽 같은 사람이었습니다. 자신이 갑자기 죽더라도 놀라지 말라고 당부했었죠. 정말 이상한 사람이지 않습니까?"

막 꽃을 던지려던 카예나의 손이 멈칫했다.

"죽고 사는 것이 한순간에 결정되는 비정한 세계로 들어가기로 한 이상, 이후에 일어날 일은 누구도 원망할 수 없다고 했지요."

황궁은 그런 곳이지 않습니까? 남작은 조용히 말을 이었다.

"그 사람이 어느 날 그러더군요. 황궁에서 지켜야 할 사람이 있다고, 아주 작고 연약한 사람이라고 했습니다."

카예나는 그 사람이 바로 자신임을 알았다.

"이 죽음은 누구의 탓도 아닙니다. 무언가를 탓하라면, 황궁 그 자체일 것입니다."

"……."

"아내는 분명히 그랬을 겁니다. 그리고 저도 그렇습니다."

작게 훌쩍이는 소리가 났다. 엘리반 부인의 친척들인 것 같았다.

카예나는 조금 망설였다. 엘리반 남작은 지금 그녀에게 힘이 되어 주겠다고, 그녀의 세력이 되겠다고 말하고 있었다. 또다시 이들을 끌어들이는 게 과연 옳은 일일까?

"클로렌스는 황궁의 희망은 전하밖에 없다고 했습니다. 저는 아내를 믿습니다."

불충함을 물을 수도 있는 말이었다. 그러나 남작은 흔들림 없었다.

"……그럼 제 힘이 되어 주시겠어요?"

엘리반 남작이 바닥에 한쪽 무릎을 꿇었다. 그러자 그의 혈족들도 모두 따라서 무릎을 꿇었다. 그가 말했다.

"물론입니다, 전하."

대답을 들은 카예나가 관 위로 꽃을 던졌다.

─❀◉❀─

카예나는 황궁으로 돌아가려다가 무심코 걸음을 멈추고 주변을 둘러보았다. 어쩌면 라파엘로가 여기에 있지 않을까 하는 말도 안 되는 생각이 들었기 때문이다.

"왜 그러십니까, 전하?"

뒤를 따르던 애니가 의아한 얼굴로 물었다.

"……아냐. 아무것도."

애니가 세작을 관두었으니 라파엘로가 이곳에 있을 리도 없었다. 카예나는 스스로의 행동에 어이가 없어서 헛웃음 지었다. 단지 지금 그가 있었으면 해서, 그래서 찾은 것이었다.

'바보같이.'

카예나는 고개를 절레절레 흔들고는 최근 지나치게 조용한 라파엘로의 행적을 물었다.

"혹시 키드레이 공작가에 대한 소식 들은 것 없니?"

애니가 바로 대답했다.

"일이 생기면 기별하겠다 하셨는데 아직 아무 소식도 듣지 못했습니다."

'하인리히 대공자 쪽도 사원의 눈치를 보느라 조용한 것 같고.'

황녀의 성년식을 앞두고 모든 세력이 숨을 죽이고 있었다.

하지만 그 미친 하인리히 대공자는 눈치를 보며 가만히 있을 자가 아니었다.

'라파엘로라면 대공가에 세작을 심어 두었을 것 같은데.'

요즘 레제프의 심기가 워낙 불편한 상태라 섣불리 라파엘로를 궁으로 불러들이거나 그를 찾아가기가 어려웠다. 레제프가 카예나와 결혼할 가능성이 조금이라도 생길 것 같은 모든 남자에게 날을 세워 달려들었기 때문이다.

우습지도 않았다. 자신은 누군가가 훔쳐 갈까 봐 금고에 고이 모셔 두고 홀로 꺼내 보는 보석이 아니었다.

그런데도 레제프는 카예나의 자유 의지를 완전히 간과했다. 그건 습관이었다. 사람을 소유물로 여기는, 악랄한 습관.

레제프는 사람이 제게 필요 없어지거나 짜증 나게 굴면 없애 버리는 것도 주저하지 않았다. 카예나가 이대로 계속 거슬리게 굴면 어떻게 될까?

'결혼은 싫다고 했으니 날 죽이려나?'

지금이야 그녀가 소중한 인형이라 독을 먹고 쓰러지는 것에 벌벌 떨지만, 그 변덕스러운 측은지심이 과연 언제까지 발휘될까?

'엘리반 남작가는 확실히 지켜 내야 해. 무슨 수를 써서라도 반드시.'

그들을 유모처럼 허망하게 보낼 수는 없다. 카예나는 자신을 더욱 채찍질했다.

엘리반은 가장 낮은 작위인 남작 가문이었지만 제국에서도 손꼽힐 만큼 그 명맥을 오래 유지해 온 유서 깊은 가문이었다. 또한 대대로 황제의 스승이 되었던 현자 가문이기도 하여, 지식인들을 아우르는 힘이 있었다.

'엘리반 남작가가 나를 따르기로 했으니 지식 있는 인사들도 나를 지지하겠지.'

카예나는 그들에게 가장 나은 선택이 무엇일지 보여 줄 예정이었다. 레제프와 하인리히 대공자가 엉망진창의 망나니들이라 참 다행이었다.

사실 따지고 보면 자신이 그들에 비해 딱히 청렴한 사람은 아니다. 정의로운 사람은 더더욱 아니었고. 다만 그녀는 정의의 편에 선 악인이 되기로 했다. 기꺼이 암흑가를 장악하고 누군가를 이용해서 판을 휘어잡을 작정이었다.

그녀는 한적한 길을 따라 걷다가 멀리서 검은 옷차림을 한 사람들이 몰려 있는 것을 발견했다. 에반스 후작가의 사람들이었다.

'장례를 지나치게 서두르네.'

그녀는 조금 고민했다. 카예나가 공동묘지를 방문했음에도 에반스 가문을 못 본 척 인사도 하지 않고 간다면 이 사실을 꼬투리를 잡아 뒷말을 만들어 낼 게 뻔했다. 줄리아가 자신의 시녀이며 에반스 후작 가가 여전히 유력 귀족인 이상 인사는 해야 했다.

결국 그녀는 에반스 후작가 사람들이 모여 있는 쪽으로 발걸음을 옮겼다. 그들은 이미 제논의 관에 흙을 덮고 있었다.

애니가 그들에게 다가가서 에반스 후작과 줄리아의 행방을 물어볼 동안 카예나는 뒤편에 서서 기다렸다. 사람들의 시선이 카예나가 있는 곳을 한 번씩 힐끗거렸다. 망사로 얼굴을 가린 탓인지 시선이 오래 달라붙지는 않았다. 잠시 뒤에 애니가 고개를 꾸벅 숙이더니 카예나에게 다가와 말했다.

"두 분은 지금 휴게실에 계시다고 합니다. 그곳으로 가시지요."

카예나는 에반스 후작가가 자신들의 혈족만 이용할 수 있도록 대관한 건물로 향했다. 마침 건물 외부로 에반스 후작과 줄리아의 모습이 보였다. 그런데 분위기가 조금 이상했다. 카예나는 걸음을 멈췄다.

줄리아가 자신을 붙드는 로드릭의 손을 뿌리쳤다.

"저는 가기 싫어요!"

거친 움직임에 머리카락이 휘날리며 줄리아의 얼굴이 보였다. 그녀의 뺨에 얼룩덜룩한 피멍이 들어 있었다. 저건 남자의 손찌검 자국이었다. 그것도 체중을 실은 손찌검.

카예나의 표정이 싸늘하게 얼어붙었다.

"아직 뺨도 멀쩡하게 돌아오지 않았는데 어찌 황궁에 들어가라고 하시는 거예요?"

"그거야 제논의 짓이니 다들 이해해 줄 거란다."

저들의 목소리가 작아지자 거리가 멀어서 대화 내용이 들리지 않았다. 카예나는 애니에게 잠시 자리를 비켜 달라고 말했다. 저들에게 보이지 않는 공간으로 공간 이동을 할 생각이었다. 그녀는 마력을 일으켜 자신이 있는 공간을 편집해 건물 뒤편으로 붙여 넣었다.

팟!

순식간에 시야가 뒤바뀌어 있었다. 에반스 후작의 목소리가 가까이서 들렸다.

"대마초 재배에 자결까지 한 녀석이 제 여동생의 뺨을 때리는 무뢰한인 것은 당연한 일이잖니?"

줄리아는 오라비가 자상하게 말하는 끔찍한 소리에 믿을 수 없다는 듯이 눈을 크게 떴다. 로드릭이 부드러운 표정으로 말했다.

"지금 황궁에 도티 부인이 시녀장으로 들어가 우리 가문의 영향력을 축소하려 하고 있다. 네가 이렇게 밖에서 있을 때가 아니야."

그는 줄리아에게 당장 황궁으로 들어가서 도티 부인과 맞서 싸우기를 종용하고 있었다.

줄리아는 비참했다. 역시 자신은 도구에 지나지 않았다. 제논이 죽은 것도 무섭고 끔찍한데 이 상황에서 로드릭은 도티에게 밀리면 안 된다며 줄리아를 설득하고 있었다.

"제논 오라버니가 살해당했다는 거, 저 알아요."

그녀의 말에 로드릭의 눈빛이 순간 돌변했다.

"……그게 무슨 소리니?"

그는 줄리아가 지나친 생각을 하고 있다며 나무라듯 말했다.

"줄리아, 그건 어디까지나 갑작스레 닥친 불행한 일일 뿐이다. 그걸 이상하게 생각하면 곤란해."

줄리아는 이것이 꼬리 자르기의 결과물이라는 사실을 알았다. 그녀는 오라비의 뻔한 거짓말에 입술을 잘근 깨물었다.

"오라버니, 저 그냥 황궁에 안 돌아가면 안 돼요?"

에반스 후작은 동생의 간절한 부탁에 피식 웃었다. 그의 미소에 섬뜩한 냉기가 어렸다.

"그럼 집에서도 나갈래?"

"······네?"

"네가 싫다면 굳이 황궁에 돌아가지 않아도 돼."

그의 말투는 다정하기 짝이 없었다. 그러나 내용은 그렇지 않았다.

"아, 휴그렌 백작이 사별한 지도 꽤 되었지. 그의 아내가 된다면 가문에 힘이 될 거다."

줄리아의 얼굴이 사색이 되었다. 휴그렌 백작은 곧 일흔이 되어 가는 노인이다. 게다가 예전부터 변태 성욕자라는 지저분한 소문도 있었다. 그녀는 오라비가 설마 그런 노인에게 자신을 팔아넘기겠다고 말할 줄은 몰랐다.

줄리아는 충격받은 얼굴로 눈물을 뚝뚝 흘렸다. 로드릭은, 자신의 오라버니는 다정다감한 사람이었다. 자신을 도구로 여긴다는 사실을 깨닫기는 했어도 이렇게 가혹하지는 않으리라고 착각했다.

그러나 아니었다. 줄리아는 제 가치가 이 정도라는 사실을 이 순간 절절하게 깨달았다.

"줄리아, 너는 그렇게 노래 부르던 멋진 황궁으로 돌아가서 내부를 정리해 놓으면 된단다. 어차피 그 안에 있는 자들이 알아서 다 처리해 줄 거야."

에반스 후작은 비릿하게 웃었다. 그는 파리해진 안색으로 뒷걸음질치는 줄리아를 붙잡으려고 했다.

그 순간 카예나는 마력을 일으켰다.

"윽!"

에반스 후작은 갑자기 뭔가가 발을 잡아채는 느낌과 동시에 바닥을 나뒹굴었다. 무슨 일이지? 갑작스러운 상황과 아릿한 통증에 정신이 혼란스러웠다.

"어머나."

그때 낯선 여자의 목소리가 로드릭의 귓가에 들렸다. 고개를 들어 올리자 검은 망사로 얼굴을 가린 여자가 보였다. 그가 미간을 찡그렸을 때였다.

"제가 좋지 않은 때에 실례한 모양이네요, 후작님. 아, 저는 카예나 힐이에요."

"……황녀 전하?"

그는 얼른 몸을 일으키려고 했다. 황녀 앞에서 엎어져 있다는 사실에 수치심으로 얼굴이 벌겋게 물들었다. 그러나 카예나는 그가 멀쩡하게 일어나지 못하도록 다시금 마법으로 발을 헛디뎌 넘어지게 했다.

"크윽!"

카예나는 얼굴을 가린 망사를 걷으며 몹시 걱정스러워하는 표정을 지었다.

"어머! 괜찮으신가요?"

"예, 괜찮…… 습니다."

그는 견딜 수 없이 창피했고 화가 났다. 대체 갑자기 왜 넘어진 거야! 카예나는 걱정스러운 얼굴로 바닥을 훑었다.

"세상에, 여기 길이 안 좋은가? 하체가 부실한 게 아니라면 넘어질 만한 게 없는 것 같은데……."

그녀가 이상하다는 듯이 고개를 갸웃하자 로드릭은 파르르 떨었다. 하체 부실이라니? 치욕도 이런 치욕이 없었다.

"저, 전하. 그런 게 아니라……."

카예나는 그의 말을 들을 생각도 않고 빙긋 웃으며 줄리아를 돌아보았다.

"여기서 보게 될 줄 몰랐네, 줄리아."

줄리아는 난데없는 상황에 눈을 휘둥그레 떴다. 깜짝 놀라서 눈물도 쏙 들어가 버렸다.

"……황녀 전하를 뵙습니다."

줄리아가 바닥에 한쪽 무릎을 대고 궁중식 인사를 올리자 카예나가 붙잡아 일으켰다.

"돌아가자."

줄리아가 흠칫하고 고개를 들어 올렸다. 카예나는 부드러운 미소를 짓고 있었다.

"나와 같이 돌아가자."

줄리아는 멍한 눈으로 카예나를 바라보았다.

카예나는 이게 무슨 상황인지 눈치를 살피는 중인 에반스 후작에게 빙긋 웃으며 말했다.

"줄리아는 제 시녀이니 데려가도 괜찮겠죠? 요즘 황녀궁이 좀 바빠서."

로드릭은 줄리아가 황궁으로 들어가는 것을 바랐으므로 상당히 기꺼워했다. 이렇게 자신을 도와주는 카예나가 고마울 지경이었다.

"물론이지요. 이렇게 시녀를 직접 챙겨 주시다니 마음이 흐뭇합니다. 모쪼록 줄리아를 잘 이끌어 주십시오, 전하."

카예나는 그 말에 어떤 대꾸도 하지 않고 기계적으로 미소만 지었다.

"그럼 저는 바빠서 이만."

그녀는 줄리아의 손을 잡고 이끌었다.

"……."

줄리아는 그 손만 물끄러미 내려다보았다. 애니는 카예나와 줄리아를 발견하더니 조용히 마차로 안내했다.

에반스 후작과 꽤 멀리 떨어졌을 때, 카예나가 말했다.

"너는 황궁에 돌아가도 성년식 준비를 도울 필요는 없다. 그곳에서 좀 쉬렴."

"……네?"

"뺨이 다 나을 때까지 휴가라는 뜻이야."

줄리아는 자신이 그럴 수 없다는 사실 정도는 알았다. 분명히 오라버니는 도티 부인을 견제하라고 그녀를 압박할 것이다. 가슴에 돌덩이가 내려앉아 짓눌린 것처럼 답답했다. 줄리아가 흐느끼며 말했다.

"앞으로 제가 어떻게 해야 할까요……?"

어떤 명확한 대답을 바란 말은 아니었다. 그냥 지금 뭐라도 말을 내뱉지 않으면 마음이 무거워서 죽을 것 같아 아무렇게나 내뱉은 말이었다.

제논이 끔찍한 몰골로 살해당했다. 로드릭은 별다른 조사도 없이 그의 죽음을 자결로 처리해 버렸다. 줄리아는 그 비정함이 두려웠다. 자신도 필요 없어지면 언제든 그런 폭력의 대상이 될 수 있다는 사실이 끔찍하게 두려웠다.

'만약 내가 쓸 만한 혼처에 시집가지 못하면?'

자신을 휴그렌 백작에게 보내 버리지 않을까?

"너는 어떻게 하고 싶니?"

"모르겠어요……."

줄리아는 스스로 생각하는 법을 몰랐다. 좋은 드레스, 아름다운 장신구, 유행하는 구두와 모자를 잘 고르는 법은 지금이라도 말할수 있었다. 하지만 내가 진짜 하고 싶은 것? 나를 지키는 방법? 그런것들은 몰랐다.

아름다움이 자신을 지켜 주지 못한다는 사실을 깨달으며 갑자기 현실에 내놓게 되자 줄리아는 두렵기만 했다. 자신이 알던 것이 모두누군가가 준, 허상에 가까운 것들이었다는 사실을 어렴풋이 깨달았지만, 그 무엇도 뚜렷하게 보이지 않았다.

"생각해 보렴. 너는 생각할 줄 모르는 게 아니야. 그러지 못하도록교육받을 뿐이지."

정말 그럴까? 줄리아는 필사적으로 생각했다.

그들은 마차 앞에 도착했다. 카예나와 줄리아가 마차 안으로 오르자 문이 닫혔다. 말발굽 소리가 나기 시작하며 마차가 출발했다. 줄리아는 천천히 입술을 떼었다.

"……저는 에반스 후작이 되고 싶어요."

자신이 더 이상 위협을 느끼지 않아도 되는 위치가 되고 싶었다.하지만 후작이라니. 말도 안 되는 일이다. 이것이야말로 진짜 허상이아닐까?

그러나 줄리아는 입 밖으로 꺼내는 순간 깨달았다.

'왜 내가 후작이 되지 못하는데?'

오라비들은 사람을 도구 취급하고 마약이나 유통하며 혈족에게 냉혹했다. 그런 인간들보다 자신이 못한 게 뭐란 말인가?

줄리아의 눈빛이 돌변했다. 눈물은 어느새 멈춰 더는 흐르지 않았다. 그녀는 완전히 결심이 선 얼굴로 카예나에게 말했다.

"제가 에반스 후작이 되겠어요."

줄리아는 절박했다. 그녀는 자신을 도와줄 수 있는 사람은 카예나가 유일하다는 사실을 본능적으로 깨달았다.

"저를 가르쳐 주세요, 전하. 무엇이든 따르겠어요."

에반스 후작가는 온통 썩어 있었지만, 줄리아는 아직 그 어둠에 물들지 않은 유일한 사람이다. 줄리아는 에반스 가문의 폭주를 통제할 수 있는 유일한 수단이었다. 카예나는 그 손을 잡지 않을 수 없었다.

"마음을 단단히 먹으렴."

해 줄 수 있는 충고 중 무엇보다 중요한 말이었다.

마음을 단단히 먹을 것.

자신을 길러 낸 세상에 정면으로 반박하는 일은 보통의 다짐으로는 이루지 못하니까.

"너는 앞으로 에반스 후작에게 인형이나 도구로서 가치를 다해 기쁘게 하는 존재가 아니라 의논 상대가 되어야 한다."

"아……."

누군가가 망치로 머리를 거세게 친 것 같았다. 줄리아는 제 가치가 어느 수준인지 명확하게 깨달았다.

"성실하게 끊임없이 지혜를 발휘해 생각하렴. 상대가 미처 짚어 내지 못한 부분을 네가 짚어 냈을 때가 비로소 시작이니까."

등줄기로 한 줄기 소름이 쭉 끼쳐 올랐다. 조금이나마 황녀가 바라보는 세상이 어떤 것인지 엿본 느낌이었다.

갑자기 나약한 마음이 불쑥 치솟았다. 난 못 해. 나는 안 될 거야. 이대로 사는 것도 나쁘지 않았잖아…….

콱!

줄리아는 혀 안쪽을 깨물었다. 비릿한 피 맛이 입안을 맴돌았다.

'정신 차리자.'

스스로 생각하고 정답을 찾아 결정해야 하는 상황이 두렵지만, 극복해야 했다.

"반드시 명심하겠습니다."

─∗◈∗─

이델은 아카데미 수업이 끝나는 순간까지 하멜 백작가에 댈 핑계에 골몰했다. 오늘부터 라파엘로에게 교육받기로 했다. 하지만 그 사실은 철저히 비밀에 부치기로 했기에 변명이 필요했다.

그때 같은 수업을 듣는 소년이 이델에게 다가왔다. 말을 한 번도 섞어 본 적 없는 친구였다.

"안녕, 네가 이델이지?"

"……그런데?"

이델이 눈을 뾰족하게 떴다. 다른 애들처럼 또 시비를 걸려는 녀석이라고 생각했기 때문이었다.

그러나 소년은 쾌활하게 미소 지으며 손을 내밀었다.

"난 세인 마이어스라고 해. 반가워."

이델은 그 손을 물끄러미 보다가 맞잡았다. 그러자 세인이 그에게 몸을 가까이 붙이며 귓가에 대고 말했다.

"키드레이 공작님이 너를 도우라고 하셨어. 오늘부터 그분과 만나기로 했잖아."

"……!"

세인이 다시 친절하게 웃으며 몸을 떨어트렸다.

"나랑 같이 재미있는 게임을 하러 가자. 어때?"

"……좋아."

이델은 세인과 같이 내려갔다. 하멜 백작가의 마차가 보였다. 시종이 마차 문을 열고 그가 올라타기를 기다렸다.

"오늘 얘랑 놀러 갈 거야."

시종의 시선이 세인에게 향했다.

"마이어스 가문에서 이델을 초대해 같이 놀려고 해. 괜찮겠지?"

"그럼 이 마차로 모시겠습니다."

세인이 고개를 내저었다.

"우리 가문 마차를 타고 갈 생각이야. 이델이 집에 갈 때도 내가 데려다줄 거고."

곧 마이어스가의 마차가 도착했다.

"타시지요, 도련님."

이델이 얼른 말했다.

"놀다가 갈 테니까 먼저 가!"

"……알겠습니다."

이 나이대의 어린 귀족들이 이런 돌발 행동을 하는 것은 종종 있는 일이었으므로 시종은 대수롭지 않게 생각했다.

이델은 세인과 같이 마차에 올라탔다. 아카데미 근처가 온통 번화가라서 그런지 거리가 북새통을 이루고 있었다.

"수도에 사람이 훨씬 많아진 것 같아. 그렇지?"

세인이 창밖을 보다가 그렇게 말했다.

이델은 이 현상이 카예나의 성년식 때문이라는 것을 들어 알고 있었다. 갑자기 누님이 보고 싶었다.

"곧 가문의 문양이 없는 마차로 갈아탈 거야."

이렇게 혼란스러운 분위기에서 이 정도까지 이목을 속일 필요가 있을까 싶었지만 이델은 순순히 고개를 끄덕였다.

그들은 곧 아무런 특징이 없는 마차로 갈아탔다. 이델은 제 옆에 앉은 세인을 힐끗 보다가 물었다.

"너는 공작가의 가신인 거야?"

"키드레이 가문에서 아카데미 학생을 후원하는 거 알지? 난 그분의 후원을 받고 있어."

마이어스가는 키드레이 공작가의 은밀한 조력 가문이었다.

이내 마차는 마이어스 가문도, 키드레이 별저도 아닌 완전히 다른 장소에 도착했다.

'……잘못 온 거 아닌가?'

저택 자체는 크지는 않았으나 한적한 곳에 있었고 외부에서 안을 들여다볼 수 없는 모양새였다.

그가 어리둥절해할 때 세인이 마중 나온 남자에게 손을 흔들었다.

"바스턴 경!"

"안녕하십니까, 도련님들."

바스턴이 싱글싱글 웃으며 다가왔다. 그가 이델에게 말했다.

"저번에 소개를 못 드렸지요? 바스턴 데보라입니다. 공작 각하의 보좌관 겸 호위를 맡고 있죠."

"아, 안녕하세요, 데보라 경."

바스턴은 이델을 흐뭇하게 바라보았다.

"바스턴이라고 불러 주시면 됩니다. 아, 주인님께서는 안에서 기다리고 계십니다. 이쪽으로 오시죠."

이델은 얼떨떨한 심정으로 바스턴을 따라 저택 안으로 들어갔다.

"이 저택은 공작님께서 이델 도련님을 교육하기 위해 사용하려고 마련하신 곳입니다. 어디든 편하게 이용하십시오."

"아……."

그럼 이 저택을 오직 이델을 위해 마련했다는 뜻이었다. 세인이 곁에서 진심으로 놀라며 부러움을 표시했다.

"좋겠다, 이델! 게다가 공작님의 지도라니, 진짜 부러워."

"……그런가?"

저택의 건물은 네모 모양이었다. 안쪽의 공간으로 들어가니 넓은 잔디밭이 있었다. 연무장으로 쓰는 모양인지 관련 시설물이 가득했다. 모두 최고급품이었다.

바스턴이 연무장에서 다른 기사와 대련 중이던 라파엘로를 불렀다.

"각하! 도련님들 오셨습니다."

라파엘로는 즉시 대련을 멈추고 검을 내려놓았다. 흐트러진 검은 머리카락 사이로 보이는 붉은 눈동자가 그들에게 향했다. 그 시선에는 어딘가 오싹한 집중력이 깃들어 있었다. 이델은 묘한 긴장감에 무심코 침을 꼴깍 삼켰다.

이내 라파엘로를 두르고 있던 팽팽한 기운이 누그러졌다. 평소보다도 더 나른해 보였으나 이델은 그것이 상대를 겁먹지 않게 하려는 위장이라는 사실을 깨달았다.

'저게 전쟁을 치러 본 사람의 기운이라는 거구나.'

이델은 주먹을 말아 쥐었다. 몸 안에서 작은 호승심이 피어올랐다. 그때 세인이 발그레한 얼굴로 라파엘로에게 다가가 예를 갖췄다.

"안녕하세요, 공작님! 세인 마이어스가 인사드립니다."

라파엘로의 시선이 세인에게 닿았다. 그는 자신을 초롱초롱한 눈으로 바라보는 세인에게 무뚝뚝하게 대답했다.

"그래."

세인은 공작이 제 인사에 반응해 주었다는 사실만으로도 무척 좋아했다. 이델은 그런 세인이 이상했다. 동경으로 반짝거리는 눈빛과 상대의 관심을 갈구하는 표정이라니.

'……나도 누님께 저랬나?'

이델은 볼을 긁적이다가 라파엘로와 시선을 마주쳤다. 그는 어색하게 라파엘로의 앞으로 다가가 인사했다.

"안녕하세요, ……선생님."

"왔군."

라파엘로는 무심하게 대꾸하고는 그들에게서 조금 떨어져 차가운 물을 머리에 끼얹었다. 물줄기가 날카로운 턱선을 타고 땀이 배어난 목선을 지나쳐 살짝 벌어진 검은 무복 사이로 흘러내렸다. 햇살이 그의 피부에 맺힌 물방울을 보석처럼 비추었다.

라파엘로는 젖은 머리카락을 손으로 털었다. 이제야 평정심이 좀 돌아오는 것 같았다. 방금까지 실전처럼 한 대련 때문에 살기가 날카롭게 벼려져 있었다. 이런 상태로 아이들을 대할 수는 없었다.

다만 그 광경이 다른 이들에게는 조금 다른 느낌으로 비쳤다.

"어머……."

지나가던 사용인들이 라파엘로의 젖은 모습에 나직한 탄성을 토했다. 바로 앞에서 그 광경을 지켜보던 바스턴은 눈을 흡떴다. 아니, 이 주인님이 대체 또 무슨 짓이람?

'이건 아이들의 정서 교육상 무척 좋지 않은 광경이야!'

바스턴은 자체적인 심의를 거친 후 미성년자에게 몹시 해로운 광경이라고 판단했다. 그는 얼른 두 소년을 돌려세웠다.

"자자, 이델 도련님은 훈련복으로 갈아입으시고 세인 도련님도 이만 휴게실로 가시지요."

라파엘로는 그 모습을 힐끔 보더니 마른 천으로 머리카락과 얼굴을 닦았다.

곧 연무장에 제레미가 나타났다. 그는 주변의 사람을 물리고 라파엘로에게 보고를 올렸다.

"대공자 쪽에서 소식이 들어왔습니다. 에밀 하브론이라는 궁정인이 하인리히 대공자의 세작입니다. 그자를 레르반스 도티에게 붙였다고 합니다."

"목적은?"

"상단을 몇 개 연결해 준 것 같은데 좀 이상합니다. 상단의 흔적들을 찾을 수 없었습니다."

라파엘로는 숨을 길게 내쉬었다. 흐트러진 무복을 정갈하게 정리하며 생각도 같이 정리했다. 흔적을 찾을 수 없는 상단과 그 상단을 하녀장에게 연결해 준 하인리히 대공자의 세작.

"상단의 종류는?"

"식자재를 전문으로 취급하는 곳들이랍니다."

도티 부인은 전형적인 귀족이었다. 권위 의식이 강하고 힘을 보여주기를 좋아했으며 지는 것을 몹시 싫어하는 사람이었다.

아마도 자신이 입궁한 직후에 열리는 황녀의 성년식에서 영향력을 크게 발휘하며 건재함을 알리려는 생각일 것이다. 에반스 가문이 주춤할 때 그들을 누르고 황자의 최측근 자리를 차지하고 싶을 테고.

"하인리히 대공자가 도티 부인을 이용해서 황궁 내부를 어지럽게 할 생각인 모양이군."

정확한 판단을 할 수는 없지만 혼란스러운 상황을 만들어 내려는 게 아닐까? 그런데 왜 그런 일이 필요하지?

제레미가 말했다.

"또한 사냥 대회에서 쓸 투창과 총을 대량으로 구했다고 했습니다. 이미 대공가로 실물도 들어갔다고 합니다."

"투창과 총이라……."

"투창을 잘못 사용하면 말들이 놀라서 아비규환이 될 텐데, 그걸 예상하지 못하고 들인 건 아닌 것 같습니다."

투창은 당연히 화살보다 크고 두껍고 무겁다. 그것이 하인리히 대공자의 괴력과 만나게 되면 사냥터가 초토화될 것을 예상하는 건 어렵지 않았다.

'사냥 대회에서 뭔가 획책하는 게 있는 건 분명한데.'

사냥 대회는 하루 만에 끝나는 간단한 게임이 아니었다.

우선 사냥터가 정해지면 전문 사냥꾼들이 그 근방에 사나운 맹수는 없는지 발자국 등을 추적하며 생태를 확인했다. 사냥할 초식 동물의 수가 너무 적지는 않은지, 멧돼지 같은 위험한 동물의 개체 수는 어떤지 등을 파악하고 나면 사냥 포인트를 몇 군데 설정해 놓는다.

그다음에는 사냥터에서 멀리 떨어진 곳에 캠프를 쳤다. 무기고, 식량 창고, 귀부인들도 충분히 휴식할 수 있는 임시 거처 등이 마련되면 귀족들이 그 캠프로 이동한다.

사냥 대회에 참가하는 귀족들이 준비할 것은 많지 않다. 말, 총, 탄환, 검, 자신의 사냥을 곁에서 도울 기사, 그리고 안락한 나들이를 위한 사용인.

사냥 대회는 단순히 가장 훌륭한 사냥 실력을 자랑하는 것을 목적으로 하는 자만 있는 게 아니었다. 본인이 타는 말의 훌륭한 혈통과 아름다운 외형, 저를 응원하는 연인의 가문과 미모. 거기에 그녀가 입은 드레스와 걸친 장신구의 값 등을 자랑하기 위한 공간이었다.

라파엘로는 참 멍청한 대회라고 생각했다. 원래 사냥 대회의 취지는 봄철에 새로운 작물을 심고 기르는 인근 농경지를 습격하는 짐승의 개체 수를 조절하는 것이었다. 그러나 작금의 사냥 대회는 귀족들의 재산과 힘자랑을 위한 공간에 불과했다.

라파엘로는 사냥 대회에 적극적으로 어울려 줄 생각 따위는 없다. 어차피 그 사냥 대회에서 라파엘로가 토끼 한 마리만 잡더라도 누구도 그의 사냥 실력을 의심하지 못할 테니까. 그는 전쟁을 치른 전사였다. 수도의 깍쟁이 같은 신사들은 진짜 전사인 라파엘로 앞에서 장난으로라도 장갑 한번 던져 보지 못할 것이다.

"황자 측에 사고를 일으킬 생각일 수도 있어. 사냥터 자체를 쑥대밭으로 만들 가능성을 배제하기도 어렵겠군."

"에반스 가문에서 미리 조치하지 않겠습니까? 그들도 하인리히 측의 이상 행동을 보고받았을 텐데요."

"글쎄."

'성년식에서 영향력을 얻을 사람이 도티 부인이라면 에반스 가문에서는 조금 위험하더라도 일이 망쳐지는 것을 원하겠지.'

도티 후작가에는 하인리히 대공자의 이상 징후를 예측하고 그것을 막을 만한 능력이 없다. 레제프의 자체적인 위기관리 능력이 필요한 시점이었다.

다만 그것이 꼭 레제프의 위기로만 끝날까가 문제였다. 라파엘로는 카예나가 위험할 수 있는 상황을 만들기 싫었다. 그는 미간을 살짝 찡그리며 한숨을 내쉬었다. 지금이 황녀의 생일을 맞이해 곧 축제가 벌어질 분위기인지, 당장 모진 풍파가 불어닥칠 폭풍 전야인지 알 수 없었다.

'잘하면 예이스터 하인리히를 쓸어 내 버릴 수도 있을 것 같은데.'

"수도에 팔라딘이 주둔하고 있으니 그들의 활동 영역을 좀 넓히면 좋을 것 같은데."

문제는 사원의 청렴함이었다. 그들 중에 에반스 가문이나 하인리히 대공가의 돈을 받지 않은 자를 찾기가 어려울 것이다. 에반스 후작은 도티 부인의 실패를, 하인리히 대공자는 레제프의 파멸을 원하는 상황. 얼결에 둘의 이해관계가 맞아떨어졌으니 사원을 움직이기가 상당히 어려워졌다.

"나를 도와줄 만큼 힘 있는 사원의 고위 사제면서도 어느 세력에도 소속되지 않은 사람이 있겠느냐?"

제레미는 주인님이 참 까다로운 주문을 한다고 생각하면서도 열심히 골몰해 보았다. 머릿속에 떠오른 고위 사제들이 추풍낙엽처럼 삭제되어 갔다.

'그런 사람이 실존하기는 할까? ……어?'

제레미가 고개를 번쩍 들어 올렸다.

"데니안 사제!"

"데니안?"

"예, 저번에 갔던 그 사원이요. 아기를 갖게 해 주는!"

"……."

라파엘로는 눈살을 찌푸렸다. 그러다 곰곰이 생각해 보았다.

'확실히⋯⋯.'

한적한 곳에 지어진 오래된 사원에 견습 사제로 보이는 이도 고작 하나였다. 그런데 사원 내부가 무척 깨끗했고 다이닝 룸의 컨디션도 최상에 가까웠다. 그렇게 관리할 수 있을 정도로 하인을 사용한다는 말이었다.

귀부인 사이에 혼례나 후계자에 관련해서 영험하기로 소문난 곳이라는 건 어마어마한 기부금이 끊이지 않고 들어온다는 뜻. 기부금에 따라 사원의 권위가 정해지니 데니안 사제라면 가진 힘이 절대 적지 않으리라.

"그 사원에 방문 기별을 넣어 두어라. 입궁 전에 알아볼 것이니."

"예, 주인님."

그때 이델의 옷을 다 갈아입힌 바스턴이 다가왔다. 이델은 라파엘로가 '입궁'이라고 말한 것을 얼핏 들었다.

"⋯⋯황궁에 가시는 거예요?"

라파엘로가 이델을 내려다보았다.

"성년식 전에 입궁하겠지."

이델은 아직 연회에 갈 수 있는 나이가 아니었다. 보통 16세나 17세부터 사교계에 데뷔하니까.

그는 누이의 생일인데도 축하해 줄 수 없다는 사실에 시무룩해졌다. 바스턴은 그런 이델의 기색은 눈치채지 못하고 라파엘로를 진중하게 바라보았다.

"선물은 준비하셨지요?"

"탄생석으로 된 주얼리 세트를 준비하기는 했다."

그때 바스턴이 끼어들었다.

"성년식은 그것으로 끝이 아닙니다. 모르십니까? 성년식 선물!"

성년식 선물? 라파엘로는 미심쩍은 표정으로 바스턴을 바라보았다. 이델도 궁금했는지 호기심 어린 눈빛을 했다.

"성년식에 무조건 줘야 하는 선물이 세 가지 있지요."

"세 가지?"

바스턴은 가슴을 쭉 폈다. 연애 초보자인 라파엘로가 모르는 것을 알려 주게 되어 상당히 거들먹거리는 얼굴이었다.

"바로 장미꽃, 향수, 그리고…… 키스입니―!"

따악!

제레미가 얼른 바스턴의 뒤통수를 후려쳤다.

"아악! 왜 때리세요!"

"지금 각하 앞에서 그게 무슨 돼먹지 못한 저질스러운 말이냐!"

"아니, 이게 무슨 저질스러운 말입니까? 요즘 젊은이들은 다 그래요!"

이델이 변태를 보는 불쾌한 눈으로 바스턴을 경멸스럽게 노려보았다. 제레미는 더 들을 것도 없다는 듯이 무시하려 했다.

"진짜라니까요! 제레미 보좌관님이 서른 중반에 접어드셔서 모르시겠지만, 저는 아직 20대라고요!"

"이놈아, 이제 철 좀 들어라! 그리고 서른세 살이 무슨 중반이야? 초반이지!"

바스턴은 억울하게 중얼거렸다.

"아니, 진짜인데……. 다들 젊은이들의 유행을 모르는……."

"그만 구시렁거려. 부끄러운 줄 모르는 놈!"

제레미의 꾸지람에 바스턴은 쳇, 하고 입술을 불퉁하게 내밀었다.

라파엘로가 입가를 쓸었다.

"흐음."

장미꽃, 향수, 키스라고?

'장미꽃이랑 향수만 준비하면 되겠군.'

19장
성년식

올리비아는 성년식을 준비하기 위한 리스트를 보다가 미간을 찡그렸다. 그녀가 궁정인을 돌아보았다.

"시녀장님이 또 상의 없이 바꾸셨다고?"

"예, 황녀궁 지시와 다르다고 말씀은 드려 보았지만……."

궁정인은 눈치를 살피며 말을 아꼈다.

올리비아는 짤막하게 한숨을 지었다. 도티 부인은 입궁한 날부터 난데없이 전면적으로 나서서 연회와 사냥 대회 준비에 사사건건 간섭하기 시작했다.

아니, 단순히 간섭으로 그쳤다면 다행이었다. 도티 부인은 사전에 협의도 없이 멋대로 장식물을 바꿔 버리거나 휴게실의 위치를 변경하기도 했다.

문제는 키드레이 공작에게 할당할 휴게실이었다. 도티 부인이 그에게 사람들이 쉽게 찾아올 수 있는, 개방된 곳의 휴게실을 배정한 것이다.

'곤란한데.'

라파엘로 같은 고위 귀족에게는 좀 더 은밀한 위치의 휴게실을 주는 게 일반적이다. 어중이떠중이가 근처에 기웃거리지 못하도록 애초에 접근성을 떨어트려야 하기 때문이었다.

올리비아는 시녀장과 굳이 마찰을 일으키고 싶지 않았기에 어지간하면 뜻대로 따라 주었지만, 이것만큼은 넘어가기 힘들었다. 이런 기본적인 부분조차 챙기지 못하면 황녀궁은 연회를 준비하는 기본기가 없다는 소리가 나올 것이다. 그것은 황녀를 욕보이는 일이었다.

실은 도티 부인이 그 일을 주도했다는 사실은 귀족들에게 중요한 게 아니다. 그들은 어떻게든 권력자의 행보에서 흠을 잡아내고 싶어 했다. 특히 그것이 카예나처럼 젊고 아름다운 여자라면 더더욱.

올리비아는 결코 카예나에게 그런 어처구니없는 평가가 붙게 놔둘 수 없었다. 그녀는 도티 부인을 찾아갔다.

"시녀장님을 뵙습니다."

도티 부인은 눈을 샐쭉하게 뜨고 상대를 보았다.

'올리비아 그레이스였나?'

그녀는 올리비아가 한때는 키드레이 공작과 혼담이 오가던 영애임을 알아차렸다. 그러나 지금은 끈 떨어진 연일 뿐이었다.

"무슨 일이지?"

그레이스 자작가는 도티 후작가와는 비교도 안 되는 한미한 가문이다. 그녀는 올리비아를 한껏 얕잡아 보았다.

"황녀 전하의 성년식 연회 준비로 인해 말씀드릴 것이 있어서 찾아왔습니다."

그럴 줄 알았다. 도티 부인은 올리비아가 성년식 문제로 자신을 찾아와 시비를 걸 것이라고 짐작하고 있었다.

"죄송하지만, 사전에 계획된 부분 중 일부는 예정대로 진행했으면 합니다. 특히 휴게실 배정과 식자재 추가 구매는 반려해 주셨으면 좋겠습니다."

그 말에 도티 부인이 눈을 뾰족하게 떴다.

"이제 막 황궁 일을 시작한 상급 시녀 주제에 감히 내 말에 토를 다는 거니?"

올리비아는 당혹스러워 눈을 깜빡였다. 도티 부인이 반박할 것은 예상했지만 적어도 논리적인 이유로 그러리라고 생각했다. 그런데 대뜸 힘으로 찍어 누르려 할 줄이야. 그녀가 가장 혐오하는 귀족 부류였다.

"너, 내가 누군지는 아니? 지금 감히 누구에게 대드는지 아느냐는 말이야!"

황자를 길러 냈다는 자부심이 대단한 도티 부인은 마치 자신이 황후라도 된 것처럼 위세를 부렸다.

올리비아는 그녀의 말에서 오류를 지적하고 싶었다. 그러나 가만히 고개를 숙이며 처신하는 것이 현명한 행동임을 알았다. 상대는 이성적인 대화가 불가능하다. 그녀는 대화를 포기했다.

"제가 주제넘었다면 죄송합니다."

도티 부인은 제 호통에 조금도 움츠러들거나 두려워하는 기색이 없는 올리비아를 보고 기가 막혔다. 당장 납작 엎드려 용서를 구해도 모자랄 판에 고상하게 고개 숙여서 하는 사과라니. 자신을 괄시하는 게 아니라면 이따위 태도를 보일 리가 없었다.

"휴게실도 식자재도 내가 다년간의 경험으로 준비했다! 예상 방문객 수가 몇인데 고작 음식을 그 정도만 준비한다는 것이냐?"

사실 연회 음식은 지금 준비한 것만으로도 충분했다. 그러나 도티 부인은 쓸데없이 음식의 가짓수를 더 늘리는 등, 카예나의 측근들이 실수를 일으키도록 유도하고 있었다. 이것은 황녀궁의 기세를 눌러 버릴 좋은 기회였다.

올리비아는 간신히 성년식 연회 준비를 마무리하고 있었다. 국정 대리인이 된 카예나의 위상 때문에 예상 방문객 수가 지나치게 늘어나서 조율하는 일이 쉽지 않았다.

'일하는 주방 하인의 수는 정해져 있는데 어떻게 이 많은 종류를 만들어 내겠어?'

그런데 도티 부인이 쓸데없는 문젯거리를 만들어 내고 있으니 머리가 지끈거렸다.

"이미 들인 식자재를 멀쩡하게 관리하는 것만으로도 많은 인력을 소모하고 있습니다."

그러자 도티 부인이 픽 하고 비웃음을 터트렸다.

"작년에 열렸던 휘스니아 백작 부인 연회의 음식 가짓수가 몇인지나 아느냐?"

"……."

"황궁이 고작 백작 부인의 연회에서 준비한 음식 가짓수보다 적게 준비하면 대체 그 치욕은 누가 감당하지?"

성년식이 일반 연회보다 규모가 압도적으로 크니 당연히 음식 가짓수를 그 연회만큼 마련하지 못한다. 그렇다고 해도 어디에 비교해 모자란 수준은 결코 아니었다.

그러나 도티 부인에게는 이런 것들이 중요한 문제가 아니라는 사실을 깨달았다. 짙은 피로감이 몰려들었다.

"이 연회가 황녀 전하의 성년식이라 할지라도 내명부는 결국 레제프 황자 전하의 소관이지. 그런데 연회가 소박하기라도 하면 그 모든 오욕이 어디로 돌아갈 것 같니?"

도티 부인은 계속해서 뾰족하게 말을 이어 나갔다.

"식자재도 그 많은 양을 발주하려면 시간이 오래 걸리는 걸 감안해서 내가 손수 해결해 줬더니……. 기가 막히는구나!"

하지만 성년식 연회를 위한 식자재 발주는 몇 달 전부터 치밀하게 계산한 일이기도 했다. 도티 부인이 주장하는 말도 맞지만, 그녀가 추가로 주문한 양은 감당하기에 너무나도 많았다.

이런 사람과 더 대화를 섞어 봐야 설득하지 못한다. 올리비아는 카예나에게 이 일을 상의해야겠다고 생각했다.

"제 생각이 짧았습니다. 심기를 어지럽혀서 죄송합니다."

올리비아의 말에 그녀가 꼬리를 말았다고 생각한 도티 부인은 그녀를 휙 흘기며 중얼거렸다.

"흥, 볼 것도 없는 가문 출신 주제에……."

그녀는 그 말에도 아랑곳하지 않고 공손하게 고개를 숙였다.

"그럼 저는 물러나겠습니다."

올리비아는 도티 부인의 태도에 환멸이 들었다. 이런 거대한 연회나 사냥 대회는 계획대로 진행해도 변수가 생기는 일이다. 규모가 규모이니만큼 문제가 생기지 않을 수가 없었다. 그녀는 시중 하녀에게 말했다.

"황녀궁으로 가자."

카예나는 성년식이 가까워지며 국정 업무를 재상에게 맡겨 버렸다. 성년식도 그렇지만 중앙군을 데리고 토지 개간에 들어갈 준비를 하느라 신경 써야 할 게 너무 많았다.

그녀는 답지 않게 어딘가 분기탱천한 모습으로 자신을 찾아와 도티 부인에 대해 성토하는 올리비아에게 말했다.

"그냥 놔두어라."

올리비아는 그게 무슨 말이냐는 얼굴로 카예나를 보았다. 카예나가 평온한 얼굴로 말했다.

"그렇게 맞서다가 괜히 시녀장의 심기를 어지럽히지 말렴. 밉보이면 너만 더 힘들어져. 그냥 다 따라 줘."

"하지만 전하, 이 성년식은 분명히 역사에 남을 만큼 유례없이 성대한 일이 될 것입니다. 혹시 모를 오명이 전하께 붙도록 놔둘 수 없습니다."

"그런 일이라면 더더욱 괜찮지."

카예나가 빙긋 웃었다.

"역사는 최후의 승자에게 유리하게 기록되지 않으냐?"

"그야……."

그러니 최후에 승리하면 된다. 올리비아는 그녀의 배포에 탄복하면서도 불안했다.

"그리고 키드레이 공작님의 휴게실은 리스트에 기록되지 않은 곳으로 하나 더 배정해 드리면 되지."

"아……!"

"식자재도 너무 걱정하지 마라. 여차하면 중앙군 식자재 공급을 중단하고 그것으로 대체해도 되니까."

"그러면 원래 거래하던 상단 쪽에서 전하께 불만을 품을 수도 있지 않습니까?"

"군수 물자를 대는 상단이라는 것이 얼마나 큰 힘을 지니는지 아느냐? 그들은 불만이 아니라 불안에 떨 것이다."

카예나는 아직 완전히 감을 잡지 못한 올리비아에게 더 자세히 설명해 주었다.

"이런 일이 자주 발생하면 다른 마음을 먹을 수 있겠지. 하지만 이런 어쩔 수 없는 이유로 거래가 중단되면 나보다는 도티 부인에게 화살을 돌릴 거야."

"그렇겠군요……."

올리비아는 아까와 달리 이제 완전히 안심한 얼굴을 했다. 카예나가 피식 웃으며 그녀의 어깨를 톡톡 두들겨 주었다.

"네가 고생이 많구나."

"과찬이십니다. 마땅히 해야지요."

올리비아는 리스트를 뒤적여 보았다.

"그런데 지금 휴게실로 따로 뺄 만한 방이 없습니다. 어찌할까요?"

카예나가 말했다.

"황녀궁에 배정해 드려라."

"황녀궁에도 휴게실로 쓸 만한 곳은 이미 다 빼 버렸습니다만……."

"2층이 있잖니."

원래대로라면 2층은 같은 황족이거나 샤프롱이 아니면 휴게실로 주지 않는다.

"그래도 괜찮을까요?"

카예나가 능청스럽게 말했다.

"아무도 모를 비밀 휴게실인데 뭐 어떠니?"

올리비아는 조금 당황하다가 작게 웃으며 말했다.

"분부대로 하겠습니다."

카예나와 올리비아가 대화하던 중, 집무실 문을 두드리는 노크 소리가 들렸다.

"들어와."

달칵.

올리비아의 시선이 자연스레 문으로 향했다. 익숙한 금발의 여자가 손에 다과를 들고 들어왔다.

"……줄리아 양?"

이름이 불리자 줄리아가 멈칫했다. 그녀가 뻣뻣하게 시선을 돌려 올리비아를 힐끔 보았다.

올리비아는 줄리아의 오라비인 제논의 부고를 들어 알고 있었다. 아마 그 슬픔에 저렇게 축 처진 게 아닐까? 그녀는 안타까움을 담아 말했다.

"소식 들었어요. 정말 유감이에요."

"……네."

그런데 줄리아의 모습이 평소 보던 것과 상당히 달랐다. 항상 선명한 색을 선호하던 줄리아가 오늘은 옅은 라임색 드레스 차림이었다. 머리카락은 금실로 자수를 놓은 짙은 녹색 리본으로 우아하게 꾸며 놓았다.

'……이거 전하의 취향 같은데.'

올리비아는 고개를 갸웃하다가 줄리아의 얼굴을 보고 깜짝 놀랐다. 그녀의 뺨에 붙은 커다란 거즈 때문이었다.

"줄리아! 무슨 일이에요? 다쳤어요?"

올리비아는 마치 자신이 다친 것처럼 미간을 찌푸린 채 줄리아의 뺨을 들여다보았다. 줄리아는 어쩔 줄 몰랐다. 카예나가 그들을 향해 말했다.

"우리 차를 좀 마시면서 이야기할까?"

줄리아는 그 말에 얼른 들고 있던 다과를 테이블 위에 올려놓았다.

"앞으로 두 사람은 함께 일하게 될 거다."

함께 일하게 된다니?

"줄리아, 앞으로 올리비아에게 전반적인 황궁 예법을 배우도록 해. 사람은 말투와 태도만으로도 얼마든지 인상이 달라 보인단다."

줄리아는 전과 달리 자존심 상해하지 않고 묵묵히 고개를 끄덕였다.

"알겠습니다."

반면에 올리비아는 상당히 얼떨떨했다. 이건 마치 카예나가 줄리아를 키워 내는 것 같지 않은가?

"올리비아."

잠깐 어리둥절하던 올리비아는 카예나의 부름에 얼른 대답했다.

"말씀하십시오, 전하."

"줄리아가 너와 다니기 시작하면 도티 부인이 전처럼 막무가내로 행동하지 못할 거야. 그때 줄리아와 함께 그녀에게 불만을 품은 자들을 모으렴."

"……네. 분부대로 하겠습니다."

올리비아는 황녀의 말이 이어질수록 더더욱 이상함을 느꼈다. 줄리아는 에반스 가문의 사람이다. 즉, 도티 부인처럼 레제프 쪽 사람이라는 이야기였다. 그런데 카예나는 마치 줄리아가 완전히 그녀의 사람이 된 것처럼 말하고 있었다.

'설마 저 뺨과 장례 기간에 입궁한 게 관련이 있는 건가?'

그렇지 않아도 제논 에반스의 장례를 치르는 중인데 줄리아가 황궁에 돌아와서 의아하던 참이었다.

"줄리아는 에반스 후작가의 다음 주인이 될 것이다."

카예나가 말했다.

"……!"

올리비아는 무심코 탄성을 내뱉을 뻔했다. 어지럽게 널려 있던 퍼즐 조각이 그제야 제자리를 찾은 기분이었다.

"후계자가 되려면 가장 중요한 게 무엇인지 아니?"

줄리아는 눈치를 살피다가 조심스럽게 말했다.

"……지지 세력이 아닐까요?"

"정확해."

카예나의 말에 줄리아가 활짝 미소 지었다.

"에반스 후작의 아들이 아직 갓난아이라 다행이지."

카예나는 차로 입술을 축였다.

"그 아이가 자라서 펜을 쥐기까지의 시간과 줄리아 네가 혈족들을 설득해 차기 후작이 되는 것, 나는 후자가 압도적으로 빠르리라고 생각한단다."

올리비아도 고개를 끄덕이며 말했다.

"황궁에서 영향력을 확보해 가는 모습을 에반스 가문의 혈족들에게 보여 주면 그들은 줄리아 양에게 의지할 수밖에 없겠군요. 그게 나중에는 후계자로 삼자는 이야기로 바뀌게 될 테고요."

그 말에 줄리아가 반문했다.

"하지만 제 가문에서 레제프 황자 전하의 측근으로 새로운 사람을 들이면 끝인 거 아닌가요?"

그것은 타당한 추측이었다. 그러나 카예나는 레제프를 잘 알았다. 회귀 전, 그가 황위에 오를 때 에반스 가문은 제논을 재상으로 만들거나 줄리아를 황후로 세우지 못했다. 레제프가 에반스 가문의 영향력을 줄이고 싶어 했기 때문이다.

"하지만 레제프는 에반스 가문의 영향력을 더 키우고 싶어 하지 않겠지. 그래서 도티 부인에게 이만큼 힘을 실어 주는 것일 테고."

"에반스 가문과 도티 가문의 힘을 균일하게 만들어 서로 물어뜯고 싸우게 할 작정이로군요."

그 말에 줄리아는 마음 한구석이 따끔거렸다.

'우리 가문의 힘을 키우지 않을 거라면 내가 황후가 될 일은 결코 없겠네.'

레제프가 보여 주었던 그 다정한 모습은 그럼 뭐였지? 줄리아는 마음이 혼란스러웠다. 꼭대기에 앉은 자가 사람을 어떻게 취급하는지 경험해 본 줄리아는 설마 레제프도 그런 것인지 의심이 들었다.

'아냐, 아닐 거야……'

하지만 한번 생겨난 의심은 꺼지지 않았다.

'만약 날 이용하려고 그렇게 다정하셨던 거라면 어떡하지?'

만약 그렇다면 다시는 레제프 같은 타입의 남자에게 마음을 주지 않으리라. 줄리아는 울적하게 마음을 다스렸다.

⸺⠿⸺

올리비아와 줄리아는 집무실에서 나와 복도를 걷다가 맞은편에서 오던 수잔과 마주쳤다.

"어?"

수잔도 줄리아가 입궁했다는 소식을 듣지 못했던 모양인지 놀란 표정이었다. 커다란 거즈가 붙은 줄리아의 뺨을 보았을 때는 눈이 더 커지지 못할 정도로 휘둥그렇게 변했다.

'후작가 영애의 뺨이 왜 저래?'

딱 그런 의미가 담긴 시선이었다. 줄리아가 쭈뼛거리며 수잔에게 인사했다.

"……안녕하세요, 수잔 레폴 양."

"아…… 네. 에반스 경의 부고 소식 들었어요. 명복을 빌겠습니다."

그러자 줄리아가 힘없이 시선을 떨어트렸다.

"……네."

줄리아의 기색이 심상치 않자 올리비아와 수잔이 시선을 한차례 교환했다.

"혹시 후작가에 무슨 일이 더 있나요?"

"아, 아니요."

하지만 올리비아는 그 말을 믿지 않았다. 가문의 후계자가 되기로 한 결심에 계기가 된 어떤 사건이 있었을 것이 분명했다.

"줄리아."

올리비아는 단단한 눈으로 줄리아와 시선을 마주했다.

"제가 도울 수 있는 일이 있다면 도울게요."

흔들림 없이 고요한 눈동자를 마주치자 줄리아는 마음이 허물어지는 것을 느꼈다. 눈물을 참기가 어려웠다.

"실은……."

줄리아는 억지로 눈물을 삼키며 울먹이는 목소리로 말했다.

"제논 오라버니에게 맞은 거예요."

그러자 격렬한 반응이 터져 나왔다.

"뭐라고요!"

수잔이 가뜩이나 매서운 눈매를 더욱 사납게 치떴다.

"미친 거 아니에요? 어떻게 여자 뺨을 때려! 그것도 한참 어린 동생을? 명복을 빈 거 취소할 거야! 지옥에나 떨어져라!"

"수, 수잔."

올리비아는 통로를 휙 둘러보며 곤란한 표정을 했다. 그녀는 얼른 줄리아와 수잔의 손을 붙잡고 휴게실로 데려갔다.

안에서는 베라가 서류를 한가득 쌓아 놓고 골머리를 싸매고 있다가 의아하게 고개 들었다.

"……뭐예요, 다들?"

줄리아는 울먹거리며 입술을 꾹 깨물고 있고 수잔은 잔뜩 화가 나서 씩씩거리고 있었다. 대체 이게 무슨 일이야?

휴게실 문이 탁하고 닫혔다. 줄리아는 조금도 친하다고 생각하지 않았던 그녀들에게 둘러싸인 채로 눈물을 삼키며 있었던 일을 조금씩 풀어놓았다.

"세상에!"

베라는 줄리아를 도구처럼 여긴 제논과 로드릭의 냉혈한 행동에 경악했다. 올리비아는 줄리아를 안아 주었다. 등을 토닥이는 부드러운 손길에 줄리아는 지금껏 참았던 눈물을 뚝뚝 흘렸다.

"설마 같은 핏줄이라고 그대로 둘 건 아니죠? 다 쓸어버려요!"

수잔은 분해서 어쩔 줄 몰랐다.

"수잔, 조금 흥분을 가라앉히는 게……."

줄리아가 눈을 부릅떴다.

"그럴 거예요."

그녀는 말도 안 된다며 비웃음당할지도 모르는 진심을 토로했다.

"제가 에반스 후작이 된다면 그런 이상한 일들을 바로잡을 거예요."

올리비아는 줄리아의 손을 꼭 잡아 주었다. 그때 수잔이 줄리아에게 시원스러운 미소를 지으며 손을 내밀었다.

"처음으로 마음에 드는 소리를 하네."

줄리아가 멍한 눈으로 그 손을 보았다.

"뭐 해요? 얼른 잡아요."

수잔의 말에 줄리아가 얼결에 손을 맞잡았다.

"꼭 당신이 후작이 되어 줘요. 물심양면으로 도울 테니까."

이야기를 같이 들으며 심각한 얼굴을 하고 있던 베라가 천천히 고개를 끄덕였다.

"괜찮겠어요. 줄리아 양의 영향력을 키우는 일은 레제프 황자 전하께 반목하지 않으면서도 우리에게 유리한 일이니까."

올리비아가 동조했다.

"황녀 전하께서도 줄리아 양이 후작위를 계승하도록 도와주시겠다고 하셨어요."

그 말에 수잔이 까르르 웃었다.

"그럼 게임 끝 아니에요?"

"속단할 수는 없죠."

그렇게 말했지만 다들 자신만만한 얼굴들이었다.

줄리아는 황궁에 온 이후로 비어 버린 것처럼 허전했던 마음에 완전히 새로운 충만감이 들었다. 이런 소속감은 난생처음이었다. 이 사람들은 오라비들과 달리 자신을 상품이 아니라 사람으로 봐 주었다.

'내가 그렇게 형편없이 굴었는데……'

눈가가 시큰해졌다. 이들이 자신의 아군이라는 사실이 더없이 든든했다.

"그러고 보니 우리 조합, 꽤 멋진데요?"

수잔의 말에 다들 서로를 돌아보았다.

"깽판 치기 좋은 조합이라고요."

"깽판이라니……."

그들이 의아해하자 수잔이 씩 웃었다.

"시녀장이 하는 일마다 자꾸 시비여서 짜증 났는데 아주 잘됐어요."

베라의 눈이 가늘어졌다.

"일거리는 늘리지 말아요, 수잔 양."

수잔이 어깨를 으쓱했다. 베라는 불안감에 짧은 한숨만 내뱉었다.
수잔은 못된 장난을 계획하는 악동의 얼굴을 하며 말했다.

"내가 어떻게 하는지 잘 보고 따라 하라고요."

─꙳○꙳─

레제프는 소파에 몸을 깊이 묻은 채로 테이블에 팔을 걸쳤다. 그는
테이블 위에 놓인 체스 말로 손장난을 쳤다.

툭, 데구르르─

의미 없는 손장난을 칠 동안 그는 한 가지 생각뿐이었다. 내가 뭘
잘못했지?

손에 쥔 체스 말, 킹이 판 위에 쓰러졌다. 레제프는 퀸을 노려보았
다. 맑고 투명한 옥석으로 만든 퀸이 말들이 다 쓰러진 체스판 위에
홀로 고고하게 서 있었다. 머리에 관을 쓰고 드레스 입은 여인처럼 아
래가 우아한 모양으로 퍼진 그 체스 말은 마치 카예나처럼 보였다.

대체 누님이 원하는 게 뭘까?

'진짜 자유라고?'

어째서? 왜? 황궁을 나간다고 진짜 자유를 찾을 수 있을 리가 없잖아.

레제프는 퀸을 손안에 쥐었다. 그 작은 말은 레제프의 커다란 손안에서 절대 벗어나지 못할 것처럼 보였다. 이대로 영원히 내 손안에서 춤춘다면 얼마나 좋을까? 그는 퀸을 손에 꽉 쥔 채 주먹을 입술 위로 갖다 대었다. 그러고는 입술을 떨어트려 속삭이듯이 말했다.

"당신이 나를 버리려고 하는 걸 내가 모를 줄 알아?"

황궁으로부터 도망친다는 말은 곧 레제프에게서 도망친다는 뜻이다. 그토록 원하는 황위를 계승하는 일에 손을 보태 줄 테니 그거나 먹고 떨어지라며, 매정하게 자신을 내치는 것이다.

누이가, 나를.

"분명 나더러 당신의 하나뿐인 가족이라고 했잖아."

레제프는 애달프게 표정을 일그러트렸다. 외톨이가 된 듯한 고독감에 휩싸인 슬프고 우울한 얼굴이었다. 나직하게 깔린 목소리가 곧 사그라들 것처럼 힘없이 흘러나왔다.

"나밖에 없다고 했으면서……."

어떻게 내게 그럴 수 있어?

그는 퀸을 쥔 손을 겹쳐 쥐며 고개를 아래로 툭 떨어트렸다. 퀸을 쥔 주먹을 이마에 댄 채로 몸을 둥글게 말고 있던 그의 어깨가 조금씩 들썩이기 시작했다. 처음에는 꼭 흐느끼는 것 같았다. 그러나 그의 어깨가 선명하게 떨리며 곧 광기 어린 웃음이 새어 나왔다.

"그럼 진짜 나밖에 없으면 되잖아."

카예나의 주변을 좀 정리할 필요성은 계속해서 느끼고 있었다. 이제는 단순히 그것만으로는 부족해졌다. 카예나의 모든 걸 박탈해야겠다. 그녀가 이룰 가정, 그녀의 삶, 친구, 취미, 공간…….

그리고 직위까지.

정말 남은 것이라고는, 손을 뻗어 줄 사람이라고는 동생밖에 없어서 평생 의지해야 하도록 만들어 줄 생각이었다. 완전한 인형처럼.

그는 기분 좋게 느른한 웃음을 지었다.

달그락.

레제프는 손에 쥔 퀸을 크리스털을 깎아 만든 투명한 잔에 빠트렸다. 새하얀 퀸에게 어울리는 아름답고 보기 좋은 감옥이었다.

똑똑.

노크 소리에 그가 입을 열었다.

"들어와."

문이 열리고 그의 비밀 수행원인 자밀이 들어왔다. 자밀은 혼자가 아니었다. 그는 자신이 끌고 온 여자를 바닥에 내팽개쳤다.

"꺄악!"

여자는 바닥에 엎드린 채 안쓰러울 정도로 벌벌 떨고 있었다. 레제프는 그녀의 얼굴을 들어 올렸다.

"이름이 도나…… 라고 했던가?"

황녀궁의 하급 시녀이자 카예나의 측근 중 하나인 도나였다.

도나는 레제프의 얼굴을 보자마자 눈물이 날 것 같았지만 억지로 참았다. 그녀는 황녀궁의 하급 시녀가 되기까지 오랜 시간을 황궁에서 지내왔다. 그녀는 레제프가 어떤 사람인지 알았다. 이렇게 아무도 없는 공간으로 붙들려 와 레제프 앞에 내팽개쳐지는 것이 어떤 의미인지는 더 잘 알았다.

자신은 오늘 죽는다.

지금까지 모든 이가 죽었듯이.

레제프는 안타까워하는 표정으로 도나의 뺨을 손가락으로 쓸어 주었다.

"가엽게도 양친의 건강이 좋지 못하다니. 그간 혼자서 고생이 많았겠네."

그가 부모를 거론하자 그녀의 안색은 이보다 더 창백해질 수 없을 것처럼 하얗게 질렸다. 온몸의 피가 빠져나가는 것만 같았다.

"사, 살려 주십시오, 전하……."

"저런."

레제프가 혀를 찼다.

"누가 너를 죽인다고 했나?"

"……."

도나는 섣불리 입을 열거나 지나치게 두려워하며 실수하는 대신 빠르게 눈동자를 굴리며 계속해서 그의 눈치를 살폈다.

레제프는 속으로 비소를 머금었다. 영리한 아이다. 그러니 누님의 측근이 되었겠지. 하지만 레제프는 그녀의 영리함 따위에는 관심이 없었다.

"나는 국정 대리인이 되고서도 계속 불상사와 맞닥트리는 누님이 걱정되어 한시도 잠을 이루지 못하겠더군."

"……."

"그분을 지켜 내려면 황녀궁에서 내 손과 발처럼 움직여 줄 사람이 필요하지."

즉, 세작이 되라는 말이었다. 도나는 입술을 꾹 깨물었다. 이건 명백히 카예나를 배신하는 일이다. 하지만 레제프가 괜히 양친을 들먹이진 않았을 것이다. 이건 말을 듣지 않으면 네 부모는 무사하지 못하리라는 협박이었다. 도나는 눈을 질끈 감았다.

"잘 생각해 봐."

그때 그녀의 귓가로 악마의 유혹처럼 달콤하고 나른한 목소리가 파고들었다. 도나의 눈이 살며시 열렸다. 레제프의 금빛 머리카락이 사르르 떨어지며 양순해 보이는 눈매가 매혹적으로 휘었다. 위기의 순간에도 감탄을 불러일으킬 만큼 아찔하게 아름다운 외모였다.

"너는 황궁에서 지낸 지 제법 되었으니 권력이 어떤 것인지 잘 알겠지."

모를 수가 없다. 권력의 온상지가 바로 이곳 황궁이니까.

"내 여인이 되면 네 위치가 고작 하급 시녀로 끝나진 않겠지."

도나는 입술을 잘근 깨물었다.

레제프가 두 손으로 도나의 양 뺨을 쥐었다. 곧 입술이라도 맞출 것처럼 고개가 내려왔다.

"도티 부인을 봐. 그녀를 막을 수 있는 사람이 누구지?"

도나는 이 매력적인 악마에게 절대 심장을 내줘서는 안 된다고 생각하면서도 속수무책으로 가슴이 떨렸다.

"그간 힘들었지? 앞으로는 모든 게 쉬울 거야."

레제프는 그녀의 귓가에 입술을 대고 말했다.

"내가 황제가 되면, 더더욱."

그는 그녀의 부모를 죽이겠다는 협박과 그녀가 가질 수 있는 권세를 동시에 내밀었다. 거기에 지독하게 아름다운 미소까지.

도나는 아름다운 남자에게 면역이 없었다. 아니, 이렇게 아름다운 남자는 레제프를 제외하면 본 적이 없었다. 도나는 독이 든 성배라는 사실을 알면서도 자신을 감싸 쥔 그 커다란 손에 이성이 흐릿해져 갔다.

그래, 평민 따위에 불과한 내가 언제 이런 기회를 얻겠어? 이 화려한 황궁과는 조금도 관련 없는 평범한 남자를 만나 그와 결혼하고 다른 평민들처럼 구질구질하게 살겠지. 늘 그랬듯이 약값에, 밥 벌어먹을 일에 전전긍긍하면서.

그런 자신에게 곧 무소불위의 권력을 줄 사내가 손을 내밀고 있었다. 입술이 타들어 가는 것 같았다. 성배를 쥐고 기꺼이 입술을 대고 싶었다. 얼른 이 독을 마시지 않고서는 갈증이 사라지지 않을 것 같았다. 하지만 그녀의 마음에 남은 카예나에 대한 고마움과 진심으로 황녀를 존경하게 된 충심이 발목을 잡았다.

레제프는 마지막으로 도나의 죄책감을 완전히 흩어 줄 마법 같은 말을 건넸다.

"이 모든 것은 누님을 위해서다."

도나는 눈을 질끈 감았다.

'황녀 전하께 해가 될 일만 하지 않으면 되잖아. 오히려 이 일로 황녀 전하께 쓸 만한 정보를 알려 드릴 수도 있어.'

맞아. 이건 배신이 아니야. 성배의 독이 그녀를 집어삼켰다.

━◆◈◆━

성년식이 가까워질수록 황성을 방문하는 방문객 수가 어마어마하게 늘기 시작했다. 귀족이라고 해도 아무나 황성에서 머물 수 있는 게 아니었다. 전국에서 내로라하는 귀빈만이 황성에 머물 수 있었다. 그리고 그런 만큼 모든 일이 실수 없이 완벽하게 돌아가야만 했다.

도티 부인은 자신이 내명부를 완전히 장악했다고 생각했다. 황녀궁 시녀들이 같잖은 리스트를 들이밀며 딴지를 걸어도 모두 반려해 버렸다.

또한, 그들이 해결하기 어려운 일을 주며 실수를 하도록 유도했고 그때 그들의 무능함을 꾸짖으며 자신의 사람들이 문제를 해결하도록 상황을 조작했다.

황녀의 사람들은 하나같이 무능하고 쓸모없으며, 도티 부인이 아니면 황궁은 답도 없는 것처럼 연출한 셈이었다. 그 묘략은 상당히 성공적인 것 같았다.

"내가 식기를 추가하라고 말한 지가 언제인데 아직도 꾸물거리고 있느냐!"

"그게…… 수잔 님이 시녀장님께서 지시하신 일을 수행해야 한다며 인력을 빼 가셨습니다."

"또 그 건방진 것이……!"

그런데 지금까지 황녀궁 밖으로 잘 나오지도 않았던 수잔이 전면에 나서며 제 핑계를 대고 계속 훼방질이었다. 레폴 백작가는 군사 가문이고 오랜 전통을 가진 명문가라 도티 후작가의 힘으로 함부로 찍어 누를 수 있는 곳이 아니었다. 도티 부인은 입술을 깨물었다.

더구나 신경에 거슬리는 일은 그걸로 끝이 아니었다.

"줄리아 님이 오셔서 냅킨의 색이 마음에 들지 않으시다고 한바탕 난리를 피우셔서……."

그때 곁에 있던 다른 하인도 얼른 말했다.

"그래도 시녀장님의 지시 사항이라고 잘 타일러서 보냈습니다."

그들이 도티 부인의 지시를 크게 벗어나지 않다 보니 섣불리 뭐라고 혼내기 어려웠다.

'그것들이 가문의 위세를 믿고 이따위 짓을 벌이는 게지!'

그나마 황녀궁의 나머지 시녀 둘은 눈치가 있는 것인지 자신의 신경을 건드리지는 않았다. 그래도 속이 끓었다.

"시녀장님, 추가로 주문한 식자재가 도착했습니다."

그녀는 억지로 노기를 누르며 식자재를 확인했다. 간사한 인상의 상인이 손바닥을 비비며 그녀를 향해 비굴하게 인사를 올렸다.

"저희 상단을 이용해 주셔서 감사합니다. 연회가 끝나는 날까지 잘 부탁드리겠습니다."

상인은 도티 부인을 향해 고급스러운 상자 하나를 은근하게 내밀었다. 그녀는 상인의 태도에 기분이 좀 풀렸다.

"흐응, 물건들이 꽤 괜찮구나. 계속 이 수준을 유지해서 식자재를 납품하도록 해라."

"아무렴요. 신경 쓰시지 않게 잘 준비하겠습니다."

상인이 비릿하게 웃으며 고개 숙였다.

───❀───

탁.

숨소리마저 들릴 정도로 고요한 집무실에 펜을 내려놓는 소리가 선명하게 들렸다.

아무도 없는 이 적막함 속에서 카예나는 짧은 평온함을 느꼈다. 그녀는 고개를 돌려 창밖을 보았다. 노란 불빛으로 한껏 달아오른 황성은 아직 축제가 시작되지 않았는데도 벌써 소란스러웠다.

"드디어 내일이네……."

그녀는 생일을 맞이하는 사람답지 않게 건조한 얼굴로 바깥의 풍경을 구경했다. 딱 자신만 제외하고 모두가 들뜬 분위기인 것 같았다.

'최근 흉흉한 일이 많았으니 이런 축제가 반가울 만하지.'

카예나는 머리카락을 쓸어 넘기며 뻐근한 몸을 풀었다. 금주부터 중앙군을 차출해 토지 개간에 돌입한다. 방금까지 그것에 관련된 서류를 모두 정리해 둔 참이었다.

'한동안 정신없을 테니까.'

카예나는 자리에서 일어났다. 그러고는 장식장에 숨겨 둔 작은 상자를 하나 꺼냈다.

달칵.

상자를 열자 작은 유리병 두 개가 모습을 드러냈다. 상자는 허공에 두둥실 떠오르더니 테이블에 얌전히 놓였다. 물 주전자와 아무것도 담기지 않은 빈 찻잔, 편지 봉투를 뜯을 때 쓰는 나이프도 나란히 옆에 놓였다.

카예나는 마력으로 집무실 바깥에 누가 있는지 더듬어 보았다.

'애니랑 도나, 호위 기사는 이든, 제다이어……'

상급 시녀는 아무도 없다. 내일 성년식을 맞이해 그들도 치장해야 하기에 일찌감치 모두 퇴근시켰다.

그녀는 마력을 거두어 다른 방식으로 발현했다.

위이잉!

얇은 막이 집무실을 감쌌다. 그녀는 안에서 나는 소리가 바깥에 들리지 않게끔 했다. 혹시 모르니 문도 잠가 놓았다.

"준비는 다 했어."

카예나는 오늘 엘릭서를 만들 생각이었다. 일부러 상급 시녀가 모두 궁을 비우는 날로 골랐다.

카예나는 테이블 앞에 앉아 칼날을 촛불에 달구었다. 물 주전자가 홀로 허공에 떠오르더니 찻잔에 물을 절반쯤 채웠다.

엘릭서를 만드는 방법은 간단하다. 잔에 채운 물의 색이 녹색으로 변할 때까지 마법사의 피를 떨어트리면 된다.

'원작에서 피가 얼마큼 필요한지 정확한 수치도 알려 줬더라면 좋았을 텐데.'

애석하게도 그냥 많은 피가 필요하다는 정도로만 서술되어 있었다.

카예나는 칼날을 손바닥에 갖다 대었다.

"……."

아무리 필요한 일이라고는 해도 몸에 상처를 내는 게 쉬울 리 없었다. 그녀는 이를 악물고 칼날을 손바닥에 푹 찔러 넣었다.

톡, 토독!

카예나의 피가 하얀 찻잔을 채운 물에 떨어져 내렸다. 손바닥을 찌른 정도로는 피가 충분히 흐르지 않자 그녀는 아예 손바닥을 그었다. 그러자 찻잔을 완전히 붉게 물들일 만큼 피가 흘러내렸다.

그녀는 찻잔에 계속해서 피를 쏟아 냈다. 그러나 물은 좀처럼 녹색으로 변하지 않았다. 엘릭서를 만드는 일은 인고의 싸움이었다.

카예나는 멍하니 찻잔만 바라보았다. 기분 탓인지, 몸이 으슬으슬했다. 속이 울렁거리는 것 같기도 했다.

"주사기 같은 게 있다면 좋았을 텐데."

그러면 피를 뽑아서 들이부으면 되니 이 얼마나 깔끔하고 인도적인 방식인가.

'피를 너무 많이 쏟았나?'

눈앞이 가물거리는 기분이었다. 카예나는 이를 악물고 정신을 유지하려 애썼다. 엘릭서를 만들지 못하면 그녀는 제위 싸움에서 이길 수 없다. 엘릭서는 이를테면 카드 게임의 조커와 같은 역할이었다.

느낌상 상당히 많은 피를 흘린 것 같았지만 물의 양이 조금도 불어나지 않아서 피를 얼마나 흘렸는지 잘 가늠되지 않았다.

그러다 어느 순간부터 찻잔 안에 든 물이 불어나기는커녕 오히려 조금씩 줄어들었다.

'이게 엘릭서로 변하려는 신호인가?'

우웅-!

찻잔 안에 푸르스름한 빛이 맺혔다. 찻잔 안에서 작은 소용돌이가 만들어지더니 온통 붉게 물들었던 물이 점차 색이 바뀌기 시작했다. 마침내 엘릭서가 완성된 것이다.

그녀는 깊은숨을 토해 내며 찻잔을 살짝 흔들어 보았다. 엘릭서가 끈끈한 점액질처럼 움직였다.

준비한 병 두 개 중 한 개에 엘릭서를 다 쏟아 넣고 남은 한 병에는 엘릭서를 한 방울만 떨어트렸다. 이 한 방울은 제다이어의 몫이었다.

카예나도 엘릭서를 한 방울 마셨다. 새로운 활력과 함께 손바닥의 상처가 흔적도 없이 사라졌다.

'이걸로 성년식 준비는 끝난 건가?'

그녀는 서둘러 엘릭서를 만든 흔적을 지웠다.

-❧-

성년식 당일, 황성 바깥에서부터 오케스트라의 힘찬 연주가 터져 나왔다. 장미가 가장 흐드러지게 핀 봄날, 사교 시즌의 개막을 알리는 공식 연회는 유례없는 성황을 이루고 있었다. 전 지역의 귀족을 태운 마차가 쉴 새 없이 황성을 들락거렸다.

그 마차 중 단연 모든 이의 눈길을 사로잡는 마차가 한 대 있었다. 누군가가 부채로 입을 가리며 탄성을 내질렀다.

"어머, 로맨틱한 마차네요!"

새하얀 백마가 화려한 양각이 돋보이는 지붕 없는 커다란 사륜 마차를 끌고 들어왔다. 은빛 바퀴는 햇살에 반짝 빛났다. 그 마차의 특별함은 그런 로맨틱한 생김새만이 아니었다. 마차에 사람이 아니라 꽃이 타고 있었다.

"전부 장미인 것 같은데……. 어머, 저런 색으로 개량한 장미도 있었나요?"

사람들은 마차에 실린 다양한 색의 장미에 눈을 휘둥그레 떴다. 크림색 장미, 분홍색 장미, 붉은색 장미 등으로 화사하게 채워진 꽃마차는 귀족들의 시선을 받으며 로비 앞에 섰다. 궁정인이 어리둥절한 얼굴로 꽃마차를 끌고 온 마부에게 다가갔다.

"어느 가문에서 보낸 것입니까?"

"키드레이 공작님이 황녀 전하께 보내신 선물입니다."

뒤이어 흑마가 이끄는 웅장한 마차가 멈춰 섰다. 그 안에서 연회복 차림의 라파엘로가 천천히 모습을 드러냈다. 주변의 영애들이 애달픈 한숨을 내쉬었다.

휴게실 안내 역할을 맡은 궁정인이 얼른 달려 나왔다.

"라파엘로 키드레이 공작님을 뵙습니다. 이곳으로 오시지요."

라파엘로는 제레미와 바스턴을 대동한 채 휴게실로 향했다. 제레미가 휴게실을 위치를 보더니 미간을 찡그렸다.

"너무 개방된 장소에 휴게실이 있군요. 근처를 더 철저히 단속해야겠습니다."

라파엘로도 휴게실의 위치가 딱히 마음에 들지 않았지만 아무 말도 하지 않았다. 그가 창을 열고 바깥을 확인하자 제레미가 미묘한 눈으로 그 행동을 지켜보다 입을 열었다.

"설마 창밖으로 뛰어내리실 생각은 아니시지요?"

라파엘로는 무표정한 얼굴로 창을 닫았다.

"그럴 리가."

바스턴이 호들갑 떨었다.

"딱 봐도 여기서 창밖으로 나가면 걸립니다! 어딘가에 분명 비밀 통로가 있을 거예요. 황녀궁으로 향하는……!"

제레미가 한숨을 푹푹 내쉬며 바스턴을 꾸짖었다.

"너는 제발 그 방정맞은 입부터 단속해야겠다."

똑똑.

그때 누군가가 휴게실 문을 두드렸다. 휴게실로 들어온 사람은 다름 아닌 애니였다.

"황녀궁 소속 하급 시녀인 애니라고 합니다."

제레미는 상대가 누구인지 알아보았다. 공작가에서 심어 두었던 세작이었다. 황녀에게 세작 일을 한 걸 들켰다고 알고 있는데……?

'그런데 이곳에 보냈다는 것은……'

그의 눈빛이 모종의 예감으로 빛났을 때였다.

애니가 공손히 입을 열었다.

"휴게실의 위치가 부적절하여 공작님께 비공식적으로 휴게실을 하나 더 배당하라는 황녀 전하의 명이 있었습니다."

제레미가 바로 되물었다.

"어디인가?"

"황녀궁 2층입니다."

그 말에 모두가 깜짝 놀란 얼굴을 했다. 황녀궁 2층은 황족이나 샤프롱이 아니라면 머물 수 없는 장소였다.

라파엘로가 말했다.

"그리로 가지."

"안내하겠습니다."

애니는 바깥으로 통하는 문이 아닌 뒷문을 열었다.

―❋◉❋―

황녀궁 2층에는 사람이 없었다. 오늘의 주인공이 있는 장소라고 하기에는 지나치게 고요했다. 그런데 이 적막한 분위기가 오히려 카예나다웠다.

라파엘로는 황궁에서 일어나는 일을 줄줄이 읊을 수 있을 정도로 많은 정보를 갖고 있었다. 그러나 카예나에 대한 정보만큼은 거의 갖고 있지 않았다. 애니를 포함한 황녀궁 세작을 모두 외부로 돌렸기 때문이다.

하루에 수십 수백 번도 더 그녀가 궁금했다. 지금 뭘 하고 있을까, 너무 무리하고 있지는 않을까? 자신을 생각하기는 할까?

하지만 카예나를 곤란하게 만들기는 싫었다. 또한 그녀를 실망시키고 싶지 않았다.

그는 자신이 할 수 있는 것 이상의 인내심을 발휘했다. 성년식에는 그녀를 볼 수 있잖아. 그렇게 자신을 다독였다.

하지만 황녀궁을 밟는 순간부터 인내심이 한계에 달했다. 그녀의 근처에 온다면 그간 자신을 지독하게 괴롭혔던 갈증이 어느 정도는 해

소될 줄 알았는데 아니었다. 라파엘로의 붉은 눈동자가 더욱 어둡게 물들었다.

애니가 멈춰 서서 방으로 그를 안내했다. 작은 응접실 안으로 들어가 벽면을 더듬자 비밀스러운 문이 나타났다.

"이 방 전체가 공작님께 내드리는 휴게실입니다."

라파엘로는 이 응접실이 아니라 저 벽면의 비밀스러운 장소가 진짜 자신을 위한 공간임을 눈치챘다.

애니가 밖으로 나가자 그는 열린 벽으로 다가갔다. 역시나 안쪽에 문이 또 있었다.

달칵.

그 문을 열자 카예나의 향이 그를 덮쳤다. 정신이 아찔해지는 것 같았다. 이어서 웃음기 어린 목소리가 귓가로 들려왔다.

"꽃마차를 보냈다던데 정말이에요?"

라파엘로의 시선이 다급하게 목소리의 주인을 찾았다.

그는 곧 연회복을 입은 눈부시게 아름다운 여자를 발견할 수 있었다.

한참을 참았던 숨을 토하는 것처럼 그렇게 그녀를 불렀다.

"……황녀 전하."

기쁜 것인지 슬픈 것인지 모를 정도로 표정을 일그러트린 그에게 카예나가 팔을 뻗었다.

"이리 와요."

라파엘로는 잠깐 숨을 멈췄다. 그러다 더는 망설일 것도 없다는 듯이 성큼성큼 다가가 그녀를 향해 몸을 무너트렸다.

쫘악―

그녀의 품에 안겼다. 물론 남들이 본다면 카예나가 그의 품에 갇힌 것처럼 보이겠지만.

카예나는 라파엘로를 끌어안으며 푸스스 웃었다. 자신의 덩치를 생각하지 않고 이렇게 얌전히 안기는 게 퍽 귀여웠다. 귀여운 라파엘로라니, 예전에는 마냥 근사하게만 보였던 남자인데.

라파엘로는 품에 안기는 것뿐만 아니라, 카예나의 목덜미에 이마를 비비며 보고 싶었다는 걸 온몸으로 티 냈다.

그가 카예나를 꽉 안은 채 탁하게 잠긴 낮은 목소리로 말했다.

"보고 싶었습니다."

"마지막으로 하멜 백작가에서 보고 나서 시간이 꽤 흘렀죠?"

끄덕.

카예나는 비 맞은 강아지라도 된 양 힘없이 애교를 부려 오는 라파엘로 때문에 끙, 하고 낮게 탄식했다. 오늘 혹시 작정한 건가…….

카예나는 그의 머리카락을 마구 헝클며 쓰다듬고 여기저기 쪽쪽 키스해 주고 싶은 강렬한 충동에 시달렸다. 그러나 그는 오늘 근사하게 차려입었으며 머리도 예쁘게 모양을 낸 상태였다.

"오늘 멋지네요."

라파엘로는 고개를 살짝 들어 카예나를 올려다보았다.

"마음에 드십니까?"

예쁘게 보이려고 차려입고 온 게 맞았으니 카예나의 취향에 맞았으면 했다.

"물론 마음에 들어요. 뭐, 덜 입은 모습도 마음에 들 것 같고."

카예나는 반쯤 농담으로 던진 말이었으나 라파엘로는 진지했다. 그는 곧바로 손을 내려 재킷 단추를 풀었다.

"……지금은 말고요."

이 행동력 넘치는 사람아.

카예나는 어이가 없어서 그의 행동을 저지하며 침대처럼 길고 넓은 소파에 그를 끌어다 눕혔다.

"……?"

라파엘로는 눈을 깜빡이며 순순히 그녀가 하는 대로 당했다. 카예나는 뒤로 쿠션에 기대어 비스듬하게 누운 라파엘로의 위로 몸을 겹쳐 기댔다. 라파엘로가 순간 몸을 움찔하는 게 적나라하게 느껴졌다.

"연회장으로 내려가면 많이 바빠질 것 같아서 그 전에 잠깐 이리로 불렀어요."

카예나는 그저 대화나 하자는 듯이 여상스럽게 말을 걸었다.

라파엘로는 "아……." 하고 얼빠진 목소리를 내며 얼어붙어 있다가 어색하게 카예나의 허리를 안았다.

카예나는 그가 뜻밖에도 놀리는 맛이 있다는 것을 깨달았다.

"당신 얼굴 빨개요."

"……."

라파엘로는 난감하게 고개를 돌리며 한 손으로 제 뺨을 슬쩍 쓸었다. 갑자기 카예나가 저돌적으로 접촉해 오니…… 솔직히 정신을 차릴 수 없었다.

"조금, 덥네요."

"그럼 시원하게 해 줄게요."

카예나가 말과 함께 몸을 떨어트리려고 하자 라파엘로가 더 당황한 표정으로 그녀를 품에 꽉 끌어안았다.

"아뇨. 덥지 않습니다."

"흐음?"

카예나의 눈이 가늘어지자 라파엘로는 그녀가 자신을 놀리는 것에 푹 빠졌다는 사실을 알아보았다.

그는 난감한 표정으로 머뭇거렸다.

"……너무 자극하시면 곤란합니다."

"어째서요?"

라파엘로는 차마 제 몸의 반응을 설명하지 못하고 미간을 찡그렸다.

"하아……."

그는 한숨을 푹 내쉬더니 돌연 카예나를 번쩍 안아 눕혔다. 두 사람의 위치가 순식간에 반전되었다.

카예나는 깜짝 놀라 짧게 비명 질렀다.

"라파엘로!"

그는 이름을 불리자 "네." 하고 얌전히 대답하며 그녀의 흐트러진 머리카락을 정리해 주었다.

이렇게 흐트러지면 흐트러지는 대로 아름답구나. 놀라서 크게 뜬 눈도 사랑스럽고, 그러다 흘겨보는 건 귀여웠다.

라파엘로는 카예나의 변화무쌍한 표정을 바라보며 저도 모르게 웃음을 머금었다.

"웃음이 나와요? 드레스가 다 구겨지게 생겼는데."

"죄송합니다."

"죄송하다는 말을 웃으면서 하는데 그게 진정성 있는 사과예요, 키드레이 공작?"

"아니요."

카예나는 기가 막혔다.

"대답만 꼬박꼬박 한다고 다가 아니에요."

라파엘로는 그녀가 자신을 혼내는 게 왜 이렇게 좋은지 알 수 없었다.

"네."

"내 말 듣고 있는 거 맞죠?"

라파엘로는 종알종알 저를 혼내는 입술에 쪽 하고 키스했다.

"……입막음이에요?"

"성년식 선물입니다."

"이게요?"

"네. 꽃마차와 그 안에 든 향수, 그리고 지금 이것."

이번에는 귀여운 입맞춤이 아니라 혀로 입술 틈을 벌리고 타액을 핥아 올리는 진한 키스였다. 카예나는 반사적으로 그의 몸을 끌어안았다.

언제나 느끼는 거지만, 그의 몸은 정말이지 안기에 버거웠다. 완벽하게 타고난 피지컬에 오랜 고강도 훈련까지 축적된 거대한 돌덩이 같은 몸은 가만히 있어도 압도감이 느껴질 정도였다. 그가 그런 몸으로 카예나를 완전히 가둬 버릴 듯이 안아올 때면 마치 세상에서 가장 작은 감옥 안에 들어가기라도 한 기분이었다. 옷을 입혀놓았을 때의 근사함은 아마 벗겨 놓았을 때만 못하리라. 카예나는 절로 마른침을 삼켰다.

라파엘로는 부드러운 입술을 빨고 삼키며 정신없이 카예나를 탐했다. 그녀가 제 몸을 쓸어 만질 때면 목구멍 안쪽에서부터 끓는 소리가 흘러나왔다.

아, 젠장.

너무 참기가 어려워서 이대로 끝까지 일을 치러 버릴 것만 같았다. 라파엘로는 카예나가 베고 누운 쿠션 뒤의 소파 팔걸이를 부서트릴 듯이 꽉 쥐었다. 그게 거의 마지막 이성이었다.

몸 안 깊숙한 곳부터 헤집고 올라오는 원초적인 욕망이 그를 조종하려 들었다.

카예나가 입은 드레스는 계절에 맞게 꽤 얇았고, 살결을 덮은 레이스는 손가락을 세워 아래로 확 긁어내리면 다 찢어질 것처럼 약해 보였다.

그것도 아니라면 저도 모르게 치맛자락을 걷어 다리를 얽을 것 같았다.

"으음…."

하지만 곧 성년식이 시작된다. 달콤한 시간은 이쯤에서 마무리해야 했다.

라파엘로는 달뜬 숨을 내쉬는 카예나가 사랑스러워 어쩔 줄 모르는 표정으로 입술에 여러 번, 곱게 화장한 얼굴 대신 붉게 물든 귓바퀴에 또 여러 번, 부드러운 머리칼도 역시, 그렇게 정신없이 키스를 퍼부었다.

"간지러워요."

카예나는 쿡쿡 웃으며 자신도 화답하듯 라파엘로의 입술에, 콧등에, 이마, 두 뺨 등에 키스해 주었다.

"이제 가 봐야겠어요."

곧 레제프가 올 시간이었다. 레페프는 카예나를 에스코트해서 그랜드 홀로 가기로 되어 있었다.

라파엘로의 표정이 굳었다. 그 미치광이 황자의 손에 카예나를 떠나보내야 하는 상황이 끔찍하게 싫었다.

그는 어느덧 소파에서 일어난 카예나의 허리를 끌어안았다. 그의 이마가 카예나의 납작한 배에 툭 닿았다. 그의 어리광에 카예나가 머리카락을 살살 쓰다듬어 주었다.

"아직 선물을 덜 드렸는데."

그의 투정 같은 말에 카예나는 웃고 말았다.

"아, 성년식 선물이요?"

"마음에 안 드십니까?"

그는 원한다면 얼마든지 더 줄 수 있다는 표정으로 그녀를 올려다 보았다.

물론 키스는 마음에 들었다. 카예나는 허리를 숙여 짧게 키스하고 는 야릇하게 속삭였다.

"마음에 드니까 나중에 더 주세요."

"……."

라파엘로는 한 방 먹은 표정으로 입을 다물었다.

카예나는 그의 머리카락이 이마 위로 반쯤 흐트러져 내린 것을 발 견했다. 그것이 꼭 위험한 일을 치르고 난 사람처럼 야해 보였다.

'으음, 외모가 너무 수려해도 탈이야.'

그녀가 미간을 찡그리며 머리를 깔끔하게 넘겨 주었다. 그의 외모 가 다시 반듯해지자 카예나는 흡족하게 웃으며 그를 일으켜 세웠다.

탁탁, 살짝 구김이 간 옷을 털어 준 후.

"있다가 봐요."

산뜻하게 인사했다.

라파엘로는 순순히 고개를 끄덕이며 카예나의 허리를 안고 달콤한 시선을 떨어트렸다.

"기다리고 있겠습니다."

다시 키스할 듯 말 듯한 아슬아슬한 분위기에 카예나는 그의 단단 한 팔을 잡으며 한숨을 머금었다.

'정말 곰인지 여우인지…….'

카예나는 그를 원하는 감정에 몸을 맡기고픈 충동을 참았다. 벌써 레제프가 오기로 한 시간이 거의 다 되어 갔다.

"그럼 정말 가 볼게요. 연회장에서 봐요."

쪽.

카예나는 마지막으로 그의 입술에 가볍게 키스했다. 잠시 떨어져 있을 연인이 그러하듯, 사랑스러운 작별 인사였다.

그렇게 카예나를 먼저 떠나보낸 라파엘로는 마른세수하며 잔뜩 달아오른 몸을 식혔다. 이대로 연회장을 갔다가는 카예나의 구둣발 소리만 들어도 발정 난 개처럼 굴 것 같았다.

그는 무책임하게 행동하고 싶었다. 모든 걸 내다 버리고 카예나만을 쫓고 싶었다. 그러나 자신이 키드레이 공작이어야만 카예나를 도울 수 있다.

'차라리 제위 싸움을 빨리 정리해 버린다면.'

그러면 자신은 황제가 된 카예나의 옆에 설 수 있지 않을까?

어쨌든 뭐라도 해야 할 것 같았다. 아니면 정말 개새끼라도 될 것 같았으니까.

─❦─

카예나는 마력을 일으켜 흐트러진 모습을 말끔하게 정리했다.

간단했다. 구겨진 드레스의 시간을 돌리는 것이다. 흐트러진 머리카락의 모양도 그랬다.

시간 마법을 짧게 사용하면 몸에 큰 무리가 가지 않았다.

카예나는 드레스 룸의 문을 열고 들어갔다. 그곳은 이미 애니가 사용인을 모두 내보내 이목을 정리해 놓은 상태였다.

"레제프는 아직 안 왔니?"

"그렇습니다."

카예나는 다행이라고 생각하며 스툴에 앉아 거울을 바라보았다. 막 몸단장을 마친 것처럼 완벽한 모습이었다.

'라파엘로도 휴게실로 잘 돌아갔겠지?'

카예나는 점점 그와 이별을 맞이하는 게 어려워지는 것을 느꼈다. 그를 향한 마음이 깊어지면 안 된다고 생각하면서도 이 순간에 충실하고 싶다는 감정이 거칠게 충돌했다.

'……시간은 많아.'

마법 계약으로 수명의 절반을 소모했지만 그래도 제법 긴 시간이 남았으리라.

카예나는 성공적으로 황위를 거머쥐게 된 이후를 생각해 보았다.

그녀는 애초에 황위에 뜻이 있는 사람이 아니었다. 다음 후계자가 황위를 계승할 준비를 마칠 때까지만 왕관의 무게를 견딜 생각이었다.

그러고 황좌에서 내려왔을 때, 그때라면 라파엘로와 남은 시간을 보내는 것도 괜찮지 않을까?

'……물론 그때까지 라파엘로가 내게 마음이 있어야 하겠지만.'

그의 마음이 한순간 흔들리고 말 일시적인 감정은 아닌 것 같았다.

카예나는 그게 기쁘면서도 안타까웠다. 자신의 수명이 멀쩡했다면, 마냥 기뻤을 텐데.

그때 도나가 안으로 들어왔다. 그녀의 얼굴이 어딘가 붉게 상기되어 있었다.

"황자 전하께서 오셨습니다."

카예나는 마음을 차갑게 식혔다. 이제 연회라는 전장으로 뛰어들 시간이었다.

레제프가 드레스 룸으로 들어왔다. 그는 거울 속의 카예나를 발견했다.

보석으로 된 관을 쓴 채 차분한 눈빛을 한 카예나의 모습이 담긴 거울이 그에겐 마치 결혼용 초상화처럼 느껴졌다.

기분 더럽네.

그러나 레제프는 카예나를 향해 빙긋 웃었다.

"연회장으로 모시겠습니다."

카예나가 일어나 손을 내밀자 레제프가 손등에 입을 맞췄다.

"오늘도 누님께서 가장 아름다우십니다."

그 칭찬에 카예나가 의미 모를 미소를 지었다.

"고마워."

레제프는 카예나의 곁에 붙어 서서 등허리에 손을 휘감았다. 에스코트하기 위함이었다. 그는 다른 손으로 카예나의 손을 쥐고 극진한 에스코트를 하기 전, 그녀의 귀걸이를 살짝 만지작거렸다. 이건 그가 선물한 것이었다.

레제프의 입가에 어딘가 만족스러운 기색이 피어올랐을 때, 카예나가 물었다.

"화는 좀 풀렸니?"

멈칫. 레제프는 웃음기가 가신 표정으로 귀걸이를 만지작거리던 손을 내렸다.

"저는 누님과 다투기 싫습니다."

다투기 싫다. 이 모든 일이 그렇게 귀여운 수준으로 표현될 것이었나? 카예나는 레제프가 이 관계에서 자신이 확실하게 우위에 있다고 여기는 것을 잘 알았다. 그러니 저와의 계약을 그렇게 쉽게 깨트리려 드는 것이겠지. 계약은 우위에 있는 자의 의견에 따라 얼마든지 바뀔 수 있으니까.

카예나가 짤막하게 동의했다.

"나도 그래."

레제프는 누이의 말에서 묘한 건조함을 읽었으나 모르는 척 여상스럽게 물었다.

"하지만 누님은 결혼할 생각을 바꾸지 않으시겠지요?"

"애초에 그렇게 계약했잖니."

레제프는 우울한 얼굴을 했다.

"그냥…… 서운해져서요. 누님이 황궁에 계시지 않으면 쓸쓸할 것 같습니다."

레제프는 이렇게 약한 소리를 아무 의도 없이 늘어놓을 아이가 아니었다.

"누님은 제게 유일한 가족이잖아요."

유일한 가족.

그건 늘 카예나가 하던 말이었다. 레제프의 입술에서는 나온 적 없는, 오직 카예나만이 하던 그런 말.

"나도 마찬가지야, 레제프."

네 말대로 난 그랬단다. 정말로 너밖에 없었단다, 레제프.

카예나는 안개가 자욱하게 낀 듯한 미소로 그의 뺨을 살짝 쓸어 주고는 말없이 먼저 발걸음을 앞으로 옮겼다.

"누님."

레제프는 살짝 당황한 표정으로 그녀에게 따라붙어 다시 옥죄듯 허

리를 감싸 안았다. 이어 그녀의 손을 잡아채 쥐고 멋대로 달아날 수
없게 제 곁에 묶었다. 그리고 말했다.

"위험합니다."

대체 무엇이? 카예나는 레제프의 손을 물끄러미 보았다.

'네가 의도한 대로 움직이지 않는 나는 위험하다는 걸까?'

웃기지도 않지.

그들은 그랜드 홀로 향했다.

수십 번도 더 같이 밟았던 이 길이 오늘처럼 서늘했던 적이 있을까?

점점 오케스트라의 연주가 선명해졌다. 카예나는 얼굴에 미소를 걸
치고는 가장 아름다운 모양으로 가다듬었다. 능숙하고 익숙한 작업
이었다.

두 사람이 나타나자 궁정인이 음악을 멈추게 하고는 쩌렁쩌렁 외쳤다.

"엘다임 제국 제1 황녀 카예나 힐 전하와 제1 황자 레제프 힐 전하
께서 드십니다!"

그와 함께 카예나의 등장을 알리는 새로운 연주가 웅장하게 그랜
드 홀을 꽉 채웠다. 음악에 맞춰 카예나가 나선형 계단 앞에 서자 열
화와 같은 환호가 터져 나왔다.

그녀는 매력적인 미소로 그들을 향해 손을 흔들었다. 레제프 역시
기쁜 얼굴로 카예나를 에스코트하며 계단을 내려갔다. 그들은 홀 중
앙까지 걸어 나갔다. 두 사람이 텅 빈 홀 중앙을 차지하자 연주가 멈
췄다. 환호와 박수도 멎어 들었다.

레제프가 먼저 카예나를 향해 정중하게 인사를 올렸다. 카예나도
드레스 자락을 잡고 춤을 시작할 자세를 잡았다.

그때 카예나의 귓가로 커다란 웃음소리가 들렸다. 그녀는 눈동자만

살짝 움직여 누구인지 확인해 보았다. 은빛 머리카락을 완전히 뒤로 넘긴 채 의자에 나른하게 앉아 술잔을 든 하인리히 대공자가 보였다. 그는 그들을 보며 킬킬 웃음을 터트리고 있었다.

"누님."

레제프는 카예나의 시선이 자신을 벗어나 다른 곳으로 향하자 나직하게 주의를 끌었다. 저딴 개새끼에게 누이가 눈길 하나 주는 게 끔찍하게 싫었다.

그들은 경쾌하고 아름다운 선율에 맞춰 완벽한 호흡으로 춤을 추기 시작했다.

누군가가 말하는 소리가 들려왔다.

"난 이 곡이 가장 좋더라."

카예나는 이 곡이 지겨웠다.

자신은 이 박자에 맞춰 물리도록 춤췄었다. 상대가 딱히 기억나지 않을 정도로 많았다. 그중 전남편도 있었으리라. 춤을 추는 건 이제는 업무에 지나지 않았다.

레제프는 카예나가 기억보다 훨씬 매끄럽게 춤추면서도 조금도 즐거워 보이지 않는다는 사실에 의아해졌다. 그는 일부러 카예나의 허리를 휙 당기며 실수를 저질렀다. 그러자 인형처럼 무감했던 시선이 의아하게 그를 향했다.

"왜 그러니?"

"……실수했습니다."

"네가 이런 실수도 하는구나."

카예나의 웅얼거리는 듯한 작은 목소리가 그의 신경을 쿡 찔렀다. 눈에 담고 있어도 실체가 존재하지 않는 것처럼 카예나를 종잡을 수 없었다. 그게 못내 불안했다.

연주가 끝나고 사람들은 멋진 춤에 환호했다. 카예나는 그저 의무적으로 미소지으며 화답하다가 문득 군중 속에서 라파엘로를 발견했다.

"아."

그 순간 그녀의 얼굴에 향기가 훅 끼칠 듯한 미소가 꽃처럼 만개했다. 그녀를 바라보고 있던 라파엘로 역시 눈매를 사르르 휘며 부드럽게 웃었다.

카예나가 그에게 다가가려는 순간 레제프가 손을 탁 쥐었다.

"어디로 가시려는 겁니까?"

당연히 두 번째 상대와 춤을 춰야 했으니 라파엘로에게 갈 생각이었다. 한데 레제프의 표정이 심상치 않았다.

"……레제프?"

"라파엘로? 그에게 가려고요?"

"그건……."

그때였다.

"오오, 고귀하신 황녀 전하!"

오페라 배우처럼 과장되게 드높인 목소리에 그들의 시선이 같은 방향으로 향했다. 예이스터 하인리히가 두 팔을 벌린 채 싱글싱글 웃으며 다가오는 모습이 보였다.

레제프가 싸늘하게 식어 있던 표정을 와락 일그러뜨렸다.

"이 예이스터 하인리히가 감히 존엄하신 국정 대리인, 카예나 힐 전하를 뵙습니다. 무한한 영광이 전하를 비추기를."

예이스터는 위스키 냄새를 풍기며 지나치게 연극적인 동작으로 예를 갖췄다. 외려 인사받는 사람을 우습게 만드는 짓거리였다. 이건 술

주정이 아니라 제정신으로 하는 짓이었다.

카예나는 한쪽 입꼬리를 살짝 더 늘리며 매끄럽게 웃었다.

"오랜만이군요, 대공자."

예이스터는 그녀의 공대에 이채를 띠었다. 원래 카예나는 예이스터가 황족도 아닌 주제에 가당치도 않다며 예에 맞지 않게 말을 놓았기 때문이었다.

'확실히 변했네. 눈빛도, 분위기도……'

묘한 흥분감이 발끝부터 짜릿하게 퍼졌다. 그는 이 여자가 기대 이상으로 자신을 즐겁게 해 줄 것 같다는 예감을 느꼈다. 예이스터가 한쪽 입꼬리를 휙 들어 올리며 느른하게 말했다.

"지난번 제게 황족의 피도 흐르지 않는 가짜 주제에 뻔뻔스럽고 염치없다고 말씀하셨던 이후로 처음 뵙는군요."

카예나는 조금도 어긋남 없는 미소를 유지한 채 기억을 더듬었다.

'……음, 내가 그런 심한 말을 대놓고 했던가?'

기억을 아무리 뒤져 보아도 딱히 생각나는 게 없었다. 물론 비슷한 말을 몇 번 했던 것 같은 기억은 났다. 아무래도 그런 폭언이 일상이었기에 딱히 기억에 남지 않았던 모양이다.

예이스터가 금빛 눈동자에 탐욕을 가득 담아 카예나의 손을 잡고 손등에 키스하며 말했다.

"이후로 전하를 뵐 날만 고대하였더니 이렇게 눈빛만 마주해도……."

그곳이 달아오르지 뭡니까?

예이스터는 신사의 도리를 다하기 위해 미소로 뒷말을 삼켰다. 그러나 이미 말투에서부터 낯 뜨거운 뒷말을 예상하기가 어렵지 않았다.

"아, 오해하지 말아 주십시오. 그때 저는 전혀 기분 상하지 않았거든요."

낮고 끈적한 음성이 카예나를 휘감아 삼킬 듯했다.

그 묘한 분위기를 바로 곁에 있던 레제프가 모를 수 없었다.

'이 더러운 새끼가……'

주제도 모르는 벌레가 감히 카예나와 접촉하고 있는 것도 못 봐주겠는데 감히 카예나를 넘보고 있기까지 했다.

"예를 지키십시오, 대공자."

레제프가 으르렁거리듯 경계하자 예이스터는 킥하고 웃음을 터트렸다.

"남들은 제가 차마 짝퉁 황족이라도 앞에서는 절대 하지 못한 말을 면전에 대고 거침없이 말씀하셨던 그 권력이 탐났을 뿐입니다."

그가 황금으로 만든 반지 상자를 꺼냈다. 안에는 커다란 다이아몬드 반지가 있었다.

"이건 제가 황녀 전하께 드리는 생신 선물입니다."

반지를 본 레제프는 눈이 돌아갈 것 같았다. 그는 간신히 이성을 유지하며 물었다.

"대공자. 누님께서 왜 그런 반지를 받아야 합니까?"

"'그런 반지'라니요? 우리 황녀 전하의 가느다란 손가락에 얼마나 잘 어울리는 디자인입니까?"

반지는 화려하고 아름다웠다.

다만 모양에 문제가 있었다. 누가 보아도 청혼용 반지 디자인이었기 때문이다.

카예나는 그에게 붙잡혀 있던 손을 빼내며 물었다.

"우리가 생일 선물로 결혼반지를 주고받을 사이였던가요?"

예이스터는 능청을 떨었다.

"아, 오늘 누가 가장 화려한 반지로 프러포즈하는지 내기하는 연회가 아니었습니까?"

레제프가 그에게 날 선 목소리로 경고하려 했을 때였다.

"푸훗!"

돌연 카예나가 웃음을 터트렸다. 심상치 않은 분위기에 이들을 염탐하고 있던 귀족들도 순간 어리둥절할 정도로 유쾌한 웃음이었다.

예이스터가 고개를 비스듬히 꺾으며 눈을 치떴다.

"……뭔가 재미있으신가 봅니다, 황녀 전하."

"아아, 조금."

카예나는 이런 식으로 제 힘을 믿고 안하무인으로 구는 이를 상대해 본 경험이 상당했다.

부왕, 레제프, 헨버튼 길리안, 김 전무, 그리고.

"다 너 때문이야!"

그래. 그렇게 말하며 자신을 살해했던 그 남자까지도. 비단 카예나를 힘으로 찍어 누르려 했던 자가 그들로 끝은 아니었다.

참 우스웠다.

이제 그녀에게는 마법이라는 완전한 무력이 있다. 시공간을 지배하는 마법으로 예이스터가 마실 술에 당장 독을 풀어 죽여 버릴 수도 있었다. 거기다 엘릭서라는 위기를 대처할 수단도 있었다.

가장 중요한 건, 두 번째 삶에서 이미 이런 남자들을 무릎 꿇렸던 경험이 있다는 점이었다.

그래서일까? 이런 식으로 대놓고 하는 겁박은 오히려 재미있기까지 했다. 그녀는 웃음기 어린 목소리로 말했다.

"재미있는 해석이네요."

그러고는 중얼거리는 듯한 말투로 덧붙였다.

"역시 하인리히 대공자답다고 해야 할지……."

바보가 아니고서는 그 말이 비꼬는 것임을 모를 수 없었다.

이번에는 예이스터가 크게 웃음을 터트렸다.

역시 카예나 황녀는 변했다. 내로라하는 이들이 하나둘 황녀를 중심으로 발정 난 개새끼처럼 구는 것 같더라니…….

황녀는 정신이 나간 것인지, 아니면 비장의 한 수라도 있는 것인지 감히 자신을 애송이 취급하고 있었다.

뒷목이 뻐근해졌다.

'아아, 미치겠군. 정말로 재미있잖아?'

언제든 폭력으로 상대를 제압할 수 있는 자만이 가진 여유가 예이스터를 이루는 근본이었다. 그런데 그 여유가 황녀에게서도 느껴졌다. 이건 진짜 힘을 가진 사람만이 가질 수 있는 위압감이었다.

예이스터가 비릿하게 웃었다.

"저도 진심으로 재미있어지는군요."

레제프는 예이스터가 카예나를 상대로 야릇한 긴장감을 끌어 올리는 게 끔찍하게 역겨웠다. 감히 제 누이를 뱀같이 바라보는 예이스터의 노란 눈을 파 버리고 싶은 충동에 시달렸다. 그것도 아니면 실내 석고 장식에 머리를 찧어 버리든가.

예이스터는 레제프가 은근히 살기를 내보이자 가소롭다는 듯이 비웃었다. 그는 보란 듯이 레제프의 신경을 긁어 버리려 과장해서 이마를 짚고 말했다.

"이런, 제가 아직도 전하께 춤 신청을 하지 않았군요."

예이스터가 그녀를 향해 손을 내밀었다.

"부디 이 손을 잡아 주시는 영광을 베풀어 주시겠습니까?"

황녀는 동생과 춤을 겨우 한 번 추었다. 곡이 두어 번 바뀌기 전까지는 댄스 요청을 거절할 수 없었다. 그동안에 춤 신청을 거절하는 것은 상대에게 모욕을 주는 행위였다.

대공자 세력과 대놓고 척지는 것은 어리석은 짓이다. 그와 춤 한번 추는 게 딱히 특별한 의미로 해석될 일도 아니었다. 이게 두 번째 춤이 아니었다면 그랬을 것이다.

카예나는 예이스터의 손으로 시선을 내렸다.

'황위 계승권자인 레제프와 춤을 추고 난 직후에 예이스터와 춤을 춘다면 그들을 동급으로 인정한다는 뜻으로 보이겠지.'

카예나는 레제프를 힐끗 보았다. 분노로 돌아 버리기 직전의 눈빛이었다. 거절할 수도 없지만 수락할 수도 없는 댄스 파트너 요청이었다.

그녀는 다시 시선을 돌려 예이스터를 바라보았다. 예이스터는 카예나와 시선을 마주하게 되자 다시금 묘한 흥분을 느꼈다.

자, 이제 어떻게 나올 거지? 그는 카예나의 무감한 눈빛이 제게 닿는 느낌을 즐기며 눈매를 야살스럽게 휘며 도발했다.

"어른들끼리 은밀하게 나눌 말이 있지 않겠습니까?"

나직하게 말을 덧붙이는 목소리가 어딘가 음탕하기까지 했다.

레제프는 '어른들끼리'라며 자신을 대놓고 무시하는 예이스터의 작태를 더는 참아 주기가 어려웠다.

"하인리히 대공자."

그가 삐딱한 시선으로 싸늘하게 예이스터를 불렀다.

"……춤을 신청 중인 신사를 방해하시는 겁니까, 황자 전하?"

당장 드잡이질이라도 할 분위기에 예이스터가 혀로 입술을 쓸었다.

카예나는 지금 레제프의 심기가 엉망진창으로 망가져 있을 것이며, 예이스터가 이 상황을 몹시 즐기고 있으리라는 사실을 잘 알았다.

'대체 여기가 그랜드 홀이라는 사실을 자각하고 있는 건지 모르겠네.'

이들을 지금 중재하지 않으면 황녀의 성년식 첫날부터 상당히 볼만한 추태가 벌어지리라. 카예나는 혹여라도 이런 상황이 벌어질까 봐 미리 조치해 둔 게 있었다. 그녀가 막 입술을 떨어트렸을 때였다.

"샤프롱이 자리를 비웠을 때 춤 신청을 하는 것은 신사가 할 일이 아닌 것 같군요."

카예나가 뭐라고 말하기 전, 어느 귀부인의 목소리가 이들 사이로 끼어들었다. 뒤를 돌자 상당히 뜻밖의 인물이 눈에 들어왔다.

'……대부인?'

라파엘로의 모친, 노아 키드레이 대부인이 냉엄한 표정으로 다가오고 있었다.

카예나의 눈이 살짝 가늘어졌다.

'대부인이 어째서 날 돕는 거지?'

이 연회장에서 예이스터에게 이런 식의 지적을 할 수 있는 사람은 거의 존재하지 않았다.

그를 지적할 수 있는 극소수 중 하나가 바로 노아 대부인이었다.

그러나 그녀는 굳이 이 자리에 끼어들어 다른 이들의 시선을 감수하면서 카예나를 도울 이유가 없었다.

노아 대부인은 남들 시선 따위는 신경 쓰지도 않는다는 얼굴로 카예나를 향해 살짝 고개 숙여 인사했다.

"성년을 축하드립니다, 황녀 전하."

"감사합니다, 대부인."

레제프도 뜻밖의 인물이 끼어들자 미간을 살짝 찡그렸다.

노아 대부인은 특유의 서늘하고 건조한 눈빛으로 예이스터를 바라보았다.

"전하의 샤프롱이 자리했을 때 다시 춤을 신청하는 게 좋겠군요, 하인리히 대공자."

"뭐, 연회는 기니까요."

예이스터는 어깨를 으쓱하더니 지나가던 시종을 불러 쟁반에 탁 소리가 나게 반지 케이스를 던져 버렸다. 카예나에게 선물하려던 그 반지였다.

상당히 무례하고 오만방자한 태도였으나 카예나는 딱히 문제 삼지 않았다.

예이스터는 순순히 뒤로 한 발짝 물러나며 카예나를 향해 인사했다.

"그럼 다음번에 저와 춤을 춰 주시길. 전하께 궁금한 게 몹시 많아서 밤잠을 이루지 못하고 있거든요."

예이스터는 카예나를 향해 윙크하고는 미련 없이 몸을 휙 돌렸다. 카예나는 그가 궁금해하는 것이 무엇일지 잘 알았다.

'에반스 가문의 대마초 농장 말고 더 쓸 만한 정보가 있는지 궁금하겠지.'

더 쓸 만한 정보는 있지만, 그에게 알려 줄 생각은 없었다. 카예나는 피식 웃으며 대꾸도 하지 않았다.

예이스터가 완전히 물러나자 노아 대부인의 시선이 이번에는 레제프를 향했다.

"황자 전하께서도 인제 그만 황녀 전하와 따로 행동하시지요."

"……"

레제프의 눈썹이 휙 치켜 올라갔다. 그러나 대부인은 눈 하나 꿈쩍하지 않고 무심한 표정으로 제 할 말만 했다.

"남매간의 우애가 돈독해 보이는 것은 좋으나, 첫 춤도 끝났으니 귀족들의 시선을 분산해 주는 게 황족의 도리 아니겠습니까?"

그녀가 그렇게까지 말하자 레제프는 카예나를 에스코트하고 있던 손을 느릿하게 떨어뜨렸다. 전혀 내키지 않는 마지못해 하는 태도였다.

대부인의 말에는 틀린 것이 없었다. 연회의 주인공인 카예나를 샤프롱도 아닌 남동생이 단속하려 드는 것은 결코 좋은 그림이 아니었다.

카예나는 예이스터 때문에 예민해졌을 레제프를 달래듯 온화한 미소로 그를 다독였다.

"오늘같이 보기 어려운 손님들이 많을 때 안면을 터놓는 게 어떻겠니?"

"……알겠습니다."

레제프까지 자리를 비키자 카예나는 조금 편안해진 얼굴로 노아 대부인을 향해 인사했다.

"도움에 감사드립니다, 대부인."

그러자 대부인이 말했다.

"도움이랄 것도 없습니다. 그런데 샤프롱으로 레이디 카트린을 지정하셨다고 들었는데……."

노아 대부인의 시선이 주위를 한차례 훑다가 다시 카예나에게 돌아왔다.

"일부러 자리를 비키게 하셨지요?"

카예나는 말없이 웃었다. 노아 대부인의 말대로였다. 지금 카트린은 황제를 알현 중이었다.

그 사실은 곧 연회장 내부에 퍼져 나갈 테고 사람들은 뒤늦게 등장할 카트린을 절대 경시하지 못할 것이다. 여전히 황제의 총애가 그녀에게 기울어 있다는 사실에 몸을 사릴 테니까.

그리고 카예나가 그런 카트린을 반갑게 맞아 주면 그간의 논란과 불순한 눈빛은 완전히 종식될 것이다.

비공식적인 황족이 탄생하게 된다는 의미였다.

'더불어 샤프롱이 없다는 핑계로 예이스터 같은 자의 접근도 차단할 수 있지.'

노아 대부인도 이 짧은 순간에 그 계산을 다 파악하고는 카예나를 새삼스럽게 바라보았다. 오늘 성년이 된 젊은 황녀가 보통 깊은 수를 쓰는 게 아니었다.

대부인은 황녀의 눈빛을 포함해 인상이 완전히 달라졌다는 사실을 알아보았다.

눈앞의 단단해 보이는 황녀와 달리 선황후는 상당히 유약한 사람이었다. 황후가 된 이후로는 항상 표정이 어두웠고 사교 모임도 가지지 않았다. 하멜 영애였던 시절에도 친구가 많은 활달한 성격은 아니었기에 그러려니 했었다.

'그런 여자가 설마 레오와 어린 시절의 관계를 정리하지 않고 지저분하게 이어 갔을 줄은 몰랐지만.'

레오 키드레이, 아니, 레오 프란시스는 이제 이혼하게 되어 자신의 남편이 아니니 제 인생에서 완전히 털어 내 버릴 작정이었다.

그러나 자식 문제는 그렇지 않다. 노아 대부인은 레제프가 선황후와 전남편 사이에서 태어난 아이임을 알고 있었다.

'레오는 아직도 모르지만.'

대부인은 황가와 지저분하게 얽히는 것은 10년 전으로 족했기에 모르는 척 덮어 버렸다.

"저야 황녀 전하께서 이미 깔아 놓으신 판에 훈수 한번 두었을 뿐입니다. 하지만 이것을 정녕 도움이라고 생각하신다면 이 늙은이의 청을 하나 들어주시면 좋겠군요."

카예나는 노아 대부인의 말에 상당히 놀라고 말았다.

'별것 아니기는 해도 이런 저자세를 취할 사람이 아닌 걸로 기억하는데.'

"말씀하세요, 대부인."

"전하의 성년식을 기념하여 장미 농장을 하나 사들였습니다."

"……네?"

"그 농장의 수익금은 전부 전하의 이름으로 자선 사업에 사용할 예정입니다. 부디 받아 주셨으면 하는군요."

카예나는 조금도 예상하지 못했던 청에 할 말을 잃었다. 그녀는 차마 장미 농장의 부지의 크기가 어느 정도인지 농담으로라도 묻지 못했다.

대부인의 말은 그것으로 끝나지 않았다.

"그곳은 새로운 교배종을 만드는 연구도 같이 하는 곳입니다."

카예나가 의아하게 바라보자 대부인은 대수롭지 않은 투로 덧붙여 설명했다.

"전하의 이름을 딴 새로운 종의 장미를 만들까 해서요."

"……의미 깊은 성년 선물입니다. 감사합니다, 대부인."

"별말씀을요. 새로운 장미가 완성되면 전하의 장미로 된 정원도 지을 생각입니다. 그 정도는 되어야 의미가 있지요."

"……."

'이 정도면 집안 내력 아니야?'

이쯤 되니 이들 모자의 씀씀이에 질릴 지경이었다.

노아 대부인은 여전히 특유의 무심한 얼굴로 물었다.

"그래서 꽃잎의 색은 어떤 게 좋으신가요?"

카예나는 얼결에 대답했다.

"분홍색이 좋을 것 같아요."

대부인이 고개를 끄덕였다.

"그럼 분홍색 꽃잎의 새로운 장미를 만들도록 하지요."

카예나는 예상치 못한 선물 공세에 혼란스러웠다가 이내 정신을 가다듬었다.

'내게 이러는 이유가 뭐지?'

노아 대부인은 아들의 성년식 선물인 황립 아카데미 건물 기부에 묻어 갈 수도 있었다. 아니면 적당히 생색낼 정도의 예술품이나 보석을 준비하면 그만이었다. 어차피 키드레이 공작가에는 그만한 귀중품들이 넘쳐날 테니.

그러나 그녀는 그러지 않았다.

카예나는 이것이 무언가를 위한 서론이 아닐까 의심했다. 예측은 정확했다.

"새로운 장미 품종을 개량하고 자선 사업도 진행해야 하는데, 하다 보니 일의 규모가 꽤 커지더군요."

사실 작정하고 일을 키운 것이지만 그녀는 아닌 척 능청을 떨었다.

"이 사업을 황실과 저희 공작가에서 공동으로 주관한다면 좋을 것 같습니다. 전하의 생각은 어떠신지요?"

이게 바로 노아 대부인이 계획한 진짜 본론이었다. 성년식 선물을 핑계로 황실과 얽히겠다는 선포. 정확히는 카예나와 내밀한 관계를 다지기를 원하는 것이겠지만.

'황위에 뜻이 있음을 보이지도 않았는데 이런 제안이라니.'

카예나는 조금 뜸을 들이다가 입을 열었다.

"뜻밖의 제안이라 당혹스럽군요."

사실 이건 카예나에게 상당히 좋은 제안이었다.

카예나에게는 딱히 인망이랄 것이 없었다. 그간 제국민들을 위한 어떤 외부 활동도 하지 않았기 때문이다. 그나마 지난 독살 미수 사건으로 인해 그녀의 아름다움이 알려져 흥미를 이끈 것이 전부였다.

'하지만 그간 대부인은 황실과 절대 얽이지 않으려고 했었는데.'

갑자기 마음이 변한 이유가 뭐지?

카예나는 그 점을 알 수가 없었다. 그래서 방어적으로 에둘러 말했다.

"제 생각이랄 게 있나요. 저야 폐하를 대신하여 임시로 국정 업무를 맡고 있을 뿐인걸요."

대부인이 피식 웃었다.

"그러시다면 더 솔직하게 말하지요. 저는 전하께서 그리는 그림에 키드레이 공작가가 있어야겠다는 직감이 들었습니다. 그래서 전하께 줄을 대겠다고 말씀드리는 겁니다."

"⋯⋯대부인."

카예나는 재빠르게 마법으로 대화 내용이 다른 이들에게 잘 들리지 않도록 처리했다.

많은 시선이 이곳에 쏠려 있었다. 그들은 몹시 흥미로워하며 이곳을 관전 중이었다. 누군가의 돈을 받은 시종이 근처를 지나다니며 말을 전하고 있을 게 뻔했다. 말소리를 아예 차단하는 것은 위화감이 들게 할 수 있다. 이 정도로만 조치해도 시종들에게 둘의 대화 소리가 온전하게 들리지 않을 것이다.

'나를 지지하겠다고 이렇게 대놓고 말하다니. 대부인답지 않은 방식이야.'

은밀히 나누어도 부족할 대화인데 대놓고 접촉하다니.

게다가 카예나와 동등한 입장의 동맹을 제안했다. 그 말은 만약 그 손을 잡는다면 카예나가 레제프와 하인리히 대공자 세력에 속하지 않는 제삼의 세력, 즉 중립으로서의 위치를 확보하겠다는 뜻으로 해석될 여지도 있었다.

'누가 황제가 되어도 나로 인해 중립 세력이 안전할 수 있게끔 나를 레제프에게서 독립시킬 생각인 걸까?'

카예나는 단도직입적으로 물었다.

"저는 아무런 세력도 없습니다. 레제프가 황제가 되어, 황제의 유일한 누이가 되더라도 종이호랑이겠지요. 그런 저에게 줄을 대봤자 본전도 찾지 못할 것 같은데요?"

대부인은 카예나의 가벼운 도발에 피식 웃었다.

"세력 같은 것이야 만들면 그만입니다. 전하께서 그 사실을 모르시지 않을 것 같은데, 제 생각이 틀렸나요?"

대부인은 질질 끌 생각이 없었기에 곧바로 직구를 던졌다.

"전하께서 무엇을 준비하시든 이제는 수면 위로 올라오실 때가 되었습니다. 그러나 그 일은 결코 혼자서는 할 수 없지요."

지금까지 대부인은 레제프의 손도, 하인리히 대공자의 손도 들어 주지 않았었다. 개인적인 은원도 있었지만, 그들에게서 특별히 미래를 점칠 만한 가능성이라고 할 만한 것을 보지 못했기 때문이다.

그런데 어느 순간부터 황녀가 보이는 행보가 달라졌다.

그리고 아들도 태도가 돌변했다.

'다음 대 황제는 황녀의 손에 달렸다.'

그녀는 날카로운 직감을 느꼈다.

대부인은 과거에 매여 사는 것을 어리석다고 생각하는 사람이었다. 케케묵은 응어리는 이미 전남편과 이혼하며 반쯤 털어 냈다. 이제 과거는 완전히 청산하고 현재를 살아야 할 때였다.

'이미 라파엘로가 잘하고 있는 듯하지만, 내가 황녀의 손을 잡는 것은 다른 이야기지.'

"아무리 유능한 사냥꾼이라고 해도 두 마리 토끼는 한 번에 잡을 수 없지 않겠습니까."

대부인은 혼자서 정계와 사교계를 모두 다스릴 수 없다는 말을 에둘러 말했다.

카예나도 그 점은 인정하는 바였다. 원래는 사교계의 눈이 되어 줄 사람이 필요했기에 올리비아를 키울 생각이었지만…….

'만약 키드레이 대부인이 그녀의 인맥을 총동원해서 사교계를 휘어잡아 준다면 더할 나위 없기는 하지.'

"재미있는 말씀이시군요."

문득 카예나는 술잔을 든 시종들이 주변을 지나치는 빈도가 점점 늘어난다는 사실을 깨달았다.

'마법으로 소리를 흐릿하게 흩트려 놓기는 했지만.'

슬슬 대화를 마무리하고 다음을 기약해야 할 때였다. 그녀는 마법을 거두며 지금까지의 상황과 어울리지 않는 환하고 맑은 미소로 말했다.

"샤프롱이 없는 동안 저를 보살펴 주시다니, 대부인께서는 참 다정한 분이세요."

카예나는 어떤 종류의 대화가 오갔는지 가늠하지 못하도록 샤프롱을 들먹이며 남들이 둘을 바라보는 시선의 농도를 낮췄다.

노아 대부인은 카예나의 처세에 흡족함이 담긴 자자한 미소를 지었다.

'제법이네.'

그녀도 이 근처로 유달리 시종이나 사람이 많이 지나다니고 있다는 것은 눈치채고 있었다.

이 대화를 엿듣던 자들은 방금 카예나의 말로 그제야 황제의 정부가 여태껏 보이지 않음을 이상하게 여기며 화제를 바꾸게 될 것이다.

'고작 스물 된 황녀님이 나를 이렇게 감탄케 하다니.'

까다로운 완벽주의자인 노아는 상대방을 한심하게 여기지 않고 이토록 거슬림 없이 대화할 때가 몹시 드물었다.

노아는 저도 모르게 카예나와의 대화를 즐기고 있다는 사실을 깨달았다. 그녀의 입가에 절로 미소가 그려졌다. 노아 대부인이 말했다.

"손님도 많은데 제가 전하의 시간을 너무 뺏은 것 같군요."

"그렇지 않아요. 제게 들려주신 이야기들 모두 재미있었습니다."

카예나가 넌지시 덧붙였다.

"조만간 공작님을 통해 소식을 알려 드리죠."

대부인과 손을 잡겠다고 말한 것과 다름없었다.

노아는 옅은 미소를 머금은 채로 고개를 살짝 숙이고는 자리를 벗어났다.

카예나는 별로 긴 시간 대화한 것도 아닌데 진이 빠졌다.

'에이스터부터 대부인까지, 쉬지 않고 신경 써서 대화하느라 그런가.'

그녀는 이후로도 여러 귀족과 인사를 나누었다.

"전하, 혹시 꽃마차는 보셨습니까?"

"아까 장미꽃을 한가득 담은 마차가 들어오던데 어느 가문에서 보냈는지 들으셨나요?"

"황녀 전하, 꽃마차가……."

카예나는 생일을 축하한다는 말 다음으로 가장 많이 들은 말이 '꽃마차'였다. 심지어 국정 대리인에 대한 것보다도 꽃마차를 보낸 사람이 대체 누구냐는 질문을 훨씬 많이 받았다.

"키드레이 공작가에서 보낸 꽃마차더군요. 향수도 있던데 요즘 유행하는 성년식 선물이라 그렇게 보낸 것 같았어요."

사람들은 라파엘로가 꽃을 보냈다는 말에 묘한 표정을 지었다.

'그 라파엘로가 정말 그런 로맨틱한 선물을 했다고?'

라파엘로가 정말 부마 후보로 뛰어들기라도 하려는 걸까?

귀족들은 카예나에게서 사랑에 빠진 여자의 징조 따위를 찾아내려 애썼으나 도무지 감이 잡히지 않았다.

"그러고 보니 샤프롱이 보이지 않네요?"

누군가의 물음에 카예나는 은근한 미소를 지었다.

'카트린이 부왕을 알현 중임을 이들도 들어서 알고 있을 터.'

굳이 대답할 필요 없이 이렇게 미소만 짓고 있어도 그들은 알아서 상상을 키워 나갈 것이다.

카예나는 계속해서 새로운 사람들에게 축하받다가 외숙부인 조나단 경과 맞닥트렸다.

"오, 우리 황녀 전하!"

그는 몹시 감격한 얼굴로 외쳤다.

"어서 오세요, 외숙부님."

"어휴, 가장 먼저 인사드리려고 했는데 어찌 이리도 사람이 많은지!"

그가 너털웃음을 터트렸다. 카예나의 유명세가 마치 자신의 자랑인
양 여기는 얼굴이었다.

"전하를 봬야 하는데 지나가는 사람마다 인사하느라 한세월이 걸
리는 줄 알았습니다!"

그 말은 엄살이 아니었다. 실제로 그랜드 홀 안에 사람이 너무 많
아서 춤출 공간도 협소할 정도였다.

"아직 레이디 카트린이 오지 않았군요?"

조나단은 카트린의 부재를 몹시 만족스러워하며 말했다.

"오랜만에 폐하를 뵙느라 대화가 길어지는 모양이네요."

"허허, 참으로 좋은 일입니다. 이렇게 가족이 화목해야 바깥일도
잘 풀리는 법이지요."

조나단은 그렇게 말하며 이곳으로 따가운 시선을 보내는 레제프를
힐끗 보았다. 카예나도 덩달아 시선을 돌려 떨어진 곳에서 유력 귀족
에게 둘러싸인 레제프를 보았다.

레제프는 누이와 눈이 마주치자 천사처럼 웃었다. 그 미소를 본 카
예나도 같이 웃어 보였다.

레제프의 주변에 있던 젊은 남자들이 술렁거렸다. 누군가는 카예나
에게 완전히 매료된 것처럼 넋을 잃었고 누군가는 가슴께를 부여잡았다.

그러자 레제프의 표정이 서서히 굳었다. 원래의 레제프라면 이런 반
응에 비웃음을 터트리며 카예나를 자신이 있는 자리로 불렀을 것이
다. 그러고는 자신의 인형이 얼마나 아름답고 멍청한지 과시했겠지.

그러나 지금의 레제프는 카예나를 부르기는커녕 귀족들을 끌고 자리를 옮겨 버렸다.

'결혼을 해도 된다는 건지, 안 된다는 건지 확실히 해야 할 텐데.'

레제프는 교활하고 연기를 잘하는 아이지만 아직 감정을 다스리는 일에는 노련하지 못했다. 첫 번째 삶을 떠올려 보면 사실 그건 황제가 된 후에도 썩 잘하지 못했던 것 같다.

'잘된 일이지. 저렇게 생기지도 않을 부마에 열을 올리고 있을 때 세력을 다듬어야 해.'

카예나는 다시 조나단에게 시선을 돌렸다.

"참, 하멜 백작님은 여전하신가요?"

그녀는 일부러 외조부의 안부를 물었다. 조나단이 이런 주제를 원할 것을 알았기 때문이다.

역시나 조나단은 백작가 이야기가 나오자 안색부터 달라졌다. 그는 짐짓 애통하다는 표정으로 말했다.

"연세가 있으시다 보니 병세가 호전되기는 어렵다더군요……. 그래도 제가 잘 모시고 있으니 걱정하지 마십시오."

그는 살짝 헛기침하며 말했다.

"크흠, 그…… 백작위 계승은 언제쯤 이뤄지면 좋을지요?"

"아아."

조나단은 카예나가 썩 흥미롭지 않다는 듯이 반응하자 다급하게 말을 이었다.

"사실 가문 내에서 이래저래 잡음이 좀 많습니다."

그간 조나단은 황녀가 어서 자신을 지지해 주기를 바라며 애타게 기다리고 있었다. 주변의 혈족들에게 황녀가 자신의 계승을 지지해 주기로 했다며 말해 뒀을 게 뻔했다.

'하지만 백작위 계승권을 지닌 게 조나단만은 아니니까.'

혈족들은 아무런 소식도 들리지 않으니 점점 조나단을 의심하고 추궁하고 있을 거다. 카예나는 상황이 훤히 짐작되었으나 모르는 척 시치미 뗐다.

"어머, 가문 내에서 계승에 대한 의견이 합치되지 않고 있나요?"

조나단이 불에 덴 것처럼 화들짝 놀라며 손사래 쳤다.

"아, 아니, 합치되지 않는다니요! 그게 아니라 그저 다들 가문을 위해 한마디씩 내놓고 있다, 이런 뜻이지요."

카예나는 마치 농담이라도 건네는 듯한 가벼운 어조로 의미심장한 말을 흘렸다.

"그랬군요. 저는 또 백작이 되어 차지할 권익에 눈이 멀어 혈족끼리 싸우기라도 하는 줄 알았지 뭐예요."

"하, 하하⋯⋯."

조나단은 억지로 웃고 있었지만, 속이 끓었다.

'미치겠군. 하나뿐인 외가 친척을 챙겨 줘도 모자랄 판에 뭘 뜸 들이는 건지. 가뜩이나 레제프 황자 때문에 골치 아픈데.'

카예나는 날이 흐를수록 더 빠르게 거물이 되고 있었다. 요즘 귀족들 사이에서는 은밀하게 '황녀의 총애를 받는 자가 다음 세대의 주인이 된다.'는 말도 떠돌았다.

그것은 현 시류를 정확히 읽은 말이었다. 기성세대는 하나같이 늙고 병들었으며 젊은 후계자들이 하나씩 가문을 계승 중이었다. 조나단은 이 시기에 하멜 백작가를 계승하지 못하면 그대로 도태될 것을 알았다. 그러니 카예나를 어서 구워삶아 옆에 끼고 호가호위해도 모자랄 판국이다. 그런데 카예나와의 대화에서 좀처럼 주도권을 잡을 수가 없었다. 고작 딸뻘인 그녀에게 번번이 말려들기만 했다.

"그래도 외숙부께서 그리 고생하시는데 내부에서 말이 나온다니 제 마음이 편치는 않네요."

"그, 그렇지요? 역시 이 외숙부를 생각해 주는 건 우리 전하밖에 없습니다."

"그런데, 외숙부님."

카예나가 조나단에게 빙긋 웃으며 물었다.

"새롭게 가문을 이어받으실 분께서 설마 '약점'까지 그대로 승계하시겠다는 건 아니지요?"

조나단은 그대로 입술을 조개처럼 꽉 다물었다. 카예나가 말한 '약점'이 무엇인지 대번에 알아들었기 때문이다. 지금 그녀는 암시장을 들먹이고 있었다.

"이미 그것은 하멜 백작가의 명확한 약점이 되지 않았나요? 레제프에게 노출된 이상 그것은 계속 족쇄가 될 거예요."

카예나는 우아하고 품위 있게 돌려 말하며 외숙부를 협박했다.

"제가 타일러 보기는 하겠지만, 아시다시피 그 아이가 누구 말을 들을 애도 아니고 워낙 사람을 소모품으로 보는 경향이 있잖아요."

그녀가 대수롭지 않게 한 소모품이라는 말에는 뼈가 있었다. 조나단은 초조하게 입술을 잘근잘근 씹었다. 암시장에서 나오는 수수료는 상상을 초월하는 수준이었다. 그곳의 물품은 모두 장물이다 보니 일반적인 거래가 불가능했고, 암시장의 주인이 원하는 대로 수수료를 책정했다. 그렇게 챙긴 수수료가 하멜 백작가의 숨겨진 힘인데 내려놔야 한다니.

"하멜 백작가가 레제프나 대공자의 손에서 언제까지 그걸 지켜낼 수 있을 것 같으세요?"

조나단은 여기서 선택해야 함을 깨달았다. 암시장을 황녀에게 내주고 백작위를 계승할 것인지, 아니면 억지로 버티며 암시장을 들고 갈 것인지.

'황녀에게는 군대가 있지. 게다가 장차 레제프가 황위를 이어받으면 황제의 유일한 누이가 될 거고. 만약 하인리히 대공자가 황위를 계승하더라도 정통성 문제 때문에 황녀를 아내로 삼으려 할 거야. 그에 비하면 암시장은 레제프 황자에게 노출되어 언제 터질지 모르는 폭탄이 되어 버렸다.'

더 고민할 것도 없었다. 조나단은 사람 좋은 웃음을 지으며 말했다.

"귀한 조언이십니다. 과연 뛰어난 통찰력이십니다. 그렇다면 그 문제는 전하께 맡기면 되겠지요?"

암시장을 넘긴다는 말에 카예나가 부드러이 웃으며 고개를 끄덕였다.

"물론이죠. 걱정하지 마시고 앞으로 하멜 백작가를 잘 이끌어 주세요."

조나단은 몹시 정중한 태도로 카예나에게 예를 갖췄다.

"충심을 다하겠습니다."

그 무렵 연회장 안이 새로운 등장인물로 인해 술렁이고 있었다. 카예나는 굳이 뒤를 돌아 확인하지 않아도 누가 왔는지 알았다.

"그럼 저는 이만."

그녀는 조나단이 붙잡기 전에 자리를 이동했다. 샤프롱인 카트린을 맞이하러 가야 했기 때문이다.

카트린이 황제의 침실이 있는 방향에서 이어지는 나선형 계단을 타고 내려오고 있었다. 몸에 걸친 드레스나 보석은 전성기 시절과 비교해 조금도 뒤처지지 않았다. 원래라면 오늘 연회의 주인공인 카예나보다 늦게 모습을 드러낸 것은 흠잡힐 일이었다.

'다만 황제의 총애를 등에 업은 정부라면 이야기가 다르지.'

카예나는 오늘 일부러 부왕을 찾아가지 않았다. 카트린이 성년식 첫날부터 혼자서 황제를 오랫동안 만나고 왔다는 점을 부각하기 위해서였다.

카예나가 환하게 웃으며 카트린을 맞이했다.

"이야기는 잘 나누셨나요?"

카트린은 말없이 조용히 미소 지었다. 착잡함이 깃든 조금도 기쁜 기색이 없는 미소였다. 아마 병든 황제를 보니 아들의 안위를 지키기 어렵겠다는 확신이 들었으리라.

카예나는 마음이 복잡할 그녀에게 굳이 어떤 말도 하지 않았다.

어느 정도 마음을 추스른 모양인지 카트린이 머뭇거리다가 입을 열었다.

"전하께서 베풀어 주신 것들에 어찌 보답해 드려야 할지 모르겠습니다."

카트린은 카예나가 자신에게 해 준 일들이 얼마나 이례적이며 또 파격적인 대우인지 잘 알았다.

"보답은요. 가족이잖아요."

카트린이 가방에서 조그마한 상자를 꺼냈다.

"이델이 꼭 전하께 전해 달라더군요."

"이델이요?"

보아하니 생일 선물인 모양이었다. 카예나는 호기심을 안고 상자를 열어 보았다. 그 안에는 달 모양 펜던트가 달린 가느다란 팔찌가 들어 있었다. 카예나는 사춘기 소년이 고심해서 골랐을 장신구에 웃음 지었다.

"연회가 끝나고 작은 파티가 열릴 때는 이델도 동행해서 와 주세요.

그때쯤이면 이델에게 줄 선물도 도착해 있을 것 같네요."

"그러겠습니다, 전하."

샤프롱이 등장하니 슬슬 남자 귀족들이 접근하려는 게 느껴졌다. 대외적으로 이 연회는 카예나의 결혼을 위한 연회였으므로 남자들은 적극적으로 행동했다.

'두 번째 춤 상대로 라파엘로만큼 적절한 사람이 없는데.'

으레 가족을 제외한 첫 춤 상대와의 결혼 가능성을 좀 더 높게 점친다.

지금까지는 황녀의 일방적인 짝사랑이었기에 다들 두 사람의 결혼을 점치기는커녕 우습게 여기고 은근히 조롱했다. 그러나 최근 납치 사건이나 오늘 황궁으로 들어왔던 아름다운 꽃마차를 보라. 라파엘로가 카예나의 부마가 될지도 모른다는 가능성이 열린 것이다.

하지만 정치적인 걸 다 떠나서 그가 아니라면 두 번째로 춤추고 싶은 사람이 없었다.

'나도 참 웃기네.'

카예나는 무심코 피식하고 웃어 버렸다. 마법의 힘을 손에 넣고 확실히 마음에 여유가 생겼다.

'전이었다면 혹시라도 제어하지 못할 변수를 경계하며 몸을 사렸을 텐데……'

그녀가 작게 중얼거렸다.

"이게 바로 권력이라는 건가."

"……?"

곁에 있던 카트린이 의아하게 그녀를 바라보았다. 카예나가 아무것도 아니라는 듯이 빙긋 웃으며 말을 돌렸다.

"저는 테라스에서 좀 쉬어야겠어요."

일단 귀찮게 할 남자들을 피할 생각이었다.

"동행할까요?"

"아니에요. 전용 테라스로 갈 거니까 아무도 접근하지 못할 거예요."

"알겠습니다."

카예나는 황족 전용 테라스로 향했다. 그랜드 홀 가장 안쪽에 있는 테라스로 기사들이 출입을 통제하는 곳이었다.

커튼을 걷어 안으로 들어갔다. 아직 해가 짧아 하늘이 가물가물했다. 수많은 시선과 정치적인 대화들에 예리하게 벼려 놓았던 신경이 조금 누그러졌다.

이곳은 일부러 접근하지 않는 이상 테라스에 누가 있는지, 어떤 대화를 나누는지 확인할 수 없는 위치였다. 황족들이 연회 중에 마음에 드는 이를 데려와 비밀리에 정사를 나누려고 만들어진 장소였기 때문이다.

퇴폐적인 목적과 달리 테라스는 은밀하고 아늑했다. 테라스 앞에는 물놀이하며 옷이 젖게 할 수 있는 분수대도 있었고 시야를 차단하는 키가 높은 덤불도 있었다.

문제라면 잘생긴 남자도 하나 있다는 것이었다.

"······왜 당신이 여기에 있어요?"

〈악녀는 마리오네트〉 3권에서 계속